河南省博士后科研资助（2012025）相关成果。

| 多维人文学术研究丛书 |

卢仝诗歌研究

郑慧霞 | 著

中国书籍出版社
China Book Press

图书在版编目（CIP）数据

卢仝诗歌研究/郑慧霞著.—北京：中国书籍出版社，2020.1
　ISBN 978-7-5068-7687-2

Ⅰ.①卢⋯　Ⅱ.①郑⋯　Ⅲ.①卢仝（约775-835）—唐诗—诗歌研究　Ⅳ.①I207.22

中国版本图书馆 CIP 数据核字（2019）第 291213 号

卢仝诗歌研究

郑慧霞　著

责任编辑	李小蒙　李田燕
责任印制	孙马飞　马　芝
封面设计	中联华文
出版发行	中国书籍出版社
地　　址	北京市丰台区三路居路 97 号（邮编：100073）
电　　话	（010）52257143（总编室）　（010）52257140（发行部）
电子邮箱	eo@chinabp.com.cn
经　　销	全国新华书店
印　　刷	三河市华东印刷有限公司
开　　本	710 毫米×1000 毫米　1/16
字　　数	255 千字
印　　张	17.5
版　　次	2020 年 1 月第 1 版　2020 年 1 月第 1 次印刷
书　　号	ISBN 978-7-5068-7687-2
定　　价	95.00 元

版权所有　翻印必究

序

摆在书案上的这部近20万字的书稿,原本是作者郑慧霞两年前在华东师范大学完成的博士学位论文《卢仝研究》的一个组成部分,在做了进一步的充实修改后,即将付梓。我作为作者当年的博士生导师,得到这个信息十分欣喜,作者索序,自然义不容辞,很愿意就"卢仝研究"这个题目以及作者的研究工作谈谈自己的看法。

作家个案研究,一向是唐诗研究的重要方向,甚至可以说是基础工程。卢仝在唐代文学史上被归于以韩愈为首的诗派,然而又独标一帜,严羽《沧浪诗话·诗体》列有"卢仝体",其地位是与"韩昌黎体"并列的。在我的心目中,卢仝可列为"二流作家"(李白、杜甫是"顶级作家",王维、孟浩然、高适、岑参、韩愈、白居易、杜牧、李商隐等是"一流作家")。我还认为作家研究大体应止于"二流"。当然,"三流"及其以下作家并非不能作为研究对象,但这种研究的意义似侧重于文献整理(文献整理追求全面、甚至无遗漏),而总体上已难于给后世提供较有价值的艺术借鉴。话说回来,对"二流作家"的研究如果存在空白,则是整个唐诗研究的缺憾。立足于这一观点来看作者的选题,在唐诗研究领域实具有填补空白的意义,因为在此之前尚未见研究卢仝的专著问世。郑慧霞的"卢仝研究"是由"卢仝诗注"和"卢仝综论"两个部分构成。前者属于"文献学"性质的研究,后者则兼有"文献学"与"文艺学"研究的双重性质。两者相辅相成,完成了对唐代重要诗人卢仝其人、其诗、其文的具有一定难度的全面研究,其学术价值是毋庸置疑的。我记得两年前作者的学位论文答辩是以"优秀"等级通过,答辩委员会主席、复旦大学陈允吉教授尤其看重这篇论文，给了很高的评分。

本书在文献学研究方面是有收获的。文献学研究要靠资料说话，本书一个重要特点正是资料翔实。资料占有充分，立论就有了依据。比如，卢仝的籍贯问题，就是在综合范阳说、洛阳说、济源说的基础上，得出"济源当为卢仝籍贯，范阳乃为卢仝郡望，洛阳本为卢仝久居之地"的结论。然而，文献研究绝不等于罗列资料，更重要的是对资料做出分析和判断。比如，卢仝死因，死于"甘露之变"说及其反对意见相持不下，作者斟酌于其间，一方面肯定"甘露之变"说"渊源有自"，一方面又指出其所依据的"李玫《喷玉泉幽魂》毕竟只是一篇志怪小说，不能当作史料来看。里面虽涉及到了真人真事，但因托鬼物以言之，故难以取信于人。至于'添丁之谶'说把卢仝的死看成是其小儿子名添丁的结果，无疑是荒谬的"。作者的结论是"二说可并存"。对于此类考据性问题，因为资料所限而难以得出肯定的论断，与其执于一端，不如二说并存，这是客观的，也是明智的。作者还指出，"卢仝死因虽为悬案，但无碍于读其诗，也无碍于理解诗人反对宦官的政治态度"，更是一种通达的看法。又如对《哭玉碑子》诗句"小有洞左颊，拾得玉碑子"的校勘："小有洞"，在明清诸集本中均作"山有洞"，山而有洞，似毋庸置疑。作者据《怀庆府志》和《济源县志》，指出"山"为"小"字之讹，又引杜甫《忆昔行》诗"忆昔北寻小有洞"句为证，显示了很好的使用文献的功力。本书在文献研究方面最重要的收获，是对卢仝《春秋摘微》的发掘。韩愈《寄卢仝》诗尝云："春秋三传束高阁，独抱遗经究终始"，卢仝研治《春秋》是极有特点的，然而治经的成果《春秋摘微》，后世未得完整流传。今所可见者，唯清末李邦黻从北宋人杜谔编《春秋会义》中辑出的《春秋摘微》六十二事，以单行本一卷藏于国家图书馆，并被王先谦收入《南菁书院丛书》。这个一卷本的《春秋摘微》尘封甚久，绝少有人问津。作者从国家图书馆访得，对其内容加以爬梳分类，在本书中做了介绍，从而使卢仝的诗文著作以完备的面目呈现出来，这对于卢仝研究来说，是做了一件十分有意义的事。

文献学研究是文艺学研究的基础，这一原理在本书对卢仝代表作《月蚀诗》题旨的阐发中得到了很好的证明。研究《春秋摘微》，作者指出，卢仝之治《春秋》，走的是啖助、赵匡一派"舍传求经"的路子，目的在于经世治用。而《月蚀诗》正是用"春秋"笔法，不为唐讳而录"月蚀"，旨在"希望宪宗在礼乐昌明兴盛超过三皇五帝的基础上，'德''刑'并举，求得国家长治久安而至永远"。这样的见解，实超过历代论者比附时事、拘泥于影射某人的说法远甚。

卢仝诗歌艺术之风貌独具，全在一个"怪"字，即《沧浪诗话》所云："玉川之怪，长吉之瑰诡，天地间自欠此体不得。"在我的阅读印象中，当代学者阐释卢仝诗艺，有三篇极有分量而足资后学借鉴的高文，即项楚先生《卢仝诗论》、董乃斌先生《天地间自欠此体不得——论卢仝、马异、刘叉的诗》（值得本书作者庆幸的是，董乃斌先生也是她的博士论文答辩委员会成员）及陈允吉先生《"牛鬼蛇神"与中唐韩孟卢李诗的荒幻意象》。本书作者在学习和吸收以"三篇高文"为代表的已有研究成果的基础上，通过对卢仝诗歌的含英咀华，道出了自己研究卢仝诗歌艺术的某些独特感受。如把卢仝诗之"怪"，具体化为意象怪，诗境怪，用语怪，就比较容易领会和把握；把卢仝的审美情趣分解为谐趣、俗趣、变趣，并将之归结为诗人在"现实的复杂的社会场所中努力求取灵魂的安慰、心理的平衡、精神的解脱"，也颇有深度。又比如总结出卢仝为诗的思维方式不同于韩愈的"横向发散思维模式"，而是一种"发射型想象模式"，"如一箭脱手，如强光射出，如飞瀑直下，诗思会一往无前的引领想象的翅膀，只能前行而绝对不可逆转"，给人的感觉，真似体会到了卢仝为诗之个中三昧。

本书《附录》的内容似也值得一提。其一是《卢仝诗集版本研究》，其二是《历代有关卢仝之评论》。这两部分内容都是很有用的，尤其后者，如同"卢仝研究资料汇编"，能给他人研究卢仝提供极大的方便。《附录》的编写还体现了进行作家个案研究的学术规范，这种规范不仅对于本书作者这样的高校青年教师来说十分重要且必须遵从，而且在当今学风浮躁的大背景下很值得提倡。

以上文字，说了本书诸多优点。写序不同于写评论，不必把对象的优、缺点全都说到，而侧重于绍介和推荐。我在这里寄予作者的希望，是在本书交付出版之后，应尽早完成《卢仝研究》之另一部分即《卢仝诗注》的修订工作，并寻机出版。站在读者的立场上，我对《卢仝诗注》的期待可能更甚于《卢仝诗歌研究》，因为前者能提供诗人卢仝的原始作品，而作品是我们感受和认识卢仝的起点，至于如何评论这位诗人，则是可以因人而体现出艺术感受之差别的。本书作者所在的河南大学，向为唐诗研究之重镇，有着良好的学术传统和研究积淀，我想，作者身处那样的环境氛围之中，专业上定能日见精进，不断取得新的、水平更高的研究成果，愿其勉旃。

薛天纬

己丑盛夏于北京

目录
CONTENTS

引言 ··· 1
 一、选题缘起 ··· 1
 二、研究现状 ··· 11
 三、研究方法及可行性 ··· 16
 四、关于本书的内容 ··· 17

第一章 卢仝生平 ··· 19
 第一节 卢仝的籍贯 ·· 19
 第二节 卢仝的死因及生卒年 ··································· 22
 第三节 卢仝的居处 ·· 42
 第四节 卢仝的交游 ·· 51

第二章 卢仝诗歌的思想内容 ··································· 62
 第一节 学者的用世情怀 ·· 62
 第二节 儒者的仁爱思想 ·· 71
 第三节 "愚公"的愤世情怀 ··································· 82
 第四节 "山人"的隐居情趣 ··································· 90
 第五节 或有所寓托之作 ·· 95

第三章 卢仝体——"天地间自欠此体不得" ……………… 102
第一节 卢仝体的表现特征 ……………………………… 102
第二节 卢仝体的审美内涵 ……………………………… 118
第三节 卢仝体的审美情趣 ……………………………… 139

第四章 卢仝诗歌对后世的影响 …………………………… 152
第一节 "更下功夫继玉川"——卢仝诗歌在宋代的影响 …… 152
第二节 "纵横谁似玉川卢"——卢仝诗歌在金元的影响 …… 165
第三节 "龙肝凤髓"喻仝诗——卢仝诗歌在明清的影响 …… 172

第五章 关于《春秋摘微》…………………………………… 181
第一节 《春秋摘微》的历代流传与著录研究 …………… 182
第二节 《春秋摘微》的内容分类 ………………………… 187
第三节 《春秋摘微》的思想倾向及风格特点 …………… 198

结　语 ………………………………………………………… 205

附　录 ………………………………………………………… 211
附录一 卢仝诗集版本研究 ……………………………… 211
附录二 历代有关卢仝之总体评论 ……………………… 222

主要参考文献 ………………………………………………… 245

跋 ……………………………………………………………… 264

后　记 ………………………………………………………… 266

引 言

一、选题缘起

有唐一代的诗坛，卢仝可算是一个面目最奇特的诗人。首先，在名家辈出、群星闪烁的唐代，卢仝以仅存百余首的篇目能在中国诗歌发展史上开山立派，以"卢仝体"著称于世。唐代诗人众多，《全唐诗》九百卷，收录作家两千余人，诗近五万首，作家作品可谓多矣，但能以自己独具个性的作品而成一种特定风格的却非常有限。卢仝竟能做到这一点，堪称奇特；其次，卢仝虽存诗数目不多，但却表现出风格上的丰富多样性，他可以写出在整个唐代诗坛堪称最奇绝险怪的《月蚀诗》，也可以写出最平易近人、娓娓如话家常的《寄男抱孙》和《示添丁》等诗。从一个极端走向另一个极端，都能写到美的极致，风格多样却个性特出，这也是卢仝奇特之处；第三，表现为作品数量不多但诗歌的影响范围非常广远上，最突出的是卢仝《月蚀诗》和《走笔谢孟谏议寄新茶》两首诗，前者几乎垄断了后世"月蚀"类的题材，使人一说到"月蚀"几乎都能联想到卢仝——"凡遇月食辄吟咏，无不以卢仝为祖。"[①]后者则深刻地影响到了中国的茶文化，后世凡涉及饮茶类的诗、词、赋、曲等，往往会有卢仝或其茶歌的影子；第四，表现在对卢仝诗歌的

[①] [元] 胡助：《纯白斋类稿》，见吴文治主编《辽金元诗话全编·胡助诗话》，南京：凤凰出版社，2006年，第4册，2149页。

评价上。赞者如含曦比之为"海底珊瑚"："海神知贵不知价，留向人间光照夜。"① 贬者如清郎廷槐等著《师友诗传录》曰："至如昌谷、温、李、卢仝、马异，则纯乎鬼魅世界矣。"② 虽然对任何人以及任何作品的评价从没有整齐划一过，但对卢仝作品评价反差如此之大，还是很罕见的；第五，就是对其是否死于"甘露之变"等问题上尚无定论。因为可依据的史料极其有限，学人只能从其诗中寻得蛛丝马迹来求证，但往往仁者见仁、智者见智。

上述因素使卢仝诗歌在诗歌史上成了一种独立特异的存在，我们可从历代对其诗歌的一些评价体味到这一点。如在晚唐诗人张为眼中，中唐诗坛可分六大门户。他在《诗人主客图》中划分如下：

广大教化主：白居易（张祜、羊士谔、元稹、卢仝、顾况、沈亚之、徐凝等）

高古奥逸主：孟云卿（韦应物、李贺、杜牧、李涉、李观、曹邺、刘驾等）

清奇雅正主：李　益（贾岛、于鹄、张籍、杨巨源、姚合、方干、马戴等）

清奇僻苦主：孟　郊（陈陶、周朴、刘得仁、李溟）

博解宏拔主：鲍　溶（李群玉、司马退之、张为）

瑰奇美丽主：武元衡（刘禹锡、赵嘏、陈羽、曹唐、许浑、章孝标、雍陶等）③

虽然我们已经无法知道张为如此划分的具体依据，但是从这一划分中，我们可以看出卢仝在中唐诗坛的地位。到了宋代，严羽的《沧浪诗话·诗评》更是给予卢仝诗崇高的评价：

---

① [清]彭定求等编：《全唐诗》卷八二三，北京：中华书局，1960年，第23册，9273页。本文引用唐诗，如无特别说明，均据此书，以下不另出注。

② [清]郎廷槐等：《师友诗传录》，见清王夫之编《清诗话》，上海：上海古籍出版社，1999年，130页。

③ 见丁福保辑：《历代诗话续编》，北京：中华书局，1983年，75页。

> 玉川之怪，长吉之瑰诡，天地间自欠此体不得。①

严羽所评，着重点在《月蚀诗》类的纵横怪谲之作。现存最早的明陆涓刻《卢仝诗集》所收《月蚀诗》1727字，比晚唐诗人韦庄《秦妇吟》诗多出61字，是目前所能见到的唐诗中最长的一首。② 其诗以极度铺张的手法、驰骋不羁的想象、纵横捭阖的气度，描绘出一次月全蚀的景象。该诗一出，奇文惊众。韩愈当即便有仿效之作——《月蚀诗效玉川子》。《学林新编》卷八谓："韩退之《月蚀诗》，大半用玉川子句，或者谓玉川子《月蚀诗》豪怪奇挺，退之深所叹伏，故所作尽摘玉川子佳句而补成之。"③ 唐人孙樵亦在《与王霖书》中将《月蚀诗》与韩愈《进学解》并称，赞其"莫不拔地倚天，句句欲活。读之，真如赤手捕长蛟，不施控勒骑生马，急急不得暇，莫可捉搦。"④ 宋代胡如埙《月蚀诗书》评价更是不菲：

> 唐文章起八代之弊，若《中兴诵》《圣德诗》《平淮雅》，可谓善于美者；《茅屋歌》《杜鹃行》《冰柱》《雪车诗》，则亦善于刺者也。唯玉川子《月蚀诗》，卓然独见于当时，而百世之下，读之者为之兴起。岂特其畦径之绝、声韵之豪，足以耸观听哉。恸天眼之亏，而愤蟆精之孽；诘海窟之奸，而干天皇之诛。其风刺之忠诚，盖有真得于古者矣。⑤

清初冯班谓卢仝在中唐诗风转变中地位挺出：

> 东坡云："诗至杜子美一变。"按大历之时，李、杜诗格未行。至元和、长庆始变，此亦文字一大关也。然当时以和韵长篇为元和体。若从时代言，则韩、孟、刘、柳、韦左司、李长吉、卢玉川，

---

① 见吴文治主编：《宋诗话全编九·严羽诗话》，南京：江苏古籍出版社，1998年，8728页。
② 参见王重民、孙望、童养年辑录：《全唐诗外编》第一编，北京：中华书局，1982年，上册，32~35页。
③ [宋]王观国《学林新编》卷八，见《宋诗话全编三·王观国诗话》，2550页。
④ [唐]孙樵：《孙可之文集》卷三，见《宋诗话全编九·蔡正孙诗话》，9643页。
⑤ [明]解缙等编：《永乐大典》卷九〇六，北京：中华书局，1986年，第1册，383页。

> 皆诗人之赫赫者也。云'元白诸公',亦偏枯大略,沧浪胸中不了了,每言诸公,不指明何人,为宗师参学之功少也。①

冯氏在此指明两点:一、唐诗的这一大变起于李、杜,而到贞元、长庆年间始蔚然成风;二、体现这一大变的诗体非仅止于"和韵长篇"的"元和体",而人则除"元白"外还有"韩、孟、刘、柳、韦左司、李长吉、卢玉川"等"诗人之赫赫者"。②冯氏将卢仝与韩愈、孟郊、李贺三位韩孟诗派成员并称为"诗人之赫赫者",可谓慧眼独具。近代沈其光颇好卢仝诗,《瓶粟斋诗话》续编卷四谓:

> 余往读古人诗,择其所好,辄手钞之。于魏晋钞子建、渊明,于六朝钞三谢,于唐钞杜、韩、王、孟、义山、玉川,于北宋钞宛陵、荆公、山谷,南宋诚斋、石湖、放翁,宋以后则无所钞矣。③

以上材料显示,卢仝之地位从唐代到近代,都是非常重要的。而奇怪的是,很久以来,这位不容忽视的诗人恰恰在某种程度上被人们贬抑或忽视,如闻一多先生在分析中唐诗歌发展时说:

> 这像是元和长庆间诗坛动态中的三个较有力的新趋势。这边年老的孟郊,正哼着他那沙涩而带芒刺感的五古,恶毒地咒骂世道人心,夹在咒骂声中的,是卢仝、刘叉的"插科打诨"和韩愈的宏亮的嗓音,向佛老挑衅。④

所谓"插科打诨",指以滑稽的动作和诙谐的语言引人发笑。闻一多先生以"插科打诨"评价卢仝诗,对卢仝诗的看法显而易见。

苏雪林先生《唐诗概论》谓:

> 由险怪而走入魔道的是卢仝、马异、刘叉和皇甫湜几个人。

---

① [清]冯班:《钝吟杂录》卷五,丛书集成初编本,北京:中华书局,1985年,223册,68页。
② 参见陈贻焮:《从元白和韩孟两大诗派略论中晚唐诗歌的发展》,载《唐诗论丛》,长沙:湖南人民出版社,1980年,325页。
③ 见张寅彭主编:《民国诗话丛编》,2002年,第5册,619页。
④ 闻一多:《贾岛》,见所著《唐诗杂论》,上海:上海古籍出版社,1998年,第32页。

《月蚀诗》如乞儿唱莲花落，一搭一搭，只是随口瞎诌。①

刘大杰先生《中国文学发展史》谓：

> 在杜甫到元、白这个社会诗运动的主要潮流中，另有几位诗人，在作风上别成一派，他们不过于重视文学的社会使命与功用，而较偏于艺术的技巧，并且对于后代的诗坛也曾发生极大影响的，是孟郊、韩愈代表的奇险冷僻的一派。贾岛、卢仝、马异、刘叉诸人，都是这派的同志。

> 由孟、韩这一派的奇险怪僻再变本加厉地演变下去，便产生卢仝、刘叉、马异诸人的怪体，真是走入了魔道。如果一定要指出他们的长处，那便是大胆。刘叉《自问》诗云："酒肠宽似海，诗胆大如天。"是道出他们自己的特性了。②

刘经庵先生《中国纯文学史纲》谓：

> 他（指卢仝）的诗怪诞奇特，比李贺还厉害，其中充满了迷信、滑稽的意味，句子长短不拘，且多是白话成篇。③

孟瑶先生《中国文学史》谓：

> 由于他（指韩愈）学养好，功力深，胆子大，敢用险，敢求新，所以能写出自成一格的诗，但流风所及，却产生相当不好的影响，像所谓"岛瘦郊寒""卢（仝）奇马（异）怪"，则不能不说受他之赐，在写作上，试着走偏锋了。

> （孟郊后）发展至卢仝马异，已称"卢奇马怪"，更是末流，兹不赘述。④

蒋寅先生《中国古代文学通论》（隋唐五代卷）谓：

> 李贺的想象力和艺术表现力都是蔑绝无比的，不仅在韩孟诗派

---

① 苏雪林：《唐诗概论》，上海：上海古籍出版社，1992年，122~123页。
② 刘大杰：《中国文学发展史》，天津：百花文艺出版社，1999年，上册，440页、445页。
③ 刘经庵：《中国纯文学史纲》，北京：东方出版社，1996年，89页。
④ 孟瑶：《中国文学史》，台北：大中国图书公司出版，1980年，266页、269~270页。

中是个独特的存在，就是放到整个诗歌史中看也是空前绝后的。其他诗人虽有奇思逸才，也都偏于怪异一路。当时卢仝、刘叉、陈商、吕温、李观、张碧、沈亚之、于鹄、刘言史等都是这样的诗人，奇恣谲怪有余而诗味不足，其作品如卢仝《月蚀》，刘叉《冰柱》《雪车》之类虽耸一时视听，终嫌佶屈聱牙，不堪卒读。①

赵义山先生、李修生先生《中国分体文学史》（诗歌卷）谓：

> 韩孟诗人的缺点，在卢仝、马异等人笔下表现得比较明显，险怪百出，时流于生涩。如卢仝《月蚀诗》纵横捭阖，至有"七碗吃不得也"之句，被讥为"乞儿唱长短急口歌博酒食者"。②

还有很多文学史著作在讲到韩孟诗派时，对卢仝要么一笔带过，要么根本不提，如游国恩等先生《中国文学史》谓：

> 韩愈诗歌，不仅纠正了大历以来的平庸诗风，而且在中唐诗坛上开创了一个新的局面，把新的语言风格、章法技巧引入诗坛，从而扩大了诗的领域，但是也带来了以文为诗，讲才学，发议论，追求险怪等不良风气。中唐时代的诗人贾岛、卢仝、马异、李贺等人，都不同程度地接受了他的影响。不仅学习了他的优点，也学习了他的缺点。③

郭预衡先生主编《中国古代文学史长编》（隋唐五代卷）谓：

> 从贞元后期，元和至长庆、大和年间，诗坛先后出现了韩愈、孟郊、卢仝、李贺、贾岛、姚合等一班诗人。他们大都出身贫寒，仕途坎壈，生活潦倒，性格狷介，愤世疾俗。他们苦吟以抒情，并互相切磋酬唱，形成一种奇崛硬险的风格流派。④

---

① 蒋寅：《中国古代文学通论》（隋唐五代卷），沈阳：辽宁人民出版社，2005年，99页。
② 赵义山、李修生：《中国分体文学史》（诗歌卷），上海：上海古籍出版社，2001年，125页。
③ 游国恩等：《中国文学史》，北京：人民文学出版社，1963年，第2册，185页。
④ 郭预衡主编：《中国古代文学史长编》（隋唐五代卷），北京：北京师范学院出版社，1993年，391页。

闵虹先生主编《中国文学发展史》谓：

> 韩孟诗派是与新乐府运动同时崛起的一个影响较大的诗派，代表人物有韩愈、孟郊，此外还有贾岛、卢仝、刘叉等人。这一诗派的诗人追求奇崛险怪的诗风，"以丑为美""以文为诗"，采用过去不常用的内容、句式、意象入诗，在诗歌形式上对以前的诗歌进行了一次变革。①

此外，像陆侃如先生、冯沅君先生的《中国文学简编》②、吉林大学中文系中国文学史教材编写组所编的《中国文学史稿》（唐宋部分）③、四川大学中文系中国古代文学教研室编写的《中国文学》（魏晋南北朝隋唐五代卷）④ 等在讲韩孟诗派时都对卢仝只字不提。

另有一些文学史著作虽对卢仝给予关注，但与韩孟诗派的其他成员如韩愈、孟郊、贾岛等相比，却是非常有限的，好像他只是韩孟诗派的一个可有可无的附庸。即使对其进行评价，也往往仅限于对其险怪诗风的评论。如胡适先生《白话文学史》谓：

> 孟郊、张籍、韩愈的朋友卢仝，是一个有点奇气的诗人，用白话作长短不整齐的新诗，狂放自恣，可算是诗体解放的一个新诗人。⑤

章培恒先生、骆玉明先生主编《中国文学史》谓：

> 当时，在韩愈周围有一批诗人，除了张籍与他们诗风不同外，其他如卢仝、樊宗师、皇甫湜、刘叉、贾岛、李贺等，都在诗歌语言、形式、风格上与韩愈、孟郊有一定的相通或相近之处，他们同气相求，同声相应，在当时颇有影响。其中除贾岛开晚唐之风、李

---

① 闵虹：《中国文学发展史》，郑州：中州古籍出版社，1999年，319页。
② 陆侃如、冯沅君：《中国文学简编》，北京：作家出版社，1957年。
③ 吉林大学中文系中国文学史教材编写组：《中国文学史稿》（唐宋部分），长春：吉林人民出版社，1959年。
④ 四川大学中文系中国古代文学教研室：《中国文学》（魏晋南北朝隋唐五代卷），成都：四川人民出版社，1999年。
⑤ 胡适：《白话文学史》，天津：百花文艺出版社，2002年，244页。

贺独树一帜外，卢仝、樊宗师、皇甫湜、刘叉等人的诗都是以怪异艰涩著称的。卢仝的诗，句式参差，好像古文，而想象比喻又怪怪奇奇。如《观放鱼歌》中有"故仁人用心，刺史尽合符，昔鲁公观棠距箴，遂被孔子贬而书"等等，完全不像诗歌；《月蚀诗》想象尧帝决水沃九日，使"万国赤子臧臧生鱼头"；《与马异结交诗》想象女娲补天，说是"补了三日不肯归婿家，走向日中放老鸦，月里栽桂养虾蟆"，都是很奇怪的。虽然卢仝有的思想颇有味，如《月蚀诗》写夜色"天色绀滑凝不流，冰光交贯寒曈昽"，有的诗句也很生动，如《白鹭鸶》写鹭鸶捕食"翘足沙头不得时，傍人不知谓闲立"，但是他更主要的是把韩愈那种以文为诗、艰深晦涩、怪异诡谲的弊病推向了极端。①

袁行霈先生、罗宗强先生主编《中国文学史》谓：

李贺之外，韩孟诗派较重要的成员还有卢仝、马异、刘叉、皇甫湜等人。

卢仝，号玉川子，一生未仕，生活寒苦，性格狷介，颇类孟郊；但其狷介之性中更有一种雄豪之气，又近似韩愈。在他现存的103首诗中，长言短句，错杂其间，诙谐幽默，所在多有。受韩、孟影响，卢仝作诗多用怪句、丑陋意象，如"山魈吹火虫入碗，鸩鸟咒诅鲛吐涎"（《寄萧二十三庆中》）、"扬州虾蚬忽得便，腥臊臭秽逐我行"（《客请虾蚬》）等等。因一意求险逐怪，他的有些长诗显得非常滞涩难读，其《月蚀诗》最具代表性。此诗据虾蟆食月的神话写月蚀全过程，融汇各种天文传说，前后贯穿，横出锐入，人、鬼、神、兽、妖竞相出场，混淆不分，极怪异荒诞之能事，至被人评为"辞语奇险"（陈岩肖《庚溪诗话》卷下）、"以怪名家"。（刘克庄《后村诗话》续集卷二）

---

① 章培恒、骆玉明：《中国文学史》，上海：复旦大学出版社，1996年，中册，143页。

> 卢仝有时也能写出含蓄蕴藉、情致宛然的佳作。如那首多为人忽视的《有所思》,即以思念"美人"为主线,层进层深,波澜迭起,末二句以"相思一夜梅花发,忽到窗前疑是君"收束全篇,词意新警,言尽意远。①

这种局面的形成,主要原因是风格过于险怪,使得理解起来相对困难,故不易播于大众中间。卢仝诗遂往往因之受到冷落或批评,如在蒋寅先生的《中国古代文学通论》中,将卢仝《月蚀诗》、刘叉《冰柱》《雪车》诗与白居易的新乐府进行对比:

> 同是歌哭民瘼,指斥官府,白居易的新乐府就较好处理了题材和诗型、语言的关系,从而得到广泛的传播,千载以下仍具有感人至深的艺术魅力。②

蒋先生首先肯定卢仝《月蚀诗》、刘叉《冰柱》《雪车》诗与白居易的新乐府一样反映了社会现实,但因为卢、刘二人不能很好处理"题材和诗型、语言的关系",故不能得到广泛传播。蒋先生之言,诚为至论。而事实上,卢仝诗歌因其个性独具的艺术表现,"千载以下仍具有感人至深的艺术魅力",最突出地表现在以下两个方面:一是文学方面的影响,体现在《月蚀诗》等以怪异题材影射时政的写作手法上,如光绪帝戊戌变法失败,黄摩西曾仿《月蚀诗》作《元日日蚀诗》,"诗中日指光绪帝,月指孝钦后。东方龙当指恭亲王,是时为军机大臣,即于是年四月薨。南方火鸟当指崧藩,满洲人,是时方为云贵总督。西方于菟或指荣禄,曾为西安将军。北方老龟似指王文韶,是年初入赞军机,《清史稿》本传称其事更久,明于趋避,与诗语相合。"③ 甚至在九一八事变时,卢仝所开创的"月蚀"这一题材,又成了忧国伤时、感念国事的最好载体。钱仲联先生《梦苕盦诗话》记载:"沈阳变

---

① 袁行霈、罗宗强:《中国文学史》,北京:高等教育出版社,1999年,第2卷,322～323页。
② 蒋寅:《中国古代文学通论》,沈阳:辽宁人民出版社,2005年,99页。
③ 钱仲联:《梦苕盦诗话》,见张寅彭主编《民国诗话丛编》,上海:上海书店出版社,2002年,第6册,363～365页。

后数日，值旧历仲秋月蚀，此绝妙诗题也。海内诗流为此题者，就余所见，金丈松岑有七古一长篇云……闽侯林肖蛇次韵和之云：'桂花载酒年时事，老去吴霜动边思。江南风月几生修？塞上烟尘等闲视。陵历斗蚀天之过，占候前知未来世。蔽亏未用慨胡尘，变灭还如看海市。我曹忧患天人集，才愧纵横玉川子。哀此山河破碎余，谁其主宰纲维是？妖蟆妖蟆尔何怒，肥鱼大肉供尔薉。群仙玻璃故笼眼，老佛兜罗懒伸指。伐鼓犹闻国典存，挥戈可奈人心死。……'陈丈石遗七律云：'一轮才满海天东，见说清光处处同。宫殿广寒原似水，楼台蜃气忽漫空。桂花自斫吴刚斧，若木谁弯后羿弓？惭愧屠龙无好手，中庭涕下等卢同。'"① 二是文化方面的影响，卢仝因《走笔谢孟谏议寄新茶》中对饮茶绝妙的描写，遂为"茶仙"而和"茶圣"陆羽一起成了中国茶文化的象征，如民初北京中山公园的来今雨轩，有一楹联："三篇陆羽经，七度卢仝碗。"现在亦多将二人合称，如郑州某茶馆，门前一对联曰："天生陆羽传茶道，福报卢仝品茗歌。"卢仝不仅影响了中国自唐以来的一千多年的茶文化，而且影响海内外。日本僧人、煎茶道先人高游外在《种茶谱略》一书中说："茶种于神农，至唐陆羽著经，卢仝作歌，遍布海内外。"高游外老年时，把自己定为卢仝正流兼达摩宗第四十五代传人，足见其对卢仝之崇拜敬仰之情。1993年，日本煎茶道传人小川后乐来到中国，直奔济源寻访卢仝故里。回国后写成《济源寻访卢仝故里》一文，文中称："我学习煎茶道，大概是在十七八岁的时候，最初的学习内容是七句茶歌，把七只茶碗按顺序放好，每至晚上分别写着吼吻润、破孤闷……就在这时候我知道了卢仝的名字。以后在学习日本吃茶史、文化史的过程中，我逐渐对卢仝产生了兴趣，以致为其倾倒。"他还说，日本的煎茶界将卢仝尊崇为理想人物，到济源寻访卢仝，实现了日本几代茶人的愿望。②

历史的车轮滚滚向前，对卢仝的诗歌创作亟待给以相对全面、公正的评价。我们应该注意到卢仝诗作同样是时代、是自己"苦闷的象征"，它不应

---

① 见《民国诗话丛编》，第6册，275页。
② 参见济源市政协：《济源历史文化精编·卢仝的诗歌与茶歌》，北京：中国文史出版社，2005年，247~248页。

该被仅仅看作是一种为怪而怪的文字游戏：卢仝诗用"怪"的外衣包蕴着关切时政民瘼的内核，诗歌创作虽非全面却深刻地反映了当时的社会现实，也反映了自己饱学却一生不遇、守道而不得用于时的挫败感、失望感和郁闷感等心理体验。为着自己独特的个性所决定，卢仝把上述诗歌内容借奇崛雄放的风格、瘦硬朴拙的语言和亦俗亦谐的情趣等手段来表现，从而形成自己独特的艺术魅力。遗憾的是，长期以来，这位不容忽视的诗人恰恰在某种程度上不被重视。本书试图对其生平进行爬梳，评价他诗歌的思想意义和艺术风格，评议卢诗所产生的深远影响等，以求给予他与其诗歌成就相称的文学评价。

二、研究现状

虽然从唐以来，有关卢仝诗的评论不绝如缕，但一般或是总评式的，或是点评式的。真正对卢仝诗作进行细致深刻研究的，当推溯到南宋胡如埙，其《月蚀诗书》对卢仝《月蚀诗》作了深刻细致的剖析，他在序中称：

> 余尝紬绎其诗，爱其殖风雅之根，换《离骚》之骨，因铢较而寸量之，其感伤变异，则十月之交，同一宏规。其排击星宿，则维天有汉同一微意。悯黔娄而斥董秦，犹所谓西人之子，粲粲衣服也。留北斗以相北极，犹所谓不慭遗一老俾守我王也。屈友顾以流涕，而玉川涕泗下马，屈长跪以敷衽，而玉川心祷再拜焉。寄小心风之词，非后飞廉使奔属之词乎？越排阊阖之句，非倚阊阖而望予之句乎？唤皋陶一问之说，又非指苍天以为正命皋陶使听直之说乎？昌黎予之，而东坡复予之，二公非妄许可者也。余犹病其贯穿之不易穷，而句读之猝难理，暇日因考订之，以玉川本集及《文粹》为主，不得已，则以韩集所附，及观澜文所录，参定之间，亦以己意，正其所未然者。三复以还，仅得其十之七八。因编以授之童孙且序其说，图其像，而冠之篇首。其间阙疑，以俟君子。吁！有唐宦寺之祸，基于元宗之赏力士，识者忧之。盖久涓涓不息，将成江河。宪宗始初之清明，玉川盖有望焉。使其诗而获用，则元和

末年之事不复见矣。至甘露之祸,而玉川亦为之不免,君子未尝不叹息于斯。

胡如埙《月蚀诗书》颇受好评。嘉熙丁酉（1237）年孙彪曰:

> 读胡伯和所注玉川子《月蚀诗》,一句一字,必详其所自出,杜子美所谓"更觉良工心独苦",岂伯和之谓耶！和之父至文,好修笃学,著书满家,乡人尊之曰"孝友先生"。艮斋谢公尝铭其墓,比之以河汾王氏。余窃以为伯和,可谓于至文为孝子,于玉川子为忠臣。嘉定癸酉腊临川李氏书于长沙帅治之广咨轩。先大父冰壶先生耄书不停披,多所训释。《月蚀诗》盖晚年所注也,家君在义郴,尝广其传矣。尚恨家无刊本,敬锓梓以寿其后。①

但胡如埙所注《月蚀诗书》,今已不能见到。现存唯一的卢仝诗集注本,为清代康熙年间孙之騄的《玉川子诗集注》五卷。此注本在卢仝研究史上,具有开创之功。《玉川子诗集注序》曰:

> （仝诗）岁久零落,残编逸简,存什一于千百。孙君晴川,多方掇拾,按其科条,寻其章句,神会天解,根据典故,自有此诗,从无此注。②

孙注用功颇深,表现在四点:一、对所注之词,务求追根溯源,故多广征博引;二、间有针对前人评笺加以驳正、发挥者;三、对名物典制、地理沿革等考证颇详;四、网罗放佚,共收诗109首,比《全唐诗》多出两首,分别为《月诗》和《栉铭》。但孙注也非尽如人意,其不足处《四库全书总目》卷一七四已经指出:

> 卢仝诗,《唐书·艺文志》一卷,《书录解题》二卷,又外集一卷,明正德中刊本作二卷,盖无外集。《全唐诗》增多二十二篇,编为三卷。之騄又增入《栉铭》一篇,《月诗》一篇,编为五卷。然《月诗》见《锦绣万花谷》,其词不类。《栉铭》则仅与《梳铭》

---

① [明]解缙等编:《永乐大典》,北京:中华书局,1986年,第1册,383~384页。
② [唐]卢仝撰、清孙之騄注:《玉川子诗集注》,浙江图书馆藏清初刻晴川八识本。

异数字，乃一诗而讹为两题，不当重入。且彭叔夏《文苑英华辨证》，据罗衮《四铭小序》，知《栉铭》乃衮所作，《唐文粹》误题为卢仝，之骤均未能订正，殊考之未详也。仝诗故为粗犷，非风雅之正声，之骤嗜奇，故特注之。卷首《月蚀》一篇，考据元和庚寅时事，笺注最详，然后幅"天若不肯信，试唤皋陶鬼一问，而今文昌宫"云云，应以"问"字为句，之骤乃以"而今"字为句，尤嫌割裂。其他注亦多支蔓，如《客答蛱蝶》一首，引罗隐诗以释黄雀字，不顾其人之在仝后，亦未免失检矣。

虽然孙注之失尽如上述，但却在卢仝研究史上有着极其重要的地位，它毕竟对卢仝的全部诗作进行了一次全面的整理，使卢仝诗集有了一个相对完整的注本，这对于以前相对冷落的零零星星的评论当然是一大进步。

近年来，有关卢仝的研究文章，比较重要的有以下几类：

1. 关于卢仝生平方面的研究。这方面比较重要的文章有黄永年先生的《〈纂异记〉和卢仝的生卒年》[1]，卞孝萱先生的《唐传奇新探·〈喷玉泉幽魂〉新探》[2]，胡可先生的《甘露之变与中晚唐文学关系研究》[3] 等，上述文章认为卢仝死于唐文宗大和九年的"甘露之变"。反对这一观点比较重要的文章有邝健行先生的《卢仝事迹考述》[4]，姜光斗、顾启先生的《卢仝"罹甘露之祸"说不可信》[5]，阎琦先生的《卢仝生年质疑》[6]，陈振鹏先生的《卢仝生年解疑》[7]，刘曾遂先生的《卢仝不死于"甘露之变"辨》[8]，余才林先生的《〈纂异记〉和卢仝死因》[9]，卢嗣同先生的《卢仝之死疑案探

---

[1] 载《中国古典文学丛考》第二辑，上海：复旦大学出版社，1987年。
[2] 卞孝萱：《唐传奇新探》，南京：江苏教育出版社，2001年。
[3] 载《汉唐文学与文化研究》，上海：学林出版社，2004年。
[4] 见邝健行著《中国诗歌论稿》，香港：新亚研究所出版，1984年。
[5] 载《学林漫录》第七辑，北京：中华书局，1983年。
[6] 载《辞书研究》，1981年第2期。
[7] 载《辞书研究》，1981年第2期。
[8] 载《杭州大学学报》，1983年第3期。
[9] 载《文学遗产》，2004年第1期。

真》①,张清华先生主编的《韩愈大传·卢仝传》②等。

2. 关于卢仝诗歌方面的研究。这方面比较重要的文章有邝健行先生的《卢仝诗风分析》,该文认为卢仝诗之"怪""奇"表现在以下几方面:一是用字上不避俚俗、不避险仄、雅俗怪混用,形成一种奇怪而不调和的效果;二是句法上,包括五古、七古、五律、五绝、七绝各体,他的五古和近体诗的句法,大体上还算在规矩准绳之内,可七古句法,则大破成规,不循法度;三是用意上极端放纵想象,故不免时有超出常人所能接纳的范围而被目为怪异;四是用韵上使用几种不常见的押韵方式,如三句一押韵、单句独立用韵、奇偶二句分顶上下韵和韵中插韵、不避重韵、同字为韵、四六两项合用等。③ 项楚先生的《卢仝诗论》认为,卢仝思想特点与行事方式是不协调的,他内在的政治热情与表面隐居的处士身份是矛盾的。这种内在的冲突,加上他迂阔而又天真、激昂而又颓放、多情而又怪僻的性格,便成为他创作灵感的不竭源泉,形成了他诗歌的独特艺术风格:一是奇险,二是散文化倾向,三是俗语的运用,四是拟人化手法的运用,五是诗中那一点压不住的幽默和风趣;另一类是风华高秀、情谊缠绵之作,如《小妇吟》《楼上女儿曲》《有所思》等。形成卢仝此种艺术风格的原因,一是当时的诗坛风尚影响,二是吸收前代诗歌遗产的营养。④ 董乃斌先生《天地间自欠此体不得——论卢仝、马异、刘叉的诗》认为,在中唐诗坛的险怪诗派中,卢仝历来被视为顶尖的人物。卢仝等人的诗歌,至少有以下三方面应予肯定:一是揭露中唐朝政黑暗;二是塑造诗人自我形象——封建时代里愤怒的社会叛逆者;三是诗中一些内容,至少尚有一定的启发意义。其艺术风格表现为:热衷于表现自然界的奇观,如月蚀、山火、酷寒和奇热等;题材上的猎奇还不足以造成奇险诗风,诗人的思路与此关系更为密切;卢仝等人的诗歌险怪特征突出,

---

① 载《河北学刊》,2002年第1期。
② 张清华:《韩愈大传》,郑州:中州古籍出版社,2003年,554页。
③ 见邝健行著《中国诗歌论稿》,香港:新亚研究所出版,1984年。
④ 见项楚著《柱马屋存稿》,北京:商务印书馆,2003年。

最集中之处是在诗歌语言的应用上。① 陈允吉先生《"牛鬼蛇神"与中唐韩孟卢李诗的荒幻意象》认为，所谓的"牛鬼蛇神"，其本意乃是指佛教祭坛上的狞恶鬼神形象。它们自南亚随佛法传入中国，逐渐适应本土需要而至唐代极盛于时，致使韩愈、孟郊、卢仝、李贺等人的诗均与之发生感触相通，并有利于韩孟诗派尚怪风气的形成。②

3. 关于卢仝事迹方面的研究。这方面比较重要的文章有邝健行先生的《卢仝事迹考述》，该文谓：《唐才子传》说马异是睦州人，据《新唐书·地理志》，睦州属江南道，三国时吴地，故马异自拟为吴人陆云："不知何处清风夕，拟使张华见陆云。"以张华比拟卢仝。据《晋书·张华传》，张华是范阳人，故推断出卢仝籍贯为范阳；从卢仝《寄外兄魏澈》诗断卢妻魏氏。卢仝生于代宗大历五年庚戌（770），年轻时居扬州；德宗贞元十五年己卯（799），三十岁时举家自扬州迁洛阳；元和二年丁亥（807），冬十月，离洛南行；元和五年庚寅（810）春，在扬州结识萧庆中；元和六年辛卯（811），居洛阳；元和七年壬辰（812），二月，在常州为常州刺史孟简客，秋间寄诗给长男抱孙；元和八年癸巳（813），初仍在扬州，曾跟孟简游湖，看孟简买鱼放生；秋冬之间，仝或又有远行之计；后曾至塞上，未几死于长安，年四十余。③ 孔庆茂、温秀雯先生的《卢仝行年考》认为卢仝生于大历五年（770）左右，祖籍范阳，生于济源。贞元元年（785）年十五岁，在济源曾隐居玉阳山石榴寺读书；贞元十三年（797），二十岁，随父寓居扬州二三年；贞元十七年（801），三十一岁，其父去世。卢仝从扬州迁回济源，在玉川一带买地，筑烹茶馆于其上，自号玉川子；元和三年（808），三十八岁，此前不久，与马异结交；元和四年（809），三十九岁，在济源，又赴洛阳，与韩愈等同游嵩山；元和五年（810），四十岁，在济源，此年前后，在洛阳赊买宅院，举家迁洛，次子添丁生；元和六年（811），四十一岁，冬，赴扬州售旧宅。旋赴常州，与孟简交游；元和七年（812），四十二岁，在扬州结

---

① 载《中国古典文学论丛》第一辑，北京：人民文学出版社，1984年。
② 载《复旦学报》，1996年第3期。
③ 载《杭州大学学报》，1983年第3期。

识萧庆中,后卧病扬州;元和八年(813),四十三岁,秋,卢仝旧宅售出。萧庆中在歙州未回,卢带走萧宅数片怪石与自己旧宅中书籍,雇船从扬州返洛;元和九年(814),四十三岁,在长安,托孤于友,遽离长安,不久即卒。① 刘曾遂先生《卢仝事迹杂考》考证出,卢仝早年曾寓居扬州,大约三十岁时离开;卢仝大约三十岁时隐居王屋山,大约四十岁时移居东都;卢仝无"两征不起"的经历;卢仝迁居洛阳与马异结交等。② 余才林先生《卢仝南行时间考》以为,孟简元和中自谏议大夫出为常州刺史,元和七年(812)二月,韩愈自职方员外郎迁国子博士,卢仝集中有《常州孟谏议座上闻韩员外职方贬国子博士有感五首》正记其事。再与《寄男抱孙》相参证,推出卢仝《冬行三首》作于元和六年冬。③

　　这些研究都能抓住卢仝其人其作中的某些关键之处,进行独到、深刻、细致的考证、分析、推理,从而推动了卢仝研究的发展。然而,目前研究的不足之处也显而易见。具体表现在:一是稍嫌简略,到目前为止,尚未出现一种专以卢仝作为研究对象的专著。以上提到的有关卢仝的研究,均是单篇文章,虽不乏真知灼见,却终有"弱水三千,我只取一瓢饮"的感慨;二是到目前为止,卢仝的别集除孙注外尚无新的注本出现,这对于卢仝的研究无疑是一种极大的缺憾。

三、研究方法及可行性

　　至于对作家作品研究具体的操作方法,一般可以分为两种:一种是文献研究,如孙之騄的《玉川子诗集注》,以文本为主,将卢仝诗作进行详细注释,在注释过程中对时代背景、诗人身世、交游、行年等作出考证。这种方法可以具体地对研究对象作出相对可靠的把握。但此种方法,难以从总体上给出理论的概述而往往失之琐碎。另一种则是结合卢仝作品等进行理论研究,如项楚先生的《卢仝诗论》,在总体上对卢仝的诗风进行了探讨,又结

---

① 见邝健行著《中国诗歌论稿》,香港:新亚研究所出版,1984年。
② 载《浙江师院学报》,1985年第2期。
③ 载《书品》,2001年第2期。

合具体的诗证来进行细致的分析。一方面彰显了卢仝诗歌的总体风貌，另一方面也因密切联系卢仝的生平、履历、游踪等进行详考，从而能使读者从社会学的视角切入，对卢仝生存状态和心路历程等问题的探究，对理解卢仝其人、其作不无裨益。本文拟结合此两种方法对卢仝及其作品进行研究，在相对全面把握和理解文献的基础上，对卢仝诗歌进行相对全面系统的观照和理论阐释。

采用这种方法进行卢仝研究，是可能的。其一，从文献的角度来讲，对有关卢仝的文献进行相对全面的整理研究，有助于更好地把握理论研究的尺度。其二，一般的研究程序都离不开材料的搜集与梳理，通过对卢仝文献材料等的整梳，可以更好地进入陈述和概括的理论层面，因为诗作往往反映了诗人对现实、对自身的观照，它总是和复杂的社会和创作主体的个人等因素相联系。因此，以文献部分为契入点来进入理论研究领域，有着相对的可靠性，即"识其人，研其诗。"

当然，无论何种方法的研究，对于研究者来讲都有些像是心灵的历险过程，好比"入虎穴求虎子"，因为研究中会有种种困难出现。对于本书作者来讲，研究心态用"如临深渊，如履薄冰"来形容殆不为过，这主要是因为本书的研究内容间或涉及包括文学、史学、文献学、美学、文学理论、统计学等多个领域，而笔者之学识修养非常有限，故只能有限地领会运用之。加之时间的有限和资料的缺乏，因此，本书定然免不了疏漏浅薄之谈，幸望方家教之。

四、关于本书的内容

本书主要内容分五章，另有绪论、附录、结语和主要参考文献等。第一章重点对卢仝的生平进行考述，包括对籍贯、死因和生卒年、居处、交游等的辨析；第二章重点探讨卢仝诗歌的思想内容，可以分为五个方面，分别是"学者的用世情怀""儒者的仁爱思想""'愚公'的愤世情怀""'山人'的隐居情趣""或有所寓托之作"，其中儒者渴望学而有为于世的热情，构成了卢仝愤世嫉俗的内驱力。用世不成，转而做一"愤世"之"愚公"，或一疏

17

放之"山人",在"愤世"和疏放所构筑成的颓放中,卢仝间或借风华婉转之华篇,曲传政治落寞、人生失意的感慨;第三章重点探讨"卢仝体"的审美风格,"风格具有特殊性和个体经验性,但其背后则各各矗立着一个广袤无际的文化背景屏幕。"①"卢仝体"的产生,自与其所处的时代有着密不可分的关联,但本章则是把卢仝最具感性内容和色彩的因素作为探讨对象,对卢仝体的表现特征、卢仝体的审美内涵和卢仝体的审美情趣进行了比较集中的分析,从而得出结论:卢仝以其飞扬不羁的个性,任情驱笔,"怪"中自有多种审美情趣和内涵存在。第四章则对卢仝体的影响进行了历时性的爬疏,中国文学的历史,浩瀚苍茫,此爬梳无异于沧海一粟、惊鸿一瞥,但借此则可窥见卢仝对后世深刻巨大的影响。第五章对卢仝的《春秋摘微》进行了简略的考述。附录分两部分,第一部分对卢仝诗集在历代的流传与刊刻进行了研究;第二部分汇编历代有关卢仝的评论等。结语部分则结合卢仝诗产生之时代背景、社会环境等对其和韩孟诗派的诗歌创作中的共性进行简略概述。这样与前几章就构成了互补的关系,即卢仝身为韩孟诗派重要成员,既与该派其他成员的诗歌创作有着共性,又有着极其鲜明的个性。

---

① 吴功正:《中国文学美学》,南京:江苏教育出版社,2001年,上册,161页。

第一章

卢仝生平

第一节 卢仝的籍贯

中唐诗人卢仝，自号玉川子，为韩孟诗派重要成员。由于正史材料稀缺，故有关其籍贯多无确记。

其籍贯，有范阳（今河北涿州市）、洛阳（今河南洛阳市）、济源（今河南济源市）三说。主范阳说者较多，主要有：宋晁公武《郡斋读书志》卷十八云："唐卢仝，范阳人。"①《全唐文》卷六八三作者小传："仝，范阳人，隐少室山，自号玉川子。"②《全唐诗》卷三八七亦同。③后之学者多从之，如苏雪林先生《唐诗概论》④，郑振铎先生《插图本中国文学史》⑤，中国大百科全书总编辑委员会等《中国大百科全书》⑥，廖仲安、刘国盈先生

---

① [宋]晁公武撰、孙猛校证：《郡斋读书志校证》，上海：上海古籍出版社，1990年，906页。
② [清]董诰等编：《全唐文》卷六八三，北京：中华书局，1983年，第7册，6981页。
③ [清]彭定求等编：《全唐诗》卷三八七，北京：中华书局，1960年，第12册，4364页。本文引用唐诗，如无特别说明，均据此书，以下不另出注。
④ 参看苏雪林：《唐诗概论》，上海：上海书店出版社，1992年，122页。
⑤ 参看郑振铎：《插图本中国文学史》，北京：人民文学出版社，1957年，第2册，354页。
⑥ 参看中国大百科全书总编辑委员会等编：《中国大百科全书·中国文学Ⅰ》，北京：中国大百科全书出版社，1986年，470页。

《中国古典文学辞典》①，胡敬署等先生《文学百科大辞典》②，周祖譔先生《中国文学家大辞典》（唐五代卷）③，吴庚舜、董乃斌先生《唐代文学史》④，刘兰英等先生《中国古代文学词典》⑤，邓中龙先生《唐代诗歌演变》⑥，济源市地方史志编纂委员会《济源市志》⑦，卢嗣仝先生《卢仝之死疑案探真》⑧，济源市政协《济源历史文化精编》⑨，张㧑之等先生《中国历代人名大辞典》⑩等。对主范阳之说，张清华先生《韩愈大传·卢仝传》评曰："《唐才子传》云：卢仝，范阳人。查诸文献及卢著，最早称其为范阳人的是南宋人晁公武《郡斋读书志》卷四：'卢仝，范阳人。'《唐才子传》本此。细究之，疑即出之韩诗'苗裔当蒙十世宥，岂谓贻厥无基阯。'唐时范阳卢氏为五姓七家之著姓，如姓李者必曰陇西，姓王者必曰河东太原，姓崔者必曰博陵，姓郑者必曰荥阳一样，姓卢者必曰范阳。'十世'虽不一定为实指，然指卢仝先祖居范阳据此无疑；即使坐实卢仝十世祖是范阳人，也只指祖籍，按唐人风气，范阳也只算仝之族望，非所居里籍也。何况仝自己也无提及他是范阳人。"⑪考卢仝诗集中并无涉及范阳者，张说诚是。

主洛阳说者最早为温庭筠，其《醉歌》诗称："洛阳卢仝称文房，妻子

---

① 参看廖仲安、刘国盈编：《中国古典文学辞典》，北京：北京出版社，1989年，133页。
② 参看胡敬署等编：《文学百科大辞典》，北京：华龄出版社，1991年，210页。
③ 参看周祖譔编：《中国文学家大辞典》（唐五代卷），北京：中华书局，1992年，112页。
④ 参看吴庚舜、董乃斌：《唐代文学史》，北京：人民文学出版社，1995年，401页。
⑤ 参看刘兰英等编：《中国古代文学词典》第一卷，南宁：广西人民出版社，1986年，48页。
⑥ 参看邓中龙：《唐代诗歌演变》，长沙：岳麓书社出版社，2005年，223页。
⑦ 参看济源市地方史志编纂委员会编：《济源市志》，郑州：河南人民出版社，1993年，556页。
⑧ 参看卢嗣仝：《卢仝之死疑案探真》，载《河北学刊》2002年第2期。
⑨ 参看济源市政协编：《济源历史文化精编》，北京：中国文史出版社，2005年，241页。
⑩ 参看张㧑之等编：《中国历代人名大辞典》，上海：上海古籍出版社，1999年，上册，381页。
⑪ 张清华主编：《韩愈大传》，郑州：中州古籍出版社，2003年，554页。

脚凸春黄粱。"(《全唐诗》卷五七六）宋陈振孙《直斋书录解题》卷一九称其为"洛阳卢仝"①，明高棅《唐诗品汇》卷首"诗人爵里详节"卢仝名下注云："号玉川子，洛阳人。"② 明唐汝询《唐诗解》"七言绝句五"亦谓卢仝为洛阳人③，主此说者似本于韩愈《寄卢仝》中"玉川先生洛城里，破屋数间而已矣"④ 二句诗。其实卢仝《冬行三首》诗其二已交代出洛阳并非其世居之地，乃后来卜居于此："长年爱伊洛，决计卜长久。赊买里仁宅，水竹且小有"⑤，故称洛阳者，当因卢仝长期居于此地所致。

对主济源说者，《唐才子传校笺》曾经进行过考证："《新传》云'卢仝居东都''仝自号玉川子'。陈振孙《直斋书录解题》卷一九称其为'洛阳卢仝'，晁公武《郡斋读书志》卷四中云：'唐卢仝，范阳人。隐少室山，号玉川子。'《才子传》似本此。卢仝《寄萧二十三庆中》云'忆萧者嵩山之卢。'按以上所述，均非卢仝之贯籍。洛阳为卢仝曾居之地；嵩山为隐居之地；范阳乃著郡望；仝实为河南府济源（今河南省济源市）人。《河南通志》卷六五《文苑》：'卢仝，济源人，号玉川子，好学博览，工诗。'又其卷五一《古迹》：'玉川泉，在济源县西北二十里石村北之玉川，烹茶馆亦在此。'卢仝有《将归山招冰僧》，诗云：'买得一片田，济源花洞前。'李吉甫《元和郡县图志》卷五《河南道》一载河南府辖属有济源县，原属怀州，唐显庆二年（657），割属河南府。两《唐书》之《地理志》载济源县，均隶孟州，显庆二年，割属河南府。"⑥ 张清华先生《韩愈大传·卢仝传》曰："卢仝诗

---

① [宋] 陈振孙：《直斋书录解题》卷一九，台北：台湾商务印书馆1978年，下册，536页。
② [明] 高棅：《唐诗品汇》，上海：上海古籍出版社，1982年，36页。
③ [明] 唐汝询选释、王振汉点校：《唐诗解》，保定：河北大学出版社，2001年，769页。
④ 钱仲联集释：《韩昌黎诗系年集释》卷七，上海：上海古籍出版社，1984年，上册，782页。本文引用韩诗，如无特别说明，均据此书，以下不另出注。
⑤ 卢诗引自《玉川子诗集》卷二，四部丛刊本，上海：商务印书馆，1919年，本文引用卢诗，如无特别说明，均据此书，以下不另出注。
⑥ 傅璇琮：《唐才子传校笺》卷五，北京：中华书局，1989年，第2册，267页~268页。

里亦自称玉川子,时人如韩愈亦称'玉川先生'。县名玉川当因地里有玉泉水而起,卢仝自称玉川子者当因家居此地也。则卢仝为济源人,郡望范阳,曾隐居嵩山,客居扬州,元和三四年后定居洛阳。"①《唐才子传校笺》所考与《韩愈大传·卢仝传》所断,信而有征。另外主济源说者尚有清孙之骒《玉川子诗集注·玉川先生传》:"先生姓卢名仝,其先出范阳,坠其世次。至先生与昌黎韩愈同府,济源人也。今县西北二十里石村玉川,有仝庄云。"② 臧励和先生《中国人名大辞典》③,王启兴先生《增订注释全唐诗》④,傅璇琮、许逸民等先生《中国诗学大辞典》⑤,谭正璧先生《中国文学家大辞典》⑥ 等。周勋初先生主编《唐诗大辞典》⑦,湖南师范学院中文系古代文学教研室编《中国历代作家小传》⑧,马茂元先生《唐诗选》⑨ 则存范阳与济源二说。

综合上述三种说法,可以得出结论:济源当为卢仝籍贯,范阳乃为卢仝郡望,洛阳本为卢仝久居之地。

第二节 卢仝的死因及生卒年

卢仝生卒年迄今尚无确切定论,主要是由对其是否死于唐文宗大和九年(835)的"甘露之变"看法持不同观点所导致。"甘露之变"是唐文宗谋诛

---

① 张清华主编:《韩愈大传》,郑州:中州古籍出版社,2003年,554页。
② [清]孙之骒注:《玉川子诗集注》,浙江图书馆藏清初刻晴川八识本。
③ 参看臧励和编:《中国人名大辞典》,上海:生活书店出版社,1980年,1589页。
④ 参看王启兴:《增订注释全唐诗》,武汉,湖北人民出版社,2001年,1922页。
⑤ 参看傅璇琮、许逸民等编:《中国诗学大辞典》,南京:浙江教育出版社,1999年,357页。
⑥ 参看谭正璧编:《中国文学家大辞典》,上海:上海书店印行,1981年,1516页。
⑦ 参看周勋初编:《唐诗大辞典》,南京:凤凰出版社,2003年,60页。
⑧ 参看湖南师范学院中文系古代文学教研室编:《中国历代作家小传》,长沙:湖南人民出版社,1981年,中册,352页。
⑨ 参看马茂元:《唐诗选》,上海:上海古籍出版社,1999年,509页。

宦官仇士良等未果而引起的一次政治惨变，此变中，众多朝官及无辜者被戮，据《新唐书》卷一七九《李训传》记载："会士良遣神策副使刘泰伦、陈君奕等率卫士五百挺兵出，所值辄杀，（王）涯等惶遽，易服步出。杀诸司史六七百人。复分兵屯诸门，捕训党千余人，斩四方馆，流血成渠。宦竖知训事连天子，相与怨喷，帝惧，伪不语，故宦人得肆志杀戮。"其中便有所谓的"甘露四相"，即王涯、舒元舆、贾悚、李训。最早把卢仝和"甘露四相"联系起来的是晚唐李玫的小说集《纂异记》里的《喷玉泉幽魂》，《喷玉泉幽魂》在《太平广记》卷三五〇中作《许生》。为便于说明问题，现将《许生》转录如下：

  会昌元年春，孝廉许生，下第东归，次寿安，将宿于甘泉店。甘棠馆西一里已来，逢白衣叟，跃青骢，自西而来，徒从极盛，醺颜怡怡，朗吟云："春草萋萋春水绿，野棠开尽飘香玉。绣岭宫前鹤发人，犹唱开元太平曲。"生策马前进，问其姓名，叟微笑不答，又吟一篇云："厌世逃名者，谁能答姓名。曾闻三乐否，看取路傍情。"生知其鬼物矣，遂不复问，但继后而行。凡二三里，日已暮矣。至喷玉泉牌堠之西，叟笑谓生曰："吾闻三四君子，今日追旧游于此泉，吾昨已被召，自此南去，吾子不可连骑也。"固请从，叟不对而去。生纵辔以随之，去甘棠一里余，见车马导从，填隘路歧。生麾盖而进，既至泉亭，乃下马，伏于丛棘之下，屏气以窥之。见四丈夫，有少年神貌扬扬者，有短小器宇落落者，有长大少髭髯者，有清瘦言语及瞻视疾速者，皆金紫，坐于泉之北矶。叟既至，曰："玉川来何迟？"叟曰："适傍石墨涧寻赏，憩马甘棠馆亭，于西楹偶见诗人题一章驻而吟讽，不觉良久。"座首者曰："是何篇什，得先生赏叹之若是。"叟曰："此诗有似为席中一二公有其题，而晦其姓名，怜其终章皆有意思。乃曰：'浮云凄惨日微明，沈痛将军负罪名。白昼叫阍无近戚，缟衣饮气只门生。佳人暗泣填宫泪，厩马连嘶唤主声。六合茫茫悲汉土，此身无处哭田横。'"座中闻之，皆以襟袖拥面，如欲恸哭。神貌扬扬者云："我知作诗人矣，得非伊水之上,受我推食脱衣之士乎?"久之,白衣叟命飞杯,凡数巡,而座中唏嘘未已。白衣叟曰:"再经旧游,无以自适,宜赋篇咏,以代管弦。"命左右取笔砚,乃出题云《喷玉泉感旧游书怀》,各七言长句。白衣叟倡云:"树色川光向晚晴,旧曾游处事分明。鼠穿月榭荆榛合,草掩花园畦垄平。迹陷黄沙仍未寤,罪标青简竟何名。伤心谷口东流水,犹喷当时寒玉声。"少年神貌扬扬者诗云:"鸟啼莺语思何穷,一世荣华一梦中。李固有冤藏蠹简,邓攸无子续清风。文章高韵传流水,丝管遗音托草虫。春月不知人事改,闲垂光影照洿宫。"短小器宇落落者诗云:"桃蹊李径尽荒凉,访旧寻新益自伤。虽有衣衾藏李固,终无表疏雪王章。羁魂尚觉霜风冷,朽骨徒惊月桂香。天爵竟为人爵误,谁能高叫问苍苍。"清瘦及瞻视疾速者诗云:"落花寂寂草绵绵,云影山光尽宛然。坏室基催新石鼠,潴宫水引故山泉。青云自致惭天爵,白首同归感昔贤。惆怅林间中夜月,孤光曾照读书筵。"长大少须髯者诗云:"新荆棘路旧衡门,又驻高车会一樽。寒骨未沾新雨露,春风不长败兰荪。丹诚岂分埋幽壤,白日终希照覆盆。珍重昔年金谷友,共来泉际话孤魂。"诗成,各自吟讽,长号数四,响动山谷。逡巡,怪鸟鸱枭,相率啾唧,大狐老狸,次第鸣叫。倾之,骡脚自东而来,金铎之声,振于坐中,各命仆马,颇甚草草,惨无言语,掩泣攀鞍,若烟雾状,自庭而散。

(《全唐诗》卷五六二收录《喷玉泉冥会诗八首》)

生于是出丛棘,寻旧路,匹马龁草于涧侧,寒童美寝于路隅。未明,达甘泉店。店媪诘冒夜,生具以对媪。媪曰:"昨夜三更,走马挈壶,就我买酒,得非此耶。"开柜视,皆纸钱也。①

《纂异记》,《新唐书·艺文志三·丙部子录·小说类》注云:"李玫

---

① [宋]李昉等编:《太平广记》卷三五〇,北京:中华书局,1961年,第7册,2769~2771页。本文引用李玫小说,如无特别说明,均据此书,以下不另出注。

《纂异记》一卷：大中时人。"① 《通志·艺文略三·传记·冥异》注云："《纂异记》一卷：李玫撰。"②《宋史·艺文志五·子部·小说家类》注云："李攻（一作政）《纂异记》一卷。"③ 据卞孝萱先生《唐传奇新探》考证："'攻''政'因形似而讹，今中华书局标点本《宋史》已改作'玫'。《南部新书》讹作李纹，重编《说郛》《全唐诗》《古今说部丛书》讹作李玖，《旧小说》讹作李孜。至于书名，《类说》题作《异闻录》，《绀珠集》题作《异闻实录》，乃后人改称。《太平广记·引用书目》中有《纂异记》，而卷三五〇引用时作《纂异录》者，则传写之讹。""宋初，李昉、钱易等尚能见到原书，《太平广记》之《许生》即《南部新书》所云之《喷玉泉幽魂》。《广记》改易了标题，而《新书》保存了原篇名。《郡斋读书志》《直斋书录解题》均未著录《纂异记》，当已渐佚。明陆楫等辑《古今说海·说渊部·别传家》载此篇，题作《甘棠灵会录》，则'妄制篇目'以欺世也。"④《南部新书》记卢仝死事，最早引到了李玫《纂异记·喷玉泉幽魂》："李纹者，早年受王涯恩。及为歙州巡官时，涯败，因私为诗以吊之。末句曰：'六合茫茫皆汉土，此身无处哭田横。'乃有人欲告之，因而《纂异记》中有《喷玉泉幽魂》一篇，即甘露四相也。玉川先生，卢仝也。仝亦涯客，性僻面黑，常闭于一室中，凿壁穴以送食。大和九年十一月二十日夜，偶宿涯馆，明日左军屠涯家族，随而遭戮。"⑤

此后，卢仝死于"甘露之变"一说几成定论，如宋刘克庄《后村诗话》："唐人多传卢仝因留宿王涯第中，遂预甘露之祸。仝老无发，阉人于脑后加钉焉，以为添丁之谶。或言好事者为之。仝处士，与人无怨，何为有此谤？

---

① [宋]欧阳修、宋祁著：《新唐书》卷五九，北京：中华书局，1975年，第5册，1541页。
② [宋]郑樵著：《通志》卷六五，北京：中华书局，1987年，第1册，780页。
③ [元]脱脱等著：《宋史》卷二〇六，北京：中华书局，1977年，第15册，5225页。
④ 卞孝萱著：《唐传奇新探卷二〇六》，南京：江苏教育出版社，2001年，154页。
⑤ [宋]钱易著、黄寿成点校：《南部新书》壬卷，北京：中华书局，1961年，140页。

然平时切齿元和逆党,《月蚀》一诗,脍炙人口,意者群阉因此害之。《太平广记》载孝廉许生遇四丈夫与白衣叟会饮于甘棠馆西喷玉泉,四人谓叟曰:'玉川来何迟?'叟举壁间所见诗。座中闻之,皆掩面欲恸。已而叟与四人者各赋一篇。盖王涯、贾悚、舒元舆、李训与仝之鬼也。"①

宋许顗《彦周诗话》云:"玉川子送伯龄诗云:'努力事干谒,我心终不平。'玉川子在王涯书院中会食,不能自别,枉陷於祸,哀哉!"②

元辛文房《唐才子传》:"元和间,月蚀,仝赋诗,意切当时逆党。愈极称工,余人稍恨之。时王涯秉政,胥怨于人。及祸起,仝偶与诸客会食涯书馆中,因留宿,吏卒掩捕。仝曰:'我卢山人也。于众无怨,何罪之有?'吏曰:'既云山人,来宰相宅,容非罪乎?'苍忙不能自理,竟同甘露之祸。仝老无发,奄人于脑后加钉。先是生子名'添丁',人以为谶云。"③

明胡震亨《唐音统签》:"卢仝……韩愈为河南令,爱其诗,厚礼之,后死于甘露之祸。仝尝客王涯,时偶宿其第中,遂并戮。仝无发,阉人于脑后加钉悬焉。仝尝名其子为添丁,人以为谶。"④

明唐汝询《唐诗解》:"卢仝……韩愈为河南尹,爱其诗,厚礼之。后因宿王涯第中,遂预'甘露'之祸。"⑤

清康熙编《唐宋诗醇》:"玉川垂老,尚依时宰,致罹甘露之难,其人固非高隐,退之何以倾倒乃尔?观诗中(指韩愈《寄卢仝》诗)所叙,特与邻人构讼,而以情面听其起灭耳。却写得壁立千仞,有执鞭忻慕之意。乃知唐时处士,类能作声价如此。"⑥

清孙之騄《玉川子诗集注·玉川先生传》:"愈死,仝落拓无所依,往来

---

① [宋]刘克庄著:《后村诗话》前集卷一,见吴文治主编《宋诗话全编九·刘克庄诗话》,南京:江苏古籍出版社,1998年,8362页。
② [宋]许顗著:《彦周诗话》,见《宋诗话全编二·许顗诗话》,1402页。
③ [元]辛文房著、徐明霞校点:《唐才子传》卷五,沈阳:辽宁出版社,1998年,57页。
④ [明]胡震亨编:《唐音统签》卷三六四,故宫珍本丛书,海口:海南出版社,2000年,第五册,370页。
⑤ 《唐诗解》,769页。
⑥ [清]弘历编:《唐宋诗醇》,苏州:紫阳书院,乾隆二十五年(1781)重刊本。

长安中。甘露之变,仝适在末昌里茶肆。值王涯等自中书仓皇步出至肆中,为禁兵所擒。并收先生,以丁钉其颅而去。"

郑振铎先生《插图本中国文学史》:"卢仝……韩愈为河南令,爱其诗,与之酬唱。后因宿王涯第,涯被杀,仝竟也罹祸。"

谭正壁先生《中国文学家大辞典》:"元和间,赋《月蚀诗》以刺当时奸党,韩愈极称其工,然由是得罪党人。甘露之变,仝偶与诸客会食宰相王涯馆中,晚留宿,为吏卒掩捕。仝急辩曰:'我卢山人也,于众无怨,何罪之有?'吏曰:'既云山人,来宰相宅,容非罪乎?'仝老无发,捕者于脑后加钉以系之,遂遇祸。"①

周勋初先生《唐诗大辞典》:"文宗大和九年(835),甘露之祸起,宦官追捕宰相王涯,卢仝适与诸客会食王涯馆中,且留宿,遂被捕杀。"②

刘兰英等先生《中国古代文学辞典》:"元和年间,月蚀,卢仝作《月蚀诗》讥刺时政,得罪了当时专权的宦官。'甘露事变'时,他正留宿于宰相王涯家,与王涯同时遇害。"③

周祖譔先生《中国文学家大辞典》:"(卢仝)大和九年十一月于宰相王涯家留宿,适遭'甘露之变',与王涯同时被害。"④

张忠纲先生《全唐诗大辞典》:"(卢仝)'甘露之变'时适宿宰相王涯家,遂共罹难。"⑤

项楚先生《卢仝诗论》:"虽然众说各异,但多数论者以为《月蚀诗》为讥刺宦竖而作,应该是可信的。甘露之变,卢仝会食于宰相王涯宅,因被掩捕,虽自称'于众无怨',实则早已结怨宦官,自然难免一死。"⑥

最早对卢仝死于"甘露之变"说提出质疑的,是邝健行先生《卢仝事迹考述》,该文从主卢仝生于唐代宗大历五年庚戌(770)出发,认为据贾岛

---

① 《中国文学家大辞典》,1516 页。
② 《唐诗大辞典》,60 页。
③ 《中国古代文学词典》第 1 卷,48 页。
④ 《中国文学家大辞典》(唐五代卷),112 页。
⑤ 参看张忠纲编:《全唐诗大辞典》,北京:语文出版社,2000 年,69 页。
⑥ 项楚:《卢仝诗论》,见所著《柱马屋存稿》,北京:商务印书馆,2003 年,168 页。

《哭卢仝》诗"平生四十年,唯著白布衣",可断卢仝死时年四十余。如死于甘露之祸,则卢仝年岁为六十六,与岛诗不合;其次,该文断添丁生于元和五年(810),则甘露之变时已为二十五岁之青年,长子抱孙则年过三十,这与贾岛诗"托孤遽弃遗"不合;第三,该文断卢马结交在元和四年(809),若"说太和九年仝死时才四十多岁,则元和年间他和马异论交时,不过二十出头,这便跟《与马异结交诗》中的'卢仝四十无往还'一句不合。"第四,该文谓贾岛诗"长安有交友"之"交友",似指韩愈,而韩愈死于穆宗长庆四年(824),卢仝如死于甘露之祸,怎么可能向韩愈"托孤"?综合以上分析,该文以为:"辛文房的卢仝死于甘露之祸的记载,恐不可信。"①

其后,姜光斗、顾启先生又发表《卢仝罹"甘露之祸"说不可信》一文,该文认为:首先,遍检《旧唐书》《新唐书》和《资治通鉴》三书中有关"甘露之变"的记载,都一字不提卢仝。其次,据《资治通鉴》卷二百四十五载,"甘露四相"之一王涯被捕时并不在家中,而是从宫中逃到茶肆后被捕抓。这与《唐才子传》"仝偶与诸客会食涯书馆中"而遭捕相矛盾,因为"岂有主人不在家而客人会食于主人书馆中之理乎?何况王涯不是一般人,而是宰相呢?"第三,卢仝死时脑后加钉,是无稽之谈。第四点最重要,即"以贾岛、韩愈和卢仝自己的诗来验证罹祸说,矛盾百出,不攻自破。"姜、顾二人说的贾岛诗,即《哭卢仝》:"贤人无官死,不亲者亦悲。空令古鬼哭,更得新邻比。平生四十年,唯著白布衣。天子未辟召,地府谁来追。长安有交友,托孤遽弃遗。"② 贾岛诗"有两点值得注意,一是卢仝死时年龄是四十或四十稍出头,二是他死时孩子年龄很幼小,否则是说不上'托孤'二字的。"据钱仲联《韩昌黎诗系年集释》,韩愈《寄卢仝》诗写于元和六年(811)。卢仝《与马异结交诗》中有"天地日月如等闲,卢仝四十无往还"之句,以岛诗推之,此诗当是卢仝晚年之作。韩诗称"往年弄笔嘲同

---

① 邝健行:《卢仝事迹考述》,载《中国诗歌论稿》,香港:新亚研究所出版,1984年,160~161页。
② 齐文榜校注:《贾岛集校注》卷一,北京:人民文学出版社,2001年,8页。本文引用岛诗,如无特别说明,均据此书,以下不另出注。

异"指卢仝《与马异结交诗》中"昨日仝不仝，异自异，是谓大同而小异。今日仝自仝，异不异，是谓仝不往兮异不至"，则卢仝此诗"应写于元和五年（810），也就是说，在公元810年，卢仝已经四十岁或四十岁出头了。如果卢仝活到甘露之变那年（835）才罹祸，他已经六十多岁了。而贾岛《哭卢仝》诗明明说他只活了四十余岁，卢仝罹甘露之祸说怎么可信呢？"第五，岛诗有"托孤"之说，据韩愈《寄卢仝》诗，知卢仝小儿子添丁生于元和五年（810）。又据仝诗《寄男抱孙》知"添丁有兄名抱孙，比添丁要大好几岁。由此推算，添丁到甘露之变那年已经二十六岁，抱孙可能要三十岁了，如果卢仝确是死于那一年，他们早已成家立业，怎能称得上'托孤'呢？"第六，卢仝《示添丁》"诗中所写显然是添丁三四岁时的情景，添丁三四岁时，正是诗人四十岁左右，那时诗人即染上严重疾病，大概不久就去世了。证以贾岛诗，那就完全合拍了。"根据上述六点，姜、顾之文得出结论："卢仝大约卒于元和七年或八年（公元812或813），生于大历五年或六年（公元770或771），比韩愈小两三岁，跟韩愈、贾岛都是同辈诗人。也只有对于同辈诗人，韩愈才会既仿效他的《月蚀诗》，又对他赞扬备至，如此倾倒。"①

后赞同不死于"甘露之变"者尚有张清华先生《韩愈大传·卢仝传》，他认为："其生年说当据贾岛《哭卢仝》诗：'平生四十年，唯著白布衣。'上推四十年而约定的。上引卢仝《与马异结交诗》自谓'四十无往还'，则他与马异始交在元和三四年时已四十，至太和九年已经六十七岁了，与贾岛《哭卢仝》诗'四十'之说不合，按贾岛哭友之诗谓四十，虽是约数，亦不应超过四十五岁以上。以卢、贾二诗凿证，卢仝不可能卒于'甘露之变'。况《唐才子传》诸多漏洞：《月蚀诗》之成离'甘露之变'已二十七年，年月已久，人事已变，何能再算记旧事？卢与王涯有何交情而与诸客会食涯书馆中，因宿涯家，况王涯不在家；事变发生在禁省，后才延及其家的；脑后加钉之说，则纯属附会。其卒年在元和七八年，约享年四十五岁。"张文另据卢仝《示添丁》《寄男抱孙》诗和韩愈《寄卢仝》诗考证，如仝死于"甘露之变"，则贾岛

---

① 见《学林漫录》第7集，1983年版。

《哭卢仝》诗之"托孤"之说则不成立,"因添丁巳年二十四五岁了,何言托孤……况仝卒时,贾岛谓'四十',若从'甘露之变'的太和九年(835)上推四十年,为贞元十一年(795),元和初才十余岁,怎能居洛阳与韩愈交友?而韩说他究终始于《春秋》经典呢?"①

刘曾遂先生《卢仝不死于"甘露之变"辨——兼考卢仝生卒年》一文从四个方面辨析卢仝不死于"甘露之变":第一,如果根据死于"甘露之变"说来推定的卢仝生卒年,与其生平行事多不合。如韩愈称卢仝"玉川先生",则二人年辈应相仿佛。"若卢仝生于795年,则较韩愈小二十七岁,即韩愈元和六年(811)四十四岁作《寄卢仝》诗时,'玉川先生'卢仝年方十七岁,这恐不符于韩、卢二人的关系。再据《寄卢仝》诗中'去岁生儿名添丁'句,知卢仝幼子添丁生于元和五年(810),而卢仝此时不过十六岁,亦恐无此可能。"又据卢仝《寄男抱孙》诗看出,抱孙"俨然已是一顽童模样,如此则抱孙出世时卢仝尚不足十岁,这更不合理。"第二,分析贾岛《哭卢仝》诗,"亦可断定卢仝之死,必早在'甘露之变'前。贾诗有云:'冢侧志石短,文字行参差。无钱买松栽,自生蒿草枝。'据此,可知此诗绝非贾岛遥闻卢仝噩耗的即时之作,而作于亲到济源(今河南省济源市)王屋山卢仝墓前凭吊之时。如卢仝确死于大和九年十一月二十一日'甘露之变',则其墓上'自生蒿草枝'应待数年之后,起码应在事变的次年即唐文宗开成元年(836)。""贾岛开成元年在长安求仕,足迹未尝至济源,不可能吊墓、作诗;开成二年,又责授遂州长江县(今四川省蓬溪县)主簿,自此长期游宦东川,直至唐武宗会昌三年(843)卒于蒲州(州治在今四川省安岳县)官舍,更无亲到卢仝墓前凭吊、作诗的机会。由此考证,贾岛此诗必作于大和九年以前,而这也就从时间上排除了卢仝死于'甘露之变'的可能性。"第三,贾岛《哭卢仝》诗没有反映出卢仝死于"甘露之变"。"'贤人无官死,不亲者亦悲',为何不悲其惨死于宦官的屠刀之下,反悲其无官而死,这不能不说是非常奇怪、非常令人费解的。'长安有交友,托孤遽弃遗'二句,

---

① 见《韩愈大传》,556~558页。

更深可玩味。'长安交友'是否指元和六年至十四年在京师供职的韩愈,已难确考,但'托孤'云云,实可见卢仝是寿终正寝的,故而才能临死'托孤'。否则如《唐才子传·卢仝传》所说为吏卒所捕杀,死时本人尚'仓忙不能自理',何暇能有'托孤'之举? 更何况至'甘露之变'时,抱孙已年近四旬,添丁亦早已成年,卢仝又有何'孤'可'托'呢?"第四,卢仝死于"甘露之变"之说,"不见于唐史,卢仝同时代人及晚唐、五代人的诗文、笔记、野史中也均无明确记载,多少与此说有些瓜葛因而可能成为此说滥觞的,只有会昌间李玫所撰志怪小说集《纂异记》中的《许生》篇。""但'玉川'(指《许生》中"白衣叟")是否指卢仝,则殊恐未必。李玫因为事有未便明言,故以志怪之笔出之,因而篇中人物,未必人人皆有确指,正如'许生'并不一定实有其人。退一步说,即使确有所指,则或许当时别有一'玉川'亦未可知,因为文中'玉川'那'跃青骢''徒从极盛'的排场,与卢仝生前一介寒儒的身份和衣食无着的窘境并不相符;而'四丈夫'却是'皆金紫',与他们生前的地位正相一致。再退一步说,即使'玉川'确指卢仝,此文也只能说明卢仝生前与四相有过交往,而没有提供卢仝与四相一同罹难的证据。《许生》篇小说家言的性质及其文字本身,均不足以证明卢仝死于'甘露之变',这是不待深辨的。"①

余才林先生《〈纂异记〉和卢仝死因》一文根据贾岛《哭卢仝》诗及卢仝《走笔谢孟谏议寄新茶》诗分析认为,"卢仝当于元和八年因困瘁潦倒热病复发而死。"该文认同《纂异记》中"白衣叟"为卢仝,认为此小说也涉及了卢仝,但不是"甘露之变"的罹难者。"为了便于展开故事情节,作者需要安排一位有知名度的诗人作为贯穿全篇的人物。元和中,卢仝定居洛阳,与这里的韩愈、孟郊等人往还,诗名甚著。显然,作者选择卢仝主要是基于这一考虑。另外,小说因构思的需要,把故事发生的地点放在洛阳附近的寿安一带。卢仝生前定居洛阳,死后归葬洛阳附近的济源,按照志怪传奇

---

① 参看刘曾遂:《卢仝不死于"甘露之变"辨——兼考卢仝生卒年》,载《杭州大学学报》1983年第3期。

小说的写作惯例，人死后常在生前生活之地和死后埋葬之地显灵现身，那么，卢仝在小说中出现也就不足为奇了。""卢仝不是甘露之变的罹难者，这还可以从小说人物的不同情态中得到证实。如小说写白衣叟'浮云凄惨日微明'诗毕，'座中闻之，皆以襟袖拥面，如欲痛哭''座中歔欷未已''座中'指代'四相'，诗咏甘露之变事，吊'席中一二公'，因此，诸人闻之神情惨然。白衣叟此前已于甘棠馆亭西楹见到题诗，自称'驻而吟讽，不觉良久'，又说'怜其终章皆有意思'，借用诸人的话说，白衣叟对这首感情沉痛的诗是取'赏叹'的态度。这种置身事外的超然态度与诸人感怀身世的悲痛表情形成鲜明对照，这说明作者并未把卢仝作为甘露之变的罹难者。"该文除认同姜光斗、顾启二位先生之文关于贾岛《哭卢仝》诗与卢仝罹难说相矛盾的观点外，又举新证："据《河南通志》卷四九'怀庆府'记载，'卢仝墓，在济源县西北一十三里武山头'，可见此诗作于济源，时间在春天或夏天。甘露之变起于大和九年（835）十一月二十一日，若卢仝罹难死，则此诗只能作于开成元年（836）春，因为诗作于卢仝死后不久，不可能晚于第二年的春天。但是，这一建立在卢仝罹难基础上的时间推论与贾岛行踪不能吻合。""《走笔谢孟谏议新茶》写常州刺史孟简遣军卒至洛阳赠新茶事。据《唐刺史考全编》，孟简前任崔芃于元和六年八月由常州刺史调任江西观察使，孟简出守常州在八月稍后。诗云：'闻道新年入山里，蛰虫惊动春风起……'可见寄茶一事在春天，即元和七年以后。元和七年，卢仝曾旅居扬州，这年二月在常州孟简处。旅居扬州时作的《寄男抱孙》说：'万箨苞龙儿（按指竹笋），攒迸溢林薮。吾眼恨不见，心肠痛如挢。'同期作的《寄萧二十三庆中》又谓：'卢扬州，萧歙州。相思过春花，鬓毛生麦秋。'所叙皆晚春景象，知这年春末尚滞留扬州未归，那么寄新茶事不在元和七年。据《旧唐书·孟简传》，元和八年孟简自常州刺史征拜给事中，则此事必在本年。可见，卢仝之卒不能早于元和八年。卢仝诗集中并无可以系于元和八年以后的诗，这只能解释为这位生性孤僻的诗人此时已经离开了人世。"《示添丁》诗"卢仝自叹瘴气入骨，有病缠身。考卢仝诗集，知其病为元和七年客居扬州时受瘴气侵袭所致。"所以,"卢仝之死,当因困瘁潦倒热病复发所致。"①

孔庆茂、温秀雯先生《卢仝行年考》一文认为,卢仝于宪宗元和九年(814)"托孤于友,遽离长安,不久即卒"。该文以为钱易《南部新书》"把《纂异记》中的'玉川'坐实,又演卢仝《掩关铭》为故事。自此以后,又逐渐附会出'添丁之谶'等更为荒诞不稽的传说。钱易生于百年之下,而言之凿凿,缺乏令人信服的证据,只是想当然耳。第一,他把'玉川'坐实为'玉川子卢仝',焉知没有另一个'玉川'。第二,他把卢仝的死因与王涯等人的遭遇联系起来,其实二者并无必然的联系,《许生》中的诗只是为'四相'悲悼,独无悲悼'玉川','玉川'只是站在旁观者的角度'赏叹'——赏其诗,叹四相遭遇。退一步说即使'玉川'是卢仝,又何以见得'同时遭戮'?《纂异记》本系志怪小说,《许生》即叙'白日见鬼'的故事,以此为据猜测史实更无异于痴人说梦。贾岛与卢仝为韩门师友,交往密切,其诗当为可信。卢仝卒于元和九年,盖'元和九年'极易讹为'大和九年',再加之卢仝平生切齿痛恨宦官阉党,《月蚀诗》又脍炙人口,容易使人把卢仝之死与'甘露之变'联系在一起,一讹再讹,得出了死于'甘露之变'的结论。"②

卢嗣仝先生《卢仝之死疑案探真》一文认为:"诗人卢仝是因病正常死亡,不是什么偶然裹入'甘露之变'的罹难。"理由如下:其一,《纂异记》"不论从写作动机还是虚构情节方面看,都称不上'史料',更谈不上什么'最可信据'。"其二,"新旧《唐书》《资治通鉴》等史籍,在记述'甘露之变'时均未提及卢仝于中罹难,这说明卢仝罹难说没有史实根据。"其三,"卢仝挚友贾岛《哭卢仝》诗中并没有透露卢仝屈死于'甘露之变'的迹象。"其四,"卢仝临死有'托孤'之举,证明他属于正常死亡,而非横死。"其五,"从卢仝与韩愈的交往年代看,卢仝没有经历'甘露之变'。"

---

① 参看余才林:《〈纂异记〉和卢仝死因》,载《文学遗产》2004年第1期。
② 参看孔庆茂、温秀雯:《卢仝行年考》,载《南京师院学报》1990年第4期。

"如果认定卢仝死于公元835年的'甘露之变',那么倒推四十年即公元795年(贞元十一年)应该是他的出生年。这样,韩愈在洛阳任职时,卢仝还是个十多岁的垂髫小子,怎能写出长达1785字'拔地倚天'而招致韩愈仿效的《月蚀诗》?怎敢在诗题中称韩愈为'退之',又怎样会有'去年生子名添丁'的喜事呢?综上所述,足见说卢仝约生于795年的认定是站不住脚的,随之,四十余年后(即公元835年)'罹甘露之祸'的说法也就不可置信了。"其六,"论性格,卢仝不可能成为王涯的座上客。"①

吴庚舜、董乃斌先生《唐代文学史》谓:"卢仝号玉川子,生卒年不详。"文后注曰:"卢仝,《旧唐书》无传,《新唐书》附于《韩愈传》后。然于其生卒年,无明确记载。《唐才子传·卢仝传》谓其死于甘露之变中,闻一多《唐诗大系》从之,然据考不可靠。贾岛《哭卢仝》云:'平生四十年,唯著白布衣',是仝死时仅四十余岁。又卢仝《与马异结交诗》云:'天地日月如等闲,卢仝四十无往还。'卢、马结交约早于卢与韩愈结交数年,此乃卢仝晚年之作,推算之,卢仝约卒于元和七、八年(812、813)间。"②

黄永年先生撰《〈纂异记〉和卢仝的生卒年》一文批驳姜光斗、顾启之观点,该文以为:"五代末期吴越国王钱俶的侄儿钱易入宋后在大中祥符年间所撰写的《南部新书》,是一部记述唐五代遗事旧闻的重要文献,其成书的时间比《新唐书》还要早半个世纪,距离甘露之变也不过一百七八十年……可见《新书》之说并非向壁虚造。""而卢仝之'自号玉川子',不仅《新书》本传有明文,他自己所写的《月蚀诗》《自咏》《走笔谢孟谏议新茶》(《玉川子诗集》卷一)、《叹昨日》《孟夫子生生亭赋》(卷二)里也都以'玉川子''玉川先生'自称,则小说里被呼为'玉川'的白衣叟自非卢仝莫属。再看卢仝在这里是以'鬼物'的身份与'四相'幽魂相会,所赋诗中又自言'罪标青简竟何名',加之'四相'幽魂赋诗中有'白首同归感昔贤'和'珍重昔年金谷友,共来泉际话孤魂'之句,运用了西晋文士潘岳与

---

① 参看卢嗣仝:《卢仝之死疑案探真》,载《河北学刊》2002年第3期。
② 见《唐代文学史》,418页。

显贵石崇同刑东市时以所撰《金谷传序》'白首同所归'之句和石崇相酬答的典故，都说明了卢仝确是和'四相'同罹甘露之难的一分子。当然，如果这篇传奇小说出于唐末五代宋人之手，还可说是后人附会不足据为典要。但《南部新书》所说，小说作者李玫不仅和卢仝'四相'同时，且曾受'四相'中王涯等人之恩，小说本身的内容也说明了这一点，则这篇小说对证实卢仝罹甘露之难来说确是第一手最可信据的史料。""《旧唐书》卷四五舆服志记隋大业六年所定服色是'庶人以白'，又说'武德初因随旧制'。又据《太平广记》卷四八五杂传记类元和中陈鸿祖撰《东城老父传》记曾事玄宗的老父贾昌所说：'（开元天宝时）老人岁时伏腊得归休，行都市间，见有卖白衫、白叠布，行邻比廛间，有人禳病，法用皂布一匹，持重价不克致，竟以幞头罗代之。近者老人扶杖出门，阅街衢中，东南西北视之，见白衫者不满百，岂天下之人皆执兵乎！'知盛唐下至中唐庶人仍以白布为衣。可见贾岛《哭卢仝》诗之所谓'唯著白布衣'者，并非说卢仝衣着的简朴，而是说卢仝平生从未仕宦的另一种较文雅的讲法，以免与此诗首句'贤人无官死'的'无官'相重复。人所共知，未成年的儿童谈不上仕宦不仕宦，仕宦不仕宦只是成年人的事情。因此这里所谓'平生四十年'者，并非说卢仝只活了四十年，而是卢仝自成年到罹甘露之难之间的四十年，则其享年自当过六十。这和《纂异记》小说中称卢仝为'白衣叟'正相吻合，和卢仝《与马异结交诗》中所谓'卢仝四十无往还'也正相吻合。因为韩愈《寄卢仝》有'玉川先生洛城里''嗟我身为赤县令'等语，据洪兴祖撰《韩子年谱》，'（元和）五年庚寅授河南县令''六年辛卯行尚书职方员外郎'，可见《寄卢仝》诗必作于元和五、六年即公元810、811年之间。而此诗说到'往年弄笔嘲仝、异'，即指卢仝《与马异结交诗》而言，唐人诗文用'往年'一般只是前一、二年，则《与马异结交诗》亦必作于公元808或809年。《结交诗》中既自言年'四十'，下推至公元八三五年甘露之变也正好是年过六十。""再谈贾诗中的'托孤'问题。……这里看两个历史上的实例。一个是众所周知的刘备临死前请诸葛亮辅佐嗣子刘禅，据《三国志·蜀志》卷三后主传，当时刘禅已十七岁，在古人已可算成年，但卷五诸葛亮传裴注引孙盛的议论仍称之为'托孤'。再一个是唐太宗临死前要长孙无忌、褚遂良辅佐太子高宗，《旧唐书》卷八〇褚遂良传说：'太宗寝疾，召遂良及长孙无忌入卧内，谓之曰：'卿等忠烈，简在朕心，昔汉武寄霍光，刘备托葛亮，朕之后事，一以委卿，太子仁孝，卿之所悉，必须尽诚辅佐，永保宗社。'……又高宗将废王皇后立武昭仪时，遂良也有'先帝不御，执陛下手以语臣曰：'我好儿好妇，今将付卿'的话，可见这也是一次托孤。但据卷四高宗纪高宗生于贞观二年，到贞观二十三年嗣位也已二十二岁。这都证明贾岛《哭卢仝》诗用'托孤'一词，对二十多岁的添丁以及抱孙来说，并未背离情理。"①

此外，赞同卢仝死于"甘露之变者"尚有：

李剑国先生《唐五代志怪传奇叙录》谓《许生》为："会昌元年许生于寿安甘棠馆遇白衣叟及四丈夫鬼魂吟诗事。按：四丈夫影宰相王涯、舒元舆、李训、贾𫗧。少年神貌扬扬者乃舒元舆，长大少髭须者乃李训，清瘦及瞻视疾速者乃王涯，短小器宇落落者则贾𫗧。白衣叟乃玉川子卢仝，因宿王涯第被祸。"②

卞孝萱先生《唐传奇新探》中《喷玉泉幽魂新探》一文认为："《纂异记》（《太平广记》卷三八八引）云：'大和元年，李玫习业在龙门天竺寺'""这篇《喷玉泉幽魂》所描绘的死者，除甘露四相外，还有卢仝。大家知道，在这场南衙北司之争中，郑注是仅次于李训的重要人物，而卢仝是受牵连者，李玫为何舍弃郑注而独取卢仝呢？究其原因：其一，郑注依附王守澄，为非作歹，陷害宋申锡，正人无不痛恨之。郑注与李训比较，'训犹可怜，而注惟可恶'。其二，据《新唐书·韩愈传（附卢仝）》：'卢仝居东都''尝为《月蚀诗》以讥切元和逆党，愈称其工。'《唐才子传·卢仝》：'初隐少室山''后卜居洛城，破屋数间而已'。'仝偶与诸客会食涯书馆中，因留宿，

---

① 参看黄永年：《〈纂异记〉和卢仝的生卒年》，载《中国古典文学丛考》第二辑，上海：复旦大学出版社，1987年，35~43页。
② 参看李剑国：《唐五代志怪传奇叙录》，天津：南开大学出版社，1993年，下册，710页。

吏卒掩捕,……竟同甘露之祸.'在龙门'习业'的李玫,有可能与'居东都'的卢仝相识。李玫出于对卢仝'清介之节'的尊敬,'自成一家'之诗的钦佩,以及罹甘露之祸的怜悯,在《喷玉泉幽魂》小说中特意描写他。"①

陈文新先生《文言小说审美发展史》一文亦认为:"《许生》记叙在'甘露之变'中蒙难的五位名人在阴间的一次聚会。其中四位如郑注、贾𫗋、李训、王涯未点出姓名,仅作了暗示,如郑注,死时为凤翔节度使,悼诗即称之为'沉痛将军';李训,本传说他'形貌魁梧,神情洒落',小说即写他'长大少髭须'……第五位即诗人卢仝(别号玉川)则明确交代,以使所暗指的人物不致太隐晦。其中卢仝所朗诵的那首由李玫作的悼念'甘露四相'的诗,凄楚苍凉,奔涌着愤慨之情。"②

薛洪勋先生《传奇小说史》谓:"《许生》篇写会昌年间许生下第东归,行次寿安县,在连昌宫附近的喷玉泉遇群鬼吟诗抒愤事……众鬼中有一人号玉川(即卢仝),因此知此篇是写朝臣与宦官斗争的'甘露之变'的。唐文宗大和九年(835),宰相李训与凤翔节度使郑注等密谋,以宫中左金吾厅后夜降甘露为名,诱使宦官往观,以伏兵杀之。不幸事败,宰相李训、舒元舆、王涯、贾𫗋及郑注等遇害,株连被杀的吏卒千余人。当时,诗人卢仝恰巧住在王涯家,也遇害。"③

总体上看,主卢仝死于"甘露之变"和反对此说者大都难以说服反对者。主死于"甘露之变"者,最有力的论据来自李玫的《喷玉泉幽魂》,此篇虽为志怪小说,但亦不为空穴来风,康骈《剧谈录》谓:"自大中、咸通之后,每岁试春官者千余人。其间章句有闻,亹亹不绝,如何植、李玫……皆苦心文华,厄于一第。然其间数公,丽藻英词播于海内,与需薄叨联名级者殆不可同年语矣。"④ 李玫所记"甘露四相"及卢仝都曾长期居于洛阳,

---

① 见《唐传奇新探》,155~156页。
② 陈文新:《文言小说审美发展史》,武昌:武汉大学出版社,2002年,272页。
③ 薛洪勋:《传奇小说史》,杭州:浙江古籍出版社,1998年,105页。
④ [唐]康骈:《剧谈录》,见丁如明、李宗为等校点《唐五代笔记小说大观》,上海:上海古籍出版社,2003年,下册,1497页。

加之李玫也久住洛阳龙门，(《太平广记》卷三八八引《齐君房》："大和元年，李玫习业在龙门天竺寺")"丽藻英词播于海内"的李玫很有可能与"甘露四相"和卢仝于此相识，据刘克庄《后村诗话》前集卷一："白衣叟所举壁间诗云：'六合茫茫悲汉土，此身无处哭田横。'妙甚！此必是涯、元舆门生故吏所作。"① 联系《南部新书》壬卷知，李玫即为王涯或舒元舆门生故吏。大和五年，舒元舆"改著作郎，分司东都"，这便为李玫提供了一个很好的机会，故李玫与之结识，或在大和五年。李玫与李训的结识，或与政治理想有关，在李玫的《纂异记》中，多次反映出作者向往昔日盛世太平的理想。如《喷玉泉幽魂》中的"白衣叟"出场所吟诗曰："绣岭宫前鹤发人，犹唱开元太平曲"，《嵩岳嫁女》(卷五○)中出现了"开元天宝太平之主"，《刘景复》(卷二八○)中有歌曰："我闻天宝年前事，凉州未作西戎窟。麻衣右衽皆汉民，不省胡尘暂蓬勃。太平之末狂胡乱⋯⋯"这种理想，曾是文宗的最大政治目标，《旧唐书·牛僧儒传》："一日，延英对宰相，文宗曰：'天下何由太平，卿等有意于此乎？'"② 可见文宗求"太平"之迫切，"善钩揣人主意"的李训便应时而出，《新唐书·李训传》称："训起流人，一岁至宰相，谓遇时，其志可行。欲先诛宦竖，乃复河、湟，攘夷狄，归河朔诸镇。"这种致太平的方略，"天子以为然"。加之，"训时时进贤才伟望，以悦士心，人皆惑之。"(《新唐书·李训传》)以致"天下之人，有冀训以致太平者。"(《旧唐书·李训传》)李玫或受此惑，加之李训"敏于辩论""持诡辩，激卬可听"(《新唐书·李训传》)，故可推知，李玫在龙门习业期间，听过"文宗嗣位，更赦还，以母丧居东都"的李训之高谈阔论，故识其志。而《旧唐书·舒元舆传》载："(元舆)改授著作郎，分司东都。时李训丁母忧在洛，与元舆性俱诡激，乘险蹈利，相得甚欢。"李训有可能把李玫引见给元舆。③《新唐书·王涯传》云涯"别墅有佳木流泉，居常书史自怡，使客贺若夷鼓琴娱宾。文宗恶俗侈靡，诏涯惩革。"《全唐诗》卷五六二

---

① 《后村诗话》前集卷一，见吴文治主编《宋诗话全编九·刘克庄诗话》，8362页。
② 后晋刘昫：《旧唐书》，北京：中华书局，1975年，第14册，4472页。
③ 参看《唐传奇新探》154页。

谓涯别墅正在喷玉泉上，李玫和身为洛阳人的贾悚或会相识于王涯之别墅。卢仝和王涯之甥皇甫湜同属韩门中人，此或是卢仝得与王涯结交的中介。所以说，因为李玫和"甘露四相"及卢仝同久居洛阳，此为彼此得以交游之契机，这样便为卢仝死于王涯宅找到了依据，从这一点来分析，卢仝死于"甘露之变"说亦渊源有自。

但李玫《喷玉泉幽魂》毕竟只是一篇志怪小说，不能当作史料来看。里面虽涉及了真人真事，但因托鬼物以言之，故难以取信于人。至于"添丁之谶"说把卢仝的死看成是其小儿子名添丁的结果，无疑是荒谬的。卢仝死因虽为悬案，但无碍于读其诗，也无碍于理解诗人反对宦官的政治态度。二说可并存。

因对卢仝死因看法不同，故导致对卢仝生年歧见颇多，主要有以下几种：一主795年左右说；一主790年左右说；一主775年左右说；一主778年左右说；一主770年左右说；一主769年左右说；一主不详说。

主795年左右说者如：闻一多先生《唐诗大系》①、新本《辞海》② 等。姜亮夫先生《历代人物年里碑传综表》于卢仝未记生年，"岁数"栏内作"四十余"，"备考云"："以贾岛哭仝诗推之。"③ "贾岛哭仝诗"，即《哭卢仝》诗中所谓："平生四十年，唯著白布衣。"姜亮夫先生谓卢仝死于唐文宗大和九年（835）的"甘露之变"，且死时年龄在"四十余"，故其实主生于795年左右说。

主790年左右说者如：陆侃如、冯沅君二位先生《中国诗史》，根据亦是贾岛《哭卢仝》诗"平生四十年，唯著白布衣。"谓卢仝死时似只有四十岁，生年当在795年，即贞元十一年；但卢仝《与马异结交诗》中谓："天地日月如等闲，卢仝四十无往还。"故卢死时当不止四十，据此《中国诗史》

---

① 参见《闻一多全集》，武汉：湖北人民出版社，1993年，第7集，267页。
② 参看《辞海》（文学分册），上海：上海辞书出版社，1979年，76页。
③ 参看姜亮夫纂定、陶秋英校：《历代人物年里碑传综表》，北京：中华书局，1959年，78页。

将其生年大致定在790年，并谓卢仝"享年当在四十与五十之间。"①

主775年左右说者如：阎琦先生《卢仝生年质疑》主要依据韩愈《寄卢仝》诗。阎文谓："《文选》苏武诗：'结发，始成人也，谓男年二十。'一纪，十二年也。愈诗谓卢仝从成年起，就不与世俗人交往，隐于少室山闭门读书十二年。韩愈的诗不一定写于卢仝刚出山的时候，仅以'结发'加上'一纪'，卢仝的年龄至少应是三十二岁……'弄笔'云云，是指《与马异结交诗》。……卢仝用自己的'仝'（同）和马异的'异'涉笔成趣的怪句：'昨日同不同，异自异，是谓大同而小异。今日同自同，异不异，是谓同不往兮异不至。'这就是愈诗中说的'嘲同异'和'怪辞惊众'。……愈诗说'往年弄笔'则至迟在元和五年。……'去岁生儿名添丁。'去岁即元和五年。按卢仝有两个儿子，长名抱孙，次名添丁。卢仝有《寄男抱孙》和《示添丁》两首诗。《寄男抱孙》诗云：'别来三得书，书道违离久''莫学捕鸿鹄，莫打鸡狗，小时无大伤，习性防已后。'可见抱孙大约是个十岁左右、已能给父亲写信、顽皮淘气的孩子。……（如卢生年为795）卢仝得长子时尚不足十岁，这个错误是显而易见的。另，卢仝《示添丁》诗中说自己已'气力龙钟头欲白'，也与十七八岁绝无相似之处。即使卢仝早衰，'气力龙钟头欲白'，至少也在四十岁以后，这也须将卢仝生年提前二十多年才于意始安。"②

主778年左右说者如：邓中龙先生《唐代诗歌演变》亦据韩愈《寄卢仝》："诗中所说的'闭门不出动一纪'，一纪为十二，亦不可拘看。这里所说的'闭门不出'，在一般情况下，当然不可能是指在20岁以前。20岁以前，一般士子为了应付举业，在家闭门苦读，乃是合情合理的事，不能称为'闭门不出'的。以卢仝而言，他既绝意仕进，当然不可能投身科第，韩愈诗中说到他'闭门不出动一纪'，这个'动'字很妙，个中的意思是说还不止'一纪'。但即使以'一纪'来计算，这位玉川先生在韩愈写这一首诗的

---

① 参看陆侃如、冯沅君：《中国诗史》，北京：人民文学出版社，1983年，494页。
② 参看阎琦：《卢仝生年质疑》，载《辞书研究》1981年第2期。

时候，也已经有 32 岁了。如以此推断，则卢仝的出生年龄，应在 778 年左右。"①

主生于 770 左右说者如：孟二冬先生《中唐诗歌之开拓与新变·中唐诗歌年表》"大历五年庚戌（770）"："卢仝约生于本年。"②；王启兴先生《增订注释全唐诗》亦主约生于 770 年。③

主 769 年左右说者如：黄永年先生《〈纂异记〉和卢仝的生卒年》谓："'平生四十年'者，并非说卢仝只活了四十年，而是指卢仝自成年到罹甘露之难之间的四十年，则其享年自当过六十。这和《纂异记》小说中称卢仝为'白衣叟'正相吻合，和卢仝《与马异结交诗》中所谓'卢仝四十无往还'也正相吻合。因为韩愈《寄卢仝》诗有'玉川先生洛城里''嗟我身为赤县令'等语，据洪兴祖撰《韩子年谱》，'（元和）五年庚寅授河南县令''六年辛卯行尚书职方员外郎'，可见《寄卢仝》诗必作于元和五、六年即公元 810 年、811 年。而此诗说到'往年弄笔嘲仝、异'，即指卢仝《与马异结交诗》而言，唐人诗文用'往年'一般只是前一二年，则《与马异结交诗》亦必作于公元 808 年或 809 年。《结交诗》中既自言年'四十'，下推至公元 835 年甘露之变也正好是年过六十。"据此段话，推知黄文主张卢仝生年当在公元 769 年左右。④ 张清华《韩愈大传·卢仝传》据《寄男抱孙》诗中"莫引添丁郎，赫赤日里走"推出："时添丁少则二三岁了。添丁生于元和五年，六年满一周岁，七年满二周岁。按常识小男孩没有两岁不可能引着在赫赫太阳下跑着玩。如是，卢仝这次外出当在元和六年春。"另据《萧宅二三子赠答诗二十首并序》和《寄萧二十三庆中》等推知："从诗与序分析，卢仝在扬州经年，过了夏冬，故有夏天炎热独病卧床和新年之际客病孤独之悲。这当是他最后客居扬州的具体情景，按其行止排比，当在六年秋冬至七年秋

---

① 参看邓中龙：《唐代诗歌演变》，长沙：岳麓书社，2005 年，225 页。
② 参看孟二冬：《中唐诗歌之开拓与新变》，北京：北京大学出版社，2006 年，197 页。
③ 王启兴：《增订注释全唐诗》，第 2 册，1922 页。
④ 参看黄永年：《〈纂异记〉和卢仝的生卒年》，载《中国古典文学丛考》第 2 辑。

后。'元和七年二月乙未(六日),职方员外郎韩愈为国子博士。'(洪兴祖《韩子年谱》引《宪宗实录》)卢听到这一消息后,作《常州孟谏议座上闻韩员外职方贬国子博士有感五首》(同上)知七年春夏卢曾到过常州。大约他从扬州携书回洛阳后时日不久就去世了,是在元和八年许。与'添丁'年纪正合,故卢仝生年约在代宗大历四年(769),约卒于宪宗元和八年,享年约四十五岁。"①

主不详说者有:吴庚舜、董乃斌二位先生《唐代文学史》,周祖譔先生《中国文学家大辞典》等。

以上关于卢仝生年诸说之结论不同,除因对涉及诗人身世之诗理解不同外,另一主要原因在于对诗人之死看法各异。上引诸家之说,便可分为两类:一主死于文宗大和九年(835)之"甘露之变";一则反对此说,主死于元和年间。

第三节　卢仝的居处

卢仝一生长久居住之地有三:一为济源(今河南济源市),一为扬州(今江苏扬州市),一为洛阳(今河南洛阳市)。

卢仝,自号玉川子,当与其长期居于济源有关。济源乃古玉川之别称,《河南通志》卷五一《古迹》亦载:"玉川泉,在济源县东潆河北,卢仝尝汲水烹茶,亦名玉川井。又玉阳以东皆为玉川,故县亦号玉川。"②《济源县志》卷二《古迹》:"卢仝别墅,府旧志云在县西北一十里石村之北,烹茶馆在焉,玉川有歌。"③《济源市志·文物名胜》:"卢仝泉石,位于市城区东北隅蟒河北岸的花园街南侧。旧有玉川泉,亦名卢仝泉,系唐著名诗人卢仝烹

---

① 见《韩愈大传》,556~558页。
② [清]田文镜等:《河南通志》,雍正十三年(1735)刊、道光六年(1826)、同治八年(1869)、1914年历次补修本。
③ [清]萧应植、沈梧春:《济源县志》,乾隆二十六年(1767)刊本。

茶处。原有茶亭已圮，只存一石，状极奇古，高1.6米，最宽处0.94米。清侍御刘迈园题云：'玉川旧井茫无校，枕石犹生七碗觉。水共清风无尽时，尽扫茶谱藏诗窖。'背面隶书：'唐贤卢仝石'"① 清代广东道监察御史刘潆（济源人）曾在济源武山村（现为思礼村）为其立"卢仝故里"碑，今思礼村卢氏家谱中，有"吾本济人唐贤仝号玉川裔也"的记述。卢仝提及有关济源的诗有：

一、《哭玉碑子》诗云："小有洞左颊，拾得玉碑子。""小有洞"，明清诸卢仝诗集本均作"山有洞"，此据《怀庆府志》（顺治本）和《济源县志》改，二志并收此诗，皆云"小有洞左颊"。《济源县志》："小有洞，在王屋天坛"；《怀庆府志》（顺治本）："'小有洞'，在天坛山北。洞中渊深莫测。相传王母修道于此，俗又呼王母洞。"② 另外，杜甫《忆昔行》诗亦提到"小有洞"："忆昔北寻小有洞，共河怒涛过轻舸。"（《全唐诗》卷二二三）故知"山有洞"当作"小有洞"，"山"字系"小"字之讹。

乾隆本《怀庆府志》卷四《古迹》："玉碑子，疑即今碑子村。唐卢仝有《哭玉碑子》诗。"③《宝刻丛编》卷五有唐司马承祯《坐忘论碑》，碑由"道士张弘明书，大和三年女道士柳凝然、赵景玄刻石，并凝然所为铭。同刻后有篆书曰：'卢仝、高常、严固，元和五年'，凡十字，碑在王屋。"④ 王屋山，《河南总志》卷八《怀庆府》："王屋山，在济源县西八十里。《禹贡》：'底柱析城，至于王屋。注云：山状如王者车盖，故名。'其绝顶天坛山，顶有石坛，名清虚洞天，上有炼丹池，周围三十步，相传老子炼丹于此。……其北有王母洞，相传王母修道于此；其前有藏花洞，下出泉水，四时赤绿紫白异色"⑤，道教有"天下第一洞天"之称，承祯隐于此。

---

① 见《济源市志》，135页。
② [清] 彭清典、萧家芝：《怀庆府志》，据顺治十七年（1660）刻本复印。
③ [清] 唐侍陛、杜琮：《怀庆府志》，乾隆五十四年（1813）刻本。
④ [宋] 陈思：《宝刻丛编》，见严耕望编《石刻史料丛书》第49函，湖南：艺文印书馆印行。
⑤ [明] 胡谧等：《河南总志》，1932年河南通志馆据北京藏明成化二十二年（1486）刊本影抄之影印本。

二、《将归山招冰僧》诗云:"买得一片田,济源花洞前。"济源花洞,即藏花洞。清田文镜等修《河南通志》卷七:"藏花洞,在济源县西阳台宫前,下出泉水,四时赤绿紫白异色。相传昔有人汲水,见其中莲花出焉。(唐卢仝诗)'买得一片田,济源花洞前……'"

卢仝与扬州关系密切,我们可以从其诗中得出这一结论。其诗涉及扬州者有:

一、《扬子津》:"风卷鱼龙暗楚关,白波沉却海门山。鹏腾鳌倒且快性,地圻天开总是闲。"扬子津,在长江北岸江都市南四十里,今江苏邗江南。唐代为江滨要津。清《重修扬州府志》卷十七"津梁志·江都县":"扬子津,在府城南十五里,即扬子桥。一名扬子渡,又名扬子镇。"① 观诗中洋溢着的豪迈壮伟之情,当作于诗人早年居扬州期间。

二、《新月》:"仙宫云箔卷,露出玉帘钩。清光无所赠,相忆凤凰楼。"《大清一统志·扬州府·古迹》:"凤凰楼,在甘泉县广北乡凤凰池侧,隋炀帝建。"②

三、《冬行三首》其二:"长年爱伊洛,决计卜长久。赊买里仁宅,水竹且小有。卖宅将还资,旧业苦不厚。债家征利心,饿虎血染口。腊风刀刻肌,遂向东南走。……扬州屋舍贱,还债堪了不。此宅贮书籍,地湿忧蠹朽。贾僎旧相识,十年与营守。贫交多变态,僎得君子不。"

从诗意可看出,卢仝此次南行扬州,是为了"卖宅还资",即卖掉扬州的"旧业",来偿还在洛阳"赊买"里仁宅时所欠的债务。刘曾遂先生《卢仝生平事迹杂考》:"既然卢仝在扬州有屋舍、藏书等'旧业',据此可见:一、他祖上曾经定居扬州;二、他生于一个薄有产业的书香家庭。……诗中说在此前的十年间是扬州旧友贾僎代他'营守'这些'旧业'的,可知他本人也在扬州生活过。"③ 此论确然。

---

① [清] 张世浣、姚文田:《重修扬州府志》,清嘉庆十五年(1801)刊本。
② [清] 张琴等:《大清一统志》(五),《四部丛刊续编》本,上海:上海书店据商务印书馆1934年版重印,1984年版。
③ 刘曾遂:《卢仝生平事迹杂考》,载《浙江师院学报》1985年第2期。

四、《听萧君姬人弹琴》：萧君，指萧庆中。此时萧尚未离扬赴歙，当作于元和六年（811）卢仝刚到扬州时。

五、《萧二十三赴歙州婚期》："淮上客情殊冷落，蛮方春早客何如。"萧与卢相识后于春上赴歙，独留诗人居其宅，故诗言"客情殊冷落"。

六、《客淮南病》："扬州蒸毒似燀汤，客病清枯鬓欲霜。"透露出诗人染病之由。此病困扰诗人为期不会很短。他在归洛后写给小儿子添丁的诗尚称："惭愧瘴气却怜我，入我憔悴骨中为生涯。数日不食强强行，何忍索我抱看满树花。……宿舂连晓不成米，日高始进一碗茶。气力龙钟头欲白，凭仗添丁莫恼爷。"（《示添丁》）

七、《悲新年》："新年何事最堪悲？病客遥听百舌儿。"诗人元和六年（811）冬从洛阳赴扬州后染病，（见上引《客淮南病》）因病滞留至元和八年（813），始赴常州拜会孟简。此诗为元和七年（812）新年时所写。

八、《寄萧二十三庆中》："萧乎萧乎，忆萧者嵩山之卢。卢扬州，萧歙州。相思过春花，鬓毛生麦秋。"萧庆中于元和六年（811）冬赴歙州至第二年夏尚未归，诗为忆念萧而作。当作于元和七年（812）夏。

九、《赠金鹅山人沈师鲁》："金鹅山中客，来到扬州市。买药床头一破颜，撇然便有上天意。"《大清一统志》（四）《常州府》："金鹅山在宜兴县东北二十五里。昔有金鹅飞集于此，故名。阳羡旧名鹅州，取此意。"沈师鲁从金鹅山来扬州，当因拜会卢仝。

十、《萧宅二三子赠答诗二十首并序》："萧才子，修文行名，闻将迁家于洛，卖扬州宅，未售。玉川子客扬州，羁旅识萧，遂馆萧未售之宅。既而萧有事于歙州，玉川子欲归洛。忆萧，遂与砌下二三子酬酢，说相愧意。"萧，指萧庆中，行二十三。卢仝元和六年（811）冬南行扬州，结识萧，遂居其宅。萧之后因婚期赴歙州，卢仝一人居此。《重修扬州府志》卷三十《古迹·江都县》载："萧庆中宅，见卢仝《玉川集》。"

洛阳，在卢仝的生命历程中占据重要的地位，如韩愈在《寄卢仝》诗中称："玉川先生洛城里"，温庭筠《醉歌》："洛阳卢仝称文房。"《冬行三首》其二交代了卜居洛阳之由："长年爱伊洛，决计卜长久。赊买里仁宅，水竹且小有。"里仁坊,清徐松《唐两京城坊考》卷五载洛阳长夏门东第五街凡八坊,其中"从南第一曰里仁坊"①。刘曾遂先生《卢仝生平事迹杂考》:"卢仝迁居洛阳的时间,可从他与韩愈的交往中约略推知。韩愈于元和二年夏末以国子博士分司东都,但卢仝与韩愈的交往,直至元和四年始有据可考。这年三月,卢仝偕韩愈、樊宗师等同游嵩山,韩愈在嵩山天封观曾有题名云……因此卢仝的迁居洛阳,应在元和四年之前,韩愈至洛阳之后,大约在元和二、三年间。"②天封观,据《河南总志》卷七《河南府·寺观》:"在登封县北五里。按唐碑云天宝二年建,元至元间改为嵩阳宫。石上有韩文公题名,欧阳公跋于后。"《嵩岳文献丛刊·嵩山志》收有韩愈的《天封观题名》:"元和四年三月二十六日,与著作郎樊宗师、处士卢仝,自洛中至少室谒李征君渤。樊次玉泉寺,疾作归。明日,遂与李、卢、道士韦濛、僧荣,过少室而东抵众寺。上太室中峰,宿封禅坛下石室。遂自龙潭寺酌龙潭水,遇雷。明日,观启母石。入此观,与道士赵玄遇。乃归。闰月三日,国子博士韩愈题。"③同书载宋欧阳修《天封观题名跋》:"右韩退之题名,在嵩山天封宫柱上刻之,记龙潭遇雷事。"(同上)《宝刻类编》卷五"韩愈,都官员外郎"下记曰:"题名,与樊宗师游嵩山题名,元和四年闰三月,洛。"④卢仝本集中有关居洛阳的诗还有:

一、《寄男抱孙》云:"宅钱都未还,债利日日厚。"当指上引《冬行三首》其二之"赊买里仁宅"事,时抱孙当在洛阳家中。

二、《赠徐希仁石砚别》:"灵山一片不灵石,手斫成器心所惜。"灵山,位于河南府,距洛阳近。《河南总志》卷七《河南府·山川》:"灵山,在宜阳县西十三里,周灵王葬此,因名。"

三、《访含曦上人》:"三入寺,曦未来。辘轳无人井百尺,渴心归去生

---

① [清]徐松撰、张穆校补:《唐两京城坊考》,北京:中华书局,1985年,165页。
② 见《浙江师院学报》,1985年第2期。
③ [清]叶封、焦贲亨撰,陈斌、李红岩校点:《嵩山志》卷八,见《嵩岳文献丛刊》,郑州:中州古籍出版社,2003年,第2册,111页。
④ 佚名:《宝刻类编》,见严耕望编《石刻史料丛书》第50函,湖南:艺文印书馆印行。

尘埃。"含曦上人，洛阳长寿寺僧。李芳民先生《唐五代佛寺辑考·河南道》："长寿寺，在洛阳嘉善坊。长寿元年，武后称齿生发变，大赦改元，仍置长寿寺。"① 卢仝此诗当题于长寿寺壁，含曦上人有《酬卢仝》诗曰："长寿寺石壁，卢公一首诗，渴读即不渴，饥读即不饥。鲸饮海水尽，露出珊瑚枝。海神知贵不知价，留向人间光照夜。"

四、《寄赠含曦上人》："访余十数度，相去三五里。见时心亦喜，不见心亦喜。"此数句点明诗人时在洛阳。

五、《酬愿公雪中见寄》："积雪三十日，车马都未通。"元和六年春，河南降大雪，可与韩愈、白居易诗参证，韩愈《辛卯年雪》："元和六年春，寒气不肯归。河南二月末，雪花一尺围。"《李花》二首之二："当春天地争奢华，洛阳园苑尤纷拏。谁将平地万堆雪，剪刻作此连天花。"白居易《春雪》："元和岁在卯，六年春二月。月晦寒食天，天阴夜飞雪。连宵复竟日，浩浩珠未歇。大似落鹅毛，密如飘玉屑。"②

六、《苦雪寄退之》："惟有河南韩县令，时时醉饱过贫家。"与上引《酬愿公雪中见寄》互证，知当时卢仝在洛阳家中。

七、《萧宅二三子赠答诗二十首并序》："玉川子欲归洛"，当指归洛阳家中。《石请客》云："启母是诸母，三十六峰是诸父。知君家近父母家，小人安得不怀土。"三十六峰，指嵩山。嵩山距离洛阳很近，故石请诗人带它走时说"知君家近父母家"。《客谢石》："我有水竹庄，甚近嵩之巅。"所言"水竹庄"与《寄男抱孙》所言正相契合："下学偷功夫，新宅锄藜莠。……引水灌竹中，蒲池种莲藕……竹林吾最惜，新笋好看守。万箨苞龙儿，攒迸溢林薮。"

八、《孟夫子生生亭赋》："玉川子沿孟冬之寒流兮，辍棹上登生生亭。"孟郊客居洛阳，卜居立德坊，华忱之、喻学才二位先生《孟郊诗集校注·孟郊年谱》谓："东野于元和一、二年间始官于洛阳，卜居立德坊当在此期间。《元河南志》卷四《唐城阙古迹》：'漕渠……自斗门下枝分洛水。东北流至

---

① 李芳民：《唐五代佛寺辑考》，北京：商务印书馆，2006年，5页。
② 朱金城笺校：《白居易集笺校》卷一，上海：上海古籍出版社，1988年，第1册，36页。本文引用白诗，如无特别说明，均据此书，以下不另出注。

立德坊之南,西溢为新潭。'立德坊北街有洟城坊。至宣仁门南屈而东流,经此坊之北,至东北隅,绕此坊屈而南流入漕渠。又坊西街写口渠,循城南流,至此坊之西南隅,绕出此坊屈而东流,入漕渠。""是其地四面带水,一面对山。立德坊在洛水北岸西南隅,地势较他处为高。"① 孟郊于庄前洛水之上筑生生亭,尝作《生生亭诗》。

除济源、扬州、洛阳三地外,卢仝诗中明确提及的尚有常州、兴宁、长安等地。

常州,卢仝南行扬州卖宅途中曾在此短期逗留。关于诗人南行时间,华忱之、喻学才二位先生《孟郊诗集校注》附录《孟郊年谱》谓:"《玉川子集》卷四《冬行三首》其二称:'长年爱伊洛,决计卜长久。赊买里仁宅,水竹且小有。'这是自述在洛中赊买田宅的。下称:'卖宅将还资,旧业苦不厚。腊风刀刻肌,遂向东南走。贤哉韩员外,劝吾莫强取。'这是自述在严冬时自洛中东南走扬州的。……也即东野此诗所咏之事(指孟郊《忽不贫喜卢仝书船归洛》诗)。'帝乡'指洛京。'韩员外',当谓韩愈。按韩愈元和四年六月始任为都官员外郎,分司东都。元和五年即授河南令。卢仝自洛京东南走扬州,必当在元和四年深冬。次年当即以船载扬州书籍经江淮归洛阳。疑东野此诗所称:'卢仝归洛船,崔嵬但载书。江潮清翻翻,淮潮碧徐徐。……江淮君子水,相送仁有余。'即指此事而言。诗也为同年所作。彼时东野与卢仝俱在洛阳,常相过从。"华、喻《孟郊年谱》将《冬行三首》其二理解为卢仝自述东南走扬州卖宅并卖宅后书船归洛的完整过程,并将卢南行时间定在元和四年(809)深冬。这与诗人本集中《寄男抱孙》与韩愈作于元和六年(811)(据钱仲联《韩昌黎诗系年集释》)的《寄卢仝》相抵牾。余才林先生《卢仝南行时间考》详辨其非:"考《玉川子诗集》卷一,有《寄男抱孙》一篇,为卢仝出行时寄其子抱孙之作。诗嘱其子云:'下学偷工夫,新宅锄藜莠。……引水灌竹中,蒲池种莲藕。……竹林吾最怜,新

---

① 参见华忱之、喻学才校注:《孟郊诗集校注》,北京:人民文学出版社,1959年,247页。本文引用孟诗,如无特别说明,均据此书,以下不另出注。

笋好看守．'据《冬行三首》中'赊买里仁宅，水竹且小有'两句，知此'新宅'即里仁宅。诗云：'宅钱都未还，债利日日厚'，则卢仝此行在外即前所述至扬州变卖旧业一事。诗又云：'莫恼添丁郎，泪子作面垢。莫引添丁郎，赫赤日里走．''添丁'即卢仝之子，韩愈《寄卢仝》云：'去岁生儿名添丁．'钱仲联《韩昌黎诗系年集释》引韩醇注，谓此诗作于元和六年（811），据此，添丁生于元和五年（810），《寄男抱孙》既言添丁事，则卢仝出走扬州事必在元和五年以后。《冬行三首》称韩愈为'韩员外'，据洪兴祖《韩子年谱》引《宪宗实录》，元和七年（812）二月韩愈自职方员外郎迁国子博士，此后愈再未任员外郎之职，则卢仝出行事又必在元和七年二月以前。据《冬行三首》，卢仝此行在寒冬腊月，韩愈于元和五年（810）已由都官员外郎为河南令（据《韩昌黎集》附录《新唐书》本传考证），卢仝既称韩愈为'韩员外'，则卢仝此行必不在元和五年。元和六年（811）秋，韩愈自河南令入为职方员外郎，则此之'员外'必指韩愈为职方员外郎。据此，卢仝此行在元和六年冬．"① 此论确凿可信。

诗人本集中写于常州的诗有：

一、《观放鱼歌》："常州贤刺史，从谏议大夫除．"写诗人南行中至常州，观常州刺史孟简放鱼一事。《旧唐书·孟简传》："（元和）六年，诏与给事中刘伯刍、工部侍郎归登、右补阙萧俛等同就醴泉佛寺翻译《大乘本生心地观经》，简最擅其理。王承宗叛，诏以吐突承璀为招讨使，简抗疏论之。坐语诘，出为常州刺史。八年就加金紫光禄大夫。简始到郡，开古孟渎长四十一里，灌溉沃壤四千余顷。为廉使举其课绩，是有就加之命。是岁征拜为给事中。九年出为越州刺史．"《唐会要》卷八九："元和八年，孟简为常州刺史，开漕古孟渎，长四十里。得沃壤四千余顷。观察使举其课，遂就赐金紫焉．"② 诗当作于元和八年（813）。

二、《走笔谢孟谏议寄新茶》写诗人南行逗留常州期间，孟简馈茶一事。

---

① 余才林：《卢仝南行时间考》，载《书品》2001年第2期，北京：中华书局，2001年，77~78页。
② ［宋］王溥：《唐会要》，台北，世界书局，1982年版，下册，1621页。

诗云："闻道新年入山里，蛰虫惊动春风起。天子须尝阳羡茶，百草不敢先开花。仁风暗结珠琲瓃，先春抽出黄金芽。摘鲜焙芳旋封裹，至精至好且不奢"。《茶谱·茶品》："茶之产于天下多矣，若剑南有蒙顶石花……常之阳羡……其名皆著。"① 知赠茶一事，当发生于元和八年（813）春天之常州。

三、《常州孟谏议座上闻韩员外职方贬国子博士有感五首》写韩愈元和七年因柳涧事被贬国子博士事。《旧唐书·韩愈传》："元和初，召为国子博士，迁都官员外郎。时华州刺史阎济美以公事停华阴令柳涧县务，俾摄掾曹。居数月，济美罢郡，出居公馆。涧遂讽百姓遮道索前年军顿役直。后刺史赵昌按得涧罪以闻，贬房州司马。愈因使过华，知其事，以为刺史相党，上疏理涧。留中不下，诏监察御史李宗奭按验，得涧赃状，再贬涧封溪尉。以愈妄论，复为国子博士。"本诗当作于宪宗元和八年（813）。

卢仝诗中提到"兴宁"的，是《寄外兄韦澈》："何处堪惆怅，情亲不得亲。兴宁楼上月，辜负酒家春。"兴宁楼，当指兴宁地之酒楼。《通典》卷一百八十四《州郡十四·古南越》："循州，秦汉南海郡地，晋亦然。宋属南海、东莞、永平三郡地，齐因之。隋平陈，置循州。炀帝初州废，置龙川郡，大唐复为循州或为海丰郡，领县六：归善、海丰、兴宁、博罗、河源、雷乡。"② 据此诗可判卢仝或曾到过兴宁。

卢仝诗集中唯一提到长安的，是《送王储詹事西游献兵书》："落日长安道，方寸无人知。"当为诗人早年于长安干谒时所为。贾岛《哭卢仝》"长安有交友，托孤遽弃遗"明确提到卢仝曾到过长安。清初褚人获《坚瓠集》"花样不同"条载："卢仝下第出都，投逆旅。有人附火吟曰：'学织锦绫工未多，乱投机杼错抛梭。若教宫锦行家见，把似文章笑杀他。'仝问之，答云：旧隶宫锦坊，近以薄技投本行。云如今花样不同且东归也。"③ 孙之骁亦谓："愈死，仝落拓无所依，往来长安。"惜乎卢仝长安行迹因史料缺失无可

---

① 佚名撰、明汪士贤校：《茶谱》，见明汪士贤编《山居杂志》，1988年影印，第5册。
② ［唐］杜佑：《通典》，北京：中华书局，1981年，977页。
③ ［清］褚人获：《坚瓠集》，杭州：浙江人民出版社，1986年，第2册，11页。

确考。

卢仝还曾到过桑干北,刘叉有一首诗为《塞上逢卢仝》:"直到桑乾北,逢君夜不眠。上楼腰脚健,怀土眼睛穿。"(《全唐诗》卷三九五)唐时与奚、契丹等部落常于桑乾发生战争,如李白《战城南》:"去年战,桑乾源。"① 联系卢仝有《送王储詹事西游献兵书》,可推知卢仝曾有欲建功行伍之举。"上楼腰脚健"可证此时卢仝尚未染病,即南行卖扬州宅前。

由上分析,可以确知卢仝早年曾居于扬州,且薄有财产。后从扬州迁居济源,隐居读书。读书期间或曾到长安干谒,未果后,或曾到塞上以求建功立业。后卜居河南洛阳里仁坊,其间与大诗人韩愈等曾游天封观等地。元和六年(811)冬,从洛阳南行扬州卖旧宅、以还买洛阳宅所欠债务。南行途中,曾被瘴气所染而卧病。这极大地损害了诗人的身体健康,主不死于"甘露之变"说者多以此为诗人辞世之因。

第四节　卢仝的交游

卢仝《自咏》诗其三曰:"物外无知己,人间一癖王。"《与马异结交诗》称曰:"天地日月如等闲,卢仝四十无往还。"可以看出卢仝为人个性挺生、不多交人。在卢仝有限的交往中,可考知者如下:

韩愈。卢仝元和年间,卜居洛阳与韩愈定交。韩卢二人定交,一在于志趣相投。《新唐书·韩愈传》附《卢仝传》:"卢仝居东都,愈为河南令,爱其诗,厚礼之。仝自号玉川子,尝为《月蚀诗》以讥切元和逆党,愈称其工。"韩愈曾作《月蚀诗效玉川子作》,宋王观国《学林》卷八:"韩退之《月蚀诗》一篇,大半用玉川子句。或者谓玉川子《月蚀诗》豪怪奇挺,退之深所叹伏,故所作尽摘玉川子佳句而补成之。"② 其《李花二首》之二亦

---

① [清]王琦注:《李太白集注》卷三,上海:上海古籍出版社,1992年,72页。本文引用李诗,如无特别说明,均据此书,以下不另出注。
② [宋]王观国:《学林新编》卷八,《宋诗话全编三·王观国诗话》,2550页。

被程学恂《韩诗臆说》评曰学卢:"此首中间似有意学玉川,语皆游戏耳。"① 明何孟春《馀冬诗话》称:"韩昌黎诗:'敲门惊昼睡,问报睦州使。手把一封书,上有皇甫字。'卢玉川诗:'日高丈五睡正浓,将军扣门惊周公。口传谏议送书信,白绢斜封三道印。'句法意匠如此,岂真相袭者哉!"② 在《寄卢仝》诗中称卢仝为"玉川先生",对其极表推崇。称其节操,以石洪、温造、李渤作对比曰:"水北山人得名声,去年去作幕下士。水南山人又继往,鞍马仆从塞闾里。少室山人索价高,两以谏官征不起。彼皆刺口论世事,有力未免遭驱使。先生事业不可量,唯用法律自绳己。"对其舍传求经之"春秋"学思想表首肯曰:"《春秋》三传束高阁,独抱遗经究终始。"③ 称其《与马异结交诗》:"往年弄笔嘲同异,怪辞惊众谤不已。"称其忠孝曰:"去岁生儿名添丁,要令与国充耘耔。国家丁口连四海,岂无农夫亲末耜?先生抱才终大用,宰相未许终不仕。假如不在陈力列,立言垂范亦足恃。……故知忠孝本天性,洁身乱伦安足拟?"称其度量则举例曰:"昨晚长须来下状:隔墙恶少恶难似,每骑屋山下窥阚,浑舍惊怕走折趾。……嗟我身为赤县令,操权不用欲何俟?立召贼曹呼五百,尽取鼠辈尸诸市。先生又遣长须来,如此处置非所喜,况又时当长养节,都邑未可猛政理。先生固是余所畏,度量不敢窥涯涘。"因志趣相投,韩愈会在大雪之夜访卢舍(韩愈《李花二首》其二),韩诗写出了访卢之因在于与卢的肝胆相契:"夜领张彻投卢仝,乘云共至玉皇家。长姬香御四罗列,缟裙练帨无等差。静濯明妆有所奉,顾我未肯置齿牙。清寒莹骨肝胆醒,一生思虑无由邪。"清陈沆《诗比兴笺》曰:"此章自言其志。奢华纷拏,世之所竞,君子不必避而去之。但愈置之纷华之中,而愈增其皓白之志,莹其清寒之骨,醒

---

① 参见钱仲联集释:《韩昌黎诗系年集释》卷七引,760页。
② [明]何孟春:《馀冬诗话》,见周维德集校《全明诗话》,济南:齐鲁书社,2005年,第695册,695页。
③ [宋]胡仔:《苕溪渔隐丛话前集》卷十七"韩吏部中"引《隐居诗话》云:"《春秋》五传,谓左丘明、公羊高、谷梁赤、邹氏、夹氏也。……邹氏无书,夹氏未有书。而韩愈《赠卢仝》诗云:'《春秋》五传束高阁,独把遗编究终始',不知此二传果何等书。"见《宋诗话全编》四《胡仔诗话》,3633页。

其肝胆思虑而无由邪。"① 卢仝对韩愈亦称赏有加,当韩愈由都官员外郎贬为国子博士时,卢仝深抱不平,写有《常州孟谏议座上闻韩员外职方贬国子博士有感五首》诗。诗中称赏韩愈美质如玉如兰曰:"烈火先烧玉,庭芜不养兰。"分析韩愈不容于朝廷在于肠刚心直曰:"孤宦心肝直,天王苦死嗔。""左道官虽乐,刚肠得健无?"有感于"禄位埋坑窑,康庄垒剑棱。"卢仝劝韩愈学自己做"野田子":"爵服何曾好,荷衣已惯缝。朝官莫相识,归去老岩松。"

志趣相投的基础上,韩愈对卢仝在生活上亦颇多照顾,如韩愈《寄卢仝》写卢之贫:"玉川先生洛城里,破屋数间而已矣。一奴长须不裹头,一婢赤脚老无齿。辛勤奉养十余人,上有慈亲下妻子。……至令邻僧乞米送,仆忝县尹能不耻?"因为关怀,所以关注。韩愈诗中不厌其详地写卢仝家境寒贫,当因惺惺相惜之意。所以他会在"俸钱供给公私余"时,对卢仝"时致薄少助祭祀。"并"劝参留守谒大尹"以求一官半职来改善一下境遇;在卢仝家遭隔墙恶少骚扰后,韩愈立马为卢仝申屈:"立召贼曹呼五百,尽取鼠辈尸诸市。"故卢仝在《常州孟谏议座上闻韩员外职方贬国子博士有感五首》之五称曰:"谁怜野田子,海内一韩侯。"《冬行三首》其二写冬日南行扬州,卖"旧业"还债的羁旅途中,还想起韩愈的关照:"贤哉韩员外,劝我莫强取。凭风谢长者,敢不愧心苟。"在大雪封门、衣食无着时,会想到韩愈,作《苦雪寄退之》:"惟有河南韩县令,时时醉饱过贫家。"正因卢诗中每多称引愈之关照,故孙之騄会以为"愈死,仝落拓无所依"。

孟郊。《新唐书·孟郊传》称其:"性介,少谐和。"卢仝是"结发憎俗徒"而"闭门不出动一纪",可见二人性格中很有相似点,这当为二人交往的最重要原因。卢仝与孟郊的交往时间不可确考,当在元和初年卢仝卜居洛阳期间,时孟郊居于洛阳立德坊。孟郊诗集中存两首有关与卢仝交往的诗,即《答卢仝》和《忽不贫喜卢仝书船归洛》,卢仝有《孟夫子生生亭赋》,从这三首诗中看出二人因志趣相投而情谊笃厚。《答卢仝》诗云:"楚屈入水死,诗孟踏雪僵。直气苟有存,死亦何所妨。日劈高查牙,清棱含冰浆。前

---

① 参见钱仲联集释:《韩昌黎诗系年集释》卷七引,780~781页。

古后古冰,与山气势强。闪怪千石形,异状安可量。有时春镜破,百道声飞扬。潜仙不足言,朗客无隐肠。为君倾海宇,日夕多文章。天下岂无缘,此山雪昂藏。烦君前致词,哀我老更狂。狂歌不及狂,歌声缘凤皇。凤兮何当来,消我孤直疮。君文真凤声,宣隘满铿锵。洛友零落尽,逮兹悲重伤。独自奋异骨,将骑白角翔。再三劝莫行,寒气有刀枪。仰惭君子多,慎勿作芬芳。"(卷七)诗中孟郊以自己和屈原相提并论,表达了为心中的追求不惧一死之愿。这在不了解自己的人看来,未免目之以"狂"。而卢仝却深谙孟郊"狂歌"之内核,在孟郊深叹"洛友零落尽"时,诗文相寄,消解其"孤直疮"。可以说二人道合,即都崇古道。韩愈《与孟东野书》中谓之:"足下才高气清,行古道,处今世,无田而衣食,事亲左右无违,足下之用辛勤矣!足下之处身劳且苦矣!混混与世相浊,独其心追古人而从之。"①《孟生诗》云:"孟生江海上,古貌又古心。尝读古人书,谓言古犹今。作诗三百首,窅默咸池音。"(卷九)卢仝在《孟夫子生生亭赋》中表达自己承孟郊"传古道"之志而又惧己"赣朴"不能"济夫子欲"曰:"予小子赣朴,必不能济夫子欲。嗟自惭承夫子而不失予兮,传古道甚明分。"二人趣同,即都嗜好读书。《唐才子传》(卷五)称卢仝"家甚贫,唯图书堆积。"卢仝在债台高筑被迫卖扬州"旧业"时却心忧扬州老屋所藏之书,怕"地湿蠹朽",卖宅而书船归洛。孟郊为之欣喜不已,《忽不贫喜卢仝书船归洛》诗曰:"贫孟忽不贫,请问孟何如?卢仝归洛船,崔嵬但载书。……我去官色衫,肩经入君庐。喃喃肩经郎,言语倾琪琚。琪琚铿好词,鸟鹊跃庭除。书船平安归,喜报乡里闾。我愿拾遗柴,巢经于空虚。下免尘土侵,上为云霞居。日月更相锁,道义分明储。不愿空岩峣,但愿实工夫。空实二理微,分别相起予。经书荒芜多,为君勉勉锄。勉勉不敢专,传之方在诸。"(卷九)孟郊穷而好学,故闻卢仝书船归洛禁不住欢喜不已,竟然觉得自己一下子不贫了,可见他视卢仝之书如己有,二人交情之深可见一斑。孟郊一喜为有书可读,二喜

---

① 高海夫主编:《唐宋八大家文钞校注集评·昌黎文钞》卷四,西安:三秦出版社,1998年,141页。

可与卢仝拾柴巢经，读书论道。正是志趣如此契合，所以二人堪称知音。

贾岛。卢仝当在卜居洛阳期间，结识贾岛。李嘉言先生《长江集新校·贾岛年谱》谓元和五年（810）贾岛"至洛阳，欲谒孟郊，因游赵未果。"①元和六年（811），"春，自长安赴洛阳，始谒韩愈。"卢仝与贾岛结识，当在元和年间。据贾岛《哭卢仝》："在日赠我文，泪流把读时。从兹加敬重，深藏恐失遗。"二人常互赠诗文。孙之骎谓卢仝所交往者，岛为最厚："贾岛哭仝诗曰：'……长安有交友，托孤遽弃遗。……'则当日长安与仝交者，不为寡矣，而展墓痛哭者，独岛一人。"（《玉川子诗集注·玉川先生传》）

马异。《唐才子传校笺》曰："马异，两《唐书》无传。《唐诗纪事》卷四〇云：'异，河南人'。后人提及马异之籍贯，常据之，如明胡应麟《诗薮》外编卷四即称：'卢玉川马河南'。《全唐诗》小传与之同，当即据《纪事》。《才子传》谓异为睦州人，未详何据，然今《严州图经》《浙江通志》均无考，或乃因马异《送皇甫湜赴举》诗（《全唐诗》卷三六九）而连类相及。徐松《登科记考》卷一一载马异于兴元元年（784）进士及第，即据辛《传》。"②卢仝与马异诗风相类，《诗薮·外编》卷四："卢仝、马异、孟郊、贾岛，并出一时，其诗体酷类，已为奇绝。其名皆天生的对，尤为奇也。"③《唐才子传》卷五评马异曰："赋性高疏，词调怪涩，虽风骨棱棱，不免枯瘠。卢仝闻之，颇合己志，愿与结交，遂立同异之论，以诗赠答，有云：'昨日仝不仝，异自异，是谓大同而小异。今日仝自同，异不异，是谓仝不往兮异不至。'斯亦怪之甚也。后不知所终。"韩愈唐宪宗元和六年（811年）作《寄卢仝》诗有句曰："往年弄笔嘲同异，怪辞惊众谤不已。""嘲同异"即指《唐才子传》所引之句，故本诗当作于元和六年（811年）以前。（据钱仲联《韩昌黎诗系年集释》）卢仝居洛期间，闻马异名而愿结交，作《与马异结交诗》极写对马异的渴慕之情："白玉璞里斫出相思心，黄金矿里铸出相思泪。忽闻空中崩崖倒谷声，绝胜明珠千万斛，买得西施南威一双

---

① 李嘉言新校：《长江集新校》附录，上海：上海古籍出版社，1983年，139页。
② 傅璇琮主编：《唐才子传校笺》，北京：中华书局，1989年，第2册，274页。
③ ［明］胡应麟：《诗薮》外编卷四，上海：上海古籍出版社，1958年，203页。

婢。此婢娇饶恼杀人,凝脂为肤翡翠裙。唯解画眉朱点唇。自从获得君,敲金拟玉凌浮云。却返顾,一双婢子何足云。平生结交若少人,忆君眼前如见君。青云欲开白日没,天眼不见此奇骨。此骨纵横奇又奇,千岁万岁枯松枝。半折半残压山谷,盘根蹙节成蛟螭。忽雷霹雳卒风暴雨撼不动,欲动不动千变万化总是鳞皴皮,此奇怪物不可欺。卢仝见马异文章,酌得马异胸中事。风姿骨本恰如此,是不是,寄一字。"马异有赠答之作曰《答卢仝结交诗》,亦对卢仝之诗极表推崇:"有鸟南翔,口衔一书札。达我山之维,开缄金玉焕陆离,乃是卢仝结交诗。此诗峭绝天边格,力与文星色相射。长河拔作数条诗,太华磨成一拳石。莫嗟独秀无往还,月中芳桂难追攀。"(《全唐诗》卷三六九)二人相互仰慕之情于此可见一斑。

刘叉。刘叉,做派颇尚侠义,不苟媚于人。《全唐文》卷七八〇李商隐《纪事·齐鲁二生·刘义》(按:"义"当为"叉"字之误。下同。)谓其:"任气重义,大躯有膂力。尝出入市井,杀牛击犬豕,罗网鸟雀。亦或时因酒杀人,变姓名遁去,会赦得出。后流入齐鲁,始读书,能为歌诗。然恃其故时所为,辄不能俯仰贵人。穿屦破衣,从寻常人乞丐酒食为活。闻韩愈善接天下士,步行归之。既至,赋《冰柱》《雪车》二诗,一旦居卢仝、孟郊之上,樊宗师以文自任,见义(当为"叉")拜之。后以争语不能下诸公,因持愈金数斤去。……复归齐鲁,义(当为"叉")之行,固不在圣贤中庸之列,然其能面道人短长,不畏卒祸。及得服义,则又弥缝亲谏,有若骨肉,此其过人无恨。"刘叉为诗,"酷好卢仝、孟郊之体,造语幽塞,议论多出于正。"(《唐才子传》卷五)有《冰柱》《雪车》二诗,被人目为出卢仝、孟郊之右。亦因贫而得韩愈接济,《刘叉传》云其"然恃故所负,不能俛仰贵人,常穿屦、破衣。闻愈接天下士,步归之。"卢仝与刘叉最为莫逆,《唐才子传》称:"初,玉川子履道守正,反关著述,《春秋》之学,尤所精心,时人不得见其书,惟叉惬愿,曾授之以奥旨,后无所传。"(《唐才子传》卷五)二人交往之作,所见者惟刘叉《塞上逢卢仝》诗。宋葛立方《韵语阳秋》卷三:"刘叉诗酷似玉川子,而传于世者二十七篇而已。《冰柱》《雪车》二诗,虽作语奇怪,然议论亦皆出于正也。《冰柱诗》云:'不为四时雨，徒于道路成泥阻。不为九江浪，徒能汩没天之涯。'《雪中诗》谓'官家不知民馁寒，尽驱牛车盈道载屑玉。载载欲何之？秘藏深宫，以御炎酷。'如此等句，亦有补于时，与玉川《月蚀诗》稍相类。"①

以上诸人，是韩孟诗派的中坚。卢仝与他们的交往，主要在于共同的志趣。除与韩孟诗派中人交往外，卢仝结交者还有以下诸人。

尉迟羽之。其人不详，据卢仝《送尉迟羽之归宣州》诗，知尉迟羽之为诗人诗友。诗曰："君归乎，君归兴不孤。谢朓澄江今夜月，也应忆著此山夫。"

徐希仁。生卒年不详，郡望东海（今江苏连云港），宪宗至文宗时诗人，文宗大和初年自员外郎出为岳州刺史。《全唐文》卷七一九蒋防《汨罗庙记》："大和二年春，防奉命宜春，抵湘阴，歇帆西渚。……郡守东海徐希仁，……以余常学古道，熟君臣至理之义，请述始终。"②据卢仝《月下寄徐希仁》和《赠徐希仁石砚别》，知徐希仁与卢仝交情颇厚，二人当多相唱酬。徐希仁有《招玉川子咏新文》："清气宿我心，结为清泠音。一夜吟不足，君来相和吟。"（《全唐诗》卷四七〇）卢仝有《酬徐公以新文见招》："昨夜霜月明，果有清音生。便欲走相和，愁闻寒玉声。"卢仝以"寒玉"指称徐诗，知徐希仁诗文当多清冷雅洁之作。

魏澈。其人不祥，为卢仝外兄。据卢仝《寄外兄魏澈》："何处堪惆怅，情亲不得亲。兴宁楼上月，辜负酒家春。"知魏澈为循州兴宁人，与卢仝交情颇深。

郑三。其人不详，卢仝《喜逢郑三游山》谓："相逢之处花茸茸，石壁攒峰千万重。他日期君何处好，寒流石上一株松。"郑三或为隐者。

褚遂良孙。不详，卢仝有《题褚遂良孙庭竹》："负霜停雪旧根枝，龙笙凤管君莫截。春风一番琴上来，摇碎金尊碧天月。"

萧庆中。行二十三，卢仝诗本集有《寄萧二十三庆中》。卢仝元和六年

---

① 见《宋诗话全编九·葛立方诗话》，8219 页。
② ［清］董诰等编：《全唐文》，北京：中华书局，1983 年，第 8 册，7403 页。

(811)冬南行扬州,结识萧庆中,遂馆于其宅。卢仝本集有《萧二十三赴歙州婚期二首》曰:"淮上客情殊冷落,蛮方春早客何如。"知萧与卢相识后于春上赴歙。

王内丘。其人不详,《通典》卷一七八《州郡八·邢州》:"内邱,汉曰中邱,隋以国讳改之。"卢仝《走笔追王内丘》诗:"自识夫子面,便获夫子心。夫子一启颜,义重千黄金。平原孟尝骨已土,始有夫子堪知音。"似诗人与王内丘一见而为知音。

崔柳州。其人不详,孙注:"《柳子厚集》贞元十八年有《代柳州谢上表》一文,未详何人。《宰相世系表》崔佽为柳州刺史。"(《玉川子诗集注》卷五)郁贤皓先生《唐刺史考》卷二八八:"柳州,崔某,元和中?"① 柳州,唐属岭南道,今广西柳州。卢仝有《寄崔柳州》诗曰:"柳州蛮天末,鄙夫嵩之幽。花落陇水头,各自东西流。凛凛长相逐,为谢池上鸥。"当作于元和年间隐居嵩洛时。

孟简。字几道,平昌安邱人。为孟郊之族叔,韩愈《贞曜先生墓志铭》:"初先生所与俱学同姓简,于世次为族叔。"② 又韩愈《登封县尉卢殷墓志》:"与谏议大夫孟简、协律孟郊、监察御史冯宿好,期相推俛,卒以病不能为官。"③ 可见孟简与孟郊不止为族亲,而且交情密切。卢仝与孟简之交,或在结识孟郊之后。卢仝诗集中有三首写及孟简,分别是《观放鱼歌》《走笔谢孟谏议寄新茶》和《常州孟谏议座上闻韩员外职方贬国子博士有感五首》,诗作透露出的信息是卢、孟之交相当亲密融洽。

王储。生卒年、籍贯皆不详,清徐松《登科记考》卷一一:"(代宗)大历十四年己未,进士二十人:是年试《寅宾出日赋》,以'大明在天,恒以时授'为韵,见《文苑英华》。试《花发上林苑诗》,见《唐诗纪事》。"④

---

① 郁贤皓:《唐刺史考》,南京:江苏古籍出版社,1987年,第5册,2853页。
② 见《唐宋八大家文钞校注集评·昌黎文钞》卷十五,854页。
③ 见《唐宋八大家文钞校注集评·昌黎文钞》卷十五,829页。
④ [清]徐松撰、赵守俨点校:《登科记考》,北京:中华书局,1984年,上册,399页。

卢仝诗集有《送王储詹事西游献兵书》曰："美酒拨醅酌，杨花飞尽时。落日长安道，方寸无人知。箧中制胜术，气雄屈指算。半醉千殷勤，仰天一长叹。玉匣百炼剑，龟文又龙吼。抽赠王将军，勿使虚白首。"

邵兵曹。其人不祥，卢仝诗集中有《送邵兵曹归江南》："春风杨柳陌，连骑醉离筋。千里远山碧，一条归路长。花开愁北渚，云去渡南湘。东望濛濛处，烟波是故乡。"邵兵曹似为江南人。

刘侍郎。其人不详，孙之骥谓为刘轲，不详何据。卢仝《忆酒寄刘侍郎》诗曰："爱酒如偷蜜，憎醒似见刀。君为麹蘖主，酒醴莫辞劳。"刘侍郎当曾赠酒于诗人者。

张彻。韩愈《李花二首》其二："夜领张彻投卢仝，乘云共至玉皇家。"韩愈《给事中清河张君墓志铭》："张君名彻，字某。以进士累官至范阳府监察御史。长庆元年，今牛宰相为御史中丞，奏君名迹中御史选，诏即以为御史。其府惜不敢留，遣之。而密奏：'幽州将父子继续，不廷选且久。今新收，臣又始至，孤怯，须强佐乃济。'发半道，有诏以君还之，仍迁殿中侍御史，加赐朱衣银鱼。至数日，军乱，怨其府从事，尽杀之，而囚其帅。相约：'张御史长者，毋侮辱轹蹙我事，无庸杀。'置之帅所。"①居月余，张彻卒以骂贼死。赠给事中。卢仝与张彻过从仅见于此，故二人结交当因韩愈。

伯龄。其人不详，卢仝有《扬州送伯龄过江》诗。

含曦上人。洛阳长寿寺僧，据卢仝《寄赠含曦上人》："楞伽大师兄，夸曦识道理。破锁推玄关，高辩果难揣。论语老庄易，搜索通神鬼。起信中百门，敲骨得佛髓。此外杂经律，泛读一万纸。"含曦当为得道高僧。卢仝当在卜居洛阳后，与其结交。二人过从较密，卢仝有《访含曦上人》："三入寺，曦未来。辘轳无人井百尺，渴心归去生尘埃。"《寄赠含曦上人》："怜僧无远□，信佛残未已。貌古饶风情，清论兴亹亹。访余十数度，相去三五里。见时心亦喜，不见心亦喜。见时谈谑乐，四座尽角嘴。不见养天和，无

---

① 见《唐宋八大家文钞校注集评·昌黎文钞》卷十四，778页。

人聒人耳"。含曦上人亦对卢诗称赏有加。

冰僧。陶敏先生《唐诗人名考证》:"冰僧,若冰,常州无锡慧山寺僧。卢仝元和中在常州。"① 卢仝《将归山招冰僧》:"买得一片田,济源花洞前。千里石壁坼,一条流泌泉。青松盘樛枝,森森上插青冥天。枝上有哀猿,宿处近鹤巢,清唳孤吟声相交。月轮下射空洞响,丝篁成韵风萧萧。我心尘外心,爱此尘外物。欲结尘外交,苦无尘外骨。龙泉有冰公,心静见真佛。可结尘外交,占此松与月。"诗当为卢仝从常州归河南后,欲归隐济源王屋山时招冰僧相聚而作。

稚禅师。其人不详,卢仝有《赠稚禅师》诗一首:"春风满禅院,师独坐南轩。万化见中尽,始觉静性尊。我来契平生,目击道自存。与师不动游,游此无迹门。"

愿公。宋赞宁《宋高僧传》卷一一《唐池州南泉院普愿传》:"释普愿,俗姓王,郑州新郑人也。其宗嗣于江西大寂,大寂师南岳观音让,让则曹溪之冢子也,于愿为大父,其高曾可知也,则南泉之禅有自来矣。愿在孕,母不喜荤血。至德二年,跪请于父母乞出家……乃投密县大隈山大慧禅师受业,苦节笃励,骈胝皲瘃,不敢为身主,其师异之。大历十二年,愿春秋三十矣,诣嵩山会善寺暠律师受具,习相部旧章,究毗尼篇聚之学。……贞元十一年,挂锡池阳南泉山……大和年初,宣使陆公亘、前池阳太守皆知其抗迹尘外,为四方法眼,与护军彭城刘公同迎请下山,北面申礼。不经再岁,毳衣之子奔走道途,不下数百人。大和甲寅岁十月二十一日示疾。……二十五日东方明,告门人曰:'星翳灯幻亦久矣,勿谓吾有去来也。'言讫而谢,春秋八十七。"② 宪宗元和六年(811年)春,河南大雪,愿公曾寄信问候卢仝,卢仝有《酬愿公雪中见寄》:"积雪三十日,车马路不通。贫病交亲绝,想忆唯愿公。春鸠报春归,苦寒生暗风。檐乳堕悬玉,日脚浮轻红。梅柳意

---

① 陶敏:《全唐诗人名考证》卷三八七—卷三八九,西安:陕西人民教育出版社,1996年,607页。
② [宋]赞宁撰,范祥雍点校:《宋高僧传》,北京:中华书局,1987年,255~266页。

却活，园圃冰始融。更候四体好，方可到寺中。"据此知卢仝与愿公过从甚密。

  沈山人。即沈师鲁，据卢仝《忆金鹅山沈山人二首》称其："莫合九转大还丹，莫读三十六部大洞经。闲来共我说真意，齿下领取真长生。不须服药求神仙，神仙意智或偶然。自古圣贤放入土，淮南鸡犬驱上天。白日上升应不恶，药成且啜一丸药。暂时上天少问天，蛇头蝎尾谁安著。"《赠金鹅山人沈师鲁》称其："日月高挂玄关深，金膏切淬肌骨异。人皆食谷与五味，独食太和阴阳气。浩浩流珠走百关，绵绵若存有深致。"沈师鲁当为道者流，隐居于金鹅山辟谷炼丹以求仙长生。

  从以上可以看出，卢仝的交往除去韩孟诗派诸人与方外之士，所剩无多。这一方面缘于卢仝孤僻的性格，更主要的还在于其自许甚高，落落寡合，韩愈《寄卢仝》提到这一点："先生结发憎俗徒，闭门不出动一纪""劝参留守谒大尹，言语才及辄掩耳"，可见其目无尘俗的高傲性格。这种内在性格，对于其诗风的形成，当有着深刻的影响。

第二章

卢仝诗歌的思想内容

卢仝诗歌今存虽仅百余首,但包含内容却很丰富。主要可以分为五类:一、学者的用世情怀;二、儒者的仁爱思想;三、"愚公"的愤世情结;四、"山人"的隐居情趣;五、或有所寓托之作。

第一节 学者的用世情怀

卢仝是一位饱学之士,他在《自咏三首》其二中,感叹学不得用云:"万卷堆胸朽"。这胸怀"万卷"之学识,是其长年刻苦自修的成果,韩愈《寄卢仝》称其:"先生结发憎俗徒,闭门不出动一纪";孟郊《忽不贫喜卢仝书船归洛》中"卢仝归洛船,崔嵬但载书"两句,道出了卢仝早年居扬州时即喜读书的生活经历。卢仝如此嗜学,竟被写进笔记小说,钱易《南部新书》壬卷谓:"玉川先生……性僻面黑,常闭于一室中,凿壁穴以送食。"小说家言虽不必信而有征,但也是现实生活在艺术上的一种折光,总会或多或少地映射出现实的一些影子来。卢仝如此苦修的终极目标是什么呢?我们从他的诗作中可以得到重要的信息,即欲有为于世。如他的咏物之作《白鹭鸶》:

刻成片玉白鹭鸶,欲捉纤鳞心自急。
翘足沙头不得时,傍人不知谓闲立。

诗写一只由美玉雕刻而成的工艺品——白鹭鸶,它的造型也没有什么独特之处，只不过是"翘足"于"沙头"这种常见的姿势而已。正所谓"一千个读者就有一千个哈姆雷特"，在常人看来普普通通的白鹭鸶，能联想起的往往是野情幽怀一类萧散之趣。但是，在卢仝看来，这只白鹭鸶的心里非但不宁静，反而极度紧张，因为它太急于有所收获了。急于有所作为却时机尚未成熟，只能静静等待，这是一种无可奈何的无为状态。这种貌若安静之姿，在不了解内情的人看来，还以为是心无挂碍、悠然闲立呢。文学作品是打开作者情感之门的一把钥匙，它总会把作者心灵世界的秘密或多或少披露出来。所以，读文学作品，好像是在破译作者心灵之语的密码。卢仝本人没有过仕宦经历，诗歌中也喜称自己为"山人""野夫"，给人的感觉好像是一个隐者。但是通过《白鹭鸶》这首诗，我们读出了诗人在幽居的岁月中，急于有所作为的企盼。他笔下的白鹭鸶，正是这种心情的真实写照。

如果说《白鹭鸶》写出了卢仝身在草野、急于用世而不得的焦急，那么《月蚀诗》则更进一步写出了卢仝身在草野、却要干政的政治热情。

《月蚀诗》历来被视为影射现实时政之作，如《新唐书·韩愈传》附《卢仝传》称其"尝为《月蚀诗》以讥切元和逆党";《容斋随笔》卷一五则谓："元和之世，吐突承璀用事，仝以为嬖幸专权，故用董贤、秦宫辈喻之"①;《韩集补注》卷五："诗为吐突承璀而作也。以寺貂之漏师，兆竖牛之乱室，履霜戒于坚冰，有识者为之危心矣。曰：何以示意于月蚀也？葢月者阴德，又主兵事。今使宦者为统帅，举朝争之，曾不少动，非所谓月蚀修刑矣。"② 这些评论虽然对其所影射的具体时政内容看法不一，但有一点是相同的，就是都认识到了卢仝积极的干政思想。如果我们对《月蚀诗》作进一步的考查，会更清楚地了解这一点。

《月蚀诗》以纪年开头，明确点出诗作产生年代，即唐宪宗元和五年（810），这是有唐一代上继开天盛世之后唯一所谓"中兴"的时代。在宪宗即位之前的顺宗朝，发生了以王叔文为主要领袖的政治改革，史谓"永贞革

---

① ［宋］洪迈：《容斋随笔》，见《宋诗话全编六·洪迈诗话》，5691页。
② ［清］沈钦韩：《韩集补注》，1920年番禺徐氏据清光绪中广雅书局本刊，见徐绍启编《广雅丛书》第13函。

新"。胡可先生《中唐政治与文学——以永贞革新为研究中心》一书这样分析此次政治革新的历史背景："安史之乱使盛极一时的唐王朝走向中衰，八年的平叛，彻底消耗了唐帝国的人力与财力，中央集权严重削弱。表现在地方上，是藩镇的势力在不断地加强，逐渐不听从中央的约束；表现在朝廷内，则是宦官的权势越来越重，以至控制了中央政府的命脉。中央和地方矛盾的交织，使得从代宗到德宗朝，积弊越来越深。要想有效地实施改革，就必须另行组织力量与宦官和藩镇抗衡，并逐渐采取措施，消除积弊。永贞革新就是在这样的历史背景下产生的。"① 永贞革新虽然仅历数月便以顺宗内禅、皇太子（即宪宗）监国而告结束，但它却以改革朝政积弊的大举措和精神而极大鼓舞了世风与士气。革新的首要举措，便是着手打击宦官。具体举措其一是停其俸钱，如《册府元龟》卷五〇七《邦计部·俸禄三》载："唐顺宗以贞元二十一年正月即位，制百官及在城诸使，息利本钱，征放多年，积成深弊，内外官料钱职田等，厚薄不均，两税及诸色摧税钱物重轻，须有损并，宜委中书门下与所司商量其利害条件以闻，不得擅有闭籴，禁钱物，令通济。又诏停内侍郭忠政等十九人正员官俸钱。"② 其二是着手削夺宦官军权。德宗奉天之难后，对武人更是猜忌，宦官主兵从此开始。《新唐书》卷二〇七《宦者上》："德宗征艾泚贼，故以左右神策、天威等军委宦者主之，置护军中尉、中护军，分提禁兵，是以威柄下迁，政在宦人，举手伸缩，便有轻重。至臕士奇才，则养以为子；巨镇强藩，则争出我门。"兵握于手，即可"制天下之命"。（《新唐书·王叔文传》）永贞革新领导者王叔文深谙兵柄于国之重，故思夺之。《新唐书·王叔文传》记载："（叔文）乃以宿将范希朝为西北诸镇行营兵马使，泰为司马副之。于是诸将移书中尉，告且去，宦人始悟夺其权，大怒曰：'吾属必死其手！'乃谕诸镇，慎毋以兵属入。希朝、泰到奉天，诸将不至，乃还。"此举如得获成，"甘露惨祸"或不会发生。永贞革新另一重要内容，便是裁抑藩镇。藩镇割据是唐王朝自安

---

① 胡可先：《中唐政治与文学——以永贞革新为研究中心》，合肥：安徽大学出版社，2000年，9页。
② ［宋］王钦若等：《册府元龟》，北京：中华书局，1960年，第6册，6083页。

史之乱后的又一痼疾,《新唐书·藩镇传》:"安史乱天下,至肃宗大难略平,君臣皆幸安,故瓜分河北地,付授叛将,护养孽萌,以成祸根。乱人乘之,遂擅属吏,以赋税自私,不朝献于廷。效战国,肱髀相依,以土地传子孙,胁百姓,加锯其颈,利怵逆污,遂使其人自视由羌狄然。一寇死,一贼生,迄唐亡百余年,卒不为王土。"贞元二十一年(805),剑南节度使韦皋使刘辟至京见王叔文,求领剑南三川之地。《资治通鉴》卷二三六《唐纪》载辟言于叔文曰:"太尉使辟致微诚于公,若与某三川,当以死相助;若不与,亦当有以相酬。"① 叔文闻言大怒,欲治辟罪,因韦执宜阻止遂罢。叔文之不姑息逢迎韦皋之举,显示出永贞革新集团对待强藩之强硬态度。《旧唐书·杜黄裳传》:"德宗自艰难后,事多姑息,贞元中,每帅守物故,必先命中使伺其军动息,其副贰大将中有物望者,必厚赂近臣以求见用,帝必随其称美而命之,以是因循,方镇罕有特命帅守者。"刘辟为剑南节度使韦皋副使,其名义为皋而求节领剑南三川之地,实亦包藏为己之祸心,王叔文当不会无所觉察。其断然拒绝刘辟请托之政治目的,一在于打击强藩坐大之势,二在于警示藩镇中如刘辟之怀有野心者。果然在宪宗元和元年(806),韦皋死,刘辟遂夺控制权,并向朝廷施压以求得正式承认其为节度使。《新唐书》卷二一〇《藩镇传》载杜牧之言曰:"大历、贞元之间,有城数十,千百卒夫,则朝廷贷以法,故于是阔视大言,自树一家,破制削法,角为尊奢。天子不问,有司不呵;王侯通爵,越禄受之;觐聘不来,几杖扶之;逆息房胤,皇子嫔之。地益广,兵益强,僭拟益甚,侈心益昌。土田名器,分画大尽,而贼夫贪心,未及畔岸,淫名越号,走兵四略,以饱其志。……大抵生人油然多欲,欲而不得则怒,怒则争乱随之。是以教笞于家,刑罚于国,征伐于天下,裁其欲而塞其争也。大历、贞元之间反此,提区区之有,而塞无涯之争,是以首尾指支,几不能相运掉也。"在这样的时代背景下,王叔文不避韦皋之胁迫,可谓难能可贵。②

---

① [宋]司马光撰、元胡三省音注:《资治通鉴》,北京:中华书局,1956年,第16册,7616页。
② 参见胡可先:《中唐政治与文学——以永贞革新为研究中心》。

永贞革新对宦官与藩镇的举措与态度，显示出革新集团"欲为圣明除弊事"的鲜明政治目标，这无疑极大地鼓舞了世风，在振作士气方面起到了强有力的刺激作用。"当时政治改革的势力已在逐渐高涨。在与贵族式的高级官僚阶层相对抗的王叔文、王伾的指导下，年轻的官僚们掀起了变革运动。柳宗元与刘禹锡也参加了这次运动。这就是'永贞革新'"①。永贞革新之后的宪宗即位之初，即纳杜黄裳之谏，着手削藩并取得一系列成功。韩愈《论捕贼行赏表》称曰："况自陛下即位以来，继有丕绩：斩杨惠琳，收夏州；斩刘辟，收剑南东、西川；斩李锜，收江东；缚卢从史，收泽、潞等五州；威德所加，兵不污刃，收魏博等六州；致张茂昭、张憎，收易、定、徐、泗、濠等五州。创业已来，列圣功德未有能高于陛下者，可谓赫赫巍巍，光照前后矣。此由天授陛下神圣英武，位巨唐中兴之君。"② 在平定淮西以后，李商隐在《韩碑》中更是盛赞宪宗曰："元和天子神武姿，彼何人哉轩与羲。"③ 所以说，永贞改革鼓荡世风在先，宪宗削藩振作士气在后，《月蚀诗》便是产生在这样一个政治态势蒸蒸日上的环境里。

卢仝"独抱遗经"，抉择微旨，亦是渊源有自。清人方世举谓："唐啖赵《春秋》，唯据经书驳三传，盖于时有此一种学问，玉川想亦宗此学。"④ 啖赵即啖助与赵匡，二人治"春秋"，多舍传求经，以己意解经。被目为"异儒"⑤。据《新唐书·儒学传下·啖助传赞》："啖助在唐，名治《春秋》，摭诎三家，不本所承，自用名学，凭私臆决，尊之曰：孔子意也。赵、陆从而唱之，遂显于时……徒令后生穿凿诡辩，诟前人，舍成说，而自为纷纷，助所阶已。"可见，卢仝的《春秋摘微》即承啖助等"异儒"之舍传求经思想

---

① ［日］花房英树：《白居易》，转引自胡可先《中唐政治与文学——以永贞革新为研究中心》，82 页。
② 见高海夫主编：《唐宋八大家文钞校注集评·昌黎文钞》卷一，36 页。
③ 刘学锴、余恕诚：《李商隐诗歌集解》，北京：中华书局，1996 年，第 2 册，828 页。
④ ［清］方世举注：《韩昌黎诗集编年笺注》，宣统二年（1910）据徐州卢氏雅雨堂本石印。
⑤ 参见《旧唐书·儒学传》："匡师啖助，助、匡皆为异儒，颇传其学，由是知名。"

而发新论,治经目的,在于经世治用。清叶矫然《龙性堂诗话续集》:"玉川子为退之所重,《月蚀诗》亦是忠爱热血,诡托而出,盖《离骚》之变体也。"① "忠爱热血"在《月蚀诗》结尾表现特别明显:

> 或问玉川子:孔子修《春秋》。二百四十年,月蚀不见收。今子啾啾词,颇合孔意不?玉川子笑答:或请听逗留。孔子父母鲁,讳鲁不讳周。书外书大恶,故月蚀不见收。予命唐天,口食唐土。唐礼过三,唐乐过五。小犹不说,大不可数。灾渗无有小大瘉。安得引衰周,研覈其可否?日分昼,月分夜,辨寒暑。一主刑,二主德,政乃举。孰谓人面上,一目偏可去?愿天完两目,照下万方土。万古更不瞽,万万古。更不瞽,照万古。

显然,诗人在此借用了儒教的天人感应说,《淮南子·泰族训》:"逆天暴物,则日月薄蚀,五星失行,四时干乖。"② 《公羊传》隐公十年六月:"《春秋》录内而略外,于外大恶书,小恶不书,于内大恶讳,小恶书。"③ 可见月食与日食相较,在警示灾变上是有小大之别的。"书外书大恶"句颇值得玩味,《公羊传》"隐公十年六月"何休注曰:"于内大恶讳、于外大恶书者,明王者起,当先自正,内无大恶,然后乃可治诸夏大恶。……内小恶书、外小恶不书者,内有小恶,适可治诸夏大恶,未可治诸夏小恶,明当先自正然后正人。"④ 联系"予命唐天,口食唐土。"可见诗人在此亦用"春秋"笔法,不为唐讳"小恶"而录"月蚀"。《魏书·高祖纪下》:"日月薄蚀,阴阳之恒度耳,圣人惧人君之放怠,因之以设诫,故称'日蚀修德,月蚀修刑'。"⑤ 由此而提出两个严峻的政治命题,即"德"与"刑",二者相辅相成,是治

---

① 郭绍虞编选、富寿荪校点:《清诗话续编》,上海:上海古籍出版社,1985年,上册,1006页。
② [汉]刘安著、汉高诱注:《淮南子》卷二十,四部备要本,上海:中华书局,1936年铅印本。
③ [汉]公羊寿传、汉何休解诂:《春秋公羊传注疏》,北京:北京大学出版社,1999年,63页。
④ [汉]公羊寿传、汉何休解诂:《春秋公羊传注疏》,北京:北京大学出版社,1999年,63页。
⑤ [北齐]魏收:《魏书》卷七,北京:中华书局,第1册,164页。

国经邦之不可分割的一对利器,如《说苑》卷七《政理》:

> 治国有二机,刑、德是也。王者尚其德而希其刑,霸者刑德并凑,强国先其刑而后其德。夫刑、德者,化之所由兴也:德者,养善而进阙者也;刑者,惩恶而禁后者也。故德化之崇者至于赏,刑罚之甚者至于诛。夫诛、赏者,所以别贤、不肖,而列有功与无功也。故诛、赏不可以谬,诛、赏谬则善、恶乱矣。夫有功而不赏则善不劝,有过而不诛则恶不惧。善不劝、恶不惧而能以行化乎天下者,未尝闻也。《书》曰:"毕力赏罚",此之谓也。①

我们联系《月蚀诗》来看,在"月蚀"形成过程中,"东方苍龙""南方朱雀""西方白虎""北方寒龟"均坐视不救,他们"爪牙根天不念天",与天离心离德,使得关键之时"天若准拟错准拟",原因何在?《月蚀诗》中有答案:"岁星主福德,官爵奉董秦。忍使黔娄生,覆尸无衣巾。"董秦,在此指没有政治操守却致高官厚禄的武人。② 黔娄,在此指品行高洁却穷困在野的贤士。观诗中有"恒州阵斩郫定进"句,与宦官吐突承璀又扯上干系。吐突承璀为宪宗时宠宦,据《旧唐书·吕元膺传》载:"(元和初)及镇州王承宗之叛,宪宗将以吐突承璀为招讨处置使。元膺与给事中穆质、孟简,兵部侍郎许孟容等八人,抗论不可,且曰:'承璀虽贵宠,然内臣也。若为帅总兵,恐不为诸将所伏。'指谕明切,宪宗纳之,为改使号,然犹专戎柄,无功而返。"骁将轻死沙场,是与"无威略"却主军之吐突承璀有直接关系的,而败后还朝,宪宗仍给予宽宥。小人如董秦之流者在位,而贤如高士黔娄者死时连一块覆尸之布都不可得,正是诗中"善善又恶恶,郭公所以亡"所指,即如诸葛亮《出师表》所言:"亲贤臣,远小人,此先汉所以兴隆也;亲小人,远贤臣,此后汉所以倾颓也。"③ 卢仝在诗结尾点出"德",指希望朝廷用人唯

---

① [汉]刘向撰、赵善诒疏证:《说苑疏证》,上海:华东师范大学出版社,1985年,170页。
② 详见拙文《卢仝〈月蚀诗〉主旨探微》,载《中国韵文学刊》2009年第4期。
③ [汉]诸葛亮:《诸葛丞相集》,见明张溥编《汉魏六朝百三家集》,上海:扫叶山房,1925年石印本。

贤，善之而能用、恶之而能去之"德"。这也是《春秋》大义所在，《汉书·司马迁传》："《春秋》上明三王之道，下辨人事之经纪，别嫌疑，明是非，定犹与，善善恶恶，贤贤贱不肖，存亡国，继绝世，补弊起废，王道之大者也。"① 正如日月各司日夜寒暑之职而不可或缺一样，"德"与"刑"当并行不能偏废，国家朝政才能政治清明。这一点卢仝同时代的有识之士多所表述，如白居易在《策林》五十四"刑礼道迭相为用"中说："圣王之致理也，以刑纠人恶，故人知劝惧；以礼导人情，故人知耻格。""衰乱之代，则驰礼而张刑；平定之时，则省刑而弘礼；清静之日，则杀礼而任道。"② 五十七"使人畏爱悦服，理大罪，赦小过"："《书》曰：'宥过无大，况小者乎？刑故无小，况大者乎？'故宥其小者，仁也。仁以容之，则天下之心，爱而悦之矣。刑其大者，义也。义以纠之，则天下之心，畏而服之矣。"③ 诗言"长嗟白兔捣灵药，恰似有意防奸非。药成满臼不中度，委任白兔夫何为。""荧惑躩铄翁，执法大不中。月明无罪过，不纠蚀月虫。年年十月朝太微，支卢谪罚何灾凶？"荧惑，火星之古称。象占中以其为秉南方火德之精，司夏。主执法，察妖孽。《广雅·释天》："荧惑谓之罚星，或谓之执法。"④ 白兔、荧惑执法不中而上天却不"刑"之，终至"人养虎，被虎啮。天媚蟆，被蟆瞎。乃知恩非类，一一自作孽。"这与唐朝廷姑息藩镇何其相似！《唐鉴》卷九《宪宗》："唐之藩镇，本起于盗贼，其始也天子封殖之，又从而姑息之，至于不可制，人主自取之也。宪宗一裁以法，而莫不畏威，犹反掌之易。"⑤ 藩镇横行不法，雄踞各州，与唐中央或阳奉阴违，或公然对抗，且欲世袭其封。诗人渴望朝廷对不法之藩镇，能果断用刑，如尧帝时上天制裁

---

① ［汉］班固撰、唐颜师古注：《汉书》卷六十二，北京：中华书局，1962年，第9册，2717页。
② 顾学颉点校：《白居易集》卷六十四、北京：中华书局，1979年，第4册，1352页、1353页。
③ 《白居易集》卷六十五，第4册，1358页。
④ ［魏］张揖撰、隋曹宪音：《广雅》卷九，见清王谟辑《增订汉魏丛书》第2函，长沙：湖南艺文书局，光绪七年（1891）刻本。
⑤ ［宋］范祖禹撰，白林鹏、陆三强校注：《唐鉴》，西安，三秦出版社，2003年，249页。

《九日妖》："忆昔尧为天,十日烧九州。……帝见尧心忧,勃然发怒决洪流,立拟沃杀九日妖。"虽然诗中无有明确指实,但其描写了分布于天上众多张牙舞爪的星宿意象,指出其"谲险万万党,架构何可当?眒目矍成就,害我光明王。"加之又专门提到为平藩而死的大将郦定进,使人不能不想到藩镇。而当时宪宗削藩成功、国人为之欢欣鼓舞,关心时政的诗人受此影响,对于朝廷充满了幻想,即深深为"余命唐天,口食唐土"——身为大唐子民自豪时,愿"敢死横干天,代天谋其长。"希望宪宗在礼乐昌明兴盛超过三皇五帝的基础上,"德""刑"并举,从而求得国家能长治久安。

卢仝并不仅仅在诗中空言用世,他也身体力行之。《送王储詹士西游献兵书》是其干谒之作:

美酒拨醅酌,杨花飞尽时。落日长安道,方寸无人知。

箧中制胜术,气雄屈指算。半醉千殷勤,仰天一长叹。

玉匣百炼剑,龟文又龙吼。抽赠王将军,勿使虚白首。

这首诗是卢仝为求用仕,赴长安以所著兵书干谒王储之作。卢仝所著《兵书》,不见记载,联系刘叉《塞上逢卢仝》,知仝或留意于烽火之事,意欲以武事建功立业,此或为其著兵书之内驱力。胸怀却敌制胜之雄文武略,却不获用于时,这种济世不得的惆怅,唯有举杯消之。但"杯中物"却激发起诗人更强烈的不甘埋没之渴望,他希望自己能如百炼之剑,虽暂埋没于匣中,但终能为世所见。正是这种渴望,他要把自己写的兵书献给王储,希望以其为契机,能够有所作为。他在《扬州送伯龄过江》中也说:"努力事干谒,我心终不平。"这都表明卢仝为了谋求进身以实现用世之志,曾经作过很多次努力。

用世情怀,是卢仝读书求学最本真的目标,不得用的愤恨中,他感慨"读书书史未润身"(《感古四首》其四),这其实也是读书致用不得苦闷时的反语,因为"学而优则仕",仕自然能够"润身"。用世情怀,在卢仝心中挥之不去,它强烈地刺激着卢仝的思想感情,因为强烈的愿望得不到实现,所以便转化成愤世嫉俗的颓放之气。其实,这正是卢仝内心一直渴望干政用世不得后的情感表现。我们通过《扬子津》可以看到他曾经的壮怀:"风卷鱼龙暗楚关，白波沉却海门山。鹏腾鳌倒且快性，地坼天开总是闲。"它给我们描画出这样一幅雄伟壮观的画面：风急天暗的扬子江面，白浪滔天，风卷着一个连一个的高高浪花，扑打着、撕咬着敢于阻拦它前行的一切，甚至连那高耸的海门山也要吞噬掉。在这"地坼天开"的宏壮盛大的场景中，鱼龙之属只能随波逐流，而对于鹏、鳌来讲，却是"沧海横流，方显英雄本色"的"快性"之时！诗中的鹏与鳌，是卢仝精神的一种外化意象。这种意象所透露出的信息是：一种无畏的敢于直面人生现实的奋斗精神；一种渴望建功立业的强烈用世情怀！

卢仝以布衣终身，却并不甘心仅仅作一隐居山野、不闻世事的"野老"，他的诗中弥漫着积极用世者满腔的热情和志向难酬后极度的郁愤和无可言说的失望。明乎此，我们可以更深刻地理解卢仝自我价值期待成空后内心所受的重伤。他充满用世热情的诗，成了我们理解卢仝何以颓放的一把钥匙。

第二节　儒者的仁爱思想

宋代许顗《彦周诗话》谓卢仝《春秋传》（按：当指《春秋摘微》）得"圣人之意为多"。这里的"圣人之意"，指儒家思想开创者孔子的思想。卢仝在诗里多次提到孔子，表明其在诗人心中的地位。现列举如下：

又孔子师老子云：五色令人目盲。（《月蚀诗》）

孔子修《春秋》，二百四十年，月蚀不见收。今子呦呦词，颇合孔意不？（同上）

孔子父母鲁，讳鲁不讳周。（同上）

昔鲁公观棠距箴，遂被孔子贬而书。（《观放鱼歌》）

古来尧孔与桀跖，善恶何补如今人。（《冬行三首》之一）

利命子罕言，我诚孔门丑。（《冬行三首》之二）

颜子甚年少，孔圣同行藏。（《冬行三首》之三）

我报果有为，孔经在衣裳。（同上）

  仲尼鲁司寇,出走为群婢。(《感古四首》之二)

  孔子怪责颜回瑟,野夫何事萧君颜。(《听萧君姬人弹琴》)

仅存百首之数的诗篇中出现孔子频率之高,在唐人诗中颇少见。从这里我们"便可知卢仝是从哪里汲取精神力量了"①。卢仝精研《春秋》所得"圣人之意",也在他的诗中得到集中的展现,宋葛立方《韵语阳秋》谓:"古人诗勉人行乐,未尝不以日月迅驶为言。谢惠连云:'四节竟阑候,六龙引颓机。'沈约云:'驰盖转祖龙,回星引奔月。'……至卢仝《叹昨日》诗则曰:'上帝版版主何物,日车劫劫西向没。自古圣贤无奈何,道行不得皆白骨。'则又以不得行道为叹,非止欲行乐而已也。"② 卢仝之"道",在诗中表现的一个重要方面,便是深挚浓厚的"仁爱"思想。他的仁爱思想是博大的,表现在他的作品中,有对君主的爱、对广大苍生的爱、对家庭的爱、对朋友的爱等,甚至连对普通的竹石虫鱼等都倾注了淳朴厚重的仁爱之情。

  卢仝的爱君之心是其渴望有为的一种最直接的表现,因为作为最高统治者的皇帝,代表着一个国家,他的所为,会给一个时代以最直接的影响。明乎此,我们便可以明白卢仝爱君,正是他关心国家、关心时政的结果。爱君最明显地反映在《月蚀诗》中,该诗开始记述诗歌产生缘起曰:"新天子即位五年,岁次庚寅。"这与《离骚》开头用"庚寅"有同样的政治含意,因为"庚寅"除用以记时日外,还有一个重要的含义,即吉祥美好之意。褚斌杰先生《〈离骚〉笺释》谓:"庚寅日为先秦楚俗之吉日。据姜亮夫依周金铭文考证,称'庚寅当为战国时楚民间习用之吉宜日'。又云:'屈子所以言庚寅日降,为内美者,吉宜之日生,与周金所传全可调遂,故《离骚》此语,非泛泛言生之日也。'王逸《章句》:'言己以太岁在寅,正月始春,庚寅之日,下母体而生,得阴阳之正中也。'"③ 以"庚寅"二字定下了《月蚀诗》的政治基调:即对宪宗的即位抱有极大的希望,渴望干政以实现自

---

① 见《柱马屋存稿·卢仝诗论》,173 页。
② 见《宋诗话全编八·葛立方诗话》,8228 页。
③ 褚斌杰:《〈离骚〉笺释》,见所著《楚辞要论》,北京:北京大学出版社,2003年,129 页。

己政治理想的热情。这与结尾以赞颂祝愿的高昂基调正相应和，是卢仝爱君之情的真切流露。

在《冬行三首》其二中，卢仝也表达了爱君之"臣心肠"："不敢唾汴水，汴水入东海。污泥龙王宫，恐获不敬罪。不敢踏汴堤，汴堤连秦宫。踏尽天子土，馈运无由通。此言虽太阔，且是臣心肠。"因为汴水是当时一条重要的水运干道，卢仝就表示不敢踏上汴堤；又因为汴堤连着长安的皇宫，如果踏坏了汴堤，向长安输送给养的道路将不会通畅了，其爱君热诚真可谓到了痴迷的程度。除此之外，卢仝在《走笔谢孟谏议寄新茶》中甚至表达了喝茶亦不敢忘君的诚意："天子须尝阳羡茶，百草不敢先开花。……至尊之余合王公，何事便到山人家。"诗人在常州时，常州刺史孟简馈赠新茶一封，面对这小小的常见之物，卢仝竟然会想到皇帝，难怪宋人俞成《萤雪丛说》卷上谓："卢仝《茶歌》：'至尊之余合王公，何事便到山人家。'上不忘君也。'安知百万亿苍生，命堕巅涯受辛苦。'下不忘民也。此乃尽臣子敬上念下之意也。元结《中兴颂》，前代帝王有盛德大业者，必见于歌颂。若今歌颂大业，便不言德，此乃得《春秋》一字褒贬之意也。夫以歌颂之作不专为称美设也，多寄意于讥讽，一则有爱君之诚，一则有贬上之意，二者虽若相反，而于措辞立言各有所生，不得不然。"①

因小小之"茶"，便想到"至尊"，进而提出"不奢"，以"苏息""百万亿苍生"，可谓爱君至矣。我们由此想到杜甫，当其流落夔州饮食时，还想着"君王纳凉晚，此味亦时须。"②（《槐叶冷淘》）宋人由此说老杜"一饭未尝忘君"③，卢仝一茶便想到"至尊"，这种对君主的诚笃之爱与杜甫何其相似！

卢仝爱君而希望其实行"德"政如"尧舜"者，他不止一次在诗中提到

---

① 见《宋诗话全编三·俞成诗话》，2781页。
② [清] 仇兆鳌注：《杜诗详注》卷十九，北京：中华书局，1979年，第4册，1646页。本文引用杜诗，如无特别说明，均据此书，以下不另出注。
③ [宋] 苏轼《王定国诗集》叙，见《唐宋八大家文钞校注集评·东坡文钞》，下册，5553页。

尧舜：

  《月蚀诗》："忆昔尧为天，十日烧九州。金烁水银流，玉炒丹砂焦，六合烘为窑。帝见尧心忧，勃然发怒决洪流。"

  《月蚀诗》："不独填饥坑，亦解尧心忧。"

  《冬行三首》其一："古来尧孔与桀跖，善恶何补如今人。"

  《感古四首》其一："天生圣明君，必资忠贤臣。舜禹竭股肱，共佐尧为君。四载成地理，七政齐天文。阶下萱荚生，琴上南风薰。"

尧舜是儒家塑造的圣君典型，是以仁治天下的典范，以致二人成了后世儒家心中仁德之君的代名词。"子曰：'巍巍乎，舜禹之有天下也，而不与焉！'""大哉尧之为君也！巍巍乎！唯天为大，唯尧则之。"① "致君尧舜上，再使风俗醇。"（杜甫《奉赠韦左丞丈二十二韵》）在卢仝笔下，尧是爱民的"圣明君"，《月蚀诗》中记载，在"十日烧九州"、地上生民处于如被火烧烤般的惨境时，帝尧之心"增百忧"，显示出明君以天下苍生为念、忧民所忧的伟大胸襟！此情竟感动上天，以至天帝"勃然发怒决洪流"，这表明卢仝"得道者多助"的儒家观念。卢仝以"东方日"来喻舜为帝之德，《毛诗正义》卷五云："东方之日兮，犹言明盛之君兮。日出东方，无不鉴照。"② 以"南风"来说尧之仁政，《孔子家语·辨乐》："昔者舜弹五弦之琴，造《南风》之诗。其诗曰：'南风之薰兮，可以解吾民之愠兮。南风之时兮，可以阜吾民之财兮。'"③ 由此可以看出，卢仝的爱君是与爱民紧密联系着的。他的爱民，是建立在君主施行仁政的基础上，君主以仁治国便能得人心，从而使君之统治能"万万古"。

  卢仝的爱君而倡德政，正是其忧念天下苍生的表现，最能集中表现这一点的诗是《走笔谢孟谏议寄新茶》，诗开头叙写孟简所送新茶的名贵难得，

---

① ［魏］何晏注、宋邢昺疏：《论语注疏》卷八"泰伯"，北京：北京大学出版社，106页。
② ［宋］魏了翁：《毛诗正义》，见《宋诗话全编八·魏了翁诗话》，7933页。
③ ［魏］王肃注：《孔子家语》，四部丛刊本，上海：商务印书馆，1919年。

说只有"至尊"和王公们才能享受得到。再说自己饮茶的感受,饮到后来,竟是两腋生风,意欲登仙了。但诗人本意不在夸大茶的神通。诗最后几句非常明白地指出来,"至尊"和王公们只知饮茶享乐,而不知他们的享乐是茶民们涉险履危、冒着生命危险换来的。常州刺史孟简好心好意派人送来茶,卢仝竟然会在品饮此茶的痛快淋漓之时,笔锋一转,追问孟简可知此茶的得来不易,要代广大茶民向其请命,肯请孟简能准许茶民休养生息。孟简的好心,非但没得到卢仝的感谢,反倒成了向其请求施行宽简之政以惠民的最好中介,难怪此诗魅力独具、流传广远。卢仝要求孟简施行惠民之政,是因为在他看来孟简作为一方长官,所作所为不仅仅是个人行为,更重要的是替君主去爱民,替君主播撒仁德以收民心,此种观念在《观放鱼歌》中也有所体现,卢仝热情讴歌常州刺史孟简"德风如草铺"之举为:"衣冠兴废礼,百姓减暴租。豪猾不豪猾,鳏孤不鳏孤。开古孟渎三十里,四千顷泥坑为膏腴"的善政,因为"刺史自上来",刺史所为既代表了"上"意,其"德洽民心"之举,也是为了替君主安定一方民心。在《蜻蜓歌》中看到无所事事徒凭双翅戏水的蜻蜓时,也会想到得贤臣为"圣君"施行惠政:"吾若有羽翼,则上叩天关。为圣君请贤臣,布惠化于人间。"诗人所谓的惠政,是要有具体的作为使民受益。虽然他在懊恼时也说:"古来尧孔与桀跖,善恶何补如今人"(《冬行三首》其一),但并不能认为他对儒家思想产生了怀疑动摇,只是在情绪愤激到极点时的反语。杜甫在醉时发牢骚也说:"儒术于我何有哉?孔丘盗跖俱尘埃。"(《醉时歌》)王嗣奭《杜臆》卷一评此曰:"此篇总是不平之鸣,无可奈何之词。非真谓垂名无用,非真薄儒术,非真齐孔、跖,亦非真以酒为乐也。杜诗'沉醉聊自遣,放歌破愁绝',即此诗之解,而他诗可以旁通。"① 我们也应当用这种心态来看待卢仝的反语。

卢仝爱君爱民,同样也深深地爱着自己的家。现存诗集中卢仝没有直接写给老母和妻子的诗,但不经意时却显示出他们在诗人心中所占地位之重。在《冬行三首》其一中,想着不能陪老母妻子享受天伦之乐时,心里非常痛

---

① [明]王嗣奭:《杜臆》,上海:上海古籍出版社,1983年,23页。

苦："老母妻子一挥手，涕下便作千里行。自顾不及遭霜叶，旦夕保得同飘零。"卢仝竟然连遭霜打的枯叶也羡慕不已，因为它们可以不用遭受天各一方的骨肉分离之痛，而能够"旦夕保得同飘零"！没有对家庭真诚的珍视和强烈的爱，恐怕是不会说出如此沉痛话语的。卢仝为两个儿子各写了一首诗，即《示添丁》和《寄男抱孙》，字里行间流露出浓浓的爱子深情：

别来三得书，书道违离久。书处甚粗杀，且喜见汝手。殷十七又报：汝文颇新有。别来才经年，橐盎未合斗。当是汝母贤，日夕加训诱。《尚书》当毕功，《礼记》速须剖。喽啰儿读书，何异摧枯朽。寻义低作声，便可养年寿。莫学村学生，粗气强叫吼。下学偷功夫，新宅除藜莠。乘凉劝奴婢，园里撷葱韭。远离编榆棘，近眼栽桃柳。引水灌竹中，蒲池种莲藕。捞漉蛙蟆脚，莫遣生蝌蚪。竹林吾最惜，新笋好看守。万箨苞龙儿，攒迸溢林薮。吾眼恨不见，心肠痛如搯。宅钱都未还，债利日日厚。箨龙正称冤，莫杀入汝口。叮咛嘱托汝，汝活箨龙不？殷十七老儒，是汝父师友。传读有疑误，辄告咨问取。两手莫破拳，一吻莫饮酒。莫学捕鸠鸽，莫学打鸡狗。小时无大伤，习性防以后。顽发苦恼人，汝母必不受。任汝恼弟妹，任汝恼姨舅。姨舅非吾亲，弟妹多老丑。莫恼添丁郎，泪子作面垢。莫引添丁郎，赫赤日里走。添丁郎小小，别吾来久久。脯脯不得吃，兄兄莫撚搜。他日吾归来，家人若弹纠。一百放一下，打汝九十九。（《寄男抱孙》）

春风苦不仁，呼逐马蹄行人家。惭愧瘴气却怜我，入我憔悴骨中为生涯。数日不食强强行，何忍索我抱看满树花。不知四体正困惫，泥人啼哭声呀呀。忽来案上翻墨汁，涂抹诗书如老鸦。父怜母惜捆不得，却生痴笑令人嗟。宿舂连晓不成米，日高始进一碗茶。气力龙钟头欲白，凭仗添丁莫恼爷。（《示添丁》）

二诗所塑造的父亲形象，完全没有了外人看来"性高古介僻"的难以接近，而是如慈母般爱抚着孩子。在《寄男抱孙》中，卢仝给人的感觉是严格中不乏慈祥：他先提抱孙的学业，对儿子所取得的进步提出表扬；继而又明示要求:"《尚书》当毕功,《礼记》速须剖",严格的要求好像怕吓着了孩子,马上又换上鼓励的语气:"喽啰儿读书,何异摧枯朽",之后的语气更加和缓,交代抱孙读书的最佳方法:"寻义低作声,便可养年寿。莫学村学生,粗气强叫吼。"说完学业,卢仝又对抱孙的课余生活提出了要求,要他干些力所能及的体力活。而在交代这些体力活时,卢仝是不厌其烦,明细地给儿子说应该干什么、应该怎么干、干时还要注意什么等等。如此烦琐细致的叮咛,我们可以看出卢仝为人之父是多么细心慈祥!对儿子的教育是多么上心耐心!最后是对抱孙提出的日常生活规范,诗人好像怕抱孙不耐烦,又解释一句:"小时无大伤,习性防以后。"这才是卢仝爱子最深刻的表现,因为"父母之爱子,则为之计深远"①。卢仝的"为子计深远",也可以从贾岛《哭卢仝》诗得到印证:"长安有交友,托孤遽弃遗。"卢仝在反复地交代抱孙"这不要做""那不要做"时,又怕唬住孩子,竟放下做父亲的威严,模仿起小孩子的口吻说话:"莫引添丁郎,赫赤日里走。添丁郎小小,别吾来久久。脯脯不得吃,兄兄莫撼搜。他日吾归来,家人若弹纠。一百放一下,打汝九十九。"这已经是完全在逗儿子开心的模样了,哪里还有一丝让孩子惧怕的家长"威严"呢?

《示添丁》中,卢仝更是扮演了一位对孩子极其耐心的慈父角色。自己本身病痛已经苦不堪言,添丁却非要"索"父抱看树上的花,父亲不答应时,添丁撒娇泥人,呀呀啼哭。忽然又看到了父亲书案上的墨汁,便开始在父亲的诗书上涂起鸦来。这对于爱书如痴的父亲无疑具有极大的挑战性。而父亲呢,却因怜惜而无可奈何,反而欣赏起添丁涂鸦尽兴时的童痴神态。

这两首诗,絮絮道来,如话家常,"至今读来,那种慈祥与诙谐的父爱仍然令人感动。"②再如《苦雪寄退之》写天寒地冻、家人忍饥受寒状况,诗人用饱蘸感情的语气,道出了他心中无奈的痛心:"病妻烟眼泪滴滴,饥婴哭乳声呶呶。"典型环境最能反映出一个人本真的自我,卢仝分别用重叠

---

① 缪文远:《战国策新校注》卷二十一"赵四",成都:巴蜀书社出版社,1987年,667页。
② 见《柱马屋存稿·卢仝诗论》,181页。

词"滴滴""呶呶"以状病妻眼被烟熏和饥儿啼哭索乳之形和声,显示出诗人对妻子良久注目的关切:"滴滴"的眼泪,表面是被烟熏,其实饱含着生活中的艰辛——仅孩子受饿哭乳这点便足够折磨一位母亲的心!卢仝以白描的笔法,曲传出妻子的心声。他理解妻子的泪,却故意以"烟眼"称之,以帮助妻子实现类似于"把眼泪藏在笑容里"的坚强,也同样深掩了自己看着亲人被病饿折磨的内心苦痛,因为他不能做到"仰足以事父母,俯足以畜妻子,乐岁终身饱,凶年免于死亡。"①《孟子·尽心上》谓:"亲亲而仁民,仁民而爱物。""仁者无不爱也,急亲贤之为务。"②《孝经·天子章第二》亦称:"子曰:'爱亲者,不敢恶于人。敬亲者,不敢慢于人。'"③ 明乎此,我们会更深刻地理解韩愈为何深赞卢仝"辛勤奉养十余人,上有慈亲下妻子。"(《寄卢仝》)这种最朴实却浓得化不开的亲情。这正是卢仝"仁爱"之心的根源。卢仝把对家庭成员的仁爱之心推而及之朋友,他的诗集中涉及友情的作品都是情深意厚之作,且这类作品在他的诗集中所占分量最重,表达感情侧重点不一,大要举几类如下:

表达思念情深者:

《寄外兄魏澈》:"何处堪惆怅,情亲不得亲。"

《月下寄徐希仁》:"沙月浩无际,此中离思生。"

《寄萧二十三庆中》:"我忆君心千百间,千百间君何时还,使我夜夜劳魂魄。"

《孟夫子生生亭赋》:"夫子何之兮,面逐云没兮南行。百川注海而心不写兮,落日千里凝寒精。"

《寄崔柳州》:"使者立取书,叠纸生百忧。使君若不信,他时看白头。"

表达与相知者不期而遇时由衷喜悦者:

《喜逢郑三游山》:"相逢之处花茸茸,石壁攒峰千万重。他日

---

① [汉]赵歧注、宋孙奭疏:《孟子注疏》卷一,北京:北京大学出版社,23页。
② 《孟子注疏》,卷十三,377~378页。
③ [唐]李隆基注、宋邢昺疏:《孝经注疏》卷一,北京:北京大学出版社,5页。

期君何处好，寒流石上一株松。"

表达拜访所慕者不得而惆怅者：

《访含曦上人》："三入寺，曦未来。辘轳无人井百尺，渴心归去生尘埃。"

表达对友人关切之情者：

《寄萧二十三庆中》："千灾万怪天南道，猩猩鹦鹉皆人言。山魅吹火虫入碗，鸩鸟咒咀鲛吐涎。"

项楚先生谓："越是渲染南方瘴疠的可怕，越是流露出对萧庆中的关切心情。"①

表达对友人好意的感恩者：

《冬行三首》其一："贤哉韩员外，劝我莫强取。凭风谢长者，敢不愧心苟。"

卢仝在《夏夜闻蚯蚓吟》中羡慕蚯蚓无"亲朋累"而能轻松自在，这正好说明卢仝把亲朋之情看得很重。所以他涉及亲情的诗作，都能深深地打动人。我们可从下面两首诗中更深刻地感知这一点。

自识夫子面，便获夫子心。夫子一启颜，义重千黄金。平原孟尝骨已土，始有夫子堪知音。忽然夫子不语，带席帽，骑驴去。余对醍醐不能斟，君且来，余之瞻望心悠哉。零雨其濛愁不散，闲花寂寂斑阶苔。不如对此景，含笑倾金罍。莫问四肢畅，暂取眉头开。弦琴待夫子，夫子来不来。（《走笔追王内丘》）

项楚先生谓："这是送别王内丘科举失利，蹭蹬而归的，其中表达的感情是非常真挚的。"② 果如先生所言，则卢仝此诗，不唯表达自己对王内丘的一见知音之挚情，更在于用火热醇厚的友情来化解王内丘科场失意的块垒，即"暂取眉头开"之良苦用心。卢仝的一生，从现有材料看，亦是苦多于乐，鲜有安逸时。他能于自己并不得意的处境中去体谅关怀别人的失意，并以轻

---

① 见《柱马屋存稿·卢仝诗论》，172页。
② 见《柱马屋存稿·卢仝诗论》，172页。

松愉悦的口气来宽慰之，这种胸怀是何等宽厚仁爱！再如：《思君吟寄□□生》：

> 我思君兮河之壖。我为河中之泉，君为河中之青天。天青青，泉泠泠。泉含青天天隔泉，我思君兮心亦然。心亦然，此心复在天之侧。我心为风兮渐渐，君身为云兮幂幂。此风引此云兮云不来，此风此云兮何悠哉，与我身心双徘徊。

此诗把自己比喻成"河中之泉"，把友人比喻成"河中之青天"，便隐含了自己心中无时不存友人的深意。但水天遥隔，诗人渴望友人的心直欲化为一缕清风飘飞到友人身旁，真有"愿为西南风，长逝入君怀"① 的痴迷与热忱！难怪民国孙俶仁评此首诗曰："古之伤心人，对此肠断续。"②

卢仝还推其爱心于天地间的万物，最有代表性的是《观放鱼歌》。该诗写于元和年间的常州刺史孟简处，诗写不幸被渔人收罗入网的众鱼时用了非常不忍的笔调："丛杂百千头，性命悬须臾。"当看到孟简买鱼放生时，诗人用了极欣慰轻快的语气写众鱼："一一投深泉，跳脱不复拘。得水尽腾突，动作诡怪殊。或透藻而出，或破浪而趋。或掉尾孑孑，或奋鬣愉愉。或如莺掷梭，或如蛇衔珠。四散渐不见，岛屿徒萦纡。鸂鶒鸰鸥鸟，喜观争叫呼。小虾亦相庆，绕岸摇其须。乃知贪生不独顽痴夫！"诗人一口气用了六个"或"字排比出鱼儿再得生还时种种可爱的形态。如果没有仁爱之心，绝对不会对鱼有这么细致的观察。在看到如此生动可爱的小生灵喜获重生后，诗人不禁有种后怕："可怜百千命，几为肠中菹。"由此诗人又联想到庄子笔下那只不幸的乌龟，由于所托非人而惨遭屠戮。卢仝在此认为残害"清江使"者将受"诛心"之罚，因为儒家经典早已提到对草木鱼虫要仁爱："礼重一草木，易卦称中孚。又曰钓不网，又曰远庖厨。""鱼儿"因孟简而得放生，故卢仝以为其仁可与佛教经典中称说的流水长者子解救十千鱼之善事媲美，这更见出卢仝把放鱼之事看得多么重要！诗人在"鱼儿"生还后还不放心，

---

① [梁]萧统编、唐李善注：《文选》卷二十三曹植《七哀诗》，上海：上海古籍出版社，1986年，第3册，1086页。
② 《景宋卢仝集》孙俶仁语，1918年石印本。

又不免如慈祥的老祖母那样不厌其烦地叮嘱"鱼儿":"深僻处,远远游。刺史官职小,教化未能敷。第一莫近人,恶人唯口脥。第一莫出境,四境多网罟。重伤刺史心,丧尔微贱躯。"这种温存的语气,能从卢仝口中发出,原因只能是一个,便是如杜甫《过津口》中所称道的恻隐之心:"白鱼困密网,黄鸟喧嘉音。物微限通塞,恻隐仁者心。"(卷二二)这种怜微惜弱的恻隐之心,是卢仝仁爱之心最生动的体现。

卢仝是发自肺腑地爱怜着天地间的万物,故往往不经意间便流露出来,如他在给儿子的信中,本是要嘱托儿子好好读书之余帮母亲干些活计,却忍不住说:"竹林吾最惜,新笋好看守。万籜苞龙儿,攒迸溢林薮。……籜龙正称冤,莫杀入汝口。叮咛嘱托汝,汝活籜龙不?"(《寄男抱孙》)同样是对笋的喜爱,在白居易的笔下是:"此州乃竹乡,春笋满山谷。山夫折盈抱,抱来早市鬻。物以多为贱,双钱易一束。置之炊甑中,与饭同时熟。紫箨坼故锦,素肌擘新玉。每日遂加餐,经时不思肉。久为京洛客,此味常不足。且食勿踟蹰,南风吹作竹。"(《食笋》)对于同样的事物,卢仝是因怜惜生爱而怕其受到伤害;而白居易是因味觉感受而生爱,这种爱对竹笋来说,无疑是一种摧残:"高雅的竹子,传统上坚贞的象征,而此处,它的幼笋则是一种佳味和商品。笋多,故而价廉,但一点也不因此减色。获取竹笋的欣悦,与食笋的快乐一般无二,虽然不应看轻后者——白居易诗中甚至有一联描写了煮食竹笋的最佳方式。"① 白居易对竹的爱是食客对美食的爱,二者是主导与被主导的对立关系;而卢仝对竹笋的爱,是建立在对美好事物爱赏尊重的态度之上的,如当他看到褚遂良孙庭院的竹子时,所能想到的是:"负霜停雪旧根枝,龙笙凤管君莫截。春风一番琴上来,摇碎金尊碧天月。"(《题褚遂良孙庭竹》)这首诗表达了卢仝对代表坚贞美好的竹发自肺腑的爱惜之情,竹子好像在精神层面上可以与诗人交流、与诗人的心灵之语进行往还,它和诗人的关系不仅仅是审美客体与审美主体的关系,更是一种"物我

---

① [美]宇文所安著,陈引驰、陈磊译,田晓菲校:《中国"中世纪"的终结》,北京:生活·读书·新知三联书店,2006年,68页。

齐一"的平等关系。不唯对竹如此,卢仝好像对天地间的事物都心存怜念。在别人看来是惹人烦厌的蚊虻,他却"当家口";对微不足道的草石,他却以为"是亲情"(《自咏》其二)而爱怜有加;对一般人都不甚注意的卑微之物——青莓苔,他却待之以一片诚心:"昨夜村饮归,健倒三四五。摩挲青莓苔,莫嗔惊着汝。"(《村醉》)对"灵山"的"一片不灵石","手斫成器"为砚后,更是"心所惜",以为"用之可以过珪璧"(《赠徐希仁砚别》)。这种爱草怜石之类"憨痴"举动,正是卢仝灵府深处对天地万物无所不包的仁爱之心最真诚的流露。

第三节 "愚公"的愤世情怀

卢仝在《自咏三首》其三中以"愚公"自称:"物外无知己,人间一癖王。生涯身是梦,耽乐酒为乡。日月粘髭须,云山锁肺肠。愚公只公是,不用谩惊张"。"愚公"在此有两种含义:一是精神状态"颓然"。《老子·道德经上篇》二十章:"我愚人之心也哉。"王弼注曰:"绝愚之人,心无所别析,意无所好欲,犹然其情不可睹,我颓然若此也。"① 二是行事方式上不善于为己谋利。刘向《说苑·政理》:"齐桓公出猎,逐鹿而走入山谷之中,见一老公而问之曰:'是为何谷?'对曰:'为愚公之谷。'桓公曰:'何故?'对曰:'以臣名之。'桓公曰:'今视公之仪状,非愚人也,何为以公名?'对曰:'臣请陈之,臣故畜牸牛,生子而大,卖之而买驹。少年曰:牛不能生马!遂持驹去。傍邻闻之,以臣为愚,故名此谷为愚公之谷。'"② "愚公谷","本来是讽刺政治不明,是非颠倒,好人受欺,而管仲与齐桓公颇能领

---

① [晋]王弼注、唐陆德明释文:《老子》,光绪元年(1875)浙江书局据华亭张氏本校刻。
② [汉]刘向撰、赵善诒疏证:《说苑疏证》卷七,上海:华东师范大学出版社,1985年,174~175页。

会其中的意思。所以'愚公'的本意是大智若愚。"① 卢仝称己为"愚公"，是愤世情怀的极端表现。他曾经对自己期许甚高："玉匣百炼剑，龟文又龙吼。抽赠王将军，勿使虚白首。"(《送王储詹事西游献兵书》) 但现实却以"万卷堆胸朽"(《自咏三首》其二) 这种荒诞的结果无情地嘲弄了他。"愚公"便是卢仝悲愤苦闷之极时的反语，一如柳宗元的"嘻笑之怒，甚于裂眦；长歌之哀，过于痛哭。庸讵知吾之浩浩，非戚戚之尤者乎？"②

当主体的生命遭受现实的压抑使其主观情志不能伸张时，这种被屈抑感一点点地在心中积累，积累到一定程度便发出"不平之鸣"。如柳宗元被谪南荒，在愤激、乡愁等负面情绪的驱使下，写出了《愚溪诗序》。柳宗元作为中唐著名的政治家、文学家，被贬南方预示着被疏离排挤于政治中心之外，从而意味着政治生命的夭折，这种政治生命的被荒废感使其精神倍受折磨，在渴望有为却不能有为的痛苦心态支配下，他以"愚"指称自己，反思自己远谪之由是"以愚触罪"，"愚"中饱含了多少愤激与无奈！清人章懋勋《古文析观解》卷五《愚溪诗序》中专门谈及柳宗元之"愚"："妙哉篇中从一'愚'字，发出胸中无限呜咽，许多郁抑来。将一个'愚'字，自为解嘲。"③ 卢仝的以"愚公"自称，一样深含内心的不平，主要表现在以下几点。

一是对现实政治的不满。卢仝《自咏三首》其一表达对现实的感受是："为报玉川子，知君未是贤。低头虽有地，仰面辄无天。"才德出众者谓贤，贤者得用为政治清明的一大标志，故《礼记·礼运》曰："大道之行也，天下为公，选贤与能，讲信修睦。"④ 唐玄宗时李林甫也导演过一出"野无遗贤"的丑剧来美化玄宗的治世清平。卢仝谓自己因非贤才，故前途黯淡，如无天日之照，这当然是愤激时的反语！因为从韩愈《寄卢仝》和贾岛《哭卢

---

① 《中唐政治与文学》，264 页。
② 见《唐宋八大家文钞校注集评·柳州文钞》，1407 页。
③ 转引自《唐宋八大家文钞校注集评·柳州文钞》集评，1103 页。
④ [汉] 郑玄注、唐孔颖达疏：《礼记正义》，北京：北京大学出版社，1999 年，中册，658 页。

全》来看，时人对卢仝的评价甚高。"贤者无官"，当然是因为政治的不明，他的《直钩吟》说得更明白："文王已没不复生，直钩之道何行。""文王已没"透露出诗人的政治失望情绪，自己即便有姜尚之才，不遭逢明主，也只能老死草野了。清张揔辑《唐风怀》评此首诗曰："直钩遂自奇绝，数语感叹，无限波澜。"① 其"波澜"所在，便是卢仝向往姜尚于草野间得识明主而成就志业的一番君臣际遇之情，惜乎时移世易，自己徒有满腹经纶、一腔热血亦是无所用矣！我们从《感古四首》前三首中或许能找到他"钓鱼"不得的原因：

  天生圣明君，必资忠贤臣。舜禹竭股肱，共佐尧为君。四载成地理，七政齐天文。阶下萱荄生，琴上南风薰。轮转夏殷周，时复犹一人。秦汉事谲巧，魏晋忘机钧。猜忌相蔫灭，尔来迷恩亲。以愚保其身，不觉身沉沦。以智理其国，遂为国之贼。苟图容一身，万事良可恻。可怜万乘君，聪明受沈惑。忠良伏草莽，无因施羽翼。日月异又蚀，天地晦如墨。既亢而后求，异哉龙之德。（其一）

  人生何所贵，所贵有终始。昨日盈尺璧，今朝尽瑕弃。苍蝇点垂棘，巧舌成锦绮。箕子为之奴，比干谏而死。仲尼鲁司寇，出走为群婢。假如屈原醒，其奈一国醉。一国醉号呶，一人行清高。便欲激颓波，此事真徒劳。上山逢猛虎，入海逢巨鳌。王者苟不死，腰下鱼鳞刀。东海波连天，三度成桑田。高岸高于屋，斯须变溪谷。天地犹尚然，人情难久全。夜半白刃仇，旦来金石坚。萧绶既解坼，陈印亦弃捐。竭节遇刀割，输忠遭祸缠。不予衾之眠，信予衾之穿。镜明不自照，膏润徒自煎。抱剑长太息，泪堕秋风前。（其二）

  古来不患寡，所患患不均。单醪投长河，三军尽沉沦。今人异古人，结托唯亲宾。毁坼维鹊巢，不行鸤鸠仁。鄙客不识分，有心占阳春。鸾鹤日已疏，燕雀日已亲。小物无大志，安测栖松筠。恩

---

① 转引自陈伯海：《唐诗汇评》，杭州：浙江教育出版社，1995年，中册，1935页。

眷多弃故，物情尚逐新。瓦砾暂拂拭，光掩连城珍。唇吻恣谈铄，黄金同灰尘。苏秦北游赵，张禄西入秦。既变嫂叔节，仍摈华阳君。万世金石交，一饷如浮云。骨肉且不顾，何况长羁贫。（其三）

"其一"感愤于君不明、臣不忠。他认为尧帝"圣明"，再有"忠贤"臣舜禹的辅佐，才出现了美好的政治局面。但秦汉以来，这种圣君贤臣再也没有了，臣下以"逸巧"事君，君也以"猜忌"防臣，只被"恩亲"者所迷。因此，如果以愚自保，只能沉沦不遇；如若以智为国效力，难免会落得"国之贼"这样的下场。这样的危机感中，人人唯求自保，遑论他事？这种局面导致的恶果，是"万圣君""聪明受沈惑"。在君不明、臣不忠的情况下，"忠良伏草莽，无因施羽翼。"因为没有忠良臣的辅佐，故政治局面如"日月异又蚀，天地晦如墨"般黑暗。

"其二"感愤于君用贤臣不能善始善终，往往容易被谗言所惑。贤如箕子、比干、仲尼、屈原者，都中道见弃于君。他们"竭节遇刀割，输忠遭祸缠"的遭遇，让卢仝不禁感叹："镜明不自照，膏润徒自煎"。

"其三"感愤于政治机遇的不平等。进身要靠托"亲宾"来实现，这种用人的结果，便是小人得志，贤士失职，即"鸾鹤日已疏，燕雀日已亲"。但就是"亲宾"关系也不能长久，随着新权贵的出现，旧的"恩眷"会被弃之不顾。而新贵如苏秦、张仪者，全凭一张嘴，便能使华阳君一样的亲旧被摈弃。在这权欲横行的时代，没有什么真正长久的交情。

感古是为了讽今，古代政治场中的这三种弊端，正是卢仝对现实政治的一种看法。如果说这是借古人的酒杯来浇自己心中的块垒，那么《常州孟谏议座上闻韩员外职方贬国子博士有感五首》则是直接以韩愈的遭际来发感慨了："烈火先烧玉，庭芜不养兰。"（其一）"孤宦心肝直，天王苦死嗔。"（其二）韩愈因"直"得罪，由职方员外郎贬为国子博士，使卢仝愤激于贤如韩愈者，中途被君所贬。如此的政治现实，韩愈"何事遭朝贬，如何被不容"（其三）便不言自明了。现实如此令人压抑，故卢仝在失望之极不仅慨叹："贤名圣行甚辛苦，周公孔子徒自欺。"（《叹昨日三首》其一）

二是对世风人心的不满。"安史之乱"后的唐王朝，政治局势江河日下。

政治的衰颓直接导致世风人心的浇薄，因为混乱的时局使人对政治前途、对社会现实等失望，于是产生一系列的社会精神、心理危机。这些危机早在玄宗天宝年间已露苗头，玄宗宠杨妃和斗鸡儿已使世风渐变。人们不再勤奋努力靠正当的方式换取功名，而寄希望于侥幸或其他非常规的方式攫取荣华富贵，这是由社会精神、心理危机而带来的一种实用主义和苟且心理。反映在行为方式上，便是趋利避害、明哲保身、及时行乐、重利轻义等。韩愈在《柳子厚墓志铭》中谈到当时虚伪的人情："今夫平居里巷相慕悦，酒食游戏相征逐，诩诩强笑语以相取下，握手出肺肝相示，指天日涕泣，誓生死不相背负，真若可信。一旦临小利害，仅如毛发比，反眼若不相识，落陷阱不一引手救，反挤之又下石焉者，皆是也。"① 皇甫湜《送王胶序》痛感人心重利："痛今之人，其始之心以利回，其始之交以利迁。"② 孟郊在《择友》诗中也对这种浇薄的社会风气极表愤慨："兽中有人形，形异遭人隔；人中有兽心，几人能真识？古人形似兽，皆有大圣德；今人表似人，兽心安可测？虽笑未必和，虽哭未必戚。……面结口头交，肚里生荆棘，好人常直道，不顺世间逆。恶人巧谄多，非义苟且得。"（卷三）卢仝更是一针见血地指出这个社会六亲不认、弱肉强食的本质："苦痛如今人，尽是鱼食鱼。族类恣饮啖，强力无亲疏。"（《观放鱼歌》）在《感古四首》（其四）中借朱买臣因穷中道被糟糠之妻所弃，写"人情难久全"的深深悲哀：

> 君莫以富贵，轻乎他年少。听我暂话会稽朱太守，正受冻饿时，索得人家贵傲妇。读书书史未润身，负薪辛苦胝生肘。谓言琴与瑟，糟糠结长久。不分杀人羽翮成，临临冲天妇嫌丑。其奈一朝太守振羽翼，乡关昼行衣锦衣。哀哉旧妇何眉目，新婿随行向天哭。寸心金石徒尔为，杯水庭沙空自覆。乃知愚妇人，妒忌阴毒心。唯救眼底事，不思日月深。等闲取羞死，岂如甘布衾？

朱买臣读书未达时，只有终日辛苦，卖柴度日。这种"冻饿"的生活，竟让

---

① 见《唐宋八大家文钞校注集评·昌黎文钞》，834页~835页。
② ［唐］皇甫湜：《皇甫持正文集》卷二，中华再造善本，北京：北京图书馆出版社，2003年。

结发之妻不能忍受,中途弃夫另嫁。谁知买臣时来运转,当上了太守,衣锦还乡。而买臣妻再嫁之夫只是买臣的一个随从。面对此情,买臣妻后悔不迭,想再续琴瑟之情,却是覆水难收,只有在羞悔中死去了。夫穷时弃之,夫贵时又悔之,买臣妻看买臣,竟全待之以势利之眼。夫妻之间的关系不是以感情来维系,而是以富贵与否来决定。这是一个家庭的悲哀,但实际是重利趋贵世风的一个缩影。卢仝借感叹朱买臣夫妻合离之事,抨击了趋利避害的世风。对如此世风中的人心,卢仝《门铭》总结为"八杀""四孽",即:"贪、残、奸、酗、狡、佞、讦,愎,身之八杀。背惠,恃已,狎不肖,妒贤能,命之四孽。"于是,他要过掩关自守的生活:"蛇毒毒有形,药毒毒有名,人毒毒在心。对面如弟兄,美言不可听,深于千丈坑。不如掩关坐,幽鸟时一声。"(《掩关铭》)在卢仝看来,人心深不可测,暗藏杀机与毒意,太险恶了!这种险恶比蛇毒更可怕,因为蛇毒毒在明处,人皆知避之;而人的毒却是深埋在心里,难以捉摸。别看有时两人表面亲如兄弟般说着甜蜜的话语,但美言所掩盖的,却是一颗深不见底的险恶之心。世风人心如此丑恶,还不如不与人结交,自己掩关独处,去欣赏幽鸟的鸣声呢。

或许基于对浇薄世风中虚伪人情的憎恶,卢仝不愿多结交人,甘愿过一种"物外无知己,人间一癖王"(《自咏三首》其三)的安静生活。看透世风、不愿苟合庸俗以"守道"的洁身自好,对于形成卢仝古怪的性情和怪放的诗风不无影响。

三是对穷困命运的不满。韩愈的《寄卢仝》形象描绘出卢仝的生活是怎样穷困:"玉川先生洛城里,破屋数间而已矣。一奴长须不裹头,一婢赤脚老无齿。辛勤奉养十余人,上有慈亲下妻子。……至令邻僧乞米送,仆忝县尹能不耻。"卢仝《苦雪寄退之》更把自己的穷困描绘得穷形尽相:"冷絮刀生削峭骨,冷齑斧破慰老牙。病妻烟眼泪滴滴,饥婴哭乳声呶呶。"这种贫苦,还是卢仝"赊买"下洛阳"里仁宅"后才能享有的,因为"赊买",使得"宅钱都未还,债利日日厚"(《寄男抱孙》),为摆脱"债利筑北斗"(《冬行三首》其二)"债家征利心,饿虎血染口"的困境,卢仝在寒冬腊月,南行卖扬州宅,途中还在为"旧业苦不厚""扬州屋舍贱,还债堪了不"

(《冬行三首》其二)深深地担忧。"守道不得宁"(《冬行三首》其一)的结果,使卢仝深感悲哀。因为他的"守道",其中很大一部分含有"君子固穷"之意,韩愈《寄卢仝》诗云当看到卢仝生计艰难,于是就给他出主意,"劝参留守谒大尹",而卢仝的反应是"言语才及辄掩耳",这种高洁其志的修身之举,本应得到社会的尊重。而恰恰相反,坚持儒家信条的"道",成了卢仝为身谋的最大心理障碍。加之他又有沉重的生活负担,"上有慈亲下妻子"等"十余人"需其奉养,于是因穷困而产生的不平也时不时难以压抑:"利命子罕言,我诚孔门丑。"(《冬行三首》其二)"读书书史未润身"(《感古四首》其四)便是愤激之极的自我解嘲之语。

卢仝的为穷困不平,也是愤其不能实现自身社会价值而鸣的不平。寒门之士得仕与否,直接影响着生计。《全唐文》卷四七六载沈既济《选举论》云:"得仕者如升仙,不仕者若沉泉。欢娱忧苦,若天地之相远也。"① 尤其在中唐,因为频繁用兵等原因,朝廷贡赋入不敷出,故赋税更是繁多。寒门子弟不堪重负,如韩愈在《嗟哉董生行》中云:"爵禄不及门,门外惟有吏,日来征租更索钱。"(卷一)如果登第,便可免此。《全唐文》卷六六载穆宗《南郊改元德音》云:"各委刺史、县令,招延儒学,明加训诱,名登科第,即免征役。"② 正因为有此实际利益的驱动,"故非类之人,或没死以趋上,构奸以入官。非唯求利,亦以避害也。"③ 侯喜便是在不仕难以养亲情况下出仕的一个生动的例子:"喜率兄弟操耒耜尔耕于野,地薄而赋多,不足以养其亲,则以其耕之暇,读书而为文,以干于有位者而取足焉。"④ 卢仝的贫困,最重要的一点是其不仕所造成的。他并非不愿出仕,而是自己学不会世俗的逢迎,如同钓鱼没有香饵,这在姜尚生活的周文王年代尚可,在如今怎么能行呢?因此,他也只有"壮心死尽生鬓丝"了(《叹昨日三首》其一)。这种无法实践其"壮心"的悲愤,深深埋在诗人心中,成为其愤激不平的根

---

① 见《全唐文》第5册,4868页。
② 见《全唐文》第1册,704页。
③ 沈济既:《选举论》,见《全唐文》第5册,4868页。
④ 韩愈:《与祠部陆员外书》,见《唐宋八大家文钞校注集评·昌黎文钞》,129页。

>>> 第二章 卢仝诗歌的思想内容

源。在不经意之时，这种愤激便会被触动，如《听箫君姬人弹琴》：

弹琴人似膝上琴，听琴人似匣中弦。二物各一处，音韵何由传。无风质气两相感，万般悲意方缠绵。初时天山之外飞白雪，渐渐万丈涧底生流泉。风梅花落轻扬扬，十指干净声涓涓。昭君可惜嫁单于，沙场不远只眼前。蔡琰薄命没胡虏，乌臬啾唧啼胡天。关山险隔一万里，颜色错漠生风烟。形魄散逐五音尽，双蛾结草空婵娟。中腹苦恨杳不极，新心愁绝难复传。金尊湛湛夜沉沉，馀音叠发清联绵。主人醉盈有得色，座客向隅增内然。孔子怪责颜回瑟，野夫何事萧君筵。拂衣屡命请中废，月照书窗归独眠。

此首听琴诗，是卢仝感愤身世之作。萧君姬人的琴声悠扬绵邈，在这优美缠绵的琴声中，诗人却感到了"万般悲意"，他不禁想到了王昭君和蔡文姬两个女子。昭君一代国色，汉之后宫竟无容身之地，只落得嫁与异族、死埋黄沙的悲凉结局；文姬才艺不凡，却被胡人所掳，身陷异域。二女以卓异之材质，却沦落到险隔万里的塞外，绝代容颜只能在愁苦中渐渐被俏蚀，美丽的双眉却因心中的苦恨而永远紧锁。卢仝忍不住深表叹惋："昭君可惜嫁单于""蔡琰薄命没胡虏"。二女的遭遇，使卢仝想到了孔子在听到颜回弹琴时的感喟："曩吾修诗书，正礼乐，将以治天下，遗来世，非但修一身，治鲁国而已。而鲁之君臣，日失其序，仁义益衰，情性益薄……吾始知诗书礼乐无救于治乱而未知所以革之之方，此乐天知命者之所忧。"① 卢仝借孔子之言，道出了自己心中学而无用的不平。因为内心的悲感如是强烈，以致诗人不忍卒听，便"拂衣屡命请中废，月照书窗归独眠"了，读此诗，我们不能不想到卢仝同时代的大诗人白居易。白居易在仕途失意、被贬江州司马时，在浔阳江头无意间遭逢一琵琶女，欣赏其优美乐声之时，不是也为琵琶女"门前冷落鞍马稀，老大嫁作商人妇"的命运所深深打动么？眼前是失意的女子，心中是自己政治的不遇，白居易也忍不住叹息"同是天涯沦落人，相逢何必

---

① [晋]张湛注、唐殷敬顺释文：《列子》"仲尼第四"，光绪三年（1877）浙江书局据明世德堂本校刻。

曾相识"了。所以说，卢仝在听萧君姬人弹琴时为昭君、蔡琰的不幸悲叹时，其实是在为自己的穷困深鸣不平。明代游潜在《梦蕉诗话》中说："王昭君人皆知惜之，世之文人才子不偶于时者，类以寓言。"① 借他之酒杯，抒己之块垒，是《听萧君姬人弹琴》的主旨所在。

卢仝作为渴望经世治用的著名《春秋》学家，却仕进无门而潦倒草野做一"愚公"，这种主观意志与客观现实强烈而巨大的反差，是卢仝内心永远的痛。这种痛是如此强烈而持久，以致成了其情感世界的一种灰色背景。他在这种不平却不能改变不平现状的矛盾痛苦中挣扎着、抗争着。《赠徐希仁石砚别》中清晰地表明了他对自己得用与否截然不同的人生价值的认识："用之可以过珪璧，弃置还为一片石"，明说石砚，却深寓自身。我们会想到唐时萧嵩荐张镐的话："用之为帝王师，不用则穷谷一叟耳。"② 人生最终价值实现上的巨大差异，怎不让有心有力济世却无缘补天的卢仝愤懑不已，这便是其诗歌中愤世情怀形成的最直接原因。

第四节 "山人"的隐居情趣

卢仝早年，便开始过着闭门不出的隐居读书生活，胡曾《玉川偶兴》曰："玉川鹤避卢仝啜，盘谷猿惊李愿归。"③ 以李愿归盘谷与卢仝啜玉川对举，指出了卢仝早年隐于玉川的生活。但从他《直钩吟》和《白鹭鸶》二诗来判断，早年卢仝的隐居，是心有所待的。这种不甘于默默无闻的心态，还体现在其早年的诗作《人日立春》中：

春度春归无限春，今朝方始觉成人。
从今虺己应犹及，颜与梅花俱自新。

---

① 见《全明诗话》，第1册，824页。
② 见《宋诗话全编二·阮阅诗话》，1507页。
③ 见《济源县志》卷十六，乾隆二十四年（1759）刊。此诗被陈尚君收入《全唐诗补编》，北京：中华书局，1992年，中册，1185页。

春去春回,周而复始,在这个春天诗人开始感觉到该有所改变,要努力学习以为成德之人。他要从眼下做起,严于律己,以望从今以后自己的面貌,能同报春的梅花一样面目一新。卢仝如此希望能以新的面目出现,或与进取有关。他在《杂兴》中也透露出早年的心态:"意智未成百不解,见人富贵亦心爱"。基于此,卢仝很向往姜尚能在草野间得遇文王,也欣羡朱买臣能从卖柴为生的樵夫摇身一变成为太守。这两个人物,都是从隐士骤然而步入仕宦之途的,卢仝对二人的称引便泄露了心中隐秘的渴望。但他却始终没有他们那么好的机遇,终其一生,竟只能以隐者而终。

隐者的生活,卢仝称之为"山人""野夫"式的闲散生活,如《苦雪寄退之》自称"山人":"山人屋中冻欲死,千树万树飞春花。"《听萧君姬人弹琴》自称"野夫":"孔子怪责颜回瑟,野夫何事萧君筵。"在这种"山人""野夫"的生活中,卢仝的主要生活内容是:

一、在酒乡中得到安慰。卢仝喜爱饮酒,他说自己"爱酒如偷蜜,憎醒似见刀。"(《忆酒寄刘侍郎》)甚至害怕死时无酒喝而遭刘伶耻笑:"但恨口中无酒气,刘伶见我相揶揄。"(《苦雪寄退之》)他沉醉时,憨态可掬:"昨夜村饮归,健倒三四五。摩挲青莓苔,莫嗔惊着汝。"(《村醉》)卢仝如此喜酒,乃因酒可解闷排忧。在酒中,卢仝可以把生活的窘困、学不得用的悲愤、对世俗的嫉恨等暂时忘掉。更主要的一点,是酒能帮卢仝失意的心找到一丝生的慰藉。卢仝个性孤僻,不喜多交人,这使其在闷极无聊时,唯有以酒为伴。另外,卢仝一生,为生计奔波于路途,惶惶如"丧家狗"(《冬行三首》其三)。宋代梅尧臣《依韵和永叔子履冬夕小斋联句见寄》诗自注引欧阳修语曰:"自古诗人率多寒饿颠困,屈原行吟于泽畔,苏武啖雪于海上,杜甫冻馁于耒阳,李白穷溺于宣城,孟郊、卢仝栖栖于道路。"[①] 这种"寒饿颠困""栖栖于道路"的生活,更增加了卢仝的苦痛。为排遣旅途穷愁孤闷,他又找到了酒,"人生都几日,一半是离忧。但有尊中物,从他万事

---

① 朱东润编年校注:《梅尧臣集编年校注》卷十,上海:上海古籍出版社,1980年,上册,171页。

休。"在酒的麻醉中,他才能消解"家书与心事,相伴过流年"(《自咏三首》其一)的奔波愁闷,才能暂忘"何处堪惆怅,情亲不得亲"(《寄外兄魏澈》)的离思无奈。

凡是欲有所为者,对时间都非常敏感。孔子曾面对滔滔前行之水,感喟着:"逝者如斯夫,不舍昼夜。"(《论语·子罕》)卢仝看来,时间的流逝更是如"人生都几日"之快。一面是飞速流逝的时间,一面却是欲为却不得的无奈,这正是卢仝痛苦的根源,此点在《叹昨日三首》中得到集中而强烈的表现:"昨日之日不可追,今日之日须臾期。如此如此复如此,壮心死尽生鬓丝。秋风落叶客肠断,不办斗酒开愁眉。贤名圣行甚辛苦,周公孔子徒自欺。"(其一)"天下薄夫苦耽酒,玉川先生也耽酒。薄夫有钱恣张乐,先生无钱养恬漠。有钱无钱俱可怜,百年骤过如流川。平生心事消散尽,天上白日悠悠悬。"(其二)"上帝版版主何物,日车劫劫西向没。自古圣贤无奈何,道行不得皆白骨。白骨土化鬼入泉,生人莫负平生年。何时出得禁酒国,满瓮酿酒曝背眠。"(其三)卢仝在时光逝去,"壮心"难了的悲哀中,借酒一开"愁眉",这是他"耽酒"之因。在酒国中,他"平生的心事"——追求"周公孔子"般"贤名圣行"的努力;惆怅"道行不得"的苦闷,统统"消散尽"了,消散在"生人莫负平生年"的及时行乐、看似旷达中。这种巨大的深悲隐恨,孙俶仁评曰:"文公于此能落悲泪。"(《景宋卢仝集》)时光如水,带来了人生的"衰期",而"道行不得"的痛苦在酒醒后依然存在。诗人为此身心倍受折磨,我们读《孟夫子生生亭赋》,会强烈地感受到这一点。在这首诗中,诗人又一次强化了"百川注海"的心理悲感,即感觉"衰期"日至,而不能如孟郊般"传古道"所带来的"心不写"之巨创感与失败感!与其在清醒时无为地痛苦,何如沉迷于酒国醉乡?难怪卢仝如此嗜酒了。

二、在隐居山野中体味乐趣。与朋友的交游,是卢仝隐居生活中一项重要内容。从其诗作看,交游给他单调的生活增添了一丝亮色,如《喜逢郑三游山》:

相逢之处花茸茸,石壁攒峰千万重。
他日期君何处好,寒流石上一株松。

这首诗写卢仝邂逅郑三时由衷快乐的心情，故笔下的景物也充满诗情画意：茸茸的山花，烂漫地开放着；重重的山峰，连绵地攒聚着。二人能相逢在这样远离尘嚣的所在，相见刹那间的惊喜，从景物的描写中，可以看出是溢于言表的。临分手时，又约再见之所。从"寒流石上一株松"所透露出的萧瑟清寒、孤标傲岸的景物看，郑三当与卢仝一样，是追求远离尘俗的高洁之士。或许正是因为心灵的契合，卢仝能有此难得的舒情畅意之作。

卢仝不但出游，有时还会主动邀请心契者一聚。如《忆金鹅山沈山人二首》其一：

> 君家山头松树风，适来入我竹林里。一片新茶破鼻香，请君速来助我喜。莫合九转大还丹，莫读三十六部大洞经。闲来共我说真意，齿下领取真长生。

这是卢仝回忆曾经邀请沈师鲁一聚饮茶的诗作。他非常熟悉沈的日常生活，要他放下手头的活儿：先别忙着去合你的九转大还丹；也稍停下读着的三十六部大洞经，忙里偷闲来我这里聊聊自然的情趣，和我一起享受饮茶带来的真正美妙感觉。看来，平日的隐居生活，也会有品茶论道之乐事。

卢仝虽是儒家思想的信徒，但在平生有限的交往中，僧人占了很大一部分。如《将归山招冰僧》：

> 买得一片田，济源花洞前。千里石壁坼，一条流泌泉。青松盘樛枝，森森上插青冥天。枝上有哀猿，宿处近鹤巢，清唳孤吟声相交。月轮下射空洞响，丝篁成韵风萧萧。我心尘外心，爱此尘外物。欲结尘外交，苦无尘外骨。龙泉有冰公，心静见真佛。可结尘外交，占此松与月。

这首诗给人的感觉，好像诗人的修养完全达到了忘身世外而成为真正隐者的境界。所以，诗所描写的景物是高逸绝俗的：石壁流泉、青松孤月、哀猿唳鹤。没有尘世的庸俗与喧嚣，只有清静自然的妙处：风吹青松，自然成韵；夜静得仿佛能听到如水的月华静静流淌进空空山洞的响声。在这样的"尘外"之境，卢仝禁不住有"尘外"之念，想邀冰僧共享此处的美妙松月。虽为邀人之作，但诗所写却是自己隐居之处的妙境。在此妙境中，诗人观景悟道的隐居乐趣也有所流露。

卢仝还有写隐居随心适意之趣的诗,如《出山作》:

> 出山忘掩山门路,钓竿插在枯桑树。当时只有鸟窥窬,更亦无人得知处。家僮若失钓鱼竿,定是猿猴把将去。

这首诗写出了隐居生活的萧散:出山不掩门、钓竿随处放,完全是一种随意散漫的生活状态。在这样的生活中,平日绝少人来,只有山鸟和猿猴常来常往。所以诗人说钓竿所放之处,除了自己和家童外,只有鸟儿或许知道,因为当时只有鸟儿在那儿探头探脑。如果回头丢失了钓竿,鸟儿是绝对不可能拿的,那肯定是调皮的猿猴顺手"牵竿"走的。与猿鸟为伴、以钓鱼自适的隐居乐趣,充溢于诗中的字里行间。

三、在诗文中找到雅兴。诗歌可以给一颗饱受世俗创痛的心灵带来宁静与安慰,虽然诗人不可能改变异己的外部世界,但却可以在主观的世界里去释放外部世界强加于自身的焦虑、忧伤、愤懑、失望、不平等种种负面情感,从而为心灵减压。这种减压的途径体现在卢仝身上,就是研诗论文。这在他的隐居生活中是一项非常重要的内容,如他与孟郊、贾岛等人互赠诗文,孟郊《答卢仝》曰:"潜仙不足言,朗客无隐肠。为君倾海宇,日夕多文章。……烦君前致词,哀我老更狂。狂歌不及狂,歌声缘凤凰,凤兮何当来,消我孤直疮。"(卷七)孟郊在诗中盛称卢仝"日夕多文章",名声"倾海宇"。为自己的"狂歌"能引来卢仝酬赠诗而欣慰,把卢诗比为能消其心中"孤直疮"的"凤凰"之声,看来卢仝在寄予孟郊的诗中,曾经切中孟郊当下的现实关怀。而卢仝也在消孟郊心中块垒的同时,释放了心中的负面情绪。贾岛在《哭卢仝》诗中也说到二人的诗文交往:"在日赠我文,泪流把读时。从兹加敬重,深藏恐失遗。"贾岛在卢仝死后,再次"把读"卢仝所赠诗文时,竟忍不住"泪流",一来是睹文思人情不能已;二来或与诗文内容有关,或许贾岛读出了卢仝诗中的种种不平之意。

宋代韩盈在《卢仝集外诗序》中称:"唐玉川先生卢仝履道守正之

节……不能与世合，筑环堵以居休焉，遂志而浩浩自娱。"① 诗文便是卢仝隐居生活中"自娱"的一项重要内容，如他曾经访洛阳长寿寺僧含曦上人而不遇，就于寺壁留诗表达期待不果的失望心情，含曦上人后有回赠之诗《酬卢仝》。从含曦上人对卢仝诗的评价看，含曦对卢仝诗风很熟悉且推崇备至。后来卢仝又在《寄赠含曦上人》中赞赏含曦上人诗风："近来爱作诗，新奇颇烦委。忽忽造古格，削尽俗绮靡。"所以二人在常相过从中，会经常有诗歌往还。《全唐诗》卷四七〇收徐希仁《招玉川子咏新文》一诗：

> 清气宿我心，结为清泠音。
> 一夜吟不足，君来相和吟。

卢仝则有《酬徐公以新文见招》诗曰：

> 昨夜霜月明，果有清音生。
> 便欲走相和，愁闻寒玉声。

看来，徐希仁是在写好新诗而兴致仍不减时，邀卢仝来"相和吟"的。而卢仝的酬唱之作中，又显示出卢仝对徐希仁诗歌创作规律、即往往会在何时诗兴大发是很熟悉的。所以说，二人的交往中，彼此唱酬应和当是很重要的一项内容。他与愿公、好约法师、稚禅师等人的唱酬亦多属此类。

在写诗论文之中，卢仝捕捉到了不堪重负下被压抑的生命灵光，他的人生价值最终也以此而得以有限地实现——不能实现"立德""立功"，便在"立言"中寻找到了心中不甘沉沦无闻的渴望，韩愈"假如不在陈力列，立言垂范亦足恃"（《寄卢仝》）之语竟成了卢仝一生功业的预言。

第五节　或有所寓托之作

卢仝还有少许妩媚艳冶之作，一扫怪异生涩之风，而写得圆转流走、风情十足，这方面的代表作是《小妇吟》《楼上女儿曲》《有所思》等。宋陈

---

① 见《玉川子集》，四部丛刊本，上海：商务印书馆，1919年。

振孙《直斋书录解题》卷十九谓:"其诗古怪,而《女儿曲》《小妇吟》《有所思》诸篇,辄妖媚艳冶。"① 此类诗,往往被认为有所寓托。

一、或寓托一种家齐国谐的社会理想

卢仝精研《春秋》,并不单纯为了学问,他的目的是要用传统文化来为当下的现实负责,即以经典为旧酒瓶,来装时下的新酒。这种对现实的关怀,不可能不体现在他的诗歌创作中。我们以《小妇吟》为例进行分析:

> 小妇欲入门,隈门匀红妆。大妇出门迎,正顿罗衣裳。门边两相见,笑乐不可当。夫子于傍聊断肠,小妇哆嗦上高堂。开玉匣,取琴张。陈金罍,酌满觞。愿言两相乐,永与同心事我郎。夫子于傍剩欲狂。珠帘风度百花香,翠帐云屏白玉床。啼鸟休啼花莫笑,女英新喜得娥皇。

卢仝的《小妇吟》,写出了大妇见小妇入门,非但不妒,反"笑乐不可当""新喜得娥皇",且愿与小妇"永与同心事我郎"。卢仝如此粉饰家庭关系的融洽和谐,如此抹杀妻妾之间相妒相嫉的矛盾,是有意而为之的,是他渴望修身、齐家、治国、平天下的一种美好愿望。中国儒家历来重视"身""家""国""天下"四者的关系,《礼记·大学》曰:"古之欲明明德于天下者,先治其国;欲治其国者,先齐其家;欲齐其家者,先修其身;欲修其身者,先正其心……心正而后身修,身修而后家齐,家齐而后国治,国治而后天下平。"可以看出,只有从"修身"入手,经过"齐家"这一中介,才能最终达到"治国""平天下"的目的。所以"齐家"这个环节尤其重要。"齐家"即整治家庭,使家庭成员之间能够和睦相处,以形成温馨和谐的家庭关系。家庭是社会的细胞,只有家庭稳固,社会才能安定,所以儒家把"齐家"作为"治国"之始。家庭的稳固要靠伦常关系来维系,而家庭最基本的伦常关系是父子、兄弟与夫妻。《礼记·礼运》说:"父子笃,兄弟睦,夫妇和,家

---

① 徐小蛮、顾美华点校:《直斋书录解题》,上海:上海古籍出版社,1987年,566页。

之肥也。"夫妇关系在家庭伦常关系中尤其重要,因为它是人伦之始。《易·序卦》:"有天地然后有万物,有万物然后有男女,有男女然后有夫妇,有夫妇然后有父子,有父子然后有君臣,有君臣然后有上下,有上下然后礼仪有所错。"① 因此,"齐家"要从夫妇关系着手。《礼记·中庸》谓:"君子之道,造端乎夫妇,及其至也,察乎天地。"这显示出夫妇关系在儒家伦常关系中的被重视程度。儒家对夫妇关系的要求最重要的一点是妇从属于夫,同时允许丈夫纳妾,如《礼记·礼运》所谓"夫义、妇听",这样可达到"齐家",以维护社会安定和谐,从而从夫妻之家道推出治国之道。

实际上,唐代妇女颇善妒,如唐代两个著名女子武曌和杨玉环,均善妒。骆宾王《代李敬业传檄天下文》中称武则天的妒忌之极为"蛾眉不肯让人"②;《旧唐书·则天皇后纪》称其具"妒妇之恒态"。《全唐文》卷九八收录了江采蘋的《楼东赋》,赋中指斥杨妃:"奈何嫉色庸庸,妒气冲冲,夺我之爱幸,斥我于幽宫。"③《酉阳杂俎·黥》篇称:"大历以前,士大夫妻多妒悍者。婢妾小不如意,辄印面,故有月点、钱点。"④ 这种相妒使得男子为得新,往往弃旧以维护家庭的稳固,从而导致家庭悲剧的发生。中唐著名传奇《柳毅》,写洞庭湖龙王之小女嫁于泾川龙子后,不幸被婆家所黜,沦为牧羊女,最终小龙女叔父钱塘龙君为侄女报仇,吃掉小龙女之夫。这一悲剧最初的根源,小龙女自己说是:"夫婿乐逸,为仆婢所惑,日以厌薄。既而将诉于舅姑,舅姑爱其子,不能御。迨诉频切,又得罪舅姑。舅姑毁黜以至此。"⑤ 身为龙女,尚不能免于妒忌而遭夫家憎恶,何况一般的凡间女子乎?

中唐以来,随着儒学的被重新重视,士人们也更多地从各个方面援儒进入到现实生活的思考中,修齐治平这一传统的儒学命题再次被严肃地思考。反映家庭题材的作品渐次多了起来,如中唐著名的传奇《李娃传》,写妓女

---

① [魏]王弼注、唐孔颖达疏:《周易正义》,北京:北京大学出版社,1999年,337页。
② [清]陈熙晋笺注:《骆临海集笺注》卷十,上海:上海古籍出版社,1985年,330页。
③ 见《全唐文》第1册,1012页。
④ [唐]段成式:《酉阳杂俎》卷八,见《唐五代笔记小说大观》,上册,616页。
⑤ 汪辟疆校录:《唐人小说》上卷,上海:上海古籍出版社,1978年版,74页。

出身的李娃与夫郑生因为和谐恩爱，故家道颇昌；《霍小玉传》刚好与《李娃传》相反，写夫妻间因嫉妒导致家庭破裂之惨剧。在此大的时代风气之下，卢仝创作的《小妇吟》，描绘出一幕家庭成员之间无比温馨相得、和谐共处的生活图景，当有深意在焉，即希望通过家庭的和谐来求得社会的稳定。和他同时的刘叉，也有一首类似之作——《狂夫》："大妻唱舜歌，小妻鼓湘瑟。狂夫游冶归，端坐仍作色。不读《关雎》篇，安知后妃德。"（《全唐诗》卷三九五）《毛诗序》认为《关雎》是表现后妃的"乐得淑女以配君子"①之德的篇什，这成了以后女子效法的典范。如刘宋虞通之《妒记》："谢太傅刘夫人，不令公有别房宠。公既深好声乐，不能令节，后遂颇欲立妓妾。兄子及外生等微达此旨，共问讯刘夫人，因便称《关雎·螽斯》之德。"②刘叉诗正好为《小妇吟》作了注脚，即卢仝欲倡"后妃德"，以教化来感召妇女不妒以达到"齐家"之目的。卢仝以"女英""娥皇"指称二妇，反映了他的妻妾应情同姊妹共事一夫的思想。在《秋梦行》中，娥皇、女英更是心意相契的典范。卢仝以为，正是娥皇、女英的"永与同心事我郎"，才成就了舜帝的德政——"东方日"与"南风弦"。这是一个修身、齐家、治国、平天下的理想模式，也是卢仝心中的梦想。

二、或寓托一种时不我待的生命意识

《楼上女儿曲》写女子期待爱人不至的绝望和悲伤：

> 谁家女儿楼上头，指挥婢子挂帘钩。林花撩乱心之愁，卷却罗袖弹箜篌。箜篌历乱五六弦，罗袖掩面啼向天。相思弦断情不断，落花纷纷心欲穿。心欲穿，凭栏干。相忆柳条绿，相思锦帐寒。直缘感君恩爱一回顾，使我双泪长珊珊。我有娇靥待君笑，我有娇蛾待君扫。莺花烂漫君不来，及至君来花已老。心肠寸断谁得知，玉阶幂历生青草。

---

① [汉] 毛亨传、汉郑玄笺、唐孔颖达疏：《毛诗正义》，北京：北京大学出版社，1999年，上册，21页。
② 转引自王枝忠：《汉魏六朝小说史》，杭州：浙江古籍出版社，1997年，192页。

诗中的主人公——"楼上女儿",在一个春日被烂漫的"林花"惹起了无边愁绪和思情。这不是王昌龄笔下少妇"忽见陌头杨柳色,悔教夫婿觅封侯"式淡淡的惆怅,而是流露着一种时光老去、青春虚掷所带来的浓重生命悲剧意识。因为所念之"君",在一个春风杨柳的日子,曾经对"楼上女儿""恩爱一回顾"。这"一回顾",或许是无意中的惊鸿一瞥,但已深深打动了女儿的心,从此种下了长相思的种子,渴望着自己能"娇靥待君笑""娇蛾待君扫",从而为悦己者容。但春光美好,能复几时?花红易衰,芳颜难驻,故"楼上女儿"眼中看到灿然开放的"林花",心里已想到"落花纷纷"的场景。这种对时光流逝之速的深切恐惧,在"女儿"那里,是"伤彼蕙兰花,含英扬光辉。过时而不采,将与秋草萎"式的迟暮之悲。想着如花的青春,虚耗在无望的等待中,这种有所期待却对期待并无把握的深深忧伤,怎不让"楼上女儿"肝肠寸断,愁心欲穿!

卢仝此诗,道出了心中时光虚掷却无所作为的苦痛。他也在等待,这一点我们完全可以从《白鹭鸶》诗中找到如"楼上女儿"等待意中之"君"般充满着焦急与渴望的期盼。他在这种焦灼中,煎熬过漫长的岁月,如《直钩吟》所云,从"初岁"至"三十"的"钓鱼"生涯中,他尝尽了等待却无结果的焦急与失望,"如此如此复如此,壮心死尽生鬓丝"(《叹昨日三首》其一)应是这种心态的真实流露。春天是万物生机萌发的季节,诗人在现实中价值实现的努力如此不如意,故面对自然时禁不住感时而伤:春天的美好而短暂正如人的生命一样,是有限的,故在莺飞花开的春景面前,愈加强化了诗人的感伤和时不我待的生命意识,使之悲凉地感发"莺花烂漫君不来,及至君来花已老"的恐惧与忧伤。美人生命被荒废、被冷落的感觉,被卢仝一再强调,正是诗人对生命荒废无为之悲感的最真实写照,是自我价值不能实现与自我期待成空的一种委婉的表达。

女子爱情的不如意颇有与男子不得志相通之处,如果说拥有完美的爱情和幸福的婚姻是古代女子生命的全部要义,那么能否建功立业则是衡量古代男子实现人生价值的唯一参照系。春天孕育着希望,同时也预示着美好时光的短暂,所以在文人看来它在提示着个体生命当不失时机地去实现自己的人生理想与价值,即"一年之计在于春"之意。于是,女子会在春天善怀,而文人也在女子的春思中,找到了"伤春"的契合点:花红易衰,时不我待。这正是震撼文人生命意识的关键所在。寻到意中的"君",是一个女子生命和灵魂的归宿;而能实现自己的人生价值,则是文人精神和意志的最终家园。所以,卢仝在"楼上女儿"思"君"不得的忧伤中,听到了自己心中不能获用的深深叹息。于是,他借"楼上女儿"的"箜篌",弹出了渴望有用于时却不得的绵长的悲音。

三、或寓托政治上不得用的失意与惆怅

如《有所思》:

> 当时我醉美人家,美人颜色娇如花。今日美人弃我去,青楼珠箔天之涯。天涯娟娟姮娥月,三五二八盈又缺。翠眉蝉鬓生别离,一望不见心断绝。心断绝,几千里。梦中醉卧巫山云,觉来泪滴湘江水。湘江两岸花木深,美人不见愁人心。含愁更奏绿绮琴,调高弦绝无知音。美人兮美人,不知为暮雨兮为朝云。相思一夜梅花发,忽到窗前疑是君。

"思美人"与政治上的事功相联系,是传统文学中的一个永恒主题。"美人"得遇,往往意味着政治上能得到君主或政治上有力者的赏识提携,从而能够实现自己对政治前途的渴望与设计,并最终实现自己的人生价值与理想。而如果不遇"美人",则往往意味着没有权要名流作中介而导致政治机遇的缺失,如李白《长相思》:"长相思,在长安,络纬秋啼金井阑,微霜凄凄簟色寒。孤灯不明思欲绝,卷帷望月空长叹,美人如花隔云端。上有青冥之高天,下有渌水之波澜。天长路远魂飞苦,梦魂不到关山难。长相思,摧心肝。"(卷三)此诗并不是一般的男女情爱之作,而是借渴望爱情而不得的痛苦喻政治上的不得遇。李白入京,本想望青紫可拾,没想到却被冷落,致使与君门相隔不远却终不得入。[1] 这种对政治有所期待却无可把握的愁思,便

---

[1] 参看安旗、阎琦:《李白的生平和他的诗歌创作》,见所著《李白诗集导读》,成都:巴蜀书社出版社,1998年,23页。

借屈原的"美人香草"比兴手法来表达。所以,"《长相思》所表达的,是他徘徊于魏阙之下而报国无门的心情,这种心情如此强烈,令他为之'摧心肝',唯有用男女相思才能写透、写足。"① 卢仝《有所思》亦写美人轻弃"我"而去,"我"深思不已而不得的深深忧伤。联系卢仝写于元和五年的《月蚀诗》,其中表达对君王的热诚曰:"敢死横干天,代天谋其长。"还有韩愈的《寄卢仝》称其:"先生抱材须大用,宰相未许终不仕",可以见出卢仝自我期许甚高,但因为"文王已没不复生"(《直钩吟》),使他对政治的期待落空,不得已以"愚公"自居。所以说卢仝此诗,亦借渴求美人不得,来倾吐不得遇于君主的政治疏离感。周珽评《有所思》曰:"此托言以喻己之所思莫致也。意谓遇合无常,盈虚有数,故士为知己者用。既为所弃隔,虽怀才欲奏,亦徒劳梦想矣。与《楼上女儿曲》《思君吟》皆思君致身不遇之词也。"② 明李诩《戒庵老人漫笔》卷五谓:"自古美人之喻,指君而言。古《三百篇》中'彼美人兮''西方之人兮',指文王是也。而卢诗之意,若不得于君者,但少含蓄气象。"③《中国历代作家小传》也说:"歌行《有所思》应该是他自言身世之感的作品,反映了作者怀才不遇的孤寂怅惘之情,是一首情深意远的好诗。"④

卢仝为诗,喜用寓托手法,如《月蚀诗》以月蚀寓托朝政的黑暗;《赠徐希仁砚别》以"石砚"寓托自己的价值;《直钩吟》以钩直无鱼寓托直而见弃的愤慨等。故其风华旖旎的言情之作,如《小妇吟》《楼上女儿曲》《有所思》等,被人目为或有所寄寓之作。加之卢仝本身贫病交加,生涯困悴,在如此境遇下,却写得出情思缠绵、风华高绝如《小妇吟》等言情诗,恐亦不能全以言情目之。

---

① 安旗、阎琦:《李白诗歌与比兴传统》,见所著《李白诗集导读》,105页。
② 转引自陈伯海:《唐诗汇评》,中册,1932页。
③ 魏连科点校:《戒庵老人漫笔》,北京:中华书局,1982年。
④ 湖南师范学院中文系古代文学教研室编:《中国历代作家小传》,长沙:湖南人民出版社,1981年,354页。

第三章

卢仝体——"天地间自欠此体不得"

第一节 卢仝体的表现特征

宋代严羽《沧浪诗话·诗体》曾给诗歌进行分体:"以人而论,则有苏李体、曹刘体、陶体、谢体、徐庾体、沈宋体、陈拾遗体、王杨卢骆体、张曲江体、少陵体、太白体、高达夫体、孟浩然体、岑嘉州体、王右丞体、韦苏州体、韩昌黎体、柳子厚体、韦柳体、李长吉体、李商隐体、卢仝体、白乐天体、元白体、杜牧之体、张籍王建体、贾阆仙体、孟东野体、杜荀鹤体、东坡体、山谷体、后山体、王荆公体、邵康节体、陈简斋体、杨诚斋体。"① 所谓"卢仝体"的最主要特征,便是《沧浪诗话·诗评》中所谓"玉川之怪"。以"怪"名卢仝诗,并非严氏一己之见。历代评卢仝诗者众多,所评亦千差万别,但都以"怪"为卢仝诗的主打风格,如欧阳修云:"卢仝、韩愈不在世,弹压百怪无雄文。争奇斗异各取胜,遂至荒诞无根原。"② 以"雄怪"评之。梅尧臣云:"张籍、卢仝斗新怪",③ 以"新怪"

---

① 见《宋诗话全编九·严羽诗话》,8721页。
② [宋]欧阳修:《菱溪大石》,见所著《欧阳修全集》卷三,北京:中华书局,2001年,第1册,51页。
③ [宋]梅尧臣:《依韵和永叔澄心堂纸答刘原甫》,见朱东润编年校注《梅尧臣集编年校注》卷二十五,上海:上海古籍出版社,1980年,下册,800页。

评之。苏轼云："作诗狂怪，至卢仝、马异极矣！"① 以"狂怪"评之。朱熹云："如唐人玉川子辈，句语虽险怪，意思亦自有浑成气象。"② 袁枚云："至于卢仝、李贺险怪一流，似亦不必摈斥。"③ 则以"险怪"评之。虽然追奇求怪是包括卢仝在内的韩孟诗派共同的审美倾向，但卢仝独特的艺术个性使他的诗歌保持着自己独特的艺术风貌。细加分析，可以发现卢仝诗风的"怪"具体表现在：意象怪、诗境怪、用语怪。

一、意象怪

卢仝诗歌，最突出的特点，是在意象的选用上偏重于诡怪类，即多选用神鬼龙蛇等超现实性意象和具备丑、怪等令人产生恐怖厌恶的现实性意象。

卢仝代表作《月蚀诗》，全篇密布着千怪万异、神鬼龙兽等非现实类意象：有驾日车飞驰于天界的五十四头"蛟螭虬"；有张开大嘴食月不休的"虾蟆精"；有"角插戟，尾捭风"的"东方苍龙"；有"赤泼血，项长尾短"、头戴高帽、眨着鬼眼的"南方火鸟"；有"斧为牙，凿为齿"的"西方攫虎"；有"藏头入壳"的"北方寒龟"；有"反养福德生祸害"的"土星"；有"怒激锋芒生"的"太白真将军"；有主持天律的"辰星"；有磊磊排列的"环天二十八宿"；有"徒劳含淫思，旦夕遥相望"的"痴牛"与"骏女"；有"籏旗弄旬朔"的"蚩尤"；有"眙目森森张"而"能蛇行"的"枉矢"；有舐地上血的"天狗"等诡怪类意象。陈允吉先生指出："诗篇笔触之险谲如是，与其认为它是写月蚀的景象，毋宁说是作者借此抒泄了一通地狱情状的诡思异相。无数迅速游动的毒蛇目露凶光，贪婪的恶狗在舐着地上的鲜血，这里丝毫察觉不到普通人所向往的诗意和美，只有血腥、暴殄和

---

① [宋] 魏庆之著、魏庆之编、王仲闻校勘：《诗人玉屑》卷十一引苏轼语，上海：古典文学出版社，1958年，236页。
② [宋] 朱熹：《朱子语类》卷一百四十，见《宋诗话全编六·朱熹诗话》，6113页。
③ [清] 袁枚著、周本淳标校：《小仓山房诗文集》卷十七，上海：上海古籍出版社，1988年，下册，1504页。

那种人们难以置信的生命强度。"① 而卢仝如此铺排天界诡怪意象，是为了突出上天为政之弊端。一是突出姑息养奸而成患："人养虎，被虎啮；天媚蟆，被蟆瞎"；二是强调"帝天皇"皇权式微致使众爪牙尸位素餐，坐视月蚀不救。在此基础上，《月蚀诗》结尾呼吁："日分昼，月分夜，辨寒暑。一主刑，二主德，政乃举。"所以说，《月蚀诗》意象众多而怪异，都是卢仝为表达对时政的看法服务的。清代叶矫然谓："《月蚀诗》亦是忠爱热血，诡托而出"，正指出了《月蚀诗》在诡怪的外衣下，包裹着一个现实的内核。再如《与马异结交诗》，在马异出现之前，先铺排了众多诡怪的意象：有炼石补天的"女娲"；有"日中"的"老鸦"；有"月里"的"虾蟆"；有"得死病"的"龙蛇"；有会合药救病的"神农"；有"载元气车"的"牛头"等诡怪意象，使全诗蒙上了一层怪异荒诞的色彩，韩愈《寄卢仝》称此诗："往年弄笔嘲同异，怪辞惊众谤不已"，这固然是称《与马异结交诗》以名字为戏之句："昨日全不同，异自异，是谓大同而小异。今日全自同，异不异，是谓全不往兮异不至"，但此诗能达到"怪辞惊众"的惊世效果，恐怕和整首诗中纷至沓来的诡怪类意象有着密切的关系。卢仝好似漫无际涯的信笔而写，其实是为了突出马异的不同凡俗，即马异乃天界元气所化。正是因为马异乃祥瑞之气下界，故卢仝诗中一再称其为"奇"："青云欲开白日没，天眼不见此奇骨。此骨纵横奇又奇，千岁万岁枯松枝。……此奇怪物不可欺。"所以说，在《与马异结交诗》中，众多的诡怪类意象，是为了彰显马异非同凡俗之"奇"。因此，卢仝才渴望与之结交。

再如《忆金鹅山沈山人二首》（其一），结尾出现的诡怪意象——"蛇头蝎尾"，是卢仝为调侃沈山人炼药求仙有意为之的。别说白日飞升不可能发生，即便真的实现了升天的愿望，上天后满眼所见却尽是"蛇头蝎尾"等怪物，这便从终端否定了求仙的虚妄。《忆金鹅山沈山人二首》（其二），进一步否定沈山人的炼药求仙远不如自己的炼骨修养身心，因为即使能到天

---

① 陈允吉：《"牛鬼蛇神"与中唐韩孟卢李诗的荒诞意象》，载《复旦学报》1996年第3期。

上,却未必能够进入天门,因为有"夜叉"在把守:"天门九重高崔嵬,清空凿出黄金堆。夜叉守门昼不启,夜半醮祭夜半开。夜叉喜欢动关锁,锁声搅地生风雷。地上禽兽重血食,性命血化飞黄埃。太上道君莲花台,九门隔阔安在哉?"把守天门的"夜叉",是需要贿赂——"醮祭"的。对"醮祭"者,哪怕夜半也可开放,反之则白天也是紧锁。好像故意要恐吓不"醮祭"却想进入天门者,"夜叉"手里摆弄着天门的关锁,发出震天动地的声响,这意味着"夜叉"为了"醮祭",便能随时要了想进入天门者的小命。如果这样,那么求仙丧生则反离仙界更邈远了。极力渲染过"夜叉"狰狞可怖的面目后,卢仝劝沈山人:"呜呼沈君大药成,兼须巧会鬼物情,无求长生丧厥生。"就是药炼成了,也得考虑考虑再说,可不要为了追求长生反而葬送了这一生啊。这一首诗,劝沈山人放弃白日飞升的幻想,完全是借"夜叉"这一诡怪意象来进行的,"夜叉"作为一个微不足道的守门者尚且如此贪残凶暴,随时可以杀掉任何想进入天界却没有"醮祭"者,更遑论"崔嵬"的天门后,又会是怎样一幅诡异可怖的图景?

  在超现实类的意象中,卢仝偏重于诡异怪诞类;在现实类意象的取用上,卢仝的关注点也是多和丑怪类相关,如《寄萧二十三庆中》,卢仝本是要表达对萧庆中的思念,他没有选取传统文化中婀娜多姿的柳意象,也没有选取脉脉含情的红豆意象,也没有选取代表柔情绵绵的流水意象,更没有选取代表别离深悲的斑竹等能唤起人种种美好想象的意象,而是选取了鬼魅般令人厌恶恐怖的一系列意象:"千灾万怪天南道,猩猩鹦鹉皆人言。山魈吹火虫入椀,鸩鸟咒诅鲛吐涎。就中南瘴欺北客,凭君数磨犀角吃。"歙州在卢仝的笔下,充斥着"千灾万怪":有模仿人言的"猩猩"和"鹦鹉";有会"吹火"的"山魈";有爬入碗中的"虫";有叫声如人恶毒咒诅般的毒禽——"鸩鸟";有吐着口水的"鲛"鱼。生活于这样的地方,真是让人毛骨悚然、不寒而栗。卢仝如此"丑"化歙州,只有一个原因,就是渴望萧庆中以所居环境之"千灾万怪"而能早日返回扬州、了却自己的思念之苦。此首诗透露出卢仝有意选取诡怪类意象来造成诗风之怪的用心,本诗开头直接表述自己思念萧庆中之长久难熬:"萧乎萧乎,忆萧者嵩山之卢。卢扬州,萧歙州。相思过春花,鬓毛生麦秋。"在这样的思情难耐中,卢仝要找一个理由,劝说萧不可久留歙州,便想到了歙州乃是一个处处灾怪的瘴烟之地:"千灾万怪天南道"。而接下来所选取的一系列意象,都是为了突出"千灾万怪",故卢仝诗中诡怪类意象,是其有意为之的结果。在通过一系列诡怪类意象渲染了歙州的恐怖后,卢仝开始顺理成章地招引萧庆中归来:"我忆君心千百间,千百间君何时还,使我夜夜劳魂魄。"这才是卢仝此诗最终的目的所在,诡怪的意象是为了中心服务,并非徒为眩人耳目。

二、诗境怪

卢仝诗以"怪"著称,还得力于其善于创造非同寻常的场景以构筑诗境之怪。这类场景处处暗示着神秘怪异,看似寻常的景物中若隐若现地散发着怪谲的气息。最著名的例子,便是长篇歌行体《月蚀诗》。这首诗的题材选取本身便是怪异的,而卢仝本人又在刻意地去渲染这种怪异,如诗中径称"月蚀"之事为"此时怪事发"。在"怪事"发生之前,卢仝以其天才的布景手段营造出了一个诡秘怪异的场景,使"怪事"发生前的氛围投射出浓浓的怪异色彩:

> 新天子即位五年,岁次庚寅。斗柄插子,律调黄钟。森森万木夜殭立,寒气赑屃顽无风。烂银盘从海底出,出来照我草屋东。天色绀滑凝不流,冰光交贯寒朣胧。初疑白莲花,浮出龙王宫。八月十五夜,比并不可双。

诗篇开始,非常郑重地标示出年份和时令:"新天子即位五年,岁次庚寅。斗柄插子,律调黄钟",让人不禁有一种紧张和期待的心理:如此郑重其事,所记之事当非同寻常。一般的感觉,会像杜甫的《北征》诗一样,接下来会写实情、实景、实际生活中的人物等等。但卢仝却不如此,他好像在故弄玄虚,把读者引进了一个好像是现实世界的大门前,可是大门的背后,却完全是与现实世界不相侔的、奇幻怪诞的虚拟幻境。在这个幻境里,各种诡谲、惊人、险怪的物象、意象琳琅满目,让读者应接不暇。在开头交代过时间后,笔调上便开始有意引领诡异的倾向,"森森万木夜殭立,寒气赑屃顽无风",这两句表象是自然大环境的描写,可细细品味,一种生命世界被冷寒死寂所控制的恐怖感便油然而生。这个世界是死寂的,所有的树木失去了一切可以显示生命存在的迹象,一动不动如僵尸般呆立在黑暗的天幕下;甚至本该四处流荡轻扬的"寒气"也凝固冻结了,成了一团冷硬的块垒。在这个唯有静寂冷寒、处处充满死寂黑暗的背景下,卢仝竟笔锋陡转,以借喻之笔写到了"月":"烂银盘从海底出,出来照我草屋东。"这里的"月"出现得如此突兀,丝毫没有通常感觉中的妩媚与柔和,反而给这个冬夜增加了一重说不出的怪异和诡秘——万籁俱寂的冬夜,天地间被黑暗所笼罩。而突然间,一轮如"烂银盘"般圆而亮的"月"如变戏法一样,陡然挂在了天上。故"月"的出现,没有让人感到惊喜,而是怪异。诗人用"烂银盘"指称月亮,突出了诗人在那个特定自然环境下乍见皓月升空时最本真的感觉。宋吴曾《能改斋漫录·银盘海底出》指出:"东方朔《神异经》记北荒有异国,银盘大五丈,中有明珠数丈,照千里。乃悟卢仝《月蚀》诗'烂银盘从海底出'之语。"① 在天地被黑暗主宰、万物被死寂笼罩的背景下,突然升起一轮圆月。这动与静、亮与暗的改变是如此地突然与迅速,以致在卢仝的感觉里,这轮"月"不再是司空见惯的月亮,而是神异世界的"烂银盘"了!我们可以比较一下李白的《古朗月行》:"小时不识月,呼作白玉盘"(卷四),这种怪异的感觉会更明显,同样是以"盘"喻"月",李白笔下的"白玉盘",所发出的光是如玉般的柔和温润,带着儿时天真烂漫的温馨与好奇。卢仝笔下的"烂银盘",却带上了一种冷寂怪异的光:"天色绀滑凝不流,冰光交贯寒朣胧",虽开始有光,却是"冰光"。这种"冰光"辉映于天地之间,一切都若隐若现、欲明不明。就在这"天色绀滑凝不流"的混沌迷茫冰冷的世界里,那轮"月",更加醒目和神秘,它好像不属于这样的环境,因为它的光芒如此灿烂。所以身处死寂浑沌的冬夜,面对"烂银盘"般的"月",卢仝的感觉是:"初疑白莲花,浮出龙王宫。八月十五夜,比并不可双","莲花"和"龙王"均是佛经中经常用到的意象,"莲花",可以说本

---

① [宋] 吴曾:《能改斋漫录》卷六,上海:上海古籍出版社,1960 年,上册,154 页。

身就是佛教的象征物，在佛经中是光明美好的化身，如《阿弥陀经》中记载西方极乐净土的莲花生于七宝池中，有青、黄、赤、白等不同颜色："池中莲花大如车轮，青色青光，黄色黄光，赤色赤光，白色白光，微妙香洁。"①在密教曼荼罗中的胎藏界，就是以莲花为象征。如《大日经·具缘品》曰："内心妙白莲，胎藏正均等；藏中造一切，悲生曼荼罗。"② 密教从玄宗开元、天宝年间在中土勃兴，到中唐惠果开始合金刚、胎藏两部一并传授，"此际天下密刹竞设灌顶道场，'曼荼罗画'遍立堂宇而张皇幽眇。"③ 卢仝生活于这样的文化大背景中，耳濡目染密教，密教之白莲意象当会作为一种文化符号积淀于大脑的记忆库中，在诗中出现"白莲花"也不足为奇了。

"龙"是卢仝喜用的一个意象，据笔者统计，与之有关的意象达27次之多，这与当时宗教文化的影响密切相关。在当时的寺庙壁画中，对神龙变相的刻画非常精妙。《唐朝名画录》提到当时的画家冯绍政画龙，"其状蜿蜒，如欲振涌"。可以看出，把神龙作为一种艺术形象来进行描摹，在唐代佛教壁画中司空见惯。④《月蚀诗》中，诗人指责众多天之爪牙坐视月蚀不救时曾说："眯目瞖成就，害我光明王"，以"光明王"称"月"。"光明王"也与唐代密教有关，陈允吉先生谓："虽'光明王'一词在卢氏诗中被用来喻指月亮，而索其本意则仍属密坛供奉本尊的称谓。"⑤ 卢仝眼中的"月"，是如此高洁神秘，仿佛不是自然世界的月，而是放射着佛光的"白莲花"，从神秘诡异的"龙王宫"飘浮于此。"白莲花"和"龙王宫"之喻佛教色彩很浓，使"月"带上了非同凡俗的色彩。即便撇开佛教本身所具的神秘，我们也可以想象：在漫无边际的黑暗中，在静寂不流如死般凝滞的水面上，一朵白莲花，如幽灵般，静悄悄地飘浮到眼前。它从哪里来，要到哪里去；它为何而

---

① 转引自《佛教小百科》第一辑《佛教的莲花》，北京：中国社会科学出版社，2003年版，48页。
② 见《佛教的莲花》，77页。
③ 参看陈允吉：《"牛鬼蛇神"与中唐韩孟卢李诗的荒诞意象》。
④ 参看陈允吉：《论唐代寺庙壁画对汉语诗歌的影响》，见所著《古典文学佛教溯源十论》，上海：复旦大学出版社，2002年，133页~135页。
⑤ 参看陈允吉：《"牛鬼蛇神"与中唐韩孟卢李诗的荒诞意象》。

来，将会停留多久；它是真的白莲花，还是精怪的化身等问题，恐怕会塞满目击者的脑子。夜的黑暗使得莲花之白更加刺眼；水的凝滞让莲花的浮动充满怪异！这样的场景，好像已经让"怪事"呼之欲出了。

再如《冬行三首》(其二)，为了渲染南下卖扬州宅还债时心情的苦闷，卢仝精心营造出了乱杂、险怪的场景：

> 债家征利心，饿虎血染口。腊风刀刻肌，遂向东南走。……赁载得估舟，估杂非吾偶。壮色排楄席，别座夸羊酒。落日无精光，哑暝被掣肘。漕石生齿牙，洗滩乱相揄。奔湍嚼篙杖，夹岸雪龙吼。可怜圣明朝，还为丧家狗。

卢仝在寒冬腊月，孤身一人离家南行扬州，欲卖旧宅偿还债务。这或许已经到了非还不可的地步，因为卢仝诗中说："债家征利心，饿虎血染口"，被逼为债务奔走的糟糕心境，是通过诗中一系列的场景来强化的，周围是粗俗不堪的商贾杂流，唯知讲排场、"夸羊酒"来比富。身处此俗不可耐的污浊环境，卢仝更觉无聊孤单，放眼看船外，只见夕阳惨淡无光，摇摇欲坠；水夹裹着漕河中的石块如锋牙利齿般混乱地冲洗撕咬着河滩；湍急的水流夹带着冰块紧裹着船工的篙杖，惊涛拍打着两岸，卷起雪白的浪花，发出了如龙吼般的巨大声响。"估舟"这一社会小环境的一切对于卢仝来说，是不被内心情感认同和接受的，它只能强化诗人孤独、漂泊、厌倦、无奈、忍受等诸种心理体验，这些心理体验会唤起任何人的渴望逃避、渴望破坏、渴望突围等心理欲求的！"估杂非吾偶"揭示出其完全是身处异己的世界。既然不能以心灵的异化来求得融于环境，便只能在煎熬中忍受孤独。这种场景，对于卢仝的精神来说简直是一次受难的历程。所以在精神苦闷和压抑中，卢仝看到的自然环境，竟然也是暗藏杀机，险象环生："漕石"竟然生出了"齿牙"冲向河岸；奔腾的河水会用牙"嚼"咬篙杖。卢仝眼中的景物，竟然如此锋牙利齿，强化了一个身心俱受煎熬者的敏感，完全不相干的两种景物，竟然以"齿牙"相向。这种感觉会引起弱者被啮食时血淋淋场景的联想，在感觉和视觉上，无疑是丑恶险怪的。正是这种处于身心被啮咬伤害地步的感觉，卢仝忍不住心中的悲愤："可怜圣明朝，还为丧家狗"。"丧家狗"随时便可能被啮杀，卢仝通过景物的营造强化了这个喻体的内涵。

另如《蜻蜓歌》写黄河："黄河中流日影斜，水天一色无津涯，处处惊波喷流飞雪花。篙工楫师力且武，进寸退尺莫能度。"黄河惊波险浪，使"力且武"之"篙工楫师"也行船费力，欲前行一步却似要退却两步而难以渡过。而"蜻蜓"竟然在"随风戏中流"，以"蜻蜓"之弱小，竟"戏"于惊涛骇浪、水天无涯的黄河，随时会有"忽遭风雨水中死"的厄运。这种强弱大小对比如此鲜明，更加突出了"蜻蜓"出现之险怪诡异。虽然整首诗所表达的内涵并不怪，但这种对比极其鲜明的场景描写本身却充满着诡怪的意味。

非同寻常的场景，使卢仝诗歌散发出一种诡异谲怪的审美情趣，这种情趣所引起的视觉效应同有关怪异类的审美体验感觉效应汇合在一起，将卢仝诗歌推上了"怪"的极致。

三、用语怪

皇甫湜《答李生第一书》中曾经对"怪"与"奇"作出断语："夫意新则异于常，异于常则怪矣；词高则出于众，出于众则奇矣。"① 如果说，卢仝的"意象怪""诗境怪"属于"意新"的范畴，那么"用语怪"则属于"词高"的范畴。用僻词怪句更能见出卢仝诗歌的艺术特色，也足以显示出卢仝的独创精神。这种特色集中表现在字词的选用和散文化句式的运用上。

从字句的角度看，卢仝往往能把对客观事物最深刻的认识和自己内心最深切的感受，用一两个平常的字眼，生动、精警地表现出来，从而使"平字见奇，常字见险，陈字见新，朴字见色"②。如《喜逢郑三游山》中"石壁攒峰千万重"，一个"攒"字，"峰峦如聚"的景象和突兀奔逐的山势便跃然纸上；《将归山招冰僧》中"月轮下射空洞响"，月的光辉洒向空空的山洞，竟然发出了"响"声，突出了夜深时山林的静谧。一个"响"字，便有

---

① 见《全唐文》卷六八五，第 7 册，7020 页。
② [清]方东树著、汪绍楹校点：《昭昧詹言》卷二十一，北京：人民文学出版社，1984 年，518 页。

"于无声处听惊雷"的艺术效果;《楼上女儿曲》中"莺花烂漫君不来,及至君来花已老",良辰美景的春日,意中人却不在身边,一个"老"字强化了少女对青春和生命虚掷的深深恐惧和忧伤;此外如《月蚀诗》中"烂银盘从海底出"之"出"字、《哭玉碑子》中"轻敲吐寒流"之"敲"字、"白云翁闭岭,高松吟古墓"之"闭""吟"字;《观放鱼歌》中"小虾亦相庆,绕岸摇其须"之"摇"字等,都具有耐人寻味的艺术效果。

卢仝还好用僻字。诗歌本来应该以通易晓畅为美,故应该力避冷僻晦涩之字词,正如刘勰《文心雕龙·炼字》所谓:"一字诡异,群句震惊;两字诡异,大疵美篇;三人弗识,则将成字妖。"并且指出"缀字属篇,必须炼择。一避诡异,二省联边。"① 所谓"诡异",即"谓字体瑰怪,如古诗'ⅼ心恶呦呦'"类;所谓"联边",即"谓半字同文,如偏旁从山从水之类。不获免,可至三接。三接外,同字林矣。"② 而卢仝诗偏以此为趣,如《月蚀诗》中"贔屓""撑拏""觳觫轮""犇犇""声齰齱""碨傀""飞跋躄""高迻柄";《与马异结交诗》中"巉岩崒硉兀郁律""鳞皴皮";《走笔追王内丘》中"酴醾",等等,此类僻字,古奥生涩、罕为人用,自是属于"诡异"类字。《观放鱼歌》中"鳗鳣鲇鳢鲉""鳟鲂""鲫鲤鲞""鸂鶒鸰鸥凫"等,则又属于"联边"。卢仝诗用字反常道而行之,自然平添一种"怪"味。③

卢仝还喜欢用叠字。叠字的功用,刘勰在《文心雕龙·物色》篇作过精彩分析:"写气图貌,既随物以宛转;属采附声,亦与心而徘徊。故灼灼状桃花之鲜,依依尽杨柳之貌。杲杲为日出之容,瀌瀌拟雨雪之状。喈喈逐黄鸟之声,喓喓学草虫之韵。……虽复思经千载,将何易夺。"④ 卢仝在使用叠字上,不限于形容词相叠,名词、动词、副词、数词都可以相叠。叠字的用法也不拘一格,句首、句中、句尾都有。如《月蚀诗》中:"森森万木夜

---

① 杨明照校注拾遗:《文心雕龙校注》卷八,北京:中华书局,1959年,255页。
② [明] 胡震亨:《唐音癸签》卷四,上海:上海古籍出版社,1981年,218页。
③ 参见邝健行:《中国诗歌论稿·卢仝诗风分析》。
④ 《文心雕龙校注》卷十,294页。

殭立""磊磊尚书郎""天狼呀啄明煌煌""眈目森森张""谲险万万党""血流何滂滂""善善又恶恶""风色紧格格""万古更不瞽,万万古";《哭玉碑子》中:"更将前前行";《观放鱼歌》中:"漾漾菰蒲""一一投深泉""明明刺史心,不欲与物相欺诬""深僻处,远远游";《示添丁》中:"数日不食强强行""泥人啼哭声呀呀";《寄男抱孙》中"添丁郎小小,别吾来久久。脯脯不得吃,兄兄莫撼搜";《送邵兵曹归江南》中"东望濛濛处";《喜逢郑三游山》中"相逢之处花茸茸";《守岁二首》(其二)中"乐事甚悠悠";《感秋别怨》中"斑斑点翠裙";《有所思》中"天涯娟娟姮娥月";《萧宅二三子赠答诗二十首》中:"我心徒依依"(《石答竹》)"唯将翛翛风"(《竹请客》);"兰兰是小草"(《马兰请客》);"嵩山未必怜兰兰,兰兰已受郎君恩";(《客请马兰》);虾,叩头莫语人闻声"(《客请虾蟆》;《楼上女儿曲》中:"落花纷纷心欲穿""使我双泪长珊珊";《秋梦行》中:"湘水泠泠彻底清""声断续,思绵绵""台前空挂纤纤月""纤纤月,盈复缺,娟娟似眉意难诀";《自君之出矣》中"玉簟寒凄凄,延想心恻恻";《走笔谢孟谏议寄新茶》中"唯觉两腋习习清风生";《常州孟谏议座上闻韩员外职方贬国子博士有感五首》(其二)中"员郎犹小小,国学大频频";《夏夜闻蚯蚓吟》中"泛泛轻薄子";《叹昨日三首》(其二)中"天上白日悠悠悬";(其三)中"上帝版版主何物,日车劫劫西向没";《孟夫子生生亭赋》中"爰为今日犹犹歧路之心生";《走笔追王内丘》中"闲花寂寂斑阶苔";《思君吟寄□□生》中:"天青青,泉泠泠""我心为风兮渐渐,君身为云兮幂幂";《将归山招冰僧》中:"森森上插青冥天""丝篁成韵风萧萧";《苦雪寄退之》中:"病妻烟眼泪滴滴,饥婴哭乳声呦呦""时时醉饱过贫家";《寄赠含曦上人》中:"忽忽造古格""清论兴亹亹""面色赤辉辉""春鸟娇关关,春风醉旎旎";《听萧君姬人弹琴》中"风梅花落轻扬扬,十指干净声涓涓""金尊湛湛夜沉沉"《寄崔柳州》中"凛凛长相逐"等。在仅存104首的篇目中有32首用到叠字67种(次),其频率之高在整个唐代诗人中首屈一指。虽然叠字的运用自《诗经》后,在诗歌中已经非常普遍,但是使用如此之繁复多变如卢仝者,还是鲜有其人。

不唯用字怪，在造句上卢仝也自具面目——"非诗之诗"是卢仝诗歌面目"怪"的一大因素。他善于将散文化的句式运用于诗中，给人造成一种"以文为诗"的感觉。散文化的句式可分为以下几类：

1. 排句

排句在散文写作中，是一种常用的句式，主要功用是可以增强文章的气势，使之读上去更加朗朗上口。① 卢仝诗歌中大量运用排句，如：

其长一周尺，其阔一药匕。(《哭玉碑子》)

驴罪真不原，驴生亦错误。(《哭玉碑子》)

或透藻而出，或破浪而趋。或掉尾孑孑，或奋鬐愉愉。或如莺掷梭，或如蛇衔珠。(《观放鱼歌》)

莫学捕鸠鸽，莫学打鸡狗。(《寄男抱孙》)

任汝恼弟妹，任汝恼姨舅。(《寄男抱孙》)

我非蛱蝶儿，我非桃李枝。(《萧宅二三子赠答诗二十首·石答竹》)

不要儿女扑，不要春风吹。(《萧宅二三子赠答诗二十首·石答竹》)

我有娇屧待君笑，我有娇蛾待君扫。(《楼上女儿曲》)

客行一夜秋风起，客梦南游渡湘水。(《秋梦行》)

此水有尽时，此情无终极。(《自君之出矣》)

2. 破坏定型音节句

五言诗句式的常规是上二下三，七言为上四下三，但卢仝诗有很多都打破了常规，以一种新的音节创造新的句式。如：

新天子/即位五年，岁次庚寅。(《月蚀诗》)

烂银盘/从海底出，出来/照我草屋东。(《月蚀诗》)

玉川子/又涕泗下，心祷再拜额搨砂土中。(《月蚀诗》)

天地好生物，刺史/性与天地俱。(《观放鱼歌》)

---

① 参见邓中龙：《唐代诗歌演变》，22页。

刺史/密会山客意，复念/网罗婴无辜。(《观放鱼歌》)

昔/鲁公观棠距箴，遂被孔子贬而书。(《观放鱼歌》)

因说/十千天子事，福力/当与刺史俱。(《观放鱼歌》)

用之/可以过珪璧，弃置/还为一片石。(《赠徐希仁石砚别》)

莫合/九转大还丹，莫读三十六部大洞经。(《忆金鹅山沈山人二首》其一)

八月十五/夜，比并不可双。(《月蚀诗》)

小有洞/左颊，拾得玉碑子。(《哭玉碑子》)

故/仁人用心，刺史尽合符。(《观放鱼歌》)

今刺史/好生，德洽民心。(《观放鱼歌》)

喽啰儿/读书，何异摧枯朽。(《寄男抱孙》)

殷十七/老儒，是/汝父师友。(《寄男抱孙》)

添丁郎/小小，别吾来/久久。(《寄男抱孙》)

3. 杂言句

卢仝诗中句式多样，最短的有一字句，最长的可达十三字，这是为适应其发射型思维模式而出现的句式。因为发射型的想象模式，适合表现不可遏制的情感和流动不居的思绪，随着想象的向前推进而境界渐趋扩大，思理渐次深入。于是，他的诗歌多用古文句法入诗，形式自由，句式长短不一，并且打破了诗的所谓形式——对称的句法、回环的节奏、讲究的韵律等，而完全采用了散文的句式。如：

新天子即位五年，岁次庚寅。斗柄插子，律调黄钟。(《月蚀诗》)

殷十七老儒，是汝父师友。传读有疑误，辄告咨问取。(《寄男抱孙》)

忽闻空中唤马异。马异若不是祥瑞，空中敢道不容易。(《与马异结交诗》)

忽然夫子不语，带蓆帽，骑驴去。余对酦醆不能斟，君且来，余之瞻望心悠哉。(《走笔追王内丘》)

此类散文句式取决于卢仝表情达意的需要而不受诗歌字数、韵律的束缚,即所谓"思积而满,乃有异观,溢出为奇"。① 罗宗强《隋唐五代文学思想史》谓:"散文化的又一特点,是变诗的高度浓缩跳跃,而为连贯的明白的叙述。这种连贯的明白的叙述,在这个诗派中仅见于韩愈与卢仝的诗中。"② 长篇歌行体《月蚀诗》是此特点的最好例证。《月蚀诗》在卢仝诗集中有二首,一首为歌行体,一首为五言古体,我们可以将二首对比一下,五言体《月蚀诗》为:

> 东海出明月,清明照毫发。朱弦初罢弹,金兔正奇绝。三五与二八,此时光满时。颇奈虾蟆儿,吞我芳桂枝。我爱明镜洁,尔乃痕翳之。尔且无六翮,焉得升天涯。方寸有白刃,无由扬清辉。如何万里光,遭尔小物欺。却吐天汉中,良久素魄微。日月尚如此,人情良可知。

可以看出,五言古体《月蚀诗》在立意上和歌行体《月蚀诗》相同,在结构方式上也是由叙眼前所见起笔,续写虾蟆儿吞噬月,后接以议论。整首诗句式是整齐的五言,且每句是五言诗中常见的上二下三句式。如此规范的形式根本不可能满足卢仝天马行空般想象的需要,于是有学者颇疑歌行体《月蚀诗》是在此诗基础上扩充而成:清康熙刻本《卢仝诗》一卷有佚名者批五言体《月蚀诗》曰:"此诗亦佳,但与长篇之语义段落一一相同,只欠中幅大驰骋处。岂初为此章后复扩而充之耶?"③ 项楚先生亦指出:"卢仝集中其实有两首《月蚀诗》……试加比较,不难发现,五言《月蚀诗》已经具备了歌行体《月蚀诗》的基本构思,可以说是后者的'具体而微'了。我以为,卢仝是先有这首五言《月蚀诗》,再扩展为歌行体《月蚀诗》的。"④

长篇歌行体《月蚀诗》与五言体《月蚀诗》相较,最突出的特点就是"中幅大驰骋处"。为适应思绪"驰骋"之快、急的特点,整首诗便显出非常

---

① 《昭昧詹言》卷一,1页。
② 罗宗强:《隋唐五代文学思想史》,北京:中华书局,1999年,287页。
③ [唐]卢仝:《卢仝诗》,清康熙间刻本,清佚名批校。
④ 项楚:《卢仝诗论》,见所著《柱马屋存稿》,177页。

明显的自由活泼的句式和句法,如卢仝在面对"月"被"虾蟆精"吞噬时,想象着在远古时代的尧帝时,十日并出,烧烤大地,"虾蟆精"彼时当张口食日以为尧帝分忧,自己还可得以饱食。而它那个时候无所作为,偏偏在这个时候来吞噬"月"。想象到此时,诗人对"虾蟆精"的憎恶和对"天"养"虾蟆"以成祸患的愤懑喷薄而出,出现了如同散文般自由的句式:

　　恨汝时当食,藏头撅脑不肯食。不当食,张唇哆嘴食不休。食天之眼养逆命,安得上帝请汝刘!呜呼!人养虎,被虎啮。天媚蟆,被蟆瞎。乃知恩非类,一一自作孽。

这种句式,语气感情直露,如同直面"虾蟆精"而兴问罪之辞。既然是在想象中对"虾蟆精"进行责问,故措辞促迫不暇整饬,呈现出句式长短不齐的散文化倾向。把对话、议论、感叹、陈述等语气融合在一起,句式掺杂了二字句、三字句、五字句、七字句等而变得参差错落。好像诗人已经忘记自己是在作诗,而是在写一篇散文。再如:

　　玉川子又涕泗下,心祷再拜额擢砂土中。地上虮虱臣告愬帝天皇,臣心有铁一寸,可刲妖蟆痴肠。上天不为臣立梯蹬,臣血肉身,无由飞上天,扬天光。封词付与小心风,飓排阊阖入紫宫。密迹玉几前擘坼,奏上臣仝顽愚胸。敢死横干天,代天谋其长。

这段话中的句式有三字句、四字句、五字句、六字句、七字句、八字句、九字句、十字句等,在短短的几句诗中,变换句式如此之勤,与诗歌应具的舒缓有节奏、朗朗上口感完全绝缘。而是变幻莫测、拗口急促。因此,唐孙樵《与王霖书》指出:"……玉川子《月蚀诗》、杨司城《华山赋》、韩文公《进学解》、冯常侍《清河壁记》,莫不拔地倚天,句句欲活。读之如赤手捕长蛟,不施控勒骑生马,急急不得暇,莫可捉搦。"[①] "赤手捕长蛟,不施控勒骑生马",指出了此诗险怪、急促、生涩、变动无常的特点。无论是谁去赤手捕蛟和骑不备控勒的生马,其心理状态肯定都不是轻松愉悦,而是精神

---

① [唐]孙樵:《孙可之文集》卷三,中华再造善本,北京:北京图书馆出版社,2003年。

高度集中、心情非常紧张的。而这两种情况在实际生活中也是罕有所见、稀有所闻的，因此才显得非常怪奇而惊人视听。孙樵以《月蚀诗》和《华山赋》《进学解》《清河壁记》相提并论，这本身便是视卢仝诗乃"非诗之诗"观点的潜意识流露。

卢仝的诗，很多都有长短不齐的散文句式。如《与马异结交诗》大致上以七言为主，却夹杂有五字句如："刀剑为峰崿""伏羲画八卦，凿破天心胸""捣炼五色石，引日月之针"等；三字句如："天不容，地不受""恐天怒""是不是，寄一字"等；九字句如："补了三日不肯归婿家""是谓仝不往兮异不至""白玉璞里斫出相思心，黄金矿里铸出相思泪""忽闻空中崩崖倒谷声""买得西施南威一双婢"；十一字句如："忽雷霹雳卒风暴雨撼不动"；十三字句如"欲动不动千变万化总是鳞皴皮"等。在《龟铭》诗中，基本上是以四言为主，却又有"龟，汝灵于人，不灵于身"的杂有一字句的句式。

这种长短夹杂的句式，往往是卢仝为适应如高山飞瀑般强烈奔放感情的需要而急急不得择句的结果，故朱熹论其诗曰："如唐人玉川子辈，句法虽险怪，意思亦自有浑成气象。""险怪"而"浑成"，正是卢仝以情驱笔、任才使气的结果。卢仝的所有诗歌，在理解上并不晦涩朦胧，但却被人以"怪"目之，很重要的一点，就是他所用的构筑诗歌的材料——字、词、句迥异于常，故因新奇给人造成生涩险怪的感觉。明胡震亨《唐音癸签》卷四云："三百篇四言定体，间出二三五六七言，西汉诗五言定体，间出二三四五六七言，甚有至九言者。凡句减于三字则暗，增于九字则吃。"[①] 此言道出了古人对诗歌句式表达效果的看法，即四、五、七言表达效果佳，为正体。而减于三言的一言、二言或长于七言的八言、九言或更长的句式，因为其表达效果或"暗"或"吃"，故少为人用。卢仝诗中大量运用不合常规之句式，也起到了惊人视听的功效，正如韩愈在《答刘正夫书》中所谓："夫百物朝夕所见者，人皆不注视也，及睹其异者，则共观而言之。夫文岂异于是乎？汉朝人莫不能为文，独司马相如、太史公、刘向、扬雄为之最，然则用功深

---

① 《唐音癸签》，30页。

者，其收名也远。若皆与世沉浮，不自树立，虽不为当时所怪，亦必无后世之传也。足下家中百物，皆赖而用也，然其所珍爱者，必非常物。夫君子之于文岂异于是乎？"① 正因为迥异于常能构成一种因陌生而带来的强烈的好奇感、新鲜感，所以卢仝诗歌才获得了"怪辞惊众"的效果。

第二节　卢仝体的审美内涵

如果说"怪"是卢仝诗歌的艺术表现特征，那么，卢仝体的审美内涵有三个层面：一、狂放不拘的艺术个性；二、清寒瘦硬的审美追求；三、怪中有拙的诗歌风貌。

一、狂放不拘的艺术个性

卢仝诗歌，呈现着一种天马行空般狂放不拘的气质，这当然和他的发射型思维模式密切相关。他不像韩愈等人，往往从眼前的客观所有去生发众多彼此相似却并无必然联系的想象，而是起落无端，正如他在《寄赠含曦上人》中所谓"劈破天地来"般的诗思——想象的幽灵神游于天地无际涯之境，思想运行的轨迹便如风行水上而自然成文。故其想象在奇异怪诞中，比韩愈少了种抑扬顿挫却多了种一以贯之的流动浑成之美。我们可以从韩卢二人诗作的对比中，比较清楚地看到这一点，如韩愈代表作《游青龙寺赠崔大补阙》，写青龙寺万株柿树之叶在深秋变红后的壮观，"光华闪壁见鬼神，赫赫炎官张火伞。燃树烧云大实骈，金乌下啄赪虬卵。魂翻眼倒忘所处，赤气冲融无间断。有如流传上古时，九龙照烛乾坤旱。"（卷六）韩愈描写柿叶之红，想象不谓不丰富，但却是一个一个小片段的拼合，没有一种一气游走的流畅。因为韩愈的诗思是发散型的，始终以眼前所见的"柿叶"为圆心，而各种想象便围绕这个圆心来进行。我们看其对柿叶的想象分别是："鬼神"

---

① 见《唐宋八大家文钞校注集评·昌黎文钞》，176页。

"火伞""火烧云""金乌啄虹卵""九龙照烛"等一个个零碎的物象或意象，虽吉光片羽耀人眼目，却如拆碎之七宝楼台，难成整体，只可一个一个地拿来欣赏玩味。在这种模式下的众多想象，顺序是无关紧要的。再如韩愈《辛卯年雪》写雪之大："崩腾相排揍，龙凤交横飞。波涛何飘扬，天风吹旆旌。白帝盛羽卫，鬖影振裳衣。白霓先启途，从以万玉妃。"（卷七）在韩愈笔下，漫天飘飞的白雪使其联想到了空中腾飞的龙凤、风中翻滚的波涛、随风展扬的旗帜；雪花的白使诗人联想到了白帝、白霓和玉妃。想象贴切逼真，但彼此之间没有什么关系，依然是围绕白雪而形成的发散型想象。但这些无关联的意象却让人在欣赏、理解诗歌时因思维的不能连贯而产生一种抑扬顿挫感。

卢仝之诗，却能突破这种常规的横向发散思维模式，如一箭脱手，如强光射出，如飞瀑直下，诗思会一往无前地引领想象的翅膀，只能前行而绝对不可逆转。比如，《走笔谢孟谏议寄新茶》一诗，起笔从孟简派人送茶写起，诗人面对茶，联想到了茶的珍贵与不可多得，自己一介布衣能得此茶，实属可喜。于是掩关自煎自饮，在一碗一碗饮茶的过程中，诗人的想象也蓬蓬勃勃地展开：

  一碗喉吻润，两碗破孤闷。三碗搜枯肠，唯有文字五千卷。四碗发轻汗，平生不平事，尽向毛孔散。五碗肌骨清，六碗通仙灵。七碗吃不得也，唯觉两腋习习清风生。蓬莱山，在何处。玉川子，乘此清风欲归去。山上群仙司下土，地位清高隔风雨。安得知百万亿苍生命，堕在巅崖受辛苦。便为谏议问苍生，到头还得苏息否。

卢仝从第一碗写到第七碗，从第一碗满足身体需要的最初感觉出发，过渡到第二碗满足心情上的需要。从第三碗开始，想象如长上了翅膀，带读者由现实世界渐次飞向空灵的虚幻之境。在想象的终端，是飞升于蓬莱仙界。诗人在想象中，见到了仙山掌管人间的众仙。竟然忍不住一问，在他们"地位清高隔风雨"的安逸生活中，可否知道百万苍生为了采茶而身赴险境，辛苦以死的悲哀。因此，卢仝的想象如单向行驶的列车，由始发点开始运行，只能向前直到终点站。再如《与马异结交诗》，卢仝展开了丰富的想象：

> 伏羲画八卦，凿破天心胸。女娲本是伏羲妇，恐天怒，捣炼五色石。引日月之针，五星之缕把天补。补了三日不肯归婿家，走向日中放老鸦，月里栽桂养虾蟆。天公发怒罚龙蛇。此龙此蛇得死病，神农合药救死命。天怪神农党龙蛇，罚神农为牛头，令载元气车。不知药中有毒药，药杀元气天不觉。尔来天地不神圣，日月之光无正定。不知元气原不死，忽闻空中唤马异。马异若不是祥瑞，空中敢道不容易。

卢仝为说明马异是天上元气所化，竟从伏羲写起：因伏羲画八卦凿破天之故，其妻女娲为防天怒，便炼石补天。三天过后，女娲竟不归家，却去日里"放老鸦"，去"月里栽桂养虾蟆"。这最终惹怒了天公，下令责罚龙蛇。于是神农合药去救，这更让天公生气，竟然"罚神农为牛头，令载元气车"。不料神农之药却毒杀了天之元气，使得"日月之光无正定"。而最后元气竟毒而不死，就变成马异降生人间。这里的想象丰富而荒诞，却是严格按照逻辑关系展开的。从最初的想象伏羲开始，直到想象马异的下凡，诗人的想象是按照由先到后的顺序进行的，是一种典型的纵向发射型想象模式。

与发射型想象模式相伴随，他诗歌的话语方式是以倾诉型为主。这种话语方式使作为话语者的主体一直凸现在诗中，从而使诗歌的客观性消隐，而使主观性极大地增强。因此，我们读卢仝的诗歌，会发现几乎没有以旁观者的身份、视角进行客观、冷静描述的，而是都充溢着强烈而鲜明的主观感情色彩，从而使诗歌带上了非常明显的狂放不拘之气。倾诉型的话语方式使卢仝诗歌往往需要一个倾诉对象，而这个倾诉对象往往是不需要有太多话语权的，只是为卢仝表现自我服务的。故倾诉对象或完全消隐，根本没有话语的出现，或虽出现却仅片言只语。根据倾诉对象出现的类别，卢仝诗歌的话语方式可分为以下几类：

1. 倾诉式

卢仝习惯于在诗中将当事人假想为"人""我"双方，往往以"我"的倾诉形成诗篇主体，故"我"掌握着话语的主动权，而"人"只是作为"我"的倾诉对象，帮助实现着"我"话语的进行。如在长篇歌行体《月蚀诗》中，卢仝指责"虾蟆精"在十日并出烧烤大地时，不去食日以解尧心忧，反而现在食月为患，便假想与"虾蟆精"对话："汝若蚀开龈龌轮，衔箠执索相爬钩。推荡犇訇入汝喉，红鳞餤鸟烧口快，翎鬣倒侧声醝邹。撑肠拄肚，䃜傀如山丘，自可饱死更不偷。不独填饥坑，亦解尧心忧。恨汝时当食，藏头撅脑不肯食。不当食，张唇哆嘴食不休。食天之眼养逆命，安得上帝请汝刘。"好像"虾蟆精"就在面前，正低头倾听着诗人义正词严的责问。在这节奏急促、情绪激昂的责问中，诗人不仅给假想中的"虾蟆精"进行了形的丑化，还把自己胸中的郁愤淋漓尽致地表达了出来。如果说对"虾蟆精"大兴问罪之辞是《月蚀诗》内容的重要组成部分，那么对"帝天皇"的陈词则构成了《月蚀诗》的主体："地上虮虱臣告愬帝天皇，臣心有铁一寸，可刳妖蟆痴肠……封词付与小心风，颷排阊阖入紫宫。密迩玉几前掰坼，奏上臣仝顽愚胸。敢死横干天，代天谋其长。"就是在假想中，诗人对上天指斥了东方苍龙、南方火鸟、西方攫虎、北方寒龟、主福德的岁星、执法的火星、主兵的太白星、任廷尉的辰星、不肯劝农桑的痴牛骏女等的疏于职责，建议上天"请留北斗一星相北极，指麾万国悬中央。此外尽扫除，堆积如山冈，赎我父母光。"这种倾诉式的话语方式，诗人完全掌握了话语权，而作为倾诉对象的"帝天皇"根本就没有出场，完全是作为一个听者在倾听诗人的陈述。但我们却并不因而忽略其存在的重要性，因为诗人之所以能进行汪洋恣肆的表述，完全是取决于有"帝天皇"在倾听的缘故，这是卢仝结构《月蚀诗》的最重要手段，因为"帝天皇"崇高的地位，天界所有的一切均在其统治范围之内，故卢仝对众多天象的抨击有一个合理的内核，即本着对天负责的高度责任感来要求"帝天皇"对其麾下有一个清醒的认识："愿天神圣心，无信他人忠。"因"他人"之"忠"不足为信，作为倾诉者的"臣仝"才会不厌烦详地把天界的现状一一指陈，故《月蚀诗》貌似狂怪，而实际却有着极其严密的逻辑线索。

再如《观放鱼歌》，结尾写众鱼生还后，诗人还不放心，又对鱼儿不厌其烦地叮嘱："深僻处，远远游。刺史官职小，教化未能敷。第一莫近人，恶人唯口腴。第一莫出境，四境多网罟。重伤刺史心，丧尔微贱躯。"这里的倾诉对象是"鱼",根本不可能去倾听诗人的倾诉,即便倾听,恐怕诗人也是枉费心力,有点对牛弹琴的味道。但诗人却一本正经地对鱼儿陈说,这当然是因为卢仝的关注点是陈说自己的思想,而鱼儿只是为此而设的辅助物。没有作为倾诉对象的"鱼",卢仝便不可能让其观点表现得如此意味深长:现实中弱肉强食,虽今日你们(指鱼)幸遇孟简刺史,能生还水域,但生存的环境处处暗藏杀机,不得不防啊!借助于"鱼"这一倾诉对象,卢仝再次强化了对现实的看法:"可怜百千命,几为肠中菹。若养圣贤真,大烹龙髓敢惜乎?苦痛如今人,尽是鱼食鱼。族类恣饮噉,强力无亲疏。"诗人借对鱼儿的陈说把现实世界险恶的生存环境凸显出来,故"鱼"在此既作为诗人的倾诉对象,又具有了一种象征意味。

另如《蜻蜓歌》,诗人在看到"蜻蜓"游戏于风急浪险的黄河水面时,忍不住触发了对"蜻蜓"倾诉的思绪:"吾若有羽翼,则上叩天关。为圣君请贤臣,布惠化于人间。然后东飞浴东溟,吸日精,撼若木之英,纷而零。使地上学仙之子,得而食之皆长生。不学汝无端小虫子,叶叶水上无一事,忽遭风雨水中死。""蜻蜓"作为倾诉对象,是因其行为引发了卢仝的联想,蜻蜓徒有羽翼,却仅能用以自戏;而诗人心怀济世之志却苦于不能奋飞,于是"蜻蜓"便成了诗人疏泄愤懑与欣羡的对象物。他的自诉怀抱式的倾诉,完全是以"蜻蜓"为参照物的。卢仝理所当然明白要求"蜻蜓"以己身之羽翼来为天下谋福利,本身是荒诞可笑的,但他还是一本正经地在对"蜻蜓"倾诉,所以这是在借对"蜻蜓"的倾诉来展示自我胸襟怀抱。

2. 对话式

卢仝诗歌,还喜欢选用对话式的话语方式,即针对所问来陈说,所答往往要具体明确,故这种方式有利于诗人明确表达自我。如《月蚀诗》结尾,卢仝为表达写"月蚀"之深隐用心,便假想有人对记"月蚀"之事提出质问,而诗人则借回答这一质问表露了心迹:"或问玉川子:孔子修《春秋》。二百四十年,故月蚀不见收。今子咄咄词,颇合孔意不?玉川子笑答:或请听逗留。孔子父母鲁,讳鲁不讳周。书外书大恶,故月蚀不见收。予命唐天,口食唐土。唐礼过三,唐乐过五。小犹不说,大不可数。灾沴无有小大瘨。安得引衰周,研覈其可否?日分昼,月分夜,辨寒暑。一主刑,二主德,政乃举。孰谓人面上,一目偏可去?愿天完两目,照下万方土。万古更不瞽,万万古。更不瞽,照万古。"卢仝借助对话方式,把创作《月蚀诗》的动机——干政热情激烈高亢地表露了出来:诗人好像已经预知到后世将会怪惑于"月蚀"这一怪异题材,故假想有人就此而发问,诗人就借助于这一假想中的发问,揭示自己的写作缘起,这对于理解此诗集中鲜明的政治性、现实性是至关重要的,对于理解卢仝深沉的政治忧患意识和强烈的用世之志也是非常关键的。

再如《萧宅二三子赠答诗二十首并序》,写卢仝将要离开扬州萧庆中宅,欲带走萧宅中几片石头,便模拟"竹""石""马兰""虾蟆""蛱蝶"等物言虫语戏为一组故事诗。通过诗中对话,我们看到了"石"的形象和品格:"自顾拨不转"(《石让竹》);"满面苍苔痕"(《石请客》);"彼此最痴癖"(《客答石》);"苔藓印我面,雨露皱我皮"(《石答竹》)。"遍索天地间,彼此最痴癖。主人幸未来,与君为莫逆。"(《客答石》)清刘熙载谓:"怪石以丑为美,丑到极处,便是美到极处,一丑字中丘壑未易尽言。"[1] 如此频繁刻画"石"意象之丑怪,是为表达卢仝不俯仰随俗、贞心自守的价值追求服务的。卢仝在此,便借"石"意象所包蕴的丑怪,寓托出不媚于俗的傲骨。这一组诗,由假想中的对话构成,"客"和众物之间的话语形成了每一首诗,而这每一首诗之间又是一一对应的对话关系。就是在与"石"的对话中,"石"意象成了卢仝的人格对应物,被卢仝引为了知音同道。"石"的物理属性在此与作为精神品格的"石"意象被结合起来,成为卢仝孤高顽硬、不同流俗的精神风貌的象征。

另如《喜逢郑三游山》一诗仅四句,却写得情趣横生,形神俱备。这当得力于卢仝问答式话语的安置:"他日期君何处好?寒流石上一株松。"环境是人物精神的一种象征,在某种程度上还可看作是人格的一种外化。一问一答中,诗人不媚世俗、挺生傲岸的人格追求便彰显出来。

---

[1] [清]刘熙载:《艺概》卷五,上海:上海古籍出版社,168页。

3. 反问式

卢仝诗歌另一比较突出的话语方式，是反问式。这种方式一般是在陈述自己的思想观点后，以反问之笔收束全篇，给人一种言尽而意不穷之感。如《走笔谢孟谏议寄新茶》，在写了饮茶种种的美妙感觉后，突然会想到采茶人的苦难："玉川子，乘此清风欲归去。山上群仙司下土，地位清高隔风雨。安得知百万亿苍生命，堕在巅崖受辛苦。便为谏议问苍生，到头还得苏息否？"正是这样的反诘，将这篇茶歌推到了非同一般品茶风雅的层次。它使我们明白，诗人之所以不厌其烦把饮茶从一碗写至七碗，对饮茶的种种奇妙感受进行细致传神地渲染，是为了引起谏议孟简对茶何所从来的关注，从而达到为"百万亿苍生"请命的目的。"茶"是孟简所送，卢仝极力描写茶的种种美好，也是在向孟简表示谢意。如果诗篇仅此而已，尽管其写茶之笔神妙无穷，也有堕入庸俗应酬的嫌疑。但卢仝的关注却不仅仅停留在茶所能提供给自身的身体和精神需要上，他仿佛在茶香缥缈的氤氲秀雅中，嗅到了采茶人血泪的味道！于是他想到了茶源，自己喝的茶是孟简所送，那么孟简的茶又取自何方？身为地方首脑的孟简如何才能保证这种"至精至好"之物源远流长，诗人因此而发问："便为谏议问苍生，到头还得苏息否？"其实诗人的答案已蕴含于诗中，即希望孟简能采用宽松的休养生息政策对待采茶人。结尾一问，是茶歌的点睛之笔，它使全篇有了深刻的思想内涵，从而使其千百年来流传不衰。

再如《与马异结交诗》，开始用浓墨重彩引用神话、传说引出马异乃天上元气所化，如此想象夸张虚构非同凡俗的奇异身世，是为了突出强调诗人对马异的渴慕之情。好像又怕这样写不合马异之意，故在诗篇又添上一问："卢仝见马异文章，酌得马异胸中事。风姿骨本恰如此，是不是，寄一字？"如此一问，一来表明卢仝对马异的推崇景仰，二来显示卢仝极力想尽早得到马异同意交往的信息。这正好与开头两句相对应："天地日月如等闲，卢仝四十无往还。"这两句是在对马异表白，四十年来我卢仝没有能够与您结交，真是白白浪费了时光啊！不愿坐视生命"如等闲"般荒废的焦灼渴望，使卢仝在结交诗的结尾，忍不住以发问的形式来要求马异速回信以订交，所以结尾一问是卢仝急于与马异结交渴望的最强有力的表达。

还有《走笔追王内丘》以"弦琴待夫子,夫子来不来"一问作结,透露出诗人与王内丘的交往是知音之交,正与诗篇开始照应:"自识夫子面,便获夫子心。夫子一启颜,义重千黄金。"二人之间,是目到意会的神交,故诗中写二人,充满着一切尽在不言中的默契,如写王内丘的离开:"忽然夫子不语,带蒻帽,骑驴去";诗人思念王内丘,笔下景物是:"零雨其濛愁不散,闲花寂寂斑阶苔"。在无语中二人进行着心灵的沟通和精神的交流,这一点通过结尾一问更加明白地展示出来。

借假想中的倾诉对象来陈说,有点类似于白日说梦话,这一话语方式或许正是卢仝行为怪僻的一种结果。卢仝学养深厚,能与其进行心灵对话和精神交流者,又因其交往有限而颇显欠缺。故卢仝的交往诗,最突出的便是追求一种意到神会,如《赠稚禅师》:"我来契平生,目击道自存。与师不动游,游此无迹门。"《将归山招冰僧》:"我心尘外心,爱此尘外物。欲结尘外交,苦无尘外骨。口泉有冰公,心静见真佛。可结尘外交,占此松与月。"突出的都是一种目到神知、可意会不可言传的空灵之交。超凡脱俗者往往孤独,追求精神往还、心灵对话是孤独者内心最强烈的渴望。在现实中不能实现的缺憾,会在主体的现实活动中以不同的方式表现出来,这适应了释放精神压力和心灵负荷的自我内在置换机制的需要,从而得以完成自我的精神交流。所以,"物外无知己,人间一癖王"(《自咏三首》其三)的卢仝在诗歌中,发现了可以倾诉交流的对象,正因为是这种以情为文的倾诉需要,故其诗随着感情的起伏流动自然而成,这便形成了卢仝诗歌狂放不拘的个性。

二、清寒瘦硬的审美追求

清寒瘦硬,是卢仝的审美追求。洛阳长寿寺僧含曦上人在《酬卢仝》诗中曾评其诗曰:"长寿寺石壁卢公一首诗,渴读即不渴,饥读即不饥。鲸吞海水尽,露出珊瑚枝。海神知贵不知价,留向人间光照夜。"[1] 以"珊瑚枝"

---

[1] 《全唐诗》卷八,第23册,9273页。

来喻卢仝之诗，突出了卢仝诗瘦硬清寒的特点。因为珊瑚的特点是："瘦劲难名，沈深莫测，而精光万丈，力量万钧。"① 我们可以通过对其诗歌的具体分析得出结论，这是卢仝刻意追求的一种结果。

为他的精神境界和审美追求所决定，卢仝喜用"清""寒"类意象入诗构筑一种清冷孤寒的氛围，这构成了他诗歌的底色。如《哭玉碑子》写在山路上偶得一段残玉碑的小事，在卢仝眼里，"玉碑"完全没有玉的温润之感，而是充满着清寒之气："小有洞左颊，拾得玉碑子，其长一周尺，其阔一药匕。颜色九秋天，棱角四面起。轻敲吐寒流，清悲动神鬼。"敲击"玉碑"，诗人没有写声音，而是用了"寒流"来状敲击所得。好似目听耳视，感官的功能错位一样，其实诗人正以此来细微地传达出内心清寒的感觉。一个"敲"字，便带出了瘦硬的质感——对肥软之物是不用"敲"字的。卢仝在《寄赠含曦上人》中还有"敲骨得佛髓"。我们会联想到李贺，他也喜欢用"敲"字，《马诗》（其四）曰："此马非凡马，房星本是星。向前敲瘦骨，犹自带铜声。"② 这首诗透露出来，清寒是卢仝崇尚瘦硬的心灵世界的背景之色。故其诗中选取的意象，多与"清""寒"有关，如：

《自咏三首》："骨肉清成瘦，苋蔓老觉膻。"

《喜逢郑三游山》："他日期君何处好？寒流石上一株松。"

《新月》："清光无所赠，相忆凤凰楼。"

《悲新年》："太岁只游桃李径，春风肯管岁寒枝。"

《赠徐希仁砚别》："青松火炼翠烟凝，寒竹风摇远天碧。"

《自君之出矣》："玉簟寒凄凄，延想心恻恻。"

《走笔谢孟谏议寄新茶》："五碗肌骨清，六碗通仙灵。七碗吃不得也，唯觉两腋习习清风生。蓬莱山，在何处？玉川子，乘此清风欲归去。"

---

① ［明］胡应麟：《诗薮》"内编卷五"评杜甫《登高》诗，上海：上海古籍出版社，1958年，95页。
② ［清］王琦等注：《李贺诗歌集注》卷二《马诗二十三首》其四，上海：上海古籍出版社，1977年，100页。

《酬徐公以新文见召》:"昨夜霜月明,果有清音生。便欲走相和,愁闻寒玉声。"

《孟夫子生生亭赋》:"玉川子沿孟冬之寒流兮,辍棹上登生生亭。""百川注海而心不写兮,落日千里凝寒精。"

《将归山招冰僧》:"枝上有哀猿,宿处近鹤巢,清喉孤吟声相交。"

《酬愿公雪中见寄》:"春鸠报春归,苦寒生暗风。"

《苦雪寄退之》:"冷絮刀生削峭骨,冷斋斧破慰老牙。""清风搅肠筋力绝,白灰压屋梁柱斜。"

《听萧君姬人弹琴》:"金尊湛湛夜沉沉,余音叠发清连绵。"

如此频繁地使用"清""寒"之类的字眼,显示出卢仝对清寒之美的追求。他笔下的"清""寒"一般来说,意义分为两个层面:第一个层面是表象的,如体瘦无肉、月光美好、诗文不俗等都可谓之清。物色衰枯、景致萧瑟、处境清贫等都可谓之"寒";第二个层面是内在的,即指一种心灵的感觉或情感体验。同样的事物,在人心中所引起的反应并不相同,这当然取决于审美主体的心理体验、感情经验。严峻的现实粉碎了卢仝早年积极热情的用世梦想,却又把他推进了贫困的深渊。他在死守善道中咀嚼着人生的种种不如意,在孤独困苦中体味着俗世百态,对社会、时事、人情等因看得太清而不能不失望,这种失望让他感觉到意冷心寒。以这种感情体验来创作诗歌,诗歌中"物物皆著我之色彩",故物象也多带上了"清""寒"之气。

卢仝诗的清寒又是和孤高顽硬相连的,故其喜以松、竹、石之类物象入诗。最典型的例子是他的《与马异结交诗》,他以松比马异,凸显马异之奇:"青云欲开白日没,天眼不见此奇骨。此骨纵横奇又奇,千岁万岁枯松枝。半折半残压山谷,盘根蹙节成蛟螭。忽雷霹雳卒风暴雨撼不动,欲动不动千变万化总是鳞皱皮。"卢仝用"枯松枝"来喻马异,突出了马异的顽劲怪奇。生枝尚需阳光雨露,而枯枝则无待于外,可见枯松枝比生枝更具老顽之质,这正是卢仝所欣赏的品格。他也喜石,在《赠徐希仁石砚别》中,甚至认为石砚"用之可以过珪璧",如果不用,"弃之还为一片石"。石的这种顽硬之质，让人不禁想起刘桢，《世说新语》卷上"言语"刘孝标注引《文士传》："桢性辩捷，所问应声而答。坐平视甄夫人，配输作部，使磨石……武帝问曰：'石何如？'桢因得喻己自理，跪而对曰：'石出荆山悬岩之巅，外有五色之文，内含卞氏之珎，磨之不加莹，雕之不增文。禀气坚贞，受之自然，顾其理枉屈纡绕而不得申。'帝顾左右大笑，即日赦之。"①石的"坚贞自然"之性，与卢仝的个性很契合，他在《萧宅二三子赠答诗二十首并序》之中说石："遍索天地间，彼此最痴癖。主人幸未来，与君为莫逆。"（《客答石》）诗人借石之语详细说明了石的孤顽不俗："石报孤竹君，此客甚高调。共我相共痴，不怕主人天下笑。我非蛱蝶儿，我非桃李枝。不要儿女扑，不要春风吹。苔藓印我面，雨露皱我皮。此故不嫌我，突兀蒙相知。"（《石答竹》）他欣赏竹，也是因为竹的顽硬耐寒之性，即"负霜停雪旧根枝"（《题褚遂良孙庭竹》）。松、竹、石等，在诗中成了卢仝人格意象的象征，它们体现出的个性特征"瘦""寒""顽""硬""孤"等，共同构筑出了卢仝所追求的审美内核。

"清"作为一种审美概念，其一特定内涵是不同世俗之意，胡应麟在《诗薮》外编卷四曾说："清者，超凡绝俗之谓。"并具体描述"清"之审美情趣为："绝涧孤峰，长松怪石，竹篱茅舍，老鹤疏梅，一种清气，固自迥绝尘嚣。"所以，"清"蕴含了孤标傲岸、远离尘嚣的出世态度，这是文人士大夫对回归精神家园的心灵追求，是在世风浇薄、蝇营狗苟的人间寻找"诗意的栖息"的生活理想。这一点，在卢仝的诗中，表现得最普遍。如《将归山招冰僧》诗写得颇有不食人间烟火的仙风道骨之气：石壁流泉、青松丝簧、哀猿孤吟、宿鹤清唳，都笼罩在一轮孤月淡淡的却不无清寒之气的光华里。此"尘外物"令人息心沉机，成为诗人心的寄托、灵的归宿——"我心尘外心"，一语道出其追慕高蹈遗世的心灵渴望，这当然是对世俗生活的一种彻底否定。他所追求的并不仅仅是一种形式上的超凡脱俗，而是一种本质

---

① ［南朝］刘义庆：《世说新语》上卷，上海：上海古籍出版社，1982年，上册，55页。

上的超脱，即追求"尘外骨"。如此的追求，是他不容于世俗、常喜孤独的根本原因。因为他已经参透了俗世百相，他可以在与世隔绝的精神空间中，自喜独处的宁静："柴门反关无俗客，纱帽笼头自煎吃。碧云引风吹不断，白花浮光凝碗面。一碗喉吻润，两碗破孤闷。三碗搜枯肠，唯有文字五千卷。四碗发轻汗，平生不平事，尽向毛孔散。五碗肌骨清，六碗通仙灵。"喝茶的这种种妙感最终归结到"肌骨清"上，而"肌骨清"却是"通仙灵"的基础。于是，"清"的远离尘嚣之意在此与"骨"的瘦硬之质获得了审美上的相通，即"一种清刚的性格，形成其清刚而有力感的形象之美。"① 这正是诗人自觉追求的结果："君爱炼药药欲成，我爱炼骨骨已清。"（《忆金鹅山沈山人二首》其二）对应了"赏我风格不肥腻"（《忆金鹅山沈山人二首》其一）。我们联系魏晋南北朝人物品藻便可以证明此点，《世说新语·赏誉》刘孝标注引《晋安帝纪》曰："羲之风骨清举也。"又注引《文章志》曰："羲之高爽有风气，不类常流也。"②《轻诋》："旧目韩康伯将肘无风骨。"注引《说林》曰："范启云：'韩康伯似肉鸭。'"③ "似肉鸭"以说明"无风骨"，则"风骨清举"和"高爽有风力，不类常流"同义。卢仝的重"骨"在《与马异结交诗》中表现得更直观："天地日月如等闲，卢仝四十无往还。唯有一片心脾骨，巉岩崒硉兀郁律。刀剑为峰崿，平地放著高如昆仑山。"诗中用"巉岩崒硉兀郁律"状自己的"心脾骨"，可以看出诗人理想中的骨质之美是绝对不同凡俗的，是险峻高耸的。他这里用了"硉兀"一词来突出瘦硬之感，使我们想起杜甫《瘦马行》中亦以此词状瘦马之骨："东郊瘦马使我伤，骨骼硉兀如堵墙。"卢仝谓此种瘦硬之骨感曰："天不容，地不受，日月不敢偷照耀。"借对马异苏世独立、横而不流的卓异品格的赞美，彰显自己的审美追求。

卢仝诗风之寒，是中唐寒士的一种心理寻求现象。曾经渴望积极用世的

---

① 张安祖：《"清"复义说》，见所著《唐代文学散论》，北京：三联书店，2004年，217页。
② 《世说新语》中卷，上册，261页、257页。
③ 《世说新语》下卷，上册，440页。

儒者,热情被时世的冷水无情地浇灭而沉沦于社会的底层——非但不能实现干政之志,甚至连读书润身之卑微愿望都不可得!历经政治的失意、生活的贫窘等种种不如意后的卢仝,在观照景物时的审美心态自然会带上强烈的"寒"色,从而使其诗寒意萧瑟、冷气逼人。这种心态在他诗中有很好的体现,如《酬愿公雪中见寄》写出了他对自然气候之寒非常敏感:"春鸠报春归,苦寒生暗风",耳边听到的是春鸠报春归的啼鸣,身体体会到的却是"苦寒"。以"春"作"寒"之背景,凸现"寒"之非同寻常。在这本该暖风丽日的季节,作者却敏感地体察到了在"苦寒"的凝滞中,竟有不易被人察觉的"暗风"在催寒促冷,雪上加霜。这与其说是身体之寒,毋宁说是心理之冷。这种冷的感觉透彻骨髓,令人身心俱寒。而"寒"意却并非仅仅来自于自然,更多的来自社会,如《苦雪寄退之》中描绘出了胸藏万卷的诗人在大雪封门时的贫寒惨状:"山人屋中冻欲死,千树万树飞春花。菜头出土胶入地,山庄取粟埋却车。冷絮刀生削峭骨,冷齑斧破慰老牙。病妻烟眼泪滴滴,饥婴哭乳声呶呶。市头博米不用物,酒店买酒不肯赊。"没有人才的时代是可悲的。而有人才却不知珍惜的时代是更可悲的,身处寒苦之境的卢仝借一句"圣明有道薄命汉,可得再见朝日耶",曲传了对社会、对朝廷深深的失望。所以卢仝之"寒",是贫寒之"寒",是自然界凄风寒雪之"寒",更是热情消尽、失意绝望而心寒志消之"寒"。卢仝在"寒"境里体认和提升出具有超越意味的"清"义,使其诗不像贾岛一样,沉浸于吟饥诉苦的戚戚中,而是能跳出贫寒之外,以审美的眼光来观照它,始终以一种超脱的精神来与之对抗。所以,他让他的诗在"寒"中透射出远离尘俗、孤标傲岸的一种清气与骨气,从而使其诗的境界在描写寒苦中得到了提升,即在忧生多艰的背后,挺立着死守善道而不苟于俗的超迈之寒士人格精神。正如他在《悲新年》中所写:"新年何事最堪悲,病客遥听百舌儿。太岁只游桃李径,春风肯管岁寒枝","遥听"便道出了诗人与独居之外世界的距离,这不仅仅是一种空间疏离的隔绝状态,更是一种心境上的远离感觉。诗人在自我的世界里,感觉着、观察着外面世界的纷纭芜杂,世俗无聊。任凭桃李春风多热闹,诗人却愿如松柏一样清寒自守。

"岁寒枝"正是诗人精神的写照,他永远是清高自守、挺且直的孤独者。所以,卢仝之"清寒",既具尚瘦硬的风骨,又与超凡绝俗相连,是其人品诗风的内核。或许《喜逢郑三游山》诗中"寒流石上一株松"会更直观地表明卢仝的审美追求:寒流、瘦石、孤松,这种冷峻绝俗的境界与诗人的精神世界之间存在着某种感应交流,诗人的气质个性也在此被对象化。

三、怪中有拙的诗歌风貌

人们论卢仝的诗,更多的是只看到了险怪的一面,而往往忽略了它朴拙的一面。朴是指语言不加雕琢的自然朴质状态;拙指语言的稚拙真率。朴拙与险怪一起,构成了卢仝拙怪的诗风。《诗薮》云:"唐诗之拙怪者,咸以卢玉川、马河南,开元间任华已先之矣。"① 借拙朴的语言表达深邃的思想,是卢仝诗歌的一大特色。这或许与卢仝的生活经历有关,他一生碌碌奔波于社会的下层,无缘进入仕途。大众化的语言环境对其会有潜移默化的影响,故其诗多借明白如话的拙朴之语来表达深刻的思想意趣。

如《听萧君姬人弹琴》:"弹琴人似膝上琴,听琴人似匣中弦。二物各一处,音韵何由传。"这几句诗明白如口语,字面意思很好理解。即弹琴者好像是膝上的琴,听琴者好像是放在匣中的琴弦,琴和琴弦各自一处,没有会合,则不会有音声出现。看似浅显的比喻,却蕴含着深刻的理趣,即听琴者和弹琴者只有"心有灵犀一点通",才能听出琴声的美妙。这几句诗,到了一代文豪苏轼那里,以《琴诗》为题,写成了一首理趣诗:"若言琴上有琴声,放在匣中何不鸣?若言声在指头上,何不于君指上听。"② 孙俶仁曾指出,东坡《琴诗》是受卢仝《听萧君姬人弹琴》诗启发而成。③ 这个例子是

---

① [明]胡应麟:《诗薮》外编卷四,上海:上海古籍出版社,1958年,198页。
② 苏轼:《武昌主簿吴亮君采携其友人沈君十二琴之说与高斋先生空同子之文太平之颂以示予予不识沈君而读其书如见其人如闻十二琴之声予昔从高斋先生游尝见其宝一琴无铭无识不知其何代物也请以告二子使从先生求观之此十二琴者待其琴而后何元丰五年闰六月》,见清冯应榴辑注,黄任轲、朱怀春校点:《苏轼诗集合注》卷二十一,上海:上海古籍出版社,2001年,中册,1103页。
③ 《景宋卢仝集》孙俶仁批《听萧君姬人弹琴》曰:坡翁《听琴诗》经此来。

卢仝似浅实深的附理之比,即比喻的重点不是追求本体和喻体之间外在的形似,而是追求二者之间的内在联系,是借喻体将难以言传的事理用形象化的方法表达出来。

再如《扬州送伯龄过江》:"伯龄不厌山,山不养伯龄。松颠有樵堕,石上无禾生。"这几句交代伯龄出山事干谒之因,没有去更多铺排社会的、个人的原因,只是在淡淡的客观描写中,看出了诗人对伯龄所隐之"山"的失望。伯龄并非不愿隐居于山,而是山根本不能养活伯龄;松树上会落下干松枝作柴烧,而山石上却长不出禾苗。在这看似埋怨"山"的话语背后,我们读出了看穿世事欲洁身自好者隐遁山林而不得的悲愤和无奈。归隐山林,追求到了精神的净土,却不能够提供给生命以保障。为了生命的存在,不得已要抛却信念,返回滚滚红尘去与追名逐利者为伍。这种处境的尴尬,人生的两难选择,主观意志不得不屈从于客观现实等深刻的人生苦闷都借这几句浅淡的怨"山"之笔透露出来。

另如《新蝉》:"泉溜潜幽咽,琴鸣乍往还。长风剪不断,还在树枝间。"这是诗人对新蝉鸣声的描写,诗中用了两个比喻来形容蝉声:"泉溜"和"琴鸣","泉溜"突出了新蝉之声低咽缠绵,"琴鸣"强调了新蝉之声高低往还。蝉声或高或低、起伏不定,从树枝间发出来,即便是长风如剪,却也剪之不断。在卢仝的笔下,弱小的"新蝉"和强劲的"长风"之间,形成了对抗的一组力量。一个"剪"字,形象地描写出"长风"之迅猛的速度和力量。它要"剪"断新蝉美妙的声音,无论如何却做不到——"还在树枝间","还在"传神地表达出"新蝉"的戏耍神态和"长风"的无可奈何。如果文本允许我们作深一层的联想,我们会联想到韩愈的"不平则鸣"之说。作为弱小者的"新蝉",如此顽强地"鸣"于"树枝间",不就是诗人以诗文"鸣"自己"不平"的写照吗?

卢仝之"拙",最突出的还体现在对诗体的选择上多采用古体诗的样式来表情达意,使诗歌呈现出一种朴淡参差之美。在卢仝现存的一百余首诗歌中,只有寥寥十一首五言律诗,其余都是古体诗。这在唐代是匪夷所思的,因为我们知道,近体诗是唐诗中的主流文学样式,虽然古体诗在唐代一直不绝如缕，但在诗坛上的地位远非近体诗可比。所谓"唐三百年，文章鼎盛，独诗律与小说，称绝代之奇"①，所指也正是近体诗的主导地位。卢仝能在近体诗大行其道之时，全心创作古体诗，这是其诗自具拙朴之美的最重要原因。其拙朴之美主要体现在：

1. 取法古意

卢仝善于将从古诗中所取之意进行适当的变形，应用到自己的诗歌创作中，好像有点类似于"削古诗之足适己诗之履"，但却给卢仝的诗歌带上了耐人回味的"古"味。最明显的例子，是《观放鱼歌》中写众多鱼儿又获重生、再返水里时的一段描写："得水尽腾突，动作诡怪殊。或透藻而出，或破浪而趋。或调尾孑孑，或奋鬐愉愉。或如莺掷梭，或如蛇衔珠。"用了六个"或"字句，排比出众鱼再得生还时种种可爱之举。这样对鱼儿的精工描写，会使我们联想起西汉民间乐府的《江南》："江南可采莲，莲叶何田田！鱼戏莲叶间。鱼戏莲叶东，鱼戏莲叶西。鱼戏莲叶南，鱼戏莲叶北。"② 这首古乐府以五个排句，强化鱼"戏"。在"东""西""南""北"不同方位的同一动词——"戏"的不断重复中，我们会读出"江南古词，盖美芳辰丽景，嬉游得时"③ 的生动有趣。卢仝的《观放鱼歌》，对鱼儿如此不惜笔墨地摹写，或得益于《江南》。《观放鱼歌》结尾，嘱托鱼儿当慎重自保曰："深僻处，远远游。刺史官职小，教化未能敷。第一莫近人，恶人唯口腴。第一莫出境，四境多网罟。重伤刺史心，丧尔微贱躯。"这为鱼着想之笔，颇如西汉民间乐府《枯鱼过河泣》之立意："枯鱼过河泣，何时悔复及？作书与鲂鱼，相教慎出入！"④《枯鱼过河泣》为寓言警世之作，张嘉荫《古诗赏析》云："此罹祸者规友之诗。出入不谨，后悔何及？却现枯鱼身而为说法。"⑤ 卢仝在《观放鱼歌》结尾借对鱼之说，寓言对"苦痛如今人，尽是

---

① 《唐人小说·序》引明桃源居士语。
② [宋] 郭茂倩编：《乐府诗集》卷二十六，北京：中华书局，1979年，第2册，384页。
③ 《乐府诗集》卷二十六，第2册，384页。
④ 《乐府诗集》卷七十四，第3册，1044页。
⑤ 转引自萧涤非：《汉魏六朝乐府文学史》，北京：人民文学出版社，1984年，81页。

鱼食鱼"现实之痛切,这正是与《枯鱼过河泣》异曲同工之处。

再如《萧宅二三子赠答诗二十首并序·竹请客》中"竹"自言身世:"我本泰山阿,避地到南国。"《石答竹》中"石"称"竹"为"孤竹君",这也取意于乐府《冉冉孤生竹》之"冉冉孤生竹,结根太山阿。"① 《客谢石》中,"客"欲携"石"北归,却怕主人误会时说:"但恐主人心,疑我相钓竿。""相钓竿",当取意于西汉民间乐府《白头吟》之"竹竿何袅袅,鱼尾何簁簁。男儿重意气,何用钱刀为!"② 萧涤非先生谓:"二句谓钓者以竹竿得鱼,犹之男子以意气而得妇,结合之间,初不在金钱也。"③ 卢仝取其意而自创一语为"相钓竿",谓"客"之得"石",乃以意气相投而得之。随处可见的取意于古诗之笔,给卢仝诗歌带上了一种古拙之美。

2. 取法古式

卢仝诗歌取法古体诗,多表现在句法上。如在汉魏乐府中,多采用一种连珠句的句法,以造成一种音节上回环复沓、感情上深情绵邈的审美效果。④ 卢仝诗歌中此类句法非常多,如:

嵩山未必怜兰兰,兰兰已受郎君恩。(《萧宅二三子赠答诗二十首·客请马兰》)

翠眉蝉鬓生别离,一望不见心断绝。心断绝,几千里。(《有所思》)

相思弦断情不断,落花纷纷心欲穿。心欲穿,凭栏干。(《楼上女儿曲》)

客行一夜秋风起,客梦南游渡湘水。湘水泠泠彻底清,二妃怨处无限情。(《秋梦行》)

殷勤纤手惊破梦,中宵寂寞心凄然。心凄然,肠亦绝。(《秋梦行》)

---

① 《乐府诗集》卷七十四,第3册,1044页。
② 《乐府诗集》卷四十一,第2册,600页。
③ 萧涤非:《汉魏六朝乐府文学史》,87页。
④ 参看邓中龙:《唐代诗歌演变》,23页。

第三章 卢仝体——"天地间自欠此体不得"

镜中不见双翠眉，台前空挂纤纤月。纤纤月，盈复缺，娟娟似眉意难诀。(《秋梦行》)

不敢唾汴水，汴水入东海。(《冬行三首》其三)

不敢蹋汴堤，汴堤连秦宫。(《冬行三首》其三)

不须服药求神仙，神仙意智或偶然。(《忆金鹅山沈山人二首》其一)

萧乎萧乎，忆萧者嵩山之卢。卢扬州，萧歙州。(《寄萧二十三庆中》)

我忆君心千百间，千百间君何时还，使我夜夜劳魂魄。(《寄萧二十三庆中》)

不知元气元不死，忽闻空中唤马异。马异若不是祥瑞，空中敢道不容易。(《与马异结交诗》)

青云欲开白日没，天眼不见此奇骨。此骨纵横奇又奇，千岁万岁枯松枝。(《与马异结交诗》)

人生何所贵，所贵有终始。(《感古四首》其二)

假如屈原醒，其奈一国醉。一国醉号呶，一人行清高。(《感古四首》其二)

弦琴待夫子，夫子来不来。(《走笔追王内丘》)

我为河中之泉，君为河中之青天，天青青，泉泠泠。(《思君吟寄□□生》)

泉含青天天隔泉，我思君今心亦然。心亦然，此心复在天之侧。(《思君吟寄□□生》)

三百六十州，趋情惟柳州。柳州蛮天末，鄙夫嵩之幽。(《寄崔柳州》)

与师不动游，游此无迹门。(《赠稚禅师》)

除了联珠句，卢仝诗中亦颇多叠字句，即一句诗中隔字叠用同字。此类句式频频出现，如：

十里五里行，百蹶复千蹶。(《哭玉碑子》)

135

百见百伤心，不堪再提携。(《哭玉碑子》)

翊日人间人，安能保常度？(《哭玉碑子》)

忽脱身上殷绯袍，尽买罟获尽有无。(《观放鱼歌》)

水芭弘窟有蛟鼍，饵非龙饵唯无鲈。(《观放鱼歌》)

苦痛如今人，尽是鱼食鱼。(《观放鱼歌》)

豪猾不豪猾，鳏孤不鳏孤。(《观放鱼歌》)

愚公只公是，不用谩惊张。(《自咏三首》其三)

何处堪惆怅，情亲不得亲。(《寄外兄魏澈》)

春度春归无限春，今朝方始觉成人。(《人日立春》)

一弹流水一弹月，水月风生松树枝。(《风中琴》)

灵山一片不灵石，手研成器心所惜。(《赠徐希仁石砚别》)

相思弦断情不断，落花纷纷心欲穿。(《楼上女儿曲》)

寐不寐兮玉枕寒，夜深夜兮霜似雪。(《秋梦行》)

愿此眉兮如此月，千里万里光不灭。(《秋梦行》)

君爱炼药药欲成，我爱炼骨骨已清。(《忆金鹅山沈山人二首》其二)

夜叉守门昼不启，夜半醮祭夜半开。(《忆金鹅山沈山人二首》其二)

兼须巧会鬼物情，无求长生丧厥生。(《忆金鹅山沈山人二首》其二)

萧乎萧乎，忆萧者嵩山之卢。(《寄萧二十三庆中》)

三日四日五六日，盘礴化元搜万类。(《赠金鹅山人沈师鲁》)

昨日之日不可追，今日之日须臾期。(《叹昨日三首》其一)

如此如此复如此，壮心死尽生鬓丝。(《叹昨日三首》其一)

有钱无钱俱可怜，百年骤过如流川。(《叹昨日三首》其二)

此龙此蛇得死病，神农合药救死命。(《与马异结交诗》)

平生结交若少人，忆君眼前如见君。(《与马异结交诗》)

此骨纵横奇又奇，千岁万岁枯松枝。(《与马异结交诗》)

第三章 卢仝体——"天地间自欠此体不得"

半折半残压山谷,盘根虺节成蛟螭。(《与马异结交诗》)

雷霆雾辛风暴雨憾不动,欲动不动千变万化总是鳞皴皮。(《与马异结交诗》)

古来不患寡,所患患不均。(《感古四首》其三)

读书书史未润身,负薪辛苦胝生肘。(《感古四首》其四)

有是有此予敢辞,无是无此予之师。(《门箴》)

泉含青天天隔泉,我思君兮心亦然。(《思君吟寄□□生》)

此风引此云兮云不来,此风此云兮何悠哉。(《思君吟寄□□生》)

我心尘外心,爱此尘外物。(《将归山招冰僧》)

春鸠报春归,苦寒生暗风。(《酬愿公雪中见寄》)

山人屋中冻欲死,千树万树飞春花。(《苦雪寄退之》)

出山忘掩山门路,钓竿插在枯桑树。(《出山作》)

有时这种重复用字还表现为在相邻的两句诗中连用同字,如:

杯度度一身,法度度万民。(《送好约法师归江南》)

蛇毒毒有形,药毒毒有名,人毒毒在心。(《掩关铭》)

同样的字重复出现在一句诗中,会冲淡诗歌的意味,甚至影响到诗歌的音节之和谐。但从另一个方面显示出了卢仝是在有意打破人为的诗歌艺术要求而追求诗歌的拙朴自然之美。

3. 取法古思

在汉魏古乐府中,有寓言类诗。此类诗中一些非人类者竟然开口讲话,如过河之"枯鱼",竟会"作书"告诫同类"慎出入"以自保;"白鹄"竟如人类,伉俪情深。生离死别时,"白鹄"夫对其病妻曰:"吾欲衔汝去,口噤不能开。吾欲负汝去,毛羽何摧颓。"妻劝慰夫曰:"念与君离别,气结不能言。各各重自爱,远道归还难。妾当守空房,闭门下重关。若生当相见,亡者会黄泉!"[①] 等,将人类的思想感情赋予非人类,借以表达某种思想观

---

① 《乐府诗集》卷四十一《艳歌何尝行》,第2册,576页。

点，使诗歌在严肃主题的同时也增加了趣味性。卢仝诗歌受此影响表现也比较突出，如《村醉》中，竟然害怕自己因醉酒倒地而伤及"青莓苔"，憨态十足地向其表示歉意："摩挲青莓苔，莫嗔惊着汝！"一个"汝"字，表明诗人把本无生命的"青莓苔"人化而具有了人类的听觉、视觉和感觉。再如《萧宅二三子赠答诗二十首并序》是卢仝最著名的物语类组诗，诗人让"石""竹""虾蟆""井""马兰"等开口讲话，让他们如人类一样表达着自己的思想。其中有"人"与"物"的对话，有"物"与"物"之间的对话，在对话中，各自的性格特点展示得惟妙惟肖。我们在惊叹于卢仝有着如此惊人想象力的同时，也会想到这当渊源有自。

如此多的拙朴之处是卢仝从民间吸取营养和吸收文学遗产的结果，看似极浅的诗，却包蕴了无穷的思致，就如同我们的日常生活，在饮食起居的平淡中能够有很深刻的东西存在。因为朴实而平常，我们常常会不经意。但在一个人的世界，在静静地翻检回味悄然流逝的岁月时，会发现无痕的时光之水并非带走了一切，会有东西沉淀下来，而这种沉淀，才是让我们的生活平淡而有味的秘密所在。卢仝的诗，便具有这样的一种魅力，它看似随手而成的朴拙之笔，却"大巧若拙"，能够经得起细细推敲和回味。清代方世举《李长吉诗集批注·总批》曰："韩愈如出土古鼎，土花剥落，骨出青红。孟郊如海外奇楠，外槁中腴，香成绿结。卢仝如灵璧怪石，脱沙而出，秀润自然。李贺如铁网珊瑚，初离碧海，映日澄鲜。"[①]"灵壁"即灵璧石，为石中珍品。"怪石"，似玉之美石，《山海经·中山经》："薄山之首曰苟床之山，无草木，多怪石。"郭璞注："怪石，似玉也。"[②]"脱沙而出"，意为"灵璧怪石"散落掉身上的细小沙子、石粒，露出美质。这道出了卢仝诗以怪形蕴美质、不可多得的自然之质，也是对卢仝诗亦怪亦拙艺术风貌的形象概括。

---

① 转引自《李贺诗歌集注》，494页。
② 郭郛注：《山海经注证》，北京：中国社会科学出版社，2004年，430页。

第三节 卢仝体的审美情趣

诗歌的形式是和诗人生命的形式相联系的,苏珊·朗格在《艺术问题》中说:"如果说艺术是用一种独特的暗喻形式来表现人类意识的话,这种形式就必须与一个生命的形式相类似……关于生命形式的一切特征都必须在艺术创造物中找到,事实也正是如此。"① 卢仝用世不得的压抑心态,在寄意茶酒的颓放和隐居独处的闲适中得到了宣泄。这种调整生命存在心态来适应周围环境的生命形式,使其诗歌不再一味地停留在反顾自身、忧伤地咀嚼心灵的抑郁而长年重复单调悲歌的哀婉情调上,而是把它泛化成一种心灵的底色和审美情感的常色。在现实的复杂的社会场所中努力求取灵魂的安慰、心理的平衡、精神的解脱,表现在审美情趣上,就是使卢仝体具备了谐趣、俗趣、变趣。

一、关于谐趣

卢仝是一个天生会找乐子的人,这是诗人性格中很突出的一面,反映在创作上,是他的诗作中流露着一种谐趣,主要有以下列几种方式表现出来。

1. 反话正说

如他调侃韩愈的俗气。韩愈的俗气,多被后人讥刺,如他勉励儿子读书竟以利禄来诱之,赵翼《瓯北诗话》卷三评曰:"《示儿》诗自言辛勤三十年,始有此屋,而备述屋宇之垲爽,妻受诰封,所往还无非公卿大夫,以诱其勤学,此已属小儿。《符读书城南》一首,亦以两家生子,提孩时朝夕相同,无甚差等;及长而一龙一猪,或为公相,势位赫奕,或为马卒,叱受鞭

---

① [美]苏珊·朗格著,滕守尧、朱疆源译:《艺术问题》,北京:中国社会科学出版社,1983年,50页。

答，皆由学不学之故。此亦徒以利禄诱之。"① 再如因为自己得到一张好凉席，竟说"但愿天日长炎曦"（《蕲簟》）。黄彻《碧溪诗话》卷一，引后人非议此句曰："岂比法曹空自私，却愿天日常炎曦。"② 韩愈自己并不讳言，他在《醉留东野》中把这种能带来实际利益的俗气，称之为"稍奸黠"。卢仝对此的嘲谑，时见于诗篇。卢仝《苦雪寄退之》写大雪封门，冰冻雪裹，使得"菜头出土胶入地，山庄取粟埋却车"。诗人一家衣食无着，赖以取暖和充食之物，唯有"冷絮""冷齑"而已。眼见"病妻烟眼泪滴滴"，耳闻"饥婴哭乳声呶呶"，诗人竟会自己调侃自己如果冻饿而死，唯有一件事可羞，即临死没有酒喝："我死未肯兴叹嗟。但恨口中无酒气，刘伶见我相揄揶。"临了又调侃韩愈："唯有河南韩县令，时时醉饱过贫家。"诗到结尾我们才明白，诗人调侃自己恰恰是为了调侃韩愈——"醉饱"之韩愈和因冻饿而"清风搅肠筋力绝"的诗人一家形成了鲜明的对照，卢仝因此而被后人讥刺为"忘德薄行"。清代阙名者著《静居绪言》便谓："韩门吹嘘寒士，不愧仁风，其间忘德薄行者有之，如卢仝、刘叉辈，人所知者也。仝之《苦雪寄退之》一诗，前叙雪，次述妻子寒馁，再叙自己无酒吃，结语忽曰：'唯有河南韩县令，时时醉饱过贫家。'夫贫士操行，不食嗟来，安可乞食于人而讥人醉饱？况未闻昌黎沉缅于酒者，不亦过乎！"③

他还调侃沈师鲁的炼药求仙之妄，如《忆金鹅山沈山人二首》（其一），写自己平日所居的生活："君家山头松树风，适来入我竹林里。一片新茶破鼻香，请君速来助我喜。"品茶赏竹的优雅隐逸之趣，和沈山人平日的忙碌刚好对照，卢仝劝其"莫合九转大还丹，莫读三十六部大洞经。闲来共我说真意，齿下领取真长生。不须服药求神仙，神仙意智或偶然。"如此忙碌于炼药求仙，究竟有没有意义呢，卢仝明明白白告诉沈山人："自古圣贤放入土，淮南鸡犬驱上天。白日上升应不恶，药成且辄一丸药。暂时上天少问

---

① 郭绍虞编选、富寿荪校点：《清诗话续编》，上海：上海古籍出版社，1983年版，上册，1171页。
② ［宋］黄彻：《碧溪诗话》，见《宋诗话全编三·黄彻诗话》，2367页。
③ 见《清诗话续编》，下册，1640页。

天，蛇头蝎尾谁安著？"自古以来的圣贤，都入土为安了。而飞升天界的，则是淮南王刘安的鸡犬之流。所以虽然药炼成后，能白日飞升也不错，但是如果真到了天上，见到的恐怕都是"蛇头蝎尾"之类的东西。拿世俗来调侃所谓的神圣，把沈山人神圣的炼丹修道之举完全不当回事儿，竟劝其放下来和自己共享世俗的口腹之乐——饮茶。用卢仝的解释是饮茶能够"齿下领取真长生"，这比"服药求神仙"强多了。因为神仙有时也是糊涂虫，他们贤愚不辨："自古圣贤放入土，淮南鸡犬驱上天。"说到此，卢仝好像怕沈山人不高兴，又似退一步讲："白日上升应不恶，药成且辄一丸药。"如果真能炼成使人白日飞升的仙丹也不错，炼成了请赏光给我一颗吧。这种语气分明是在调侃人，而调侃后，卢仝仍不肯放过沈师鲁，又一本正经地交代为"暂时上天少问天，蛇头蝎尾谁安着？"天上也没有什么圣贤，只不过是淮南鸡犬之类的怪物。山人你即使上天了也不要少见多怪地去乱问，那些怪物都是什么东西。这便在轻松的调侃中，从终端否定了沈师鲁的修道之举。在《赠金鹅山沈师鲁》中，刚开始写沈师鲁神圣的修道求仙之举曰："人皆食谷与五味，独食太和阴阳气。浩浩流珠走百关，绵绵若存有深致。"但结尾却说仙山的邈远不失为"昆仑路隔西北天，三山后浮不著地。"接下来好像该说到不要再痴心妄想求仙得道之类的话，而诗人却似乎忘记了自己刚才说过的话，又故作推崇之态说："君到头上忆我时，金简为吾镌一字。"你如果升仙后忽然想起了我这个老友，就请在仙简上也刻上我的名字，即谓自己也渴望升入仙籍。这种郑重其事的嘱托，好像是赞同了沈师鲁的人生追求，但却是在谐谑中对其所为进行了彻底否定。这便是卢仝的高明之处，把非常严肃的话题用轻松的语气给化解开。

2. 模拟口吻的运用

如《寄男抱孙》中不厌其详地教子抱孙如何用功，又佯装出严父面孔道："莫学捕鸠鸽，莫学打鸡狗。小时无大伤，习性防以后。顽发苦恼人，汝母必不受。任汝恼弟妹，任汝恼姨舅。姨舅非吾亲，弟妹多老丑。莫恼添丁郎，泪子作面垢。莫引添丁郎，赫赤日里走。添丁郎小小，别吾来久久。脯脯不得吃，兄兄莫擞搜。他日吾归来，家人若弹纠。一百放一下，打汝儿十九。"好像是要让孩子害怕处罚而不违反父亲所定的章程,而所谓的处罚却让人忍俊不禁——分明慈父爱子情深,诗中不自觉流露出来。翟灏《通俗编》:"今小儿学语,多为迭词,如爹爹奶奶哥哥嫂嫂之类,其实无当迭之义也。卢仝诗:'添丁郎小小,别吾来久久。脯脯不得吃,兄兄莫撚搜。'对小儿为言,因遂作小儿口语。"① 正因为模拟小儿语气,故清代余成教《石园诗话》卷二称诗人的惩罚"其脱略读之令人失笑"②。

3. "戏"笔的运用

"戏"笔,即有意而为之的游戏之笔。卢仝的有意为"戏"笔之作,明显表现是《萧宅二三子赠答诗二十首并序》。诗中卢仝赋予"二三子"即石、竹、井、马兰、蛱蝶、虾蟆以人的思想和语言。项楚先生认为:"如此规模的物语组诗的出现,是诗歌中的新现象,以至超过了散文中的代表作品、牛僧孺的传奇《元无有》。"③《元无有》是中唐牛党领袖牛僧孺小说集《玄怪录》中以拟人手法创作的名篇。该篇记载:

> 保应中有元无有,常以仲春末,独行维扬郊野,值日晚,风雨大至。时兵荒后,人户多逃,遂入路旁空庄。须臾霁止,斜月方出。无有坐北窗,忽闻西廊有行人声。未几,见月中有四人,衣冠皆异,相与谈谐,吟咏甚畅。乃云:'今夕如秋,风月若此,吾辈岂不为一言以展平生之事也?'其一人即日云云,吟咏既朗,无有听之具悉。其一衣冠长人,即先吟曰:'齐纨鲁缟如霜雪,廖亮高声予所发。'其二黑衣冠短陋人,诗曰:'嘉宾良会清夜时,煌煌灯烛我能持。'其三故弊黄衣冠人,亦短陋,诗曰:'清冷之泉候朝汲,桑绠相牵常出入。'其四故黑衣冠人,诗曰:'爨薪贮泉相煎熬,充他口腹我为劳。'无有亦不以四人为异;四人亦不虞无有之在堂也。……四人迟明,方归旧所。无有就寻之堂中,唯有故杵、

---

① 转引自《柱马屋存稿·卢仝诗论》,181页。
② 见《清诗话续编》,下册,1763页。
③ 见《柱马屋存稿·卢仝诗论》,182页。

灯台、水桶、破铛，乃知四人，即此物所为也。"①
《元无有》中，以本来不可能发生在四物身上之事敷衍成篇，写得饶有情趣，但却弥漫着有意为怪奇的迷雾。四物的所为，是作者为彰显怪异而设的幻辞，本不为突出其性格特征。但在卢仝的《萧宅二三子赠答诗二十首并序》中，一切都显得很平常，好像"石""竹""井"等的开口讲话是自然而然应该发生的，因为从序中，作者便交代出该篇乃有意为"戏"："天知地知，非苟有所欲。"这等于是"此地无银三百两"式的证明，且"天知地知"的语气，完全是一种轻松调侃式的故作神秘。这一点在诗中"虾蟆"那里表现得更加明显，当"虾蟆"请求诗人把它也带走时，诗人故作胆小地马上制止："虾蟆蟆，叩头莫语人闻声。扬州虾蚬忽得便，腥臊臭秽逐我行，我身化作青泥坑。"为不让"虾蟆"的大声引来不必要的麻烦，诗人竟至于要给"虾蟆"叩头求其小声点！以卢仝之孤傲，竟至给小小虾蟆叩头，这种场景会让人捧腹的。再如诗人在回绝井要随行时的答语："我纵有神力，争敢将公归。扬州恶百姓，疑我卷地皮。"明明是"井"根本不可能带走，却反说是不敢，怕扬州的人说他卷地皮。言外之意是说"井"："你还是饶了我吧，那罪名我可担待不起呀！"这种轻松俏皮的对话，给卢诗平添了许多风趣。

4. 对比手法的运用

卢仝惯用对比手法来增加轻松谐谑之趣，可归纳为如下几类：一是正正对比，以衬托一方。如《观放鱼歌》，为赞颂刺史孟简放鱼之仁，竟至用佛典中著名的流水长者子救十千天子一典来与孟简放了"丛杂百千头"鱼作比，还说流水长者子根本不能和孟简相比。拿现实中的平凡小事来比附佛经中象征崇高神圣的典故，好像现在人们调侃自己被人小小误解时说"我比窦娥还冤"，拿来作比的二者之间的反差，正是轻松愉悦得以产生的因素。二是有无对比，以无映衬有。《与马异结交诗》写对马异的仰慕之情，说是比"买得西施南威一双婢"好，事实上，卢仝的境况是"一奴长须不裹头，一婢赤脚老无齿"，拿自己根本不可能有的来说事，并且还说"却返顾，一双

---

① 《唐人小说》下卷，236页~237页。

婢子何足云。"分明故意制造一种"吃不到葡萄就说葡萄酸"的谐谑之趣。三是在文字对比的反差中突出谐趣。如《寄男抱孙》诗，交代抱孙要好好看护自己的弟弟，如果做得不好，自己会狠狠地责罚："一百放一下，打汝九十九。""一"与"九十九"的对比，把作为父亲卢仝的慈爱佯怒的神态刻画了出来。再如《与马异结交诗》，其中有句曰："昨日仝不仝，异自异，是谓大仝而小异。今日仝自仝，异不异，是谓仝不往兮异不至。"诗人巧妙地利用自己和马异的名字中"同""异"二字相对比，来做文字游戏。韩愈《寄卢仝》评价此诗曰："往年弄笔嘲同异，怪辞惊众谤不已。"可见这种谐谑之趣所产生的轰动效果。

卢仝的谐谑之趣，除了其天生幽默和风趣的性格外，也是有意追求的一种结果。对于此，我们不应当仅仅理解为是诗人"戏谑"创作观的展示，更多的当是他"对现实社会失望之后的意向转移、心理释负以及重新安顿自己的尝试。"①

二、关于俗趣

卢仝诗的另一审美情趣，便是浓浓的"俗"味。"俗"在此指与当时民间趣味相契合，具备通俗味、大众味的一种风格。这正与俗文学相似，因为"'俗文学'就是通俗的文学，就是民间的文学，也就是大众的文学。换一句话，所谓俗文学就是不登大雅之堂，不为学士大夫所重视，而流行于民间，成为大众所嗜好，所喜悦的东西。""凡不登大雅之堂，凡为学士大夫所鄙夷，所不屑注意的文体都是'俗文学'。"② 能使作为"雅文学"重要文体之一的诗，与"俗"趣挂上钩，是卢仝诗歌重要的创新之处。

卢仝诗的俗趣，在表达方式上很明显受到当时民间俗文学——说唱艺术的影响，如在《观放鱼歌》中写到常州刺史孟简把众鱼放生后，诗人夸赞其功德时说："胜业庄中二桑门，时时对坐谈真如。因说十千天子事，福力当

---

① 崔际银：《诗与唐人小说》，天津：天津古籍出版社，2004年，184页。
② 郑振铎：《中国俗文学史》，北京：东方出版社，1996年，1页。

第三章 卢仝体——"天地间自欠此体不得"

与刺史具。天雨曼陀罗花深没膝,四十千真珠璎珞堆高楼。此事怪特不可会,但慕刺史仁有余。""二桑门"在"谈真如"时,谈到了"十千天子"和"刺史"之"福力",这分明就是唐代俗讲的情形,即和尚们宣讲教义以劝谕世人的一种讲唱艺术。而和尚们的讲唱,为吸引听众,往往会结合听众熟悉的身边之事来进行经文的解说,这就使得和尚在宣讲时,把"十千天子事"和孟简放鱼挂上了钩。所谓"十千天子"之典来源于佛经《金光明经疏》,即流水长者子救十千鱼于将死之后,又为十千鱼解说十二因缘而使其得生天上之事。这显示出卢仝此诗与讲经文的关系。[①] 讲经文就是僧侣为宣传教义,以通俗易懂的语言来向民众讲经的文本。为吸引听众,他们可以增添故事的生动趣味性,唐代赵璘《因话录》卷四《角部》记载其具体情形为:"有文淑僧者,公为聚众谭说,假托经论所言,无非淫秽鄙亵之事。不逞之徒,转相鼓扇扶树。愚夫冶妇,乐闻其说,听者填咽。寺舍瞻礼崇奉,呼为和尚。教坊效其声调,以为歌曲。其氓庶易诱,释徒苟知真理,及文义稍精,亦甚嗤鄙之。近日庸僧以名系功德使,不惧台省府县,以士流好窥其所为,视衣冠过于仇雠。而淑僧最甚,前后杖背,流在边地数矣。"[②] 讲经文最初的目的是借宣讲佛经劝导世人积德行善以求善果,正如流水长者子救十千鱼而得"处处皆雨天妙莲花"。孟简放鱼之德,在卢仝看来,会被僧侣们作为联系现实生活宣讲积德行善的生动事例而向民众宣讲的。

除了在行文中借助于讲唱文学的方式来进行比附衬托外,卢仝诗在语气上也颇带俗味。如民间故事的讲述方式中,有一种比较普遍的方式,就是以"从前……""很早以前""很久以前""这是发生在很久以前的事"等来开头,以引起下文。"这在世界各国差不多都是如此。日本把民间故事称之为'昔话',就是因其来自各个故事开头的'很久很久以前'的说法。有的地方,故事开头也说'从前'。我国民间故事研究者也指出,民间故事的鲜明特色之一是:时间地点模糊,常常以'古时候''很早很早以前'来交代时

[①] 参见隋天台智者大师说、门人灌顶录:《金光明经疏》卷十二,南京:金陵刻经处,1929年刻本,1~8页。

[②] 见《唐五代笔记小说大观》,上册,856页。

间，以'大山里有一户人家'，或更简单地说'有一家人靠种地过日子'来直接介入情节掠过地点的交代，背景模糊。"① 这种方式的开头，在唐代俗文学中比比皆是，如《伍子胥变文》："昔周国欲灭，六雄兢起……"②《晏子赋》："昔者齐晏子使于梁国为使……"③《目连缘起》："昔有目连慈母，号曰青提夫人……"④《汉将王陵变》："忆昔刘项起义争雄……"⑤《韩朋赋》："昔有贤士，姓韩名朋。"⑥ 在卢仝《月蚀诗》中，就用此种表达法："忆昔尧为天，十日烧九州。""传闻古老说，蚀月虾蟆精"等，胡适谓《月蚀诗》："我疑心这种体裁是从民间来的：佛教的梵呗和唱导，民间的佛曲俗文，街头的盲词鼓书，也许都是这种新体诗的背景。"⑦ 再如《感古四首》（其二）："听我暂话会稽朱太守……"这种口吻与唐代民间俗文学的讲唱技艺很相像。如《八相押座文》："今晨拟说此甚深经，唯愿慈悲来至此，听众闻经愿罪消灭。"⑧《破魔变文》："小僧愿讲经功德，更祝仆射万万年。"⑨《初学记》卷十九引刘谧《庞郎赋》："座上诸君子，各各明君耳；听我作文章，说此河间事。"⑩ 胡适《白话文学史》认为《感古四首》"通篇说一个故事，并且在开篇两句指出这个故事的命意与标题。'听我暂话会稽朱太守'，这便是后来无数说书唱本的开篇公式。这不可以帮助证明卢仝的诗同当时俗文学的关系吗？"⑪

卢仝诗的俗趣还体现在用语上，即喜用当时俗语。以《月蚀诗》为例，如"月里栽桂养虾蟆"，联系"人养虎，被虎啮；天媚蟆，被蟆瞎"和"何

---

① 张鸿勋：《敦煌俗文学研究》，兰州：甘肃教育出版社，2002年，121页。
② 王重民等：《敦煌变文集》卷一，北京：人民文学出版社，1957年，上集，1页。
③ 《敦煌变文集》卷三，上集，244页。
④ 《敦煌变文集》卷六，下集，701页。
⑤ 《敦煌变文集》卷一，上集，36页。
⑥ 《敦煌变文集》卷二，上集，137页。
⑦ 胡适：《白话文学史》，北京：东方出版社，1996年，246页。
⑧ 《敦煌变文集》卷七，下集，824页。
⑨ 《敦煌变文集》卷四，上集，355页。
⑩ ［唐］徐坚等：《初学记》卷十九，北京：中华书局，1962年，第2册，459页。
⑪ 《白话文学史》，248页。

故中道废，自遗今日殃"看，此处"养虾蟆"一语双关，一指月中本来之蟾蜍；二是用当时俗语，即会得报应意。这可以在敦煌变文中找到例证。如《茶酒论》中为争功"酒"批驳"茶"说："茶吃只是胃疼，多吃令人患肚，一日打却十杯，肠胀又同衙鼓。若也服之三年，养虾蟆得水病报。"①《燕子赋》中燕子愤恨雀儿无理争巢时说："好得合头痴。向吾宅里坐，却捉主人欺；如今见我索，荒（谎）语说官司。养虾蟆得水病，报你定无疑"②。"人命在盆底，固应乐见天盲时"，"在盆底"亦为当时俗语，为暗不见天日之意。如《王昭君变文》，昭君悲叹远嫁匈奴之愁苦："口口口（定）知难见也，日月无明照覆盆。"③《燕子赋》中"燕子"向"凤凰"诉冤语："听臣作一言。依实说事状，发本述因缘。被侵宅舍苦，理屈岂感（敢）言。不分黄头雀，朋博结豪强。燕有宅一所，横被强夺将，理屈难缄嘿，伏乞愿商量。日月虽耀赫，无明照覆盆"。"构架何可当"之"构架"当为俗语，如《燕子赋》中"燕子"启"凤凰"："雀儿漫洛荒（落谎）。亦是穷奇鸟，搆架足词章。衔泥来作窟，口里见生疮；王今不信语，乞问主人郎"。"当天一搭如煤炱"用"一搭"为口语，如"按《周礼·秋官·掌客》注：'秅读为秅秭麻荅之秅。'疏：'荅是铺名，刈麻者数把共为一铺。'这个'荅'字应是'一搭'的源头。但'一搭'自是俗语词，自卢仝用过之后，直到元曲中才大量出现。"④ 其他如《寄男抱孙》："喽啰儿读书，何异摧枯朽"之"喽啰"，俗语指干练，伶俐。明胡震亨《唐诗谈丛》引郑五《题中书堂》："侧坡蛆虫蛇，蚁子竞来拖。一朝白雨中，无钝无喽啰"⑤；《扬州送伯龄过江》："不喞溜钝汉，何由通姓名"之"不喞溜"，明胡震亨《唐音癸签》卷二十四："今人言不慧者为不鲫溜，此俚人反语也"⑥；《萧宅二三子赠答诗二十

---

① 《敦煌变文集》卷三，上集，266页。
② 《敦煌变文集》卷三，上集，264页。
③ 《敦煌变文集》卷一，上集，98页。
④ 参见《柱马屋存稿·卢仝诗论》，180页。
⑤ [明]胡震亨：《唐诗谈丛》卷四，丛书集成初编本，北京：中华书局，1985年，74~75页。
⑥ [明]胡震亨：《唐音癸签》，上海：上海古籍出版社，1981年，257页。

首并序》中《客谢井》:"我纵有神力,争敢将公归?扬州恶百姓,疑我卷地皮。"《客请马兰》:"不须刷帚跳踪走,只拟兰浪出其门。""卷地皮""刷帚跳踪走""兰浪"很明显用的乃当时俗语;《感古四首》(其二):"不予衾之眠,信予衾之穿"则直接用俗语为诗句,宋王楙《野客丛书》卷二九"俗语有所目"谓:"今鄙俗语谓'不在被中眠,安知被无边'。而卢仝诗曰:'不予衾之眠,信予衾之穿。'"① 卢仝反用"不在被中眠,安知被无边"之意,更加深化了对世事愤激的情绪:别说没有被子可以安眠,就是有也会把它捅破。言外之意是不能对世事沉浸太深,要看开、超脱一些,否则便只能像箕子、比干、孔子、屈原一样,落得个"镜明不自照,膏润徒自煎。抱剑长太息,泪堕秋风前"的人生悲剧而已。

  诗评者多指出卢仝诗用语之俗,如宋刘克庄《后村先生大全集》新集卷二谓《寄男抱孙》:"此篇用尽俗字,而不害其为奇崛,何尝似近世诗人学炼字哉!"② 明朱承爵《存馀堂诗话》:"诗家评卢仝诗,造语险怪百出,几不可解。余尝读其《示男抱孙》诗,中有常语,如'任汝恼弟妹,任汝恼姨舅。姨舅非吾亲,弟妹多老丑。'殊类古乐府语。"③ 清贺裳《载酒园诗话》卷一:"古有以平而传者,如'睫在眼前人不见'之类是也;以俚而传者,如'一百饶一下,打汝九十九'之类是也。"④

  卢仝诗具备了上述种种俗的表现,所以他才被胡震亨目以"乡老"。"俗"的实质是"同",即与流行于当下,为大多数人所习惯的日常生活的细节不乏某种渊源。于是"俗"通常难以被"雅"化的诗人所接受,如"刘禹锡题九日诗,欲用'糕'字,乃谓六经无糕字,遂不敢用。后人作诗嘲之,盖以其诗胆小也。六经原无'碗'字,而玉川子《茶歌》连用七个碗字,遂为名言,是其诗胆大也。"⑤ 卢仝不以"碗"俗而不用,却因"碗"

---

  ① 见《宋诗话全编九·王楙诗话》,7496 页。
  ② 见《宋诗话全编九·刘克庄诗话》,8501 页。
  ③ 见《全明诗话》,第 2 册,1216 页。
  ④ 见《清诗话续编》,上册,269 页。
  ⑤ [明]周敬、周珽辑,陈继儒等评点:《唐诗选脉会通评林》,见陈伯海编《唐诗汇评》,中册,1933 页。

之俗成就了一篇传世之奇作。所以，我们说卢仝能够援"同"入"异"，以"异"化"同"，做到"同""异"的异质同构，正是其融和险怪和通俗而成的独特风格之所在，也正是其诗虽怪却具亲和力的重要因素。

三、关于变趣

"变"作为卢仝诗的一种审美趣味，是指其诗作本身虽以"怪"著称却并非一味如此，而是时时在"变""怪"生"新"。这种"变"，体现在艺术的表现方法上，主要有以下几种：

1. 语气口吻多所变化

我们读卢仝的诗作，发现时不时会有与整首诗不相协调的语气口吻出现，而这变化的语气却正是为整体的感情基调服务的。如《哭玉碑子》一诗，写诗人于山上拾得一段残玉碑，因"玉碑"残缺被弃，感伤其具"坚贞姿"却"葱脆不坚固"。进而联想到人事之易变，禁不住怅叹："矧曰人间人，安能保常度？"所以整首诗的感情基调是悲情的。而与这一严肃主题展开相伴随的，却是一头有些滑稽的驴子："颇奈穷相驴，行动如跛鳖。十里五里行，百蹶复千蹶。"寥寥数语，勾勒出了"驴子"之"穷相"，使其具有漫画般黑色幽默的意味。诗人以"驴"之笨拙而长生反衬"玉碑"虽美却"中路折"的悲感，抑或表达"驴"虽病跛而诗人不弃，仍能有用于人；而"玉碑"虽美，却只能摆放于篆堂，因折断而被弃。丑而身全之"驴子"与美却形残之"玉碑"，在审美体验上无疑会形成巨大的反差，这反差正是最能表达诗人自我的最有意味的形式。

再如《扬州送伯龄过江》，主题是表达"努力事干谒，我心终不平"的怨怼和愤懑。这种情感是借对伯龄隐而不终的严肃思考中表达出来的："伯龄不厌山，山不养伯龄。松颠有樵堕，石上无禾生。不忍六尺躯，遂作东南行。"在这样严肃的语气中，诗人却忽然用了一句俗语评价伯龄："不喞溜钝汉"。这种语气的变化强化了诗人对伯龄求仕的悲观预测，一来被干谒者尽是尸位素餐、不务具事而唯知高谈阔论者，像伯龄这样的"钝汉"，怎么可能使姓名上达呢？二来以"不喞溜钝汉"来强化伯龄乃山居野人，终日与松石为伍,面目村俗,去干谒终日"尽食肉"且"壮气吞八纮"之"诸侯",结果能如何?自然是一如古人:"夷齐饿死日,武王称圣明。节义士枉死,何异鸿毛轻。"因"石上无禾生",致使伯龄不能被山所养而事干谒,但前途黯淡,看来只能再返山林饿死。诗中变换的语气,暗示着"饿"而"钝"、满口说着山野俗言的伯龄,干谒之路不会太平。正是"不唧溜钝汉"这语气俏皮的俗语,更反衬出整首诗悲愤的感情基调。

2. 语言风格多所变化

卢仝诗,往往在一首诗中运用不同风格的句子,造成一种变动不常的审美效果。如《与马异结交诗》:"昨日仝不仝,异自异,是谓大仝而小异;今日仝自仝,异不异,是谓仝不往兮异不至。"此句之怪,在当时就引起了轰动,韩愈在《寄卢仝》诗中称:"往年弄笔嘲同异,怪词惊众谤未已。"在这样的怪句后,会马上变换一种风格,以古代著名美人来喻马异:"买得西施南威一双婢,此婢娇娆恼杀人。凝脂为肤翡翠裙,唯解画眉朱点唇。自从获得君,敲金拟玉凌浮云。却反顾,一双婢子何足云。"以绝色佳人易得与马异难求作比,写"西施南威"之语,词采艳丽,铺红叠翠,完全是一种雅化的语言风格。而诗最后,则直接以口语发问:"是不是,寄一字",则又是一种俗化的语言风格。再如《走笔谢孟谏议寄新茶》,更是雅、俗、怪等语混用,"变"趣横生。如开头写军将奉孟简之命送茶,用了非常通俗的句子:"日高丈五睡正浓,军将打门惊周公。口云谏议送书信,白绢斜封三道印。"而接下来写茶之笔,则十分文雅:"天子须尝阳羡茶,百草不敢先开花。仁风暗结珠琲瓃,先春抽出黄金芽。摘鲜焙芳旋封裹,至精至好且不奢。至尊之余合王公,何事便到山人家。柴门反关无俗客,纱帽笼头自煎吃。碧云引风吹不断,白花浮光凝碗面。"到了诗最后,写到喝茶的感受,则是用了出人意料的奇句来铺陈想象,连用七个"碗"字来铺叙喝茶之效果。除了卢仝,世上再无人敢为此奇笔。清黄子云《野鸿诗的》竟谓"七碗吃不得也"[1]句,有"令人流汗发呕"的超乎寻常的艺术效果。

---

[1] 见《清诗话》,865页。

3. 诗歌风格多所变化

卢仝诗，给人印象最深的是"怪"。以"怪"名家，却并不等于"怪"是其诗歌风格的全部。卢仝现存的一百多首诗歌当中，风格多样，有雄浑如《月蚀诗》者；有冲淡如《喜逢郑三游山》者；有清奇如《将归山招冰僧》者；有自然如《出山作》者；有疏野如《村醉》者；有豪放如《扬子津》者；有飘逸如《秋梦行》者；有绮丽如《小妇吟》者；等等。宋陈振孙《直斋书录解题》谓卢仝诗："其诗古怪，而《女儿曲》《小妇吟》《有所思》诸篇，辄妖媚艳冶。"刘克庄《后村先生大全集》新集卷二总结卢仝诗风："玉川诗有古朴而奇怪者，有质俚而高深者，有僻涩而条畅者。"① 明朱承爵亦谓卢仝诗多变："诗家评卢仝诗，造语险怪百出，几不可解。余尝读其《示男抱孙》诗，中有常语，如'任汝恼弟妹，任汝恼姨舅。姨舅非吾亲，弟妹多老丑'，殊类古乐府语。至如《直钩吟》云：'文王已没不复生，直钩之道何由行？'亦自平直，殊不为怪。至如《喜逢郑三》云：'他日期君何处好，寒流石上一株松。'亦自恬淡，殊不为险。"② 三家之评，都道出了卢仝诗风多变，即以"怪"为主而能时时变化的特征。

卢仝诗以"怪"名世，但富于变化，避免了单调呆板的缺点。这正是其诗歌独具魅力的一个重要原因，胡应麟曾经指出"变"对于杜甫之重要："杜诗正而能变，变而能化，化而不失本调，不失本调而兼得重调，故绝不可及。"③ 杜甫诗风因多"变"而达到了"绝不可及"的境界，卢仝诗则因善"变"而树立了"特立群品之外"（宋韩盈序）的审美情趣。

---

① 见《宋诗话全编九·刘克庄诗话》，8502 页。
② ［明］朱承爵：《存馀堂诗话》，见《全明诗话》，第 2 册，1216 页。
③ 《诗薮》"内编卷四"，73 页。

第四章

卢仝诗歌对后世的影响

第一节 "更下功夫继玉川"①
——卢仝诗歌在宋代的影响

卢仝诗歌在宋代影响非常大,主要体现在三个方面:歌行体《月蚀诗》对宋人的影响;《走笔谢孟谏议寄新茶》对宋人的影响;诗歌艺术风格对宋人的影响。

一、《月蚀诗》对宋人的影响

歌行体《月蚀诗》是卢仝最具代表性的一篇奇作,无论是其思想内容还是艺术风格,都对宋人产生了深刻的影响,具体表现在对此诗多评价、多拟作、社会效应强大三个方面。

在宋人的评价中,比较多地谈到了《月蚀诗》的艺术风格。如王正德《余师录》卷二:"退之《效玉川子月蚀诗》,乃删卢仝冗语耳,非效玉川也。韩虽法度森严,便无卢仝豪放之气。"② 王观国《学林新编》卷八指出:

---

① [宋]楼钥:《攻媿集》卷一〇《又谢申之示诗卷》:不见贤甥十一年,新诗示我百余篇。古风已喜能行意,近体尤欣细属联。宅相真成珠在侧,冷官休叹坐无毡。作诗勿谓今余事,更下功夫继玉川。见《宋诗话全编六·楼鑰诗话》,6304页。
② 见《宋诗话全编六·王正德诗话》,6164页。

"玉川子诗虽豪放,然太险怪,而不循诗家法度。"① 叶佚名《爱日斋丛钞》卷二对《月蚀诗》的评价是:"但讶其怪放而已。"② 这些评价,都指出了《月蚀诗》"怪"且"豪放"的特点。宋人对《月蚀诗》如此关注,是因为该诗体现的关心时政之内涵和卢仝"狂直"的崇高人格精神,与宋人的文化品格得到了高度的契合。张海鸥先生在《宋代文化与文学研究》一书中把宋代文人的淑世情怀概括为"狂者进取",具体表现在三个层面:一是进取的狂想和读书的狂热;二是狂热的淑世理想与狂直的进谏风尚;三是文化的自信和疑古、立言的狂傲。③ 这三个层面对于卢仝亦同样适用,在韩愈的《寄卢仝》一诗中体现得非常明显。所以吕祖谦《诗律武库》卷十三评《月蚀诗》曰:"卢仝自号玉川子,作《月蚀诗》。其略云:'传闻古老说,蚀月虾蟆精。径圆千里入汝腹,汝此痴骇阿谁生。'又云:'地上虮虱臣仝,告诉帝天皇,臣有一寸铁,剉妖蟆痴肠。'故坡诗云:'玉川狂直古遗民,救月裁诗语最真。千里妖蟆一寸铁,地上空愁虮虱臣。'仝又云:'呜呼!人养虎,被虎啮;天媚蟆,被蟆瞎。'又云:'众星尽原赦,一蟆被诛桀。腹肚忽脱落,依旧挂琼璧。光彩未苏来,惨澹一片白。奈何万里光,受此吞吐厄。'而坡送人罢官云:'君言失意能几时,月啖虾蟆行复皎。'借此意也。"④ 苏轼的评价和拟作,突出了卢仝在《月蚀诗》中所体现的"狂直"精神,这正是苏轼的文化品格和人格意识所在。据张海鸥先生统计,全部苏词中,"狂字14见,自况10次"⑤,苏轼的直道行事,使其夹在新旧党争的夹缝中备受打击折磨,62岁时被贬琼州别驾,陪他渡海到海南岛居住的小儿子苏过在《次大人生日》诗中说:"直言便触天子嗔,万里远谪南海滨。"⑥ 所以说宋人高度

---

① 见《宋诗话全编三·王观国话》,2550 页。
② 见丛书集成初编 0325 册,北京:中华书局,1985 年,134 页。
③ 参见张海鸥:《宋代文化与文学研究·文化篇》,北京:中国社会科学出版社,2002 年。
④ 见《宋诗话全编六·吕祖谦诗话》,6426 页。
⑤ 参见张海鸥:《宋代文化与文学研究》,北京:中国社会科学出版社,2002 年,63 页。
⑥ 北京大学古文献研究所:《全宋诗》,北京:北京大学出版社,1998 年,第 23 册,15471 页。

评价《月蚀诗》是基于对卢仝人格精神的认同。在此基础上对《月蚀诗》的拟作颇多，最著名的代表作是梅尧臣的《日蚀》诗和欧阳修的《鬼车》诗。梅尧臣的《日蚀》诗云：

> 赫赫初生咸池中，浴光洗迹生天东，不觉有物来晦昧，团团一片如顽铜。前时虾蟆食尔妃，天下戢戢无有忠，责骂四方谁胆大，仰头愤愤唯卢仝。欲持寸刃去其害，气力虽有天难通。是时了无毫芒益，徒有文字辩且雄。仝死于今百余载，日月几度遭遮蒙，有人见之如不见，谁肯开口咨天公。老鸦居处已自稳，三足鼎峙何乖慵，而今有嘴不能噪，而今有爪不能攻，任看怪物瞖天眼，方且省事保尔躬。日月与物固无恶，应由此鸟招祸凶，吾意仿佛料此鸟，定亦闪避离日宫，安逢后羿不乖暴，直与审悫恋强弓。射此贾怨鸟，以谢毒恶虫，二曜各安次，灾害无由逢。南不尤赤鸟，东不诮苍龙，北龟勿吐气，西虎勿啸风，五行不汨陈，禹舜生重瞳，我今作此诗，可与仝比功。①

这首诗的结尾，明确提出"我今作此诗，可与仝比功"，故知梅尧臣是欲以此诗与卢仝《月蚀诗》相媲美。"前时虾蟆食尔妃，天下戢戢无有忠，责骂四方谁胆大，仰头愤愤唯卢仝。"点出了此首诗精神有所秉承：梅尧臣面对日被蚀之场景，想到了卢仝的《月蚀诗》。卢仝曾经在"天妃"——月被"虾蟆"吞噬时，对天之四方爪牙无所作为进行义正词严的责问。而现在"仝死于今百余载，日月几度遭遮蒙，有人见之如不见，谁肯开口咨天公"。月贵为天妃，被蚀时尚有卢仝一发愤怒之呼声，而今日被蚀，世人竟然熟视无睹，没有谁会想到要为之去责问天公！朱东润先生为此诗作补注曰："《宋史·天文志》：'庆历五年四月丁亥朔，日有食之，云阴不见。'尧臣此诗，由此而起。诗中所言，谲怪不可尽解。'前时虾蟆食尔妃'句，影射郭皇后事。明道二年（1033），仁宗废郭皇后。御史中丞孔道辅、右司谏范仲淹奏

---

① 朱东润校注：《梅尧臣集编年校注》卷十五，上海：上海古籍出版社，1980年，中册，305页。

皇后不可废，同平章事吕夷简曰：'废后自有故事。'道辅及仲淹曰：'人臣当导君以尧舜、岂得引汉唐失德为法。公不过引汉光武劝上耳，此乃光武失德，何足法也。''虾蟆'当指夷简。庆历五年正月，范仲淹自参知政事出为陕西河东宣抚使、知邠州。诗言'而今有嘴不能噪，而今有爪不能攻'，殆指此事。"① 这种借天象之变来影射时政的精神，是梅尧臣《日蚀》诗模拟卢仝《月蚀诗》的一个重要体现。

梅尧臣《日蚀》诗在艺术构思上，模拟卢仝《月蚀诗》处也表现得非常明显：开始先描写日初出时的光明，以引起诗人对日被蚀的愤怒，从而生发想象，如"老鸦居处已自稳，三足鼎峙何乖慵，而今有嘴不能噪，而今有爪不能攻，任看怪物翳天眼，方且省事保尔躬。"希望后羿、审悉能"射此贾怨鸟，以谢毒恶虫"。从而使日月再不被蚀，出现"南不尤赤鸟，东不诮苍龙，北龟勿吐气，西虎勿啸风，五行不汩陈，禹舜生重瞳"的理想局面。这和卢仝《月蚀诗》的结构方式有相似之处：先写月初出时光洁无比，随即写月被蚀而引起卢仝对想象中众多天象之责问，最后归结到美好的愿望："一主刑，二主德，政乃举"。虽然梅尧臣诗在中间篇幅的想象，不能与卢仝的纵横驰骋相比，但在诗歌的总体风貌上，颇得《月蚀诗》之精髓。

我们再看欧阳修的《鬼车》诗：

> 嘉祐六年秋，九月二十有八日。天愁无光月不出。浮云蔽天众星没，举手向空如抹漆。天昏地暗有一物，不见其形，但闻其声。其初切切凄凄，或高或低。乍似玉女调玉笙，众管参差而不齐。既而咿咿呦呦，若轧若抽。又如百辆江州车，回轮轮轴声哑呕。鸣机夜织锦江上，群雁惊起芦花洲。吾谓此何声？初莫穷端由。老婢扑灯呼儿曹，云此怪鸟无匹俦。其名为鬼车，夜载百鬼凌空游。其声虽小身甚大，翅如车轮排十头。凡鸟有一口，其鸣已啾啾。此鸟十头有十口，口插一舌连一喉。一口出一声，千声百响更相酬。昔时周公居东周，厌闻此鸟憎若仇。夜呼庭氏率其属，弯弧俾逐出九

---

① 《梅尧臣集编年校注》卷十五，中册，306页。

州。射之三发不能中,天谴天狗从空投。自从狗啮一头落,断颈至今青血流。尔来相距三千秋,昼藏夜出如鹧鹋。每逢阴黑天外过,乍见火光辄惊堕。有时余血下点污,所遭之家家必破。我闻此语惊且疑,反祝疾飞无我过。我思天地何茫茫,百物巨细理莫详。吉凶在人不在物,一蛇两头反为祥。却呼老婢炷灯火,卷帘开户清华堂。须臾云散众星出,夜静皎月流清光。①

《鬼车》诗,借鉴《月蚀诗》处有四点:一是在结构的安排上。开头标明事情发生的具体时间,然后渲染"鬼车"出现前的怪异,借老婢之言道出传说中"鬼车"的诡怪恐怖,结尾是怪现象随着怪鸟的离去而一切恢复正常,在"须臾云散众星出,夜静皎月流清光"中收束全篇。二是在题材的选取上。作者以传说中恶名昭著的怪鸟——"鬼车"为题,无疑具有惊人视听的艺术效果。三是借怪异之题材来比附人事。因为传说"鬼车"的出现,能够降灾人世:"有时余血下点污,所遭之家家必破",作者却认为"吉凶在人不在物",这便把作者创作此诗的主旨彰显出来。四是化用《月蚀诗》之句。如"举手向空如抹漆,天昏地暗有一物",乃化用"其初犹朦胧,既久如抹漆";"却呼老婢炷灯火"乃化用"奴婢炷暗灯"等。

欧阳修曾和苏舜钦、石延年、梅尧臣等一道致力于宋初的诗文革新,苏舜钦诗文俱佳,石延年和梅尧臣则在诗上擅长。欧阳修曾想追踪韩愈,而把苏比张籍,石比卢仝,梅比孟郊。石延年,字曼卿。他的诗,在当时主要以豪迈诙诡著称,欧阳修《哭曼卿》云:"作诗几百篇,锦组联琼琚;时时出险语,意外研精粗。穷奇复云烟,搜怪蟠蛟鱼。"② 可见其诗歌追险求怪的特点。梅尧臣很认同欧阳修之比,他在《依韵和永叔澄心堂纸答刘原甫》诗中说:"退之昔负天下才,扫掩众说犹除埃。张籍卢仝斗新怪,最称东野为奇瑰……欧阳今与韩相似,海水浩浩山嵬嵬,石君、苏君比卢籍,以我待郊嗟困摧。"③ 欧阳修和梅尧臣等的诗歌创作对宋初诗风的革新起着主导作用,

---

① 欧阳修:《欧阳修全集》卷九,北京:中华书局,2001年,第1册,137~138页。
② 《欧阳修全集》卷一,第1册,7页。
③ 《梅尧臣集编年校注》卷二十五,中册,800~801页。

虽然石延年去世很早影响了他的诗歌成就,但从欧阳修对他的推崇看,他的诗歌创作曾经有力地支持配合了欧阳修等领导下的诗文革新运动,从中也正显示出卢仝在宋初的影响。

《月蚀诗》在宋代产生了强大的社会效应,有人竟以此诗为入仕的敲门砖,《王直方诗话》记载:"蔡天启初见荆公,荆公间偶言及卢仝《月蚀诗》人难有诵得者。天启诵之终篇,遂为荆公所知。"① 蔡天启因诵得《月蚀诗》而获知于王安石,这对其前途自是不无益处。陈善《扪虱新话》上卷也有类似之事:"世传蔡相当国日,有二人求堂除,适有一美阙,二人竞欲得之,乃皆有荐援也。蔡莫适所与,即谓曰:'能诵得卢仝《月蚀诗》乎?'内有一耆年者应声朗念,如注瓶水,音吐鸿畅,一坐尽倾。蔡喜,遂与美除。"② 虽然此为传言,未必确有其事,但也反映出了一个社会现象,即《月蚀诗》在宋代非常受重视,有时竟可以影响到一个人的前途。

《月蚀诗》能在宋代产生如此广泛的影响,是和它深刻的思想性、独特的艺术性密不可分的。经宋人的不断拟作、评价后,更加强化了《月蚀诗》怪异豪放的艺术效果而深深地影响着后世。

二、《走笔谢孟谏议寄新茶》对宋人的影响

卢仝的《走笔谢孟谏议寄新茶》,是中国古代咏茶诗史上最典范的作品,前无古人,后无来者。仅此诗,便足以成就其"孤篇横绝,竟为大家"的文学地位;仅此诗,便足以奠定其在茶界影响广远的文化地位。宋人接受卢仝"咏茶诗"的影响,主要体现在两个方面:一方面体现在接受其关心民生疾苦的精神影响上;另一方面体现在对品茶效果的认同上。

卢仝的咏茶诗,写孟简派人馈送一包茶叶,诗人自煎自饮。在一碗一碗饮茶渐至佳境时,突然换转话头,想到千万亿的茶民,为采得"至精至好"的茶叶,攀险履危,顶风冒雨,以命来换取"至尊之余合王公"的茶叶时,

---

① 见《宋诗话全编二·王直方诗话》,1189页。
② 见《宋诗话全编六·陈善诗话》,5558页。

禁不住为之向官方请求能得苏息。这种体念苍生的精神，在苏轼的诗中也得到了很好的表现，如他晚年所作的《荔支叹》：

> 十里一置飞尘灰，五里一堠兵火催。颠坑仆谷相枕籍，知是荔支龙眼来。飞车跨山鹘横海，风枝露叶如新来。宫中美人一破颜，惊尘溅血流千载。永元荔支来交州，天宝岁贡取之涪。至今欲食林甫肉，无人举觞酹伯游。我愿天公怜赤子，莫生尤物为疮痏。雨顺风调百谷登，民不饥寒为上瑞。君不见武夷溪边粟粒芽，前丁后蔡相笼加。争新买宠各出意，今年斗品充官茶。吾君所乏岂此物？致养口体何陋耶？洛阳相君忠孝家，可怜亦进姚黄花。①

咏茶歌后有佚名者批曰："归结到茶户供御之苦，东坡《荔支诗》略同。"② 因为苏轼在诗中，从唐代的进贡荔枝写到宋代的贡茶献花，对官吏的不惜劳民伤众来媚上取宠予以尖锐的讥刺，诗的中心是关心民瘼，苏轼甚至呼吁上苍"我愿天公怜赤子，莫生尤物为疮痏。雨顺风调百谷登，民不饥寒为上瑞。"这种精神正是卢仝因茶饮虑及苍生受苦的仁爱之心的异代同响。

《走笔谢孟谏议寄新茶》中体现了卢仝能以一介草野布衣，虑念天下苍生的博大胸襟。这让宋人赞叹不已，刘才邵《次韵刘克强寄刘斋庄见寄》诗对此极表推崇之情："昔年玉川子，茅屋无藩篱，搜肠五千卷，不救寒与饥。弄笔颇惊众，取谤祗自疵。闭门烹月团，笼头帽斜敧。险语已绝俗，忧世良可师。公诗足高韵，千载若同时。思得素涛瓯，一洗中肠悲。飘然游八极，追逐娥与羲。封题幸早寄，伫看清风随。蓬莱见群仙，为诵玉川诗。"③ 刘才邵诗指出，卢仝五千卷的著作，不能够救世人的饥寒；卢仝的逞险斗怪之诗，也只能给自己取谤而已；而千载以来让人追思不已的，是其在"茅屋无藩篱"的情况下，能够"忧世"。正是这种心怀苍生不论己身穷通的崇高品格，深深打动了刘才邵："思得素涛瓯，一洗中肠悲。飘然游八极，追逐娥与羲。"在随清风升至仙界时，竟要"蓬莱见群仙，为诵玉川诗"，他也要效

---

① 见《苏轼诗集合注》卷三九，2028~2030 页。
② 《卢仝诗》一卷本，清康熙间刻本，佚名批校。
③ 见《宋诗话全编三·刘才邵诗话》，2971 页。

卢仝为天下苍生请命了。

卢仝茶歌对宋人的影响，还表现在对饮茶效果的体悟上，这是和宋代特定的文化环境密切相关的。宋代文人、宋代诗歌大都避俗求雅，表现之一是宋代诗歌在诗歌创作中多写自己雅致的生活，如闲居野处、迎来送往、参禅悟道、酬唱赠答、饮酒品茶、题画题墨、评诗论文等，如黄庭坚有150余首涉及佛道内容的诗，有近百首涉及题画题墨内容的诗，有140多首涉及茶、酒等内容的诗。① 卢仝茶诗形象生动地把饮茶至不同层次的感觉细致地传达了出来，从一碗至七碗的渐次递增中，诗人饮茶的品位也在渐渐升华，茶也从单纯供给身体上需要的普通饮品，逐层过渡到了满足精神需要的"神品"。于是，诗人从最初的饮茶过渡到了品茶，直至最后诗人如庄生迷蝶般渐渐融进茶带来的茶我两忘的精神升华中。这种飘飘欲仙的境界，成了宋人手摹心追的风雅之举。故在宋代的咏茶篇什中提及最多的，便是"两腋习习清风生"，如：

苏轼《行香子·茶词》："斗赢一水，功敌千钟。觉凉生、两腋清风。"②

黄庭坚《满庭芳·茶》："饮罢风生两腋，醒魂到，明月轮边。"③

王庭圭《好事近·茶》："今夜酒醒归去，觉风生两腋。"④

史浩《画堂春·茶词》："欲到醉乡深处，应须仗，两腋香风。"⑤

王之望《满庭芳·赐茶》："一碗分云饮露，尘凡尽、牛斗何赊。归途稳，清飙两腋，不用泛灵槎。"⑥

---

① 参见《宋代文化与文学研究·盛宋诗的雅化倾向》，81~85页。
② [唐]圭璋编撰、王仲闻参订、孔凡礼补辑：《全宋词》，北京：中华书局，1999年，第1册，390页。
③ 《全宋词》，第1册，518页。
④ 《全宋词》，第2册，1066页。
⑤ 《全宋词》，第2册，1663页。
⑥ 《全宋词》，第2册，1734页。

刘过《临江仙·茶词》："饮罢清风生两腋，余香齿颊犹存。"①

葛长庚《水调歌头·咏茶》："汲新泉，烹活水，试将来。放下兔毫瓯子，滋味舌头回。唤醒青州从事战退睡魔百万，梦不到阳台。两腋清风起，我欲上蓬莱。"②

程垓《临江仙·茶词》："一瓯看取，招回酒兴，爽彻诗魂。歌罢清风两腋，归来明月千门。"③

在宋人对此不断地题咏中，卢仝和他的茶歌渐渐雅化，成了文人风雅的典范，不仅被反复题咏，还被图画。宋周煇《清波杂志》卷八记其先人周德绍"自幼从竹林游，德性敏而静，中年后文笔加进。尝题《玉川子碾茶图》绝句云：'独抱遗经舌本乾，笑呼赤脚碾龙团。但知两腋清风起，未识捧瓯春笋寒。'颇有唐人风致。"④故知卢仝饮茶歌在宋代即有《碾茶图》流传。宋楼钥《攻媿集》卷七〇《跋扬州伯父赋归六逸图——渊明联句、山谷西轩、真长望月、太白把酒、玉川啜茶、东坡题咏》记其扬州伯父所画六逸图，其一便是"玉川啜茶"，着眼点便是其不"可与俗人言"之"得意忘象"的雅情逸气。⑤

对卢仝茶歌之雅韵的欣赏，宋人可谓到了登峰造极的境地。他们甚至因此改变了卢仝"人间一癖王"的面目，而视之为高雅超俗的化身，如苏轼所作《次韵曹辅寄壑源试焙新茶》："仙人灵草湿行云，洗遍香肌粉末匀。明月来投玉川子，清风吹破武林春。要知冰雪心肠好，不是膏油首面新。戏作小诗君勿笑，从来佳茗似佳人。"⑥这只是苏轼戏把茶比作佳人，而此佳人却是在月光的清辉中，来投玉川子的，这显然是把卢仝与佳人相连而秀雅化了。于是，茶与卢仝一起，有时会随佳人逸士，或红袖添香，或清芬助兴，开始以精致雅洁的形式来传达一种高情逸趣，成了雅化的茶文化象征。这便

---

① 《全宋词》，第3册，2771页。
② 《全宋词》，第4册，3278页。
③ 《全宋词》，第3册，2577页。
④ 见《宋诗话全编六·周煇诗话》，5895页。
⑤ 见《宋诗话全编六·楼钥诗话》，6334页。
⑥ 《苏轼诗集合注》卷三二，中册，1617页。

是卢仝茶歌在宋代产生的最大影响。

三、诗歌艺术风格对宋人的影响

宋人诗论往往指称卢仝诗风之怪，并认为此种诗风是卢仝得与各家并行世的主要原因，如刘克庄《后村诗话》续集卷二："卢仝、刘叉以怪名家。"① 卢仝诗风中"怪"的一面，在宋代很受青睐，因而多有人拟其风格为诗者，如徐积《李太白杂言》中形容李白不同凡响曰：

> 自开辟以来，不知几千万余年，至于开元间，忽生李诗仙。是时五星中，一星不在天。不知何物为形容，何物为心胸，何物为五脏，何物为喉咙。开口舌动生风云，当时大醉骑游龙，开口向天吐玉虹。玉虹不死蟠胸中，然后吐出光焰万丈凌虚空。盖自有诗人以来我未尝见。②

这段颇似卢仝《与马异结交诗》中说马异之奇：

> 神农画八卦，凿破天心胸。女娲本是伏羲妇，恐天怒，捣炼五色石。引日月之针，五星之缕把天补。补了三日不肯归婿家，走向日中放老鸦。月里栽桂养虾蟆，天公发怒化龙蛇。此龙此蛇得死病，神农合药救死命。天怪神农党龙蛇，罚神农为牛头，令载元气车。不知药中有毒药，药杀元气天不觉，尔来天地不神圣，日月之光无正定。不知元气原不死，忽闻空中唤马异。

徐积把李白比为五星之一降生人间，卢仝把马异誉为天之祥瑞托生下世，且都写得神幻怪诞，可以看出卢仝对徐积诗的影响非常明显。《苕溪渔隐丛话》前集卷五二引苏轼之语，评论徐积曰："徐积，字仲车，古之独行也，于陵仲子不能过；然其诗文则怪而放，如玉川子，此一反也。"③ 此评可谓一语中的。

受卢仝影响显著者，另有王令，"才思奇异，所为诗，磅礴奥衍，大率

---

① 见《宋诗话全编九·刘克庄诗话》，8427 页。
② 见《宋诗话全编一·徐积诗话》，480 页。
③ 见《宋诗话全编四·胡仔诗话》，3871 页。

以韩愈为宗，出入于卢仝、李贺、孟郊之间。"① 其诗有模仿卢仝《萧宅二三子赠答诗二十首并序》者，即《答问诗十二篇寄呈满子权》，其序曰："令既爱卢仝萧宅二三子之诗，而犹恨其发之轻也。然忘其效而更重之，则得矣！逮子权之起予，予实慕之，辄为十二篇，其题亦不易，子权所谓'东墅诸子答问'者，予独广之尔。其《水车》之篇，独异于子权，然特其文则然。吾知子权与吾与他知诗者，谓为不异也。"其《答问诗十二篇寄呈满子权》诗为：

《镈问耒》："金坚虽不磨，木曲亦已揉。幸蒙主人用，反要主随走。适从慵耕儿，虽功不见取。良田常无收，何塞不耕咎！"

《耒答镈》："我用常在金，任金适由木；苟得金为用，何惜木微曲！幸得主人随，不恤汗行犊。必求随主人，我用诚不足！"

"我用于主人，良田无虚种；主人不我以，我适为无用。不知主人饥，岁卒安自奉？由来我求人，孰与求我重？"

《耒答镈》："我必为人用，不必用于天。若也责不耕，君真问诸田！"

《耒问镈》："一畦失之荒，尔力亦可耦。天下方漫芜，尔功亦何有？"

《镈答耒》："天下方漫芜，顾我适有庸。使其已除修，我将何以功？我岂大无效，自是用我慵。"

《耒问斧》："子斧谁尔为，黑白大分别。朝伐一樗死，暮伐千樗蘖。尔终不自谋，几日不缺折？"

《斧答耒》："大樗吾犹伐，小樗何畏蘖？吾缺犹俟磨，尔折将奈何！"

《水车问龙》："来何必召云？去何必飞天？我名不为龙，何能雨尔田？"

《龙答水车》："神龙谢子车，子能未足多。上润虽已然，下竭

---

① 见《宋诗话全编一·王令诗话》前所附于凤树作"王令小传"，505页。

将奈何?"

《水车谢龙》:"水车谢神龙,下竭固无奈。旱则我为用,尔龙尚何谓?"

《龙谢水车》:"神龙谢水车,吾语尔来前;尔虽用于人,亦我用于天;在物固不同,于用岂殊然?水下高田乾,尔能俯水取?假人不用尔,尔受田责否?吾虽身为龙,动亦天所主。天犹不有命,我安事为雨?"①

王令有意模仿卢仝,在诗中运用拟人手法,让"镈""耒""斧""水车"等农具自我陈述功劳,都能切合各种农具特点。尤其更富趣味的,是它们之间互不服气的斗嘴,颇具生活化的俗趣。它可以看作是卢仝《萧宅二三子赠答诗二十首并序》的姊妹篇。

秦观也对卢仝颇感兴趣,他的《秋兴九首》皆拟唐人,所拟者为韩愈、李贺、杜牧、白居易、李白、杜甫、卢仝、孟郊、韦应物。其《拟玉川子》诗为:"南州有病客,起卧北窗下。玉兔衔光照清夜。故人别我京洛游,不寄一行三改秋。秋色变冷客裘薄,渐觉衣袂寒飕飕。作诗欲寄君,未语先有愁。不如呼童起,危坐北窗下,一杯宽我千日忧。眼前俗事何扰扰,此夕尽向杯中休,何必怀黄金兮爵通侯。"② 秦观此诗,分别化用卢仝诗《月蚀诗》《客淮南病》《与马异结交诗》《遣闷》《走笔谢孟谏议寄新茶》等或句或意入诗,而全诗自有浑成气象,可见秦观学卢仝诗用功颇深。另外刘克庄《跋歙郡赵君戮歌行》指出有位赵某,学卢仝诗风的"苦硬老辣":"中有苦硬老辣者,乃似卢仝、刘叉。"③

宋人能够比较全面地分析卢仝的诗风,《后村诗话新集》卷二曰:"玉川诗有古朴而奇怪者,有质俚而高深者;有僻涩而条畅者",便指出了卢仝诗

---

① 沈文倬校点:《王令集》卷五,上海:上海古籍出版社,1980年,65~68页。
② 徐培均笺注:《淮海集笺注》卷四,上海:上海古籍出版社,1994年,上册,1453页。
③ [宋]刘克庄:《后村先生大全集》卷九九,《赵戮诗卷》:歙郡赵君寄余诗五卷,五、七言亦宗晚唐,然稍超脱,不为句律所缚;歌行中悲愤慷慨苦硬老辣者乃似卢仝、刘叉。见《宋诗话全编九·刘克庄诗话》,8599页。

在"怪"的主打风格之外，尚有另类面目。刘才邵对卢仝诗风的多样性也有所评价，他在《次韵王民瞻赠觉梵二首》云："腹稿欲成聊假卧，寒松疏磬仍相左。不容开府占清新，云里江梅萼初破。奇芬还似暗香浮，全胜光风泛阑些。玉川昔访长寿寺，石壁留题如此作。珊瑚炫转光夺目，含羲一读忘饥饿。便堪高涉诗将坛，纷纷谁可克参佐。韦庄岂免赠巾帼，格嫩更遭脂粉涴。"① 刘引用洛阳长寿寺僧寒曦之诗高度评价了卢仝诗歌"珊瑚炫转光夺目"的风貌，推崇其"便堪高涉诗将坛，纷纷谁可克参佐"的诗歌艺术魅力，真有点高蹈诗坛，无人追攀的独秀意味了。

正是因为对卢仝诗风的体认，宋人多从卢仝诗歌汲取诗料。吴曾《能改斋漫录》卷六曰："东坡次韵赵明叔饮酒诗云'先生未出禁酒国'，盖用卢仝'何时出得禁酒国'"② 杨万里《诚斋诗话》谓："东坡《煎茶》诗云：'……枯肠未易禁三碗，卧听山城长短更。'又翻却卢仝公案，仝吃到七碗，坡不禁三碗。"③ 苏轼《试院煎茶》："不用撑肠拄肚五千卷，但愿一瓯常及睡足日高时。"④ 二句乃从卢仝《走笔谢孟谏议寄新茶》而来。吕祖谦《诗律武库》卷一三："仝《谢孟谏议寄新茶》诗云：'一碗喉咽润，两碗破孤闷，三碗搜枯肠，唯有文字五千卷。四碗发轻汗，平生不平事，……'故坡诗有：'何须魏帝一丸药，且尽卢仝七碗茶。'"⑤ 葛立方《韵语阳秋》卷二曰："诗家有换骨法，谓用古人意而点化之，使加工也。……卢仝诗云：'草石是亲情'，山谷点化之，则云：'小山作朋友，香草当姬妾。'学诗者不可不知也。"⑥ 曾季貍《艇斋诗话》曰："山谷《嘲小德》诗云'书窗行暮鸦'，盖用卢仝添丁诗云：'忽来案上翻墨汁，涂抹诗书如老鸦。'"⑦ 南宋著名词人辛弃疾的《西江月·遣兴》"醉里且贪欢笑"写自己醉后的痴憨：

---

① 见《宋诗话全编三·刘才邵诗话》，2972页。
② 《能改斋漫录》卷六，上册，156页。
③ 见《宋诗话全编六·杨万里诗话》，5936页。
④ 《苏轼诗集合注》卷八，中册，346页。
⑤ 见《宋诗话全编六·吕祖谦诗话》，6426页。
⑥ 见《宋诗话全编八·葛立方诗话》，8208～8209页。
⑦ 见《宋诗话全编三·曾季貍诗话》，2660页。

"昨夜松边醉倒,问松我醉何如。只疑松动要来扶。以手推松曰去。"① 醉眼观物,物物皆着人情之亲切这种取意,出于卢仝《村醉》诗:"昨夜村饮醉,健倒三四五。摩挲青莓苔,莫嗔惊着汝。"杨万里《寒食对酒》也从这首诗汲取灵感:"先生欲独醒,儿意难多拒。初心且一杯,三杯亦漫许。醒时本强饮,醉后忽快举。一杯至三杯,一二三四五。"② 这里数字的连用,除了《村醉》的影响,还有《走笔谢孟谏议寄新茶》的影子。

综上所述,卢仝诗之所以在宋代影响广泛,是因为他的诗契合了宋人的文化品位:第一是"狂直"的人格精神;第二是强烈的淑世情怀;第三是博大的胸怀襟抱;第四是雅化的审美趋向;第五是卓异的艺术风格。宋人多层次、多方面的继承和评论,对于重新发现、认识卢仝诗歌的重要性无疑非常重要。

第二节 "纵横谁似玉川卢"③
——卢仝诗歌在金元的影响

卢仝诗歌在金代的影响,突出表现在金宣宗贞佑南渡(1214)后。刘祁《归潜志》卷八谓:"明昌、承安间,作诗者尚尖新……南渡后文风一变,文多学奇古,诗多学风雅,由赵闲闲(赵秉文号闲闲老人)、李屏山(李纯甫号屏山居士)倡之。"④ 赵秉文和李纯甫同为金代诗坛领军人物,二人的诗学观点不尽相同,其中争论的焦点便和卢仝有关。

赵秉文在金朝文坛地位挺出,为诗主张"不为尖新艰险之语,而有从容

---

① 《全宋词》,第3册,2509页。
② 北京大学古籍研究所编:《全宋诗》卷二二九〇,北京:北京大学出版社,1991年,第42册,26282页。
③ [金]元好问:《论诗三十首》其十三,见施国祁注、麦朝枢校《元遗山诗集笺注》卷十一,北京:人民文学出版社,1958年,528页。
④ 见《辽金元诗话全编一·刘祁诗话》,520页。

闲雅之态,……盖非务奇之为尚,而其势不得不然之为尚也。"① 为此,他指责李纯甫等作诗务为奇险。青年诗人李经(字天英)献上诗歌和书法作品请其指教,他便写了《答李天英书》阐明自己的观点。他虽然肯定了李经创新的努力,却认为李经之诗"不过长吉、卢仝合而为一,未能以故为新,以俗为雅"。尽管如此,赵秉文也曾有仿效卢仝之作——《仿玉川子沙麓云鸿砚屏为吕唐卿藏》:

> 吾闻春秋纪年二百四十二,不书祥瑞书灾异。不知何年沙麓崩,六鹢退飞失其四。恒星不见夜有光,星陨如雨石在地。孔子讳鲁不讳宋,但记有月食之既。岂知沧形入石中,蟾蜍桂影俱蒙笼。初疑日中有两乌,双飞跳入姮娥宫。鹑火贲贲尾伏辰。状如赤鸟云飞云。女娲炼就五色石,抟沙斫作愚下人。史苏发占又端策,坎为白月艮山石。兑升而云离奋翼,重兑为吕归有德。吕侯宝石到子孙,更遣赵子穷其源。齐赵马牛不相及,如何穷此造化根。世间万事何不有,耳目之外难具论。海中时时发火焰,世界一一持风轮。一微尘内网须弥,有顶天上犹昆仑。并却咽喉与唇吻,别有一句超乾坤。木人抚掌非耳听,石女怀胎亲眼闻。扇子筑著帝释鼻,鲤鱼惊翻东海盆。吾言非夸子夸矣,要与摩诘无言言。②

赵秉文此诗,在取意、遣词、用语等方面,都颇似卢仝《月蚀诗》之怪诞。所以说,尽管他不赞成李纯甫一派的为诗倾向,但他本人对于卢仝诗却是相当熟悉的。在赵秉文现存诗中直接标明拟人之作的,唐代唯有严武、李白、杜甫、郎士元、张志和、韦应物、刘长卿、李贺、卢仝,可见赵秉文对卢仝诗歌之看重,这当与其不偏执一体的诗论有关。③

赵秉文所批评的李纯甫一派,为诗狠重奇险,或以词语为奇,或以想象

---

① 张晶:《从李纯甫的诗学倾向看金代后期诗坛论争的性质》引《竹溪先生文集》,载《文学遗产》,1990年第2期。
② [金]赵秉文:《闲闲老人滏水文集》卷四,四库全书本,上海:上海古籍出版社,1987年。
③ [金]刘祁:《归潜志》卷八:赵闲闲教后进为诗文,则曰:"文章不可执一体,有时奇古,有时平淡,何拘?"见《辽金元诗话全编一·刘祁诗话》,522页。

为奇,或以幽诡为奇,此派以李纯甫为代表,尚有雷渊、李经、高庭玉等人。刘祁《归潜志》卷八谓:"李屏山教后学为文,欲自成一家。每曰:当别转一路,忌随人脚跟。故多喜奇怪。……诗不出卢仝、李贺。"① 元好问《中州集》丁集记李纯甫有子名仝②,可见其对卢仝仰慕之深。李纯甫诗歌,多有风格险怪"不出卢仝、李贺"者,如《怪松谣》:

  阿谁栽汝来几时,轮囷拥肿苍虬姿。鳞皴百怪雄牙髭,挐空夭矫蟠枯枝。疑是秋魔岩中老慵物,旱火烧天鞭不出。睡中失却照海珠。羞入黄泉蜕其骨。石钳沙锢汗且僵,埋头卧角正摧藏。试与摩挲定何似,怒我枨触须髯张,壮士囚缚不得住,神物世间无着处。提防半夜雷破山,尾血淋漓飞却去。③

这首诗,写了一颗"怪松"的形象。诗人将自己的个性情怀寓之于"怪松",此松矫异不群,"鳞皴百怪雄牙髭,挐空夭矫蟠枯枝",百劫千磨后所成就的峥嵘怪相,却不可遏制地展现着怒张飞动的生命力。如此的"怪松"形象,我们会想起卢仝的《与马异结交诗》。卢仝为了突出马异的峥嵘不群和桀骜个性,也以"怪松"为喻:

  青云欲开白日没,天眼不见此奇骨。此骨纵横奇又奇,千岁万岁枯松枝。半折半残压山谷,盘根瘿节成蛟螭。忽雷霹雳卒风暴雨撼不动,欲动不动千变万化总是鳞皴皮。

卢仝笔下的松树形象,代表着马异的个性,即超凡绝俗、豪狂顽硬中蕴含了磊落不平之气和蟠曲雄拗的抗争力。以人的个性来写松,以松的怪异来彰显人,这正是卢仝和李纯甫"怪松"诗的"真味"所在。

李纯甫效仿卢仝为诗,颇引卢仝为同调,如其《灞陵风雪》写了卢仝等穷途诗人的境遇,借此以喻自身:"君不见浣花老人醉归图,熊儿捉辔骥子扶。又不见玉川先生一绝句,健倒莓苔三四五。蹇驴驮着尽诗仙,短策长鞭

---

① 见《辽金元诗话全编一·刘祁诗话》,522 页。
② [金]元好问编:《中州集》丁集第四:"子仝,字稚川。今居镇阳。"北京:中华书局,1959 年,上册,220 页。
③ 《中州集》丁集第四,上册,226 页。

似有缘。正在灞陵风雪里，管是襄阳孟浩然，官家放归殊不恶。蹇驴大胜扬州鹤，莫爱东华门外软红尘，席帽乌靴老却人。"① 此诗借杜甫、卢仝、孟浩然等诗人的乖蹇命运，抒发了自己胸中郁愤难平之气。《真味堂》诗以胸有诗书为真味："胸中已有五千卷，徽外更听三两弦。"② "五千卷"化用卢仝《走笔谢孟谏议寄新茶》诗句："三碗搜枯肠，唯有文字五千卷"。在《赵宜之愚轩》中，把卢仝和射杀九日的后羿相提并论："羿穷射杀金毕逋，老卢斫杀玉蟾蜍。朝夕相避昆仑墟，忽见天公一目枯。尘昏土迷万万古，云眵雨泪湿模糊。"③ 赵愚轩因用眼过度而不能视物，李纯甫却在诗中如此解释："暗中摸索出奇语，字字不减琼瑶琚。神憎鬼妒天公徂，戏将片云翳玄珠。"此种想象，超出常人，正是卢仝体之作派。

李纯甫一派的追奇尚险者，如雷渊诗《赠陈司谏正叔》："寒侵桃李凄无色，雪压池塘惨不波。"④ "桃李"和"雪"虽是诗中常见的意象，但"桃李"没有了常见的婀娜多姿，却是一副饱受寒冷侵袭下凄惨无色的可怜相。"雪"一反传统轻盈曼妙如梨花盛开装点冬日的意象，而是以一个摧残压迫美好者的意象出现的，雷渊诗把"美"变成了"丑"，显示出有意为怪奇的审美追求。如刘中诗《汴梁公廨西楼》："官舍谁言隘，西楼兴不穷。闲云欹枕里，飞鸟卷帘中。风定天还水，烟虚月度松。回观犹有愧，破屋着卢仝。"⑤ 以己为官难比卢仝终身不仕而愧，诗后自注曰："卢仝以方处十王逸宾"。如高庭玉诗《天津桥同李之纯待月一首》："骖鸾追散仙，乘槎抵银黄。跳上玉龙背，抱得银蟾光。素娥愁不归，再拜捧瑶觞问以天上事，玉色俨以庄。尔能为我歌《白雪》，我亦为尔捣玄霜。"⑥ 诗思神游天界，驰骋想象，与卢仝《月蚀诗》意趣相似。

---

① 《中州集》丁集第四，上册，222页。
② 《中州集》丁集第四，上册，222页。
③ 《中州集》丁集第四，上册，225页。
④ 阎凤梧、康金声主编：《全辽金诗》，太原：山西古籍出版社，1999年，下册，2204页。
⑤ 《中州集》丁集第四，上册，206页。
⑥ 《中州集》戊集第五，上册，253页

第四章 卢仝诗歌对后世的影响

对于诗坛追慕卢仝尚怪求奇的审美倾向，金代元好问在《论诗三十首》其十三中专门有所评述：

> 万古文章有坦途，纵横谁似玉川卢？
> 真书不入今人眼，儿辈从教画鬼符。

自查慎行《初白庵诗评》认为元好问此诗"扫尽鬼怪一派"① 以来，后世论者多谓元好问不喜卢仝之诗，故以"画鬼符"称仝诗。其实元好问对卢仝诗并不反感，这可以从其诗歌创作中屡屡征引卢仝之诗得到证明。"纵横谁似玉川卢"，正表明了元好问对卢仝诗作的极高评价。其《论诗三十首》其五和其二十一亦分别用到了"纵横"："纵横诗笔见高情"和"纵横正有凌云笔"，"纵横"均形容诗人才气高妙能够驰骋想象、运笔得心应手、诗思不凝不滞等特点，均无贬义。可见元好问认为"纵横"，正是卢仝诗歌之精髓，正如书法所称之"真书"。而"今人"却不识卢仝诗之精华所在，一味追求形似，只弄得"画虎不成反类犬"，如同"画鬼符"一般了。

元好问论诗提倡豪迈纵横，批评纤巧柔弱。他在《论诗三十首》以韩愈诗和秦观诗作对比："有情芍药含春泪，无力蔷薇卧晓枝。拈出退之山石句，始知渠是女郎诗。"其创作风格，《金史·文艺传下》评论曰："其诗奇崛而绝雕刿，巧缛而谢绮丽。"② 因此，元好问对卢仝诗歌中表现出的"纵横"气颇为赞赏，他在诗中多次化用卢仝"纵横"之杰作——《月蚀诗》，如：

《密公宝章小集》："撑肠文字五千卷，灵台架构森铺张。"③

《戏题新居二十韵》："南风一夕怪事发，突兀赭垣残半柱。"（卷三）

《赠利州侯神童》："遗山老子未老在，见汝吐焰如长虹。"（卷四）

《南湖先生雪景乘螺图》："南湖翁，少日肮脏今龙钟。犹能吐

---

① 转引自《元遗山诗集笺注》卷十一，528页。
② [元] 脱脱：《金史》卷一二六，北京：中华书局，1975年，第8册，2742页。
③ 施国祁注、麦朝枢校：《元遗山诗集笺注》卷三，北京：人民文学出版社，1958年，185页。以下所引元诗，均出此书，仅于诗后标明卷数，不再一一注出。

气万丈如长虹。"（卷五）

《壬辰十二月车驾东狩后即事五首》其四："蛟龙岂是池中物，蚍虱空悲地上臣。"（卷八）

《洛阳卫良臣以星图见贶漫赋三诗为谢》其三："西虎东龙总伏雌，老蟆却是可怜虫。星图何物堪相报，借用卢仝《月蚀诗》。"（卷十三）

元好问甚至还有《蟾池》一诗，乃化卢仝《月蚀诗》意而成：

老蟆食月饱复吐，天公一目频年瞽。下界新增养蟾户，玉斧谁怜修月苦。郡国蟾池知几所，碧玉清流水仙府。小蟾徐行腹如鈹，大蟾张颐怒如虎。渠家眉间有黄乳，膏梁大丁正须汝。何人敢与月复仇，疾过池头不容语。向来属私今属官，从今见蟆当好看，爬沙即上青云端。（卷四）

从元好问的诗歌创作实践和其诗学主张"要奇古，不要画鬼符"来看，他实际上对卢仝的"纵横"诗风并非持否定态度，而是对那些学卢仝有些过了头而堕入"画鬼符"恶趣者有所讥讽批评。元好问诗中的"今人""儿辈"，当指李纯甫一派在诗学上追奇求怪者。李纯甫为金代名家，其诗作自不会堕入"画鬼符"恶趣，而其追随者们则不尽然了。如李经，"为诗极刻苦，喜出奇语，不蹈袭前人。李纯甫见其诗曰：'真今世太白也。'由是声名大震。"（《金史·文艺传》下）赵秉文在《答李天英书》中，认为李经的书法如学人口舌的"秦吉了"，没有什么独到之处，并且征引了李经所寄的五首杂诗作为反面材料，对其诗歌创作提出批评，认为其诗"不过长吉、卢仝合而为一，未能以故为新，以俗为雅"，还毫不客气地指出："昔人有吹箫学凤鸣者，凤鸣不可得闻，时有枭音耳。君诗无乃间有枭音乎？"赵秉文批评李经学卢仝等诗，如"吹箫学凤鸣"而得"枭音"，正是元好问批评"今人"学"真书"而得"画鬼符"的理论依据。通过元好问的指责之论，正可见出卢仝诗在当时的影响之大。

卢仝诗歌在元代前期影响依然广泛，这曾引起过反对者的激烈批评，如元初王恽，对金末元初专效李贺、卢仝等务以险辞怪语为尚者表示不满，在

《西岩赵君文集序》中云:"若必曰须撑霆裂月、碎破阵敌、穿冗险固者方可为之,则后生晚学不复下笔矣。"认为"略无幽忧憔悴尖新难险之语"的赵之诗文可以"为后进之规模"①。王恽之语,道出了卢仝体影响当时诗风甚强的事实,故王深表不满,要树起赵这面旗帜来与之抗衡。郝经也在《与撖彦举论诗书》中批评曰:"呜呼,自李、杜、苏、黄,已不能越苏、李,追三代,矧其下乎?于是近世又尽为辞胜之诗,莫不惜李贺之奇,喜卢仝之怪,赏杜牧之警,趋元稹之艳。又下焉则为温庭筠、李义山、许浑、王建,谓之晚唐。轰轰隐隐,啴噪喧聒,八句一绝,竟自为奇。……磨切锱铢,偶韵较律,斗钉排比而以为工,惊吓喝喊而以为豪;莫不病风丧心,不复知有李、杜、苏、黄矣。又焉知三代、苏、李性情风雅之作哉!"②郝经批评的"近世诗风",主要指金朝及元初诗风,看来元初学卢仝体者,大有其人,但已多流于"惊吓喝喊而以为豪"了。刘因在《叙学》中也对学卢仝者表示不满:"隋唐而降,诗学日变,变而得正,李、杜、韩,其至者也;周宋而降,诗学日弱,弱而后强,欧、苏、黄,其至者也。故作诗者不能三百篇则曹刘陶谢;不能曹刘陶谢则李杜韩;不能李杜韩则欧苏黄,而乃效晚唐之萎苶,学温、李之尖新,拟卢仝之怪诞,非所以为诗也。"③刘因和郝经生活年代相同,认为学卢仝之"怪诞"竟非为诗之道,对卢仝体之反对可谓强烈,但我们从矫枉过正这一角度来分析,正可看出元初诗坛效卢仝体风气之胜。

但也有不同意见者,如辛文房的《唐才子传》卷五则对卢仝诗大表赞赏:"仝性高古介僻,所见不凡。近唐诗体无遗,而仝之所作特异,自成一家,语尚奇谲,读者难解,识者易知。后来仿效比拟,遂为一格宗师。"辛文房对卢仝的人品、才力、诗风均作了精要的评述,且推卢仝为"一格宗师"。这种高度的赞誉,是卢仝体在元代影响深广的一个有力证明。

---

① [元]王恽:《秋涧集》卷四十三,四库全书本,上海:上海古籍出版社,1987年,559~560页。
② [元]郝经:《陵川集》卷二十四,四库全书本,上海:上海古籍出版社,1987年,260页。
③ [元]刘因:《静修先生文集》卷一,丛书集成初编本,上海:商务印书馆,1936年,0294册,7页。

第三节 "龙肝凤髓"喻仝诗
——卢仝诗歌在明清的影响

明代，对卢仝诗依然毁誉非一，高棅《唐诗品汇·总叙》竟以"鬼怪"称之："下暨元和之际，则有柳愚溪之超然复古，韩昌黎之博大其词，张、王乐府得其故实，元、白序事务在分明，与夫李贺、卢仝之鬼怪，孟郊、贾岛之饥寒，此晚唐之变也。"①《唐音统签》卷三百六十四《丁签》七十八："徐献忠云老仝山林怪士，诞放不经，意迂词曲，盘薄难解。仅可备一家，要非宗匠也。"②单宇《菊坡丛话》卷九亦谓："卢玉川诗，虽豪放然太险怪，而不循诗家法度。"③

卢仝诗想象过于奇诡怪放，往往出人意表，其缺点正如上述诸人所评。但这也正是其诗独具魅力的最根本所在，其诗以天风海涛般豪放不拘的夸张、想象等手法，为读者创造出的神奇怪诞的审美世界是充满着强大吸引力的。因此，有明一代，效仿卢仝为诗者仍有人在。如高启论诗、作诗皆主张模仿古人，他在《独菴集序》中主张学古："渊明之善旷而不可以颂朝廷之光，长吉之工奇而不足以咏丘园之致，皆未得为全也。故必兼师众长，随事摹拟，待其时至心融，浑然自成，始可以名大方而免夫偏执之弊矣。"④ 高启虽未明确指出模拟卢仝，但他提出为诗当"兼师众长"，从他的有些诗中，可以找出和卢仝体相近者，如《青丘子歌》：

青丘子，臞而清，本是五云阁下之仙卿。何年降谪在世间，向人不道姓与名。……不肯折腰为五斗米，不肯掉舌下七十城。但好

---

① [明]高棅：《唐诗品汇》，上海：上海古籍出版社，1982年，9页。
② [明]胡震亨：《唐音统签》，故宫珍本丛书本，海口：海南出版社，2000年，第5册，370页。
③ 见《全明诗话》，第1册，192页。
④ [明]高启著，清金檀辑注，徐澄宇、沈北宗校点：《高青丘集·凫藻集》卷二，上海：上海古籍出版社，1985年，下册，885页。

觅诗句,自吟自酬赓。……斫元气,搜元精,造化万物难隐情。冥茫八极游心兵,坐令无象作有声。①
诗中那浓烈的个性化气息,那出自奇特的想象将自己塑造成一位"降谪在世间"的"仙卿"这一奇幻浪漫的手法,正与卢仝《与马异结交诗》一路。

明代中叶对卢仝体赞誉有加的是徐渭,其《与季友书》谓:"韩愈、孟郊、卢仝、李贺诗,近颇阅之,乃知李、杜之外,复有如此奇种,眼界始稍宽阔,不知近日学王、孟人,何故伎俩如此狭小?在他面前说李、杜不得,何况此四家耶?殊可怪叹!菽粟虽常嗜,不信有龙肝凤髓都不理耶?"②他心仪韩孟诗派,竟比卢仝等诗为"龙肝凤髓",推许可谓高矣。他有《阴风吹火篇呈钱刑部君附书》云:"阴风吹火火欲燃,老枭夜啸白昼眠。山头月出狐狸去,竹径归来天未曙。墨松密处秋萤语,烟里闻声辨乡语。"③此几句诗所描绘出的鬼怪意境,会令我们想起卢仝的《寄萧二十三庆中》:"千灾万怪天南道,猩猩鹦鹉皆人言。山魈吹火虫入椀,鸩鸟咒诅鲛吐涎。就中南瘴欺北客,凭君数磨犀角吃。"徐渭《某伯子惠虎邱茗谢之》云:"虎邱春茗妙烘蒸,七碗何愁不上升。青箬旧封题谷雨,紫沙新罐买宜兴。却从梅月横三弄,细搅松风燃一灯。合向吴侬彤管说,好将书上玉壶冰。"④诗写品茗之妙则从卢仝茶歌而来,其他如《鹳攫鹊雏,鹰当翻然来救》《设为鱼虾所诘》充满戏趣,则又是卢仝《萧宅二三子赠答诗二十首并序》诗一类了。

明代末年,竟陵诗派在创作旨趣上亦颇能见出卢仝之影响:"其所谓幽深孤峭者,如木客之清吟,如幽独君之冥语,如梦而入鼠穴,如幻而之鬼国。浸淫三十余年,风移俗易,滔滔不返。余尝论近代之诗,扶摘洗削,以凄声寒魄为致,此鬼趣也;尖新割剥,以噍音促节为能,此兵象也。"⑤此段

---

① 《高青丘籍》卷十一,上册,433~434页。
② [明]徐渭:《青藤书屋文集》卷十七,丛书集成初编本,北京:中华书局,1985年,第2158册,208页。
③ 《青藤书屋文集》卷五,44页。
④ 《青藤书屋文集》卷七,114页。
⑤ [清]钱谦益:《列朝诗集小传》丁集中,上海:上海古籍出版社,1959年,下册,571页。

话是钱谦益对竟陵诗派艺术倾向的概括,其"深幽孤峭"的诗学追求,与卢仝"清寒瘦硬"的审美理想是有相通之处的。如钟惺《月下新桐喜徐元叹至》:

> 是物多妨月,桐阴殊不然。长如晨露引,不隔晚凉天。绿满清虚内,光生幽独边。怀新君亦尔,到在夕阳先。①

诗中展现出来的意境是幽静深邃的:夜中万籁俱寂,一轮孤月寂然独照新桐。桐阴中溢出的清虚亦被新桐染绿。而月的清辉,却是虚空不可触摸的一种存在,只能在夜的静寂中寒影默然、涵照万象中感知它。这种绝出流俗的诗境,与卢仝《将归山招冰僧》诗如出一辙。但竟陵诗派对此诗境的一味追求,却没有卢仝诗中那郁积着的愤怒力量和压抑不住的激情,只能是在形式上相似而已。

明末,卢仝影响深入民间,竟有人名"玉川子"以示对其推崇,钱谦益曾有诗题曰:《玉川子歌题玉川子画像。玉川子,江阴顾大愚道民也,深目戟髯,其状如羽人剑客,遇道士授神行法,一日夜走八百里。居杨舍市,去江阴六十里。人试之,与奔马并驰,玉川先至约十里许。任侠喜施舍,好奇服,所至儿童聚观,亦异人也》钱谦益所写之"玉川子",颇多与卢仝相似之趣:

> 玉川子,何吊诡!朝游淮阴城,暮宿吴门市。万迴不足号千迴,赵北燕南在脚底。刚风怒生两腋边,蹇驴摺著巾箱里。阔衣褒,高屐齿。长须奴,赤脚婢。白牛为服乘,骆驼背行李……君今江头老布衣,胡为乎芒芒奔波亦如此?世路苦偪侧,出门不容轨。孟郊颦眉阮籍哭,虎豹择人魑魅喜。择地徐行犹恐遭颠顿,尽气狂奔何以避棘枳?……君归来乎从我游!悔不与君折其趾。图中一叟类道者,幅巾黄绦著麻履。权奇俶傥闷不见,安闲萧散差可拟。披

---

① [清]钱谦益撰集,许逸民、林淑敏点校:《列朝诗集》丁集第十二,北京:中华书局,2007年,第10册,第5363页。

图展玩更对君，乃知画工有深旨……①

此诗模拟韩愈《寄卢仝》处显而易见，可见钱氏乃以唐之玉川子来方眼下所写之"玉川子"。钱谦益学卢仝，尤其重视其穷居能忧天下的胸襟，其论诗曰："必有深情蓄积于内，奇遇薄射于外，轮囷结轖，朦胧萌折，如所谓惊澜奔湍，郁闭而不得流；长鲸苍虬，偃蹇而不得伸；浑金璞玉，泥沙掩匿而不得用；明星皓月，云阴蒙蔽而不得出：于是乎不能不发之为诗，而其诗亦不得不工。"② 其受卢仝影响者大多是寓含有深刻的现实内容的，如《谢于昭远寄庙后茶次东坡和钱安道韵》：

昔人苦作有情痴，下饮不知茶与茗。我今懵懂百不解，独有啜茶能记省。感君寄惠手自煎，洗杓停匙坐倾听。活火新泉沸石铫，泼触乳花发香性。森然茶星知有无，但觉芒寒与色正。睡魔迸散暑气退，松风萧飕白日永。搜肠润吻如有灵，破闷祛烦不须猛。此茶先春出顾渚，宛如金苗引石矿。山崖高寒初日温，受气中和离炎冷。轻身疗病比服食，医国岂必用骨鲠。我生爱茶复爱仙，近日初来积金岭。世事突兀看枪旗，富贵纷纭诧团饼。长腰米饱午梦足，扪腹但余光炯炯。行买山田入阳羡，更置水递近石井。东坡老人太苦硬，剌剌品茶刺贵幸。我诗漫浪聊戏耳，只愁湍泉饮生瘿。③

此诗先写啜茶之功效；然后用白描手法写茶之金贵不易得；再着重写出富贵者众生相；最后议论"东坡品茶刺贵幸"，故意说其"太苦硬"，不如自己作诗"漫浪聊戏"之潇洒。但这种寓庄于谐的刺世手法是不难被读者识破的——用茶之金贵难得，来暗示茶农的艰辛。而茶农的苦辛所得，却成了富贵者的休闲奢侈品。因一茶之饮而虑及世事，显示出卢仝《走笔谢孟谏议寄新茶》品格影响的不绝如缕。

钱谦益学卢仝最具代表性的诗为《效欧阳詹玩月诗》，此诗长达1590

---

① ［清］钱谦益《牧斋初学集》卷三，上海：上海古籍出版社，1985年，上册，114~115页。
② ［清］钱谦益：《虞山诗约序》，见所著《牧斋初学集》卷三十二，中册，923页。
③ 《牧斋初学集》卷四，上册，151页。

字,开头从时间写起:"崇祯壬午八月望,我生六十一中秋。"然后写对月所展开的联想,这是全文的主体,也是钱诗紧切现实所在:

> 可怜今夜月,不照渝海水,北镇祠下焕火绝,锦州城边血浪起。胡儿角吹汉儿曲,汉人骨筑汉人垒。可怜今夜月,不照襄洛阳,红袖登车松漠近,白衣游魂道路长。空余大堤绕高砚,忍向铜驼望北邙。可怜今夜月,还照庐江郡。居巢湖水丛贼巢,金斗城中失金印。教弩高台飞钺镞,亚夫古坟满妖火。可怜今夜月,还照大梁城。重围未解类月晕,传烽飞石驳彻夜明。金梁桥空月如旧,献王乐府谁人听?①

面对无视内忧外患仍无情临照之"月",诗人想到其昏瞆是"金虾蟆"在作怪,而"桂树"却成了"荫大蟆"的所在。但"虾蟆"却不服罪,呀呀陈词:"桂树在丹路,丁丁寻斧常交加。绕身创瘢疗不得,何能庇彼痴虾蟆?"在"仙人"的提示下,诗人想到了月中姮娥。恨其"尔耽歌舞嬉月宫,教成《霓裳羽衣曲》,三千年后唐天蒙。阿瞒玉环欢失日,渔阳兵起曲未终,《九辨》《九歌》闲天上,遗此淫乐梨园中。"诗人幻想能够"飞上青天诉月府",却遭遇种种阻难:

> 月户沈沈琐不开,飞帘慵堕将谁与?招呼月御通我言,望舒司銮袖咋舌不敢干。顾倩玉兔衔章之帝所,玉兔捣药告我以不闲。西河仙人只有口,喙长三尺不顾后。见我飞章又心悸,倚树不眠但摇手。

全诗想象如此奇诡怪谲,却是有为而发,诗中借其病妇之语点明此作非为"玩"而作:"病妇梦回笑空床,笑我白痴中风狂。谁家玩月无歌板?若个中秋不举觞?"钱谦益借"玩月"来发抒时事艰难之郁愤,正是从卢仝《月蚀诗》而来。其诗后交代创作缘起谓:"壬午中秋日,诵卢仝《月蚀诗》,吟咀再四,徘徊永叹。余老矣,阘茸眊瞀,欲如仝之涕泗交下,心祷额揭,有不能也。欧阳詹《玩月诗》,有好乐无荒,良士瞿瞿之思焉,

---

① 《牧斋初学集》卷二十,上册,695页。

乃作诗一篇，题曰《效欧阳詹玩月诗》。或曰：韩退之《效玉川子月蚀诗》，取其似；子效《玩月诗》，取其不似。仝乎詹乎？似乎不似乎？世当有知之者。中秋十七日，谦益书。"① 此段话表明，钱氏诗虽题为《效欧阳詹玩月》，但本真却是效卢仝《月蚀诗》，所谓"余老矣，闾苴眊堕，欲如仝之涕泗交下，心祷额榻，有不能也"，只是欲显故隐之笔，从诗里我们不难读出钱氏对内忧外患之艰难时事的深切关注和忧虑。所以此诗从形式、笔法和命意上看，效仿卢仝《月蚀诗》的痕迹颇明显。

清初顺治时修《怀庆府志》卷九《艺文》曾高度评价卢诗："文如韩昌黎止矣。诗如卢玉川、李义山，亦鹤立中晚唐者哉！文必如韩、诗必如卢如李，是家有骐骥，人怀盈尺也。"到了乾隆时，袁枚也喜卢仝诗，曾作有《为王寿峰题问天图仿玉川体》诗，才力纵横，险怪直逼卢仝：

我闻秦宓言，苍天实有耳。胡为楚大夫，问天天不理？三千年后王郎来，拔剑斫地颠如雷。口存三寸不烂舌，仰首只望天门开。更有青雷子，下笔巧安排。画作奇峰直上离尺五，俨然汉武皇帝通天台。手攀星辰呼帝座，笑杀赤章道士胡为哉？一部十七史，欲问问何处？且摘疑端三两行，请风吹入云中去。一牛享天天岂饱，鼷鼠食之不知恼。潮退偏教虏马来，风起犹嫌杀人少。试问谥之如何笺？欧公如何考？夏后善逢迎，三嫔献自天。雨旸悉凭应上公，霹雳怕逢薛孤延。昂然操懿来配享，文公后稷退避不敢前。又何必重黎为隔绝，黔嬴为周旋？臣请手斩九关豹，身推阿香车。白榆烧作玉楼墨，银河洗尽笔底花。三十六皇各献状，群疑满腹愿倩麻姑爬。倘有谰语问舛错，请将臣身赐喂金虾蟆。帝台浮觞，百神方醉，忽闻谠言，匔匔如畏。萍号喷雨立，六签含星对。道是问天天不答，只恐万年之后倚杵低寒人，上天都来争此位。天帝面方一尺有惭色，乃召孔子谋。孔子口称不怨天，怡呼丧予两泪流，且调鲤鱼逃亶州。更召周公来，命代天致词。众人又言周公天妹所生天有

---

① 《牧斋初学集》卷二十，上册，696页。

私,故把风雷惊破孺子疑。不然剪爪沉河事已矣,至今空自听鸦鹍。周公闻之,只得龁喋阴喝如蒙倛。正在支吾间,忽有褒衣博冠者,自称唐臣柳宗元。代天作对大书空,道天者乃是太虚之积气,难扪难舐青濛濛。雨师风伯傀儡耳,木强柴立随痫龙。奉行第一次混沌开辟所有之故事,有如优人演剧不能小变通。一切圣狂福祸风灾鬼难各有目,均是聚六州铁镕赤堇铜,铸成一册作交代,使玉帝摇手不得而后许登庸。并非三科五行有生尅,亦非天道幽远如张弓。并非仙丹佛力能挽转,亦非真宰忽醉忽明聪。唯其事原板板,故其形常梦梦。君不见,王莽请雷不能下,鲁阳挥日何曾东?侵前龙伯不见短,吹嘘火井何曾红?又不见,石补劳女娲,头触怒共工。星陨惊梓慎,月蚀愁卢仝。自从开辟至尧舜,双丸业已减至一分许,何况四千年来减未终!自家三百六十五度难料理,那管人间干啼湿哭诸沙虫。可笑世界海,妄窥静轮宫。枉剥麒麟皮,郊鼓击逢逢。碧天若有情,早已老成翁。太阳若下坐,何以烛苍穹?譬如治家者,尚且学痴聋。偶遗食饵鱼鸟喜,偶覆汤火蝼蚁凶。只缘人大物小难检校,人实无心任过功。何况天关钥匙藏在烟霄上,清风一重云一重。赤县神州九九八十一万计,中国渺小如蟻蠓。提向瀛洲卖,不值钱半通。那能刻雕省记劳化工?汝何不解天癸,饮天酒,逍遥富媪,游戏星童。任黄鸿之变青会,听刚须之生玄虫。胡为乎学楚狂呵壁唇焦舌燥,徒惊明月而恼春风!王郎闻之心闷闷,姑学圣人存不论。且待十二万年之后全局终,再与彻底通盘作一问。①

此诗为题画诗,以青雷子所画问天图贯穿全篇,向天问询"十七史"中"疑端"。天帝被问难以应对,只好召孔子一谋,适逢孔子"丧予两泪流";只有再召周公"代天致词",而"人又言周公天妹所生天有私"。在天帝为难之

---

① [清]袁枚著、周本淳校:《小仓山房诗文集》卷十二,上海:上海古籍出版社,1998年版,上册,261~263页。

时,唐臣柳宗元挺身而出,"代天作对",指出天者,乃是太虚之积气,"一切圣狂福祸风灾鬼难各有目",玉帝也无力使其改变,故才会有"石补劳女娲,头触怒共工。星陨惊梓慎,月蚀愁卢仝"之事发生。从而得出天、日"自家三百六十五度难料理,那管人间干啼湿哭诸沙虫"之真实面目,天所降于人世之祸福,如"偶遗食饵鱼鸟喜,偶覆汤火蟪蚁凶"般充满了偶然与随意。加之人之所寄之"中国","渺小如蠛蠓"而不值半钱,面对如此现实,人又去求问什么,还不如"饮天酒,逍遥富媪,游戏星童。任黄鸿之变青会,听刚须之生玄虫",一任自然而已。光怪陆离、荒幻怪诞的诗歌体式中隐含着强烈的现实思想,是袁枚学卢仝最成功之处。

  清代受卢仝诗影响者还有很多,洪亮吉曾有所总结:"近时诗之能学卢玉川者,无过江宁周幔亭,有《咏仆梦魇诗》云:'被我一声噉,跌碎梦满地。'可谓奇而入理矣。次则上虞张上舍凤翔,其咏《西瓜灯》云:'兰团卢杞脸,醉刎月支头。'"①周幔亭、张凤翔者,只是洪亮吉所列学卢仝之代表,其中必定有很多学而不得其要者,我们可以从洪亮吉的另一段话中窥其端倪:"怪可医,俗不可医;涩可医,滑不可医。孙可之之文,卢玉川之诗,可云怪矣;樊宗师之记,王半山之歌,可云涩矣,然非余子所能及也。"② 从洪氏语判断,当时学卢仝诗者,大有其人,惜乎多学而不及。

  清代末叶,同光体也曾经受到过卢仝的影响,陈衍指出:"前清诗学,道光以来,一大关捩。略分两派:一派为清苍幽峭。自《古诗十九首》、苏、李、陶、谢、王、孟、韦、柳以下逮贾岛、姚合,宋之陈师道、陈与义、陈傅良、赵师秀、徐照、徐玑、翁卷、严羽,元之范梈、偈傒斯,明之钟惺、谭元春之伦,洗炼而熔铸之,体会渊薇,出以精思健笔。……此一派近日以郑海藏为魁垒,其源合也。而五言佐以东野,七言佐以宛陵、荆公、遗山,斯其异矣。后来之秀,效海藏者,直效海藏,未必效海藏之所自出也。其一派生涩奥衍,自《急就章》《鼓吹词》《铙歌十八曲》以下,逮韩愈、孟郊、

---

  ① [清]洪亮吉:《北江诗话》卷五,四部丛刊初编本,北京:中华书局,2598册,56页。
  ② 《北江诗话》卷一,四部丛刊初编本,第2598册,6页。

樊宗师、卢仝、李贺、黄庭坚、薛季宣、谢翱、杨维桢、倪元璐、黄道周之伦，皆所取法，语必惊人，字忌习见。"① "生涩奥衍"一派，对卢仝及韩孟诗派诸人"皆所取法"，成就了自己的审美风格。晚清黄摩西作《元日日蚀诗》，也是仿效卢仝《月蚀诗》的力作。他在诗中借"日蚀"来影射戊戌政变，想象奇特，诡怪类意象纷至沓来，令人目不暇接，如"第一东方龙，叨长诸鳞虫。当日借雷雨，今日成痴聋。贪嗜大食燕炙味，巴蛇妖蜃相交通。生子九种不成器，更有蛟鳄攀附行妖凶。……南方火鸟尾秃速，汝与日鸟非异族。天市为巢，天仓啄粟，嘻嘻出出良非福。鬼车大笑凤皇哭，九婴披猖不加戮。……西方号于菟，牙爪有若无。狗肉醉且饱，梦见羊踏蔬。……老龟最畏事，自负藏身智。首尾一缩即枯骨，七十二钻无可使。"② 诗中日指光绪帝，月指慈禧太后。东方龙当指恭亲王，是时为军机大臣。南方火鸟当指崧藩，满洲人，是时方为云贵总督。西方于菟或指荣禄，曾为西安将军。北方老龟似指王文韶，是年初入赞军机。③ 此诗钱仲联评曰："最为奇作，虽使卢同、徐积、刘基执笔，亦不能过。"④

卢仝诗歌，极鲜明的个性化特征是其存在并产生深远影响的基石，但这并不意味着它是孤立存在的绝缘体，它与文学史的发展从来就存在着一种深刻复杂的联系。贾岛曾推许孟郊曰："身死声名在，多应万古传。"（卷三）我们可以借此语来概述卢仝诗歌之深远影响，这一点从上述文中已经得到了强有力的证明。

---

① 钱仲联编校：《陈衍诗论合集》，福州：福建人民出版社，1999年，上册，37~38页。
② 钱仲联：《梦苕盦诗话》，见张寅彭主编《民国诗话丛编》，上海：上海书店，2002年，第6册，365页。
③ 参见《梦苕盦诗话》，见《民国诗话丛编》，第6册，365页。
④ 见《民国诗话丛编》，第6册，363页。

第五章

关于《春秋摘微》

中唐时期,出现了以啖助、赵匡等为代表的"以己意说经"的"春秋学"派。"韩孟诗派"的重要代表之一卢仝,在治经方法上,受此学派影响颇深,其所著《春秋摘微》,当时颇为人所称,如韩愈《寄卢仝》诗谓其治学方法为:"春秋三传束高阁,独抱遗经究终始",指出卢仝研究《春秋》,走的正是"啖赵"一派"舍传求经"的路子。同属"韩孟诗派"之刘叉,曾亲得卢仝传授《春秋摘微》之旨。辛文房《唐才子传》卷五云:"初,玉川子履道守正,反关著述,《春秋》之学,尤所精心,时人不得见其书,惟叉悒愿,曾授之以奥旨,后无所传。"① 李商隐《齐鲁二生·刘叉》,谓:"(叉)任气重义,大躯有膂力。尝出入市井,杀牛及犬豕,罗网鸟雀。亦或时因酒杀人,变姓名遁去,会赦得出……叉之行固不在圣贤中庸之列,然其能面道人短长,不畏卒祸。及得其服义,则又弥缝亲谏,有若骨肉,此其过人无恨。"② "然恃其故时所为,不能俛仰贵人。"以刘叉之刚强,竟折心而受卢仝之学,可见《春秋摘微》学力之深。《春秋摘微》现虽已不可尽睹全貌,但从唐至清,流传亦不绝如缕,遗憾的是学界对其长期以来失于系统研究。2004 年至 2007 年,笔者有幸得从恩师薛天纬教授攻读唐诗研究方向的博士学位,学位论文确定为《卢仝研究》,期间曾对体现卢仝经学思想的著作即《春秋摘微》作了相对全面的爬梳与研究。研究分

---

① 《唐才子传校笺》卷五,第 2 册,280 页。
② 《全唐文》卷七八〇,第 8 册,8150~8151 页。

为两部分：一、文献考述：历代著录与流传情况研究；二、文本考论：内容分类、思想倾向及风格特点研究。现分而述之。

第一节 《春秋摘微》的历代流传与著录研究

一、五代至两宋时期《春秋摘微》的流传与著录情况

五代及北宋的史、志、目录学著作，如《新唐书·艺文志》及《崇文总目》等，均不著录《春秋摘微》。《崇文总目》为北宋前期国家藏书目录，始编于仁宗景祐元年（1034），成于庆历四年（1041）；《新唐书》始于庆历四年，成于嘉祐五年（1060），以欧阳修之博学广见，两予其役而均不著录，可见五代及北宋初年《春秋摘微》罕为世人所见。庆历八年（1048）仲冬，韩盈为《玉川子诗外集》作序，他在序文中慨叹："又传先生《春秋》之学，举世莫得见其书，故人不得窥其涯涘矣。"①

卢仝《春秋摘微》一书虽罕见却并未失传，《文献通考》卷一八三"经籍十"著录杜谔《春秋会义》二十六卷："皇祐年间进士杜谔集……三十余家成书"②，三十余家书目中，便有卢仝《春秋摘微》一书，是知最迟在北宋仁宗皇祐年间（1049—1053）《春秋摘微》尚有流传。另据晁公武《郡斋读书志》记载，北宋祖无择曾于金陵得到一部四卷本的《春秋摘微》。《郡斋读书志》即据此本著录："卢仝《春秋摘微》四卷"，并曰："右唐卢仝撰。其解《经》不用《传》，然旨意甚疏。韩愈谓'《春秋》三传束高阁，独抱遗经究终始'，盖实录也。祖无择得之于金陵，《崇文总目》所不载。"③ 祖无择生活于真宗大中祥符三年（1010）至神宗元丰七年（1084）之间，知北宋年间《春秋摘微》一书曾以四卷本行世。此四卷本在两宋时期的流传过程

---

① ［唐］卢仝：《玉川子诗集》外集，四部丛刊本，商务印书馆，1919年。
② ［元］马端临：《文献通考》卷一八三，中华书局，1986年，1573页。
③ ［宋］晁公武《郡斋读书志校证》卷三，上册，108页。

中，已有所散佚，马端临《文献通考》曾对此本著录并引李焘之语曰："仝治《春秋》，不以传害经，最为韩愈所称。今观其书，亦未能度越诸子，不知愈所称果何等义也。旧闻仝解惠公仲子曰：'圣辞也'，而此乃无之，疑亦多所亡佚云。"①李焘，生活年代在宋徽宗政和五年（1115）至宋孝宗淳熙十一年（1184），以名节、学术著称。博览典籍、著述宏富，纂修有《续资治通鉴长编》《春秋学》《易学》等著作。李焘亲"观"《春秋摘微》前，当已耳熟能详书之内容。及得见时，发现内容与所闻已不尽符且书之大意亦不像韩愈所称，仍"未能度越诸子"，故疑其"多所亡佚"。

除四卷本外，北宋至南宋间尚有不分卷本流传，该本且另有其名。据南宋许顗《彦周诗话》记载："玉川子《春秋传》，仆家旧有之，今亡矣"②，明确记载其家曾收藏《春秋摘微》。许顗，生平不详。余嘉锡《四库提要辩证》卷二十四考校其始末：

> 《夷坚志补》卷六云："许颜字彦回，弟顗字彦周，襄邑人，皆登科。绍兴初，颜知汀州上杭县，顗调官未遂。颜之父名安石。"考陆佃《陶山集》卷十四《许侯墓志铭》云："侯名拯，字康伯，开封襄邑人。景祐中，以通三经登第，知京兆府奉天县，赐五品服。有七子，皆力为学：安世、安国、安期、安石、安行、安雅、安节。安世，尚书都官员外郎；安石，黄州麻城县令。"此顗之祖父可考者也。陆增祥《八琼室金石补正》卷一百六《阳华岩题刻》内有何麒诗一首，末题云："金华隐居何麒，以绍兴戊辰十二月三日同襄邑许顗来游。"又卷一百十二《狮子岩题刻》亦同。又卷一百十三永州太平寺钟铭，题款内有右儒林郎永州军事判官许顗，其铭不题撰人，然实见于汪藻《浮溪集》卷二十一，中有绍兴庚午之语。由此观之，顗之入南宋也久矣。③

据以上材料知许顗生活年代是由北宋入南宋，其祖父许拯在宋仁宗景祐年间

---

① ［元］马端临：《文献通考》卷一八三，1573 页。
② 见《宋诗话全编二·彦周诗话》，1420 页。
③ 余嘉锡：《四库提要辩证》卷二十四，昆明：云南人民出版社，2004 年，1347 页。

(1034—1038)登第,许顗父许安石和其六兄弟"皆力为学",顗家旧有《春秋摘微》,渊源可知。许顗对此书当进行过细致研读,曾评曰:"词简意远,得圣人之意为多。"顗之所记,当是北宋流传至南宋的另一种本子,不仅书名不同,且不著卷数,该本仅见于许顗《彦周诗话》。

不分卷本在尤袤《遂初堂书目》中也有著录,该版本目录著作仅记书名,不撰解题,且不载卷数,对《春秋摘微》的著录只寥寥数字:"唐卢仝《摘微》"①。故此种本子与许顗家藏之本有无渊源,难得其详而考之。尤袤生活于南宋高宗建炎元年(1127)和光宗绍熙四年(1193)间,绍兴十八年(1148)进士及第,始任泰兴县令、江阴学官,旋内召为大宗正丞兼国史院编修。孝宗淳熙五年(1178)出知台州府,迁江西运判兼知隆兴府。淳熙十四年(1187),由太常少卿转礼部侍郎,绍熙三年(1192)升任礼部尚书,他嗜好收藏图书,在无锡家中造藏书楼,取孙绰《遂初赋》以自号,光宗为书匾额"遂初堂"。光宗绍熙元年(1190)至绍熙四年在位,尤袤卒于绍熙四年,故《遂初堂书目》当成于光宗一朝,尤袤所见之本当在绍熙年间尚存。

《春秋摘微》一卷本的著录情况有两种:一是郑樵《通志》卷六三著录为一卷。②《通志》始编于宋高宗绍兴二十八年(1158),成书于绍兴三十年(1160)。郑樵由北宋入南宋,其著录之一卷本不详所自。二是南宋陈骙在孝宗淳熙四年(1177)任秘书监时请编、次年成书的国家藏书总目《中兴馆阁书目》,该书著录为一卷。③另外宁宗嘉定十三年(1220)张攀受命编纂的《中兴馆阁续书目》,亦著录为一卷。④此书在《中兴馆阁书目》基础上编成,故二书著录之一卷本当系同一种本子。

上述可知,卢仝《春秋摘微》一书,在唐代即有流传,惜乎卢仝性"孤高介僻",其书不轻示人,唯交厚者如韩愈、刘叉等辈得一睹全书之貌,遂

---

① [宋]尤袤:《遂初堂书目》,丛书集成初编本,第32册,4页。
② 《通志》卷六十三,第1册,759页。
③ 杨家骆:《宋史艺文志广编》,世界书局,1976年,500页。
④ 杨家骆:《宋史艺文志广编》,311页。

致后世罕见。两宋之际,《春秋摘微》流传并著录之情况有三种:一是四卷本。此本在北宋真宗大中祥符三年(1010)至神宗元丰七年(1084)之间出现于金陵(今江苏南京),祖无择曾得之,后晁公武《郡斋读书志》据此本著录。据李焘亲睹四卷本后之评论,知四卷本在流传过程中有所散佚。二是不分卷本。该种本子许颢家曾有收藏,且别名为《春秋传》;另外是尤袤的《遂初堂书目》,尤氏因著录过简,其著录之本与许颢家藏之本有无渊源,难得其详而考之。三是一卷本。郑樵《通志》陈骙《中兴馆阁书目》和张攀《中兴馆阁续书目》均有所著录,陈骙和张攀所著书目与郑樵所著录是否据一种本子,因文献缺失难考其源。

二、元明至清代《春秋摘微》的著录与编辑情况

《春秋摘微》在元代的著录,有两种情况:一种是四卷本,一种是一卷本。

四卷本的著录情况有二:一是在马端临编著的《文献通考》卷一八二"经籍九"中有所著录。① 马端临生活的年代大约在宋理宗宝祐二年(1254)至元英宗至治三年(1323),由宋入元后,历任慈湖、柯山书院山长、台州儒学教授。博览群书,著述甚丰。《文献通考》是其积二十余年心血所成之史学巨著,考察赅博、资料翔实。其所著录之本当属北宋祖无择于金陵所得之四卷本系统,在流传过程中内容有所散佚,李焘曾亲观其书并评论之。马端临与李焘生活年代接近,李焘评《春秋摘微》之语至马端临著《文献通考》时或仍有文献可征,故在著录时征引之。二是在脱脱等纂修的《宋史·艺文志》中有所著录。②《宋史》系元顺帝至正三年(1343)诏修,于至正五年(1345)便成书。两宋之史,内容繁多、文献博杂,只用二年便修成,其间之粗疏自不待言,其所著录之四卷本不详所自。但《宋史》之编修年代距宋甚近,且是官修史书,奉诏纂修之史臣当是在亲闻或亲见宋之四卷本

---

① [元]马端临:《文献通考》卷一八三,568页。
② 《宋史》卷二〇二,第15册,5058页。

《春秋摘微》基础上对之著录的。此四卷本与马端临著录之四卷本之间渊源，因文献缺失惜乎难详。

一卷本仅在王应麟的《玉海》中有所著录。王应麟生活年代在宋宁宗嘉定十六年（1223）至元成宗元贞二年（1296），他由宋入元后不仕，专心著述，编著成大型类书《玉海》，该书卷四十著录："卢仝《春秋摘微》一卷，十二公，凡七十六事。"① 此本或是南宋流传一卷本之一种。

明代，《春秋摘微》内容曾间接被收入《永乐大典》。《永乐大典》系明成祖于永乐元年（1403）命翰林学士解缙等修纂的一部大型类书，次年即成。成祖不满意，又命人重修，于永乐六年（1408）告成。清代杨昌霖曾从《永乐大典》中搜辑杜谔《春秋会义》抄录，其间有卢仝《春秋摘微》之六十二事。杨昌霖在乾隆时以举子身份参与《四库全书》的编撰，得见《永乐大典》当在此期间。以《永乐大典》之广博，不直接收录《春秋摘微》，可见明初已失传。

至清代，李邦黻从《春秋会义》中辑出《春秋摘微》六十二事，编为一卷，并作《〈春秋摘微〉序》，详细介绍其流传和辑成一书的经过：

> 向读昌黎《寄卢仝》诗曰："春秋五传束高阁，独抱遗经究终始。"辄心仪玉川子不置。后观晁公武《读书志》及马端临《通考》，皆有卢氏所著《春秋摘微》四卷。《中兴书目》作一卷，云"凡十二公，七十六事"，今并不传。乙亥之秋，先师钟氏命复校《谷梁补注》，偶假得杜氏谔《春秋会义》钞本。其间搜采卢说凡六十二事，诚如许颢所云："辞简而远，得圣人之意为多也"。此本为杨检庵昌霖从《永乐大典》编辑，而孔箑谷录副者。《四库总目》失收，恐当世无第二本。爰于侍座之暇，摘取卢说，搜辑成书，视《中兴目》所载已十得七八矣。《会义》于僖、襄二公事多所阙佚，《摘微》所遗之十四事或即在其中，抑献可氏所采与《中兴目》本不相符欤？要之，卢氏此书在宋时早已残阙，虽经祖无择传于金

---

① ［宋］王应麟：《玉海》卷四十，扬州：江苏广陵古籍刻印社，1985年，33页。

陵，旋即亡佚。甚矣传书之难也！今幸复见于世，殆长恩呵护之灵，虽千载下不得而泯灭邪？光绪戊子孟夏上海李邦黻。①

李邦黻，上海闵行镇人，生于道光二十七年（1847），卒于民国元年（1912），于《春秋》学最深。李氏所辑《春秋摘微》一卷，曾以单行本流传，今国家图书馆（原北京图书馆）收藏此一卷本。该本前有李邦黻序，后有附录："李焘曰仝治《春秋》，不以传害经，最为韩愈所称。今观其书，亦未能度越诸子，不知愈所称果何等义也。旧闻仝解惠公仲子曰：'圣辞也。'而此乃无之，疑亦多所亡佚云。"每半页九行，行二十四字，黑单鱼尾，左右单框，版心有"春秋摘微一卷"字样。后被王先谦辑入《南菁书院丛书》。

要之，《春秋摘微》在元代分别以四卷本和一卷本被著录，但最终亡佚。明修《永乐大典》时收录宋代杜谔的《春秋会义》，其间有《春秋摘微》六十二事，这使得卢仝"春秋学"著作最终能部分传世。

第二节 《春秋摘微》的内容分类

清代李邦黻辑本《春秋摘微》之六十二事，分属如下：隐公十一事；桓公六事；庄公十三事；闵公三事；僖公十一事；文公三事；宣公三事；成公五事；襄公一事；昭公六事；定公一事；哀公一事。内容所涉颇广，概而言之，大要可分为以下几类（引《春秋》经文时略去《春秋》，仅在每事前标注年数；引《春秋摘微》之论时简称为《摘微》；引文中标点为笔者所加。）

一、涉及周朝式微类（11 事）

隐公

（三年）秋，武氏子来求赙。

《摘微》：公不会葬天王，以致求赙，臣子大恶，无甚于是。

---

① ［唐］卢仝：《春秋摘微》，国家图书馆藏一卷本。

（十年）冬，天王使凡伯来聘。

《摘微》：周室东徙，政教大坏，朝聘会同上下之礼无别，故《春秋》所书聘朝之文天子与诸侯同。深责臣子之甚！

桓公

（十七年）癸巳，葬蔡桓侯。

《摘微》：《春秋》五等诸侯葬皆称为臣子。所追称则邾莒子爵、宋公爵。追称彼何？僭此。何短也？《周礼》："诸侯卒，请谥于天子。"当春秋时，纪纲坏，无复请谥之礼，故五等无上下之次，死咸称公。举是，则《春秋》称公者，皆责其罔上也。桓侯得请谥之礼，又明臣子无追称之僭，故书侯见褒。晋文侯辅平王、定周室，死称文侯，舍此无追称足见也。若谓不然，宋当死称王耳。圣人之于《春秋》，振颓纲，拯沉坏，故因桓侯以明《春秋》二百四十二年诸侯之僭越如此。

庄公

（三十年）齐人伐山戎。

《摘微》：三十年冬，齐伐山戎。三十一年夏，齐侯来献戎捷、礼诸侯。有四夷之功，献之天子。齐为伯主，凡献捷于鲁，故谨始末以罪之也。又责齐桓无戴天子之意。

僖公

（五年）秋八月，诸侯盟于首止，郑伯逃归，不盟。

《摘微》：夏，诸侯会王世子于首止；秋，诸侯盟于首止，此《春秋》尊周之微意。诸侯不敢盟世子，故自盟也。

（五年）于洮，郑伯乞盟。

《摘微》：王人先诸侯，尊王命也。九年，宰周公同九国诸侯盟葵丘（原书"丘"有缺笔），上会尊王，下诸侯自盟，与首止之义同。

（九年）夏，公会宰周公、齐侯、宋子、卫侯、郑伯、许男、曹伯于葵丘（原书"丘"有缺笔）。

《摘微》：见上盟洮。

成公

（元年）秋，王师败绩于茅戎。

《摘微》：王者无敌于天下，故以自败为文，且明四夷交侵、王纲不振，戎之众败天子之师。圣人于《春秋》也，不得其罪。

（八年）公孙婴如京师，不至而复。丙戌奔莒。

《摘微》：公孙婴如京师不至而复，本会专命而行，因王事而回，轻君命之甚。

（十三年）三月，公如京师。

《摘微》：十三年公如京师，五月公自京师。遂会诸侯伐秦公，因会晋而朝周，非尊上意，故下文言自京师，遂会师云。此重序之，且明公本意也。

昭公

（二十二年）王室乱。

《摘微》：书王室乱，大矣！夫子之旨，罪藩维之深。时吴楚夷狄交乱中国，周之列国灭亡不暇。景王崩，朝廷立君不以正。公卿交恶，文武之绪几绝。齐、晋、鲁、卫，但外事夷狄。王室颠危，无忧恤勤王之举。周天子之所系而内外若是，故书王室乱以罪诸侯。又且明时无伯主，无人乎定王室致使然也。

二、涉及纲常有违类（9事）

隐公

（元年）春，王正月。

《摘微》：隐越次而立，久不归位，外示摄而中实夺之。故不书即位,明春秋之所由作也。

(元年)三月,公及邾仪父盟于蔑。

《摘微》:仪父首僭,为罪始,故不书爵名以罪之。圣人贵始而抑末,举此则大意也。

桓公

(元年)春,王正月,公即位。

《摘微》:《春秋》书王以尊周。桓,罪恶之人,弑兄而立,不以正始。即位平乱而受赂,又与戎盟,若无上然,故不书王。其首末之年复书王者,明天子之正朔非臣下之可专,故圣人但存首末而已。

(二年)夏四月,取郜大鼎于宋。戊申,纳于大庙。

《摘微》:取鼎已甚,又纳诸庙,取赂器以黩神,罪莫大也。

庄公

(十九年)秋,公子结媵陈人之妇于鄄。

《摘微》:结本为媵使,遂专会盟。利国家、卫社稷者,臣不得专之,故书首末具明。

闵公

(元年)春,王正月。

《摘微》:承子般之弑,国内乱,无即位之礼,故不书。

僖公

(八年)冬,晋里克杀其君之子奚齐。

《摘微》:里克杀其君之子奚齐,不称世子,君而称君之子,知晋之不君奚齐也。

襄公

（十六年）三月，公会晋侯、宋公、卫侯、郑伯、曹伯、莒子、邾子、薛伯、杞伯、小邾子于溴梁。戊寅，大夫盟。

《摘微》：诸侯之大夫自盟，君各在会。臣盟则诸侯之政自兹失矣！三桓逐鲁、六卿分晋，其所由来者渐。

昭公

（二年）冬，公如晋，至河乃复。

《摘微》：公如晋，至河乃复，季孙宿如晋。君返臣往，恶莫大焉。且责季孙，又明昭之不君，卒见逐。又见季孙之恶始大，故直言以表罪。

三、涉及恤民存亡类（6事）

庄公

（四年）纪侯大去其国。

《摘微》：纪无罪，齐虽灭之，民无所贰，故但言去国。春秋时，国君玩兵赋民者比比皆是，以之灭亡社稷又众。民，固国之本。纪侯无及民之恶，齐人兴贪冒之师。国虽不支，民且不怨，故书大去，复存爵以哀之，斯又显春秋之赏罚教令非天子出。

（四年）六月乙丑，齐侯葬纪伯姬。

《摘微》：圣人存亡继绝，故复见伯姬，如纪之不失国，又且罪齐也。

（二十八年）臧孙辰告籴于齐。

《摘微》：臧孙辰告籴于齐。一不登而告籴邻国，责鲁无储蓄以拟凶灾，无恤民忧下之心。兵革力役不息以致荒耗，又明人君当谨积贮、省财用以备凶年也。

桓公

（六年）春正月，寔来。

《摘微》：州公以乱而来，公不能存恤奔亡，故但云来。

昭公

（九年）夏四月，陈灾。

《摘微》：圣人伤中国日削、礼仪堙丧，不有救焉，吾其夷矣！故罪楚存陈、以扶颓坏。权衡之设，其此之谓也。

（十三年）蔡侯庐归于蔡，陈侯归于陈。

《摘微》：蔡侯庐归于蔡，陈侯归于陈，陈为楚所灭（"为"上脱"蔡"字），今得复国，故称，以喜中国之旧，且不言自楚归。

四、涉及玩兵黩武类（4事）

隐公

（元年）夏五月，郑伯克段于鄢。

《摘微》：书"克"，绝郑兄弟之亲，且罪郑伯。

桓公

（三年）秋，蔡人、卫人、陈人从王伐郑。

《摘微》：蔡、卫、陈称人，不能尽力天子，以致败北也。

庄公

（八年）春，王正月，师次于郎，以俟陈人、蔡人。甲午治兵，夏师即齐师围郕，郕降于齐师。秋，师还。

《摘微》：郕降于齐师，秋书师还，为公讳。伐国姓，故以降齐为文，终书师还，则知其非也。

定公

（十二年）叔孙州仇帅师堕郈；季孙斯、仲孙何忌帅师堕费。

《摘微》：郈费二邑也，固已属鲁，今帅师伐而取之，则郈费其叛也，讳鲁之内叛失民，故言堕以曲其辞。书帅师以明其实，微哉！

五、涉及刑罚混乱类（5事）

庄公

（二十六年）曹杀其大夫。

《摘微》：称国以杀又不名，其恶可知。

闵公

（元年）郑弃其师。

《摘微》：郑不能正刑以罪高克，克不能退避其位，故书弃以婉其责，明君臣之间不可苟且耳。

文公

（八年）宋人杀其大夫、司马，宋司城来奔。

《摘微》：并称官而不名者，罪宋失御下之道。司马、司城，宋之政臣，安危系之，故明其位，又以绝宋君臣。然也。

宣公

（元年）晋放其大夫胥申父子于卫。

《摘微》：晋弃逐其臣不以罪，故书曰"放"，责晋甚也。

哀公

（四年）春，王二月庚戌，盗杀蔡侯申。

《摘微》：盗杀蔡侯申，称盗，非君罪。不言某，以盗言之，其恶可知。

六、涉及贪暴无义类（9事）
隐公

（八年）三月，郑伯使宛来归祊。庚寅，我入祊。

《摘微》：归祊又书"入"，又婉其文为"璧假许田"，圣人责其废祖宗之祭，以贪利相假易，故郑重其辞也。

庄公

（六年）冬，齐人来归卫俘。

《摘微》：齐人归俘于我，我不当受，齐不当归。

闵公

（二年）冬，齐高子来盟。

《摘微》：庆父弑君，齐伯主不能讨，故徯之来立僖公，若高子自来以存鲁，不言齐，责不讨贼深哉！圣人之意斯又明：恶不可稔。庆父弑君而奔，又不加讨，致闵又弑，复使人定君于鲁。始之不慎，一至于斯。

僖公

（二年）虞师、晋师灭下阳。

《摘微》：晋主兵而书上虞者，虞预谋受赂以启晋师，实灭虢而言下阳，若虢存焉，且责虞之召寇败邻之甚矣！

（五年）冬，晋人执虞公。

《摘微》：虞公启敌，晋又贪，称人以执公，交讥之。

（元年）十有二月丁巳，夫人氏之丧至自齐。

《摘微》：哀姜之恶，天地所不容，故去氏贬之。至自齐，又责齐桓之纵贼也。夫人死于夷，不言夷而言至自齐，夷虽齐地（"虽"

字疑误）因以讥也。贼谓庆父。庆父与哀姜志同故。

宣公

（元年）六月，齐人取济西田。

《摘微》：公以赂齐，故以齐自取为文，为鲁讳也。齐不当受，故正名焉。

成公

（六年）取鄟。

《摘微》：不具师名及日，责鲁重。明鄟无罪，鲁贪而灭之，故不言灭，变言"取"以示义。

昭公

（十一年）夏四月丁巳，楚子虔诱蔡侯般，杀之于申。楚公子弃疾帅师围蔡。

《摘微》：楚子虔诱蔡侯般，杀之于申。虔已灭陈，又杀蔡侯，书"诱"，罪之若盗贼焉，故名爵两备，以正名也。冬又灭之，用其世子，虔之暴可知也。

七、涉及礼崩乐坏类（13事）

隐公

（元年）冬十有二月，祭伯来。

《摘微》：祭伯，天子卿，非鲁可朝，故书来。

（五年）初献六羽。

《摘微》：始踰常礼、滥用乐，故书"初"。

（九年）春，天王使南季来聘。

《摘微》：南季来聘，"春"接天子之事，故不"王"者。史例，非贬。

（三年）公会齐侯于讙。

《摘微》：齐侯送女非正，公又会之，皆失礼也。

庄公

（元年）春，王正月。

《摘微》：桓薨乎他国，庄公不称即位，礼也。

（元年）秋，筑王姬之馆于外。

《摘微》：王姬适齐，鲁实主婚。鲁虽恶齐，不可拒王命，馆之外。失事上礼，且所以恶齐。

僖公

（元年）春，王正月。

《摘微》：国连弑二君，内乱不书即位，礼也。

（四年）楚屈完来盟于师，盟于召陵。

《摘微》：先书完盟于师，知桓公以正义伐楚，楚来乞盟于师也。又书盟召陵，知桓之见楚服罪，退师以盟，礼也。圣人之意，一善则褒、纤恶无余，况于楚乎？

（五年）杞伯姬来朝其子。

《摘微》：朝非妇人之礼，况又子也。

文公

（十五年）冬十有一月，诸侯盟于扈。

《摘微》：十五年冬及十七年夏，并书诸侯会盟，不书公，为鲁讳，不得盟也。

宣公

（十年）齐崔氏出奔卫。

《摘微》：称"氏"，绝之于齐。举族外奔，故曰"氏"，且责崔也。

成公

（十六年）秋，公会晋侯、齐侯、卫侯、宋华元、邾人于沙随，不见公。公至自会。

《摘微》：公会诸侯于沙随，不见公，公不得会，为鲁讳。变言不见，讥公失势于诸侯。

（十六年）公会尹子、晋侯、齐国，佐邾人伐郑。

《摘微》：秋，公会尹子、晋侯伐郑。九月，晋人执季孙行父及郤犨，盟于扈，公至自会。深哉圣人于鲁也！讳避之微尽此（"尽"字疑误）。行父，鲁卿。晋人执之，辱又甚矣。又盟郤犨，方书至自会，晋之辱甚，鲁之弱可知。故不言至自伐郑，而云至自会，于以见讥，且明公不能事大以礼，臣辱国耻者也。

八、涉及天象类（2事）

隐公

（三年）春，日食。

《摘微》：圣人谨之以戒惧人君。睹灾能改，则圣人之意也。

庄公

（七年）夏四月辛卯夜，恒星不见，夜中星陨如雨。

《摘微》：恒星不见，星坠如雨：恒星，列星也；所见者夜中，陨星乱坠如雨。"三传"释雨言"既星陨而雨"，甚乖圣人之旨。古今星陨如雨者非一，圣人立言不使后世为惑，故先言"恒星不见"，知天理之变既成，夜中星陨事犹大，故书其始末。灾异之占苟如此，《春秋》大法之言固当详正也。

九、涉及华夷大防类（3事）

庄公

（十八年）夏，公追戎于济西。

《摘微》：《春秋》尊中夏，不使戎狄侵扰，故但书"追"，不言戎来侵伐之事。

隐公

（二十二年）春，公会戎于潜。

《摘微》：戎非中夏敌，公辄会之，是会以婉其罪也。故秋复与戎盟，则谨日月以示过。

昭公

（二十三年）戊辰，吴败顿胡、沈蔡、陈许之师于鸡父。胡子髡、沈子逞灭。获陈夏啮。

《摘微》：吴以夷狄败中国之师，又杀其君，故书"灭"以存中国若自灭，非预终于吴也。

第三节 《春秋摘微》的思想倾向及风格特点

一、《春秋摘微》的思想倾向

卢仝《春秋摘微》现仅存六十二事，我们很难以此为据判断其思想倾向，否则便有以偏概全之嫌。但亦不能借此而对之完全失于把握，或可以结合他的诗作尽可能地对《春秋摘微》思想倾向进行检讨。

1. 尊君权，反僭越

卢仝生活的时代，君权式微，藩镇割据，动辄以武力与朝廷相抗衡，而朝廷为求苟安只能姑息。《新唐书·藩镇传》曰:"安史乱天下,至肃宗大难略平,君臣皆幸安,故瓜分河北地,付授叛将,护养孽萌,以成祸根。乱人乘之,遂擅属吏,以赋税自私,不朝献于廷。效战国,肱髀相依,以土地传子孙,胁百姓,加锯其颈,利怵逆污,遂使其人自视由羌狄然。一寇死,一贼生,迄唐亡百余年,卒不为王土。"① 这种王室不尊、三纲不举之局面,是当时最大的政治危机。卢仝对此深恶痛绝,他在《春秋摘微》中明确提出:"圣人之于《春秋》,振颓纲,拯沉坏"(桓公十七年),并反复提及诸侯非礼僭越之事并对之讥刺,如桓公十七年"癸巳,葬蔡桓侯。"《摘微》对其评论曰:"《春秋》五等诸侯葬皆称为臣子。所追称则邾莒子爵、宋公爵。追称彼何?僭此。何短也?《周礼》:'诸侯卒,请谥于天子。'当春秋时,纪纲坏,无复请谥之礼,故五等无上下之次,死咸称公。举是,则《春秋》称公者,皆责其罔上也。桓侯得请谥之礼,又明臣子无追称之僭,故书侯见褒。晋文侯辅平王,定周室,死称文侯。舍此无追称足见也。若谓不然,宋当死称王耳。圣人之于《春秋》,振颓纲,拯沉坏,故因桓侯以明《春秋》二百四十二年诸侯之僭越如此。"

对诸侯僭越讥刺外,卢仝对诸侯国君即位不以正始多所非议,如隐公"元年春,王正月。"卢仝谓:"隐越次而立,久不归位,外示摄而中实夺之。故不书即位,明春秋之所由作也。"国君即位不以正始,是中唐以来的政治家常便饭。唐王朝宪宗以后之君,便多为宦官所立。宪宗本人,虽为宦官所立,但终是由顺宗太子之名份登上君位,故卢仝《月蚀诗》专门点到写作时间为"新天子即位五年"。这表面看似纪实手法,其实正蕴含了卢仝在观念上以宪宗登基为正的政治观。在评论闵公二年"冬,齐高子来盟"时曰:"庆父弑君,齐伯主不能讨,故徯之来立僖公,若高子自来以存鲁,不言齐,责不讨贼深哉!圣人之意斯又明:恶不可稔。庆父弑君而奔,又不加讨,致闵又弑,复使人定君于鲁。始之不慎,一至于斯。""始之不慎,一至于斯。"正是卢仝对国君登基不以正始而终致乱的政治见解。

---

① 《新唐书》卷二一〇,第19册,5921页。

2. 重恤民，反黩武

卢仝是儒家的忠实信奉者，儒家提倡"仁者爱人"，这在卢仝身上体现得非常明显。如其《观放鱼歌》一诗胜赞常州刺使孟简德政："刺使自上来，德风如草铺。衣冠兴废礼，百姓减暴租。豪猾不豪猾，鳏孤不鳏孤。开古孟渎三十里，四千顷泥坑为膏腴，刺使视之总若无！"《走笔谢孟谏议寄新茶》写到自己饮茶的种种妙感时也会想到茶民的供御之苦："安得知百万亿苍生命，堕在巅崖受辛苦。便为谏议问苍生，到头还得苏息否。"《蜻蜓歌》写到黄河上随风翩飞嬉戏的蜻蜓，会不由想到："吾若有羽翼，则上叩天关。为圣君请贤臣，布惠化于人间。"这种推己及人的仁爱精神，在《春秋摘微》中表现出的是重恤民，反黩武。如庄公四年"纪侯大去其国。"卢仝对此评曰："纪无罪，齐虽灭之，民无所贰，故但言去国。春秋时，国君玩兵赋民者比比皆是，以之灭亡社稷又众。民，固国之本。纪侯无及民之恶，齐人兴贪冒之师。国虽不支，民且不怨，故书大去，复存爵以哀之，斯又显春秋之赏罚教令非天子出。""再如庄公二十八年，臧孙辰告籴于齐。"《春秋摘微》评曰："臧孙辰告籴于齐。一不登而告籴邻国，责鲁无储蓄以拟凶灾，无恤民忧下之心。兵革力役不息以致荒耗，又明人君当谨积贮、省财用以备凶年也。"

3. 明刑法，分善恶

卢仝在《月蚀诗》中，曾经援引郭公之例来劝诫宪宗："善善又恶恶，郭公所以亡"，善之能用，恶之能去，是政治清明的一种表现。反之，君臣苟且，君待臣以私则会导致贤者不得用而小人在位的政治颓势。卢仝对此深恶痛绝，在《感古四首》（其一）中谓贤者在位对政治的影响："天生圣明君，必资忠贤臣。虞舜竭股肱，共佐尧为君。四载成地理，七政齐天文。"而君臣相待以私的结果为："秦汉事谄巧，魏晋忘机钧。猜忌相剪灭，尔来迷恩亲。"这种善恶分明的用人思想，也体现在《月蚀诗》中深隐的罪宪宗待吐突承璀以私恩而废国法之事上：唐宪宗元和四年（809）十月，成德军节度使王士真死，其子王承宗欲袭父位，不待朝命自为留后。但宪宗却把德、棣二州从其镇析出另派节度使统之，承宗遂反。宪宗竟任命宦官吐突承璀为行营招讨处置使。平叛之役在吐突承璀指挥下期年无功，反使神策大将郦定进轻易送命沙场。宪宗不得已，任命承宗为成德军节度使。吐突承璀出师不利，致使将死国辱，宪宗竟不罪之，仍为禁军中尉。段平仲等极论其轻谋误国，请斩之以谢天下。但宪宗只降其为军器使，旋又因罪令出监淮南军，但不久又诏回京师，官复原职。如此宠信宦官而废朝廷法度，与因"善善又恶恶"而自取灭亡的"郭公"何其相似乃尔！卢仝对不罪承璀师出无功一事愤恨之极，便创作了著名的歌行体《月蚀诗》。诗中政治含义是与《春秋摘微》一致的，如在对闵公元年，"郑弃其师"一事的评价上，卢仝谓："郑不能正刑以罪高克，克不能退避其位，故书弃以婉其责，明君臣之间不可苟且耳。"

4. 反贪敛，重道义

卢仝提倡为政以德，而德政的一个重要标志便是节用以爱民。其《走笔谢孟谏议寄新茶》明确提出"不奢"，而结尾归结到节用以体谅民情："安得知百万亿苍生命，堕在巅崖受辛苦。"卢仝提醒"王公"们在饮着"至精至好"之茶时，不能忘了"百万亿苍生命"为采摘茶叶而冒的风险。节用以爱民的对立面是贪敛以害民，《春秋摘微》评论僖公二年"虞师晋师灭下阳"曰："晋主兵而书上虞者，虞预谋受赂以启晋师。实灭虢而言下阳，若虢存焉。且责虞之召寇败邻之甚矣。"在僖公五年"冬，晋人执虞公。"又评论曰："虞公启敌，晋又贪，称人以执公，交讥之。"

二、《春秋摘微》的风格特点

《春秋摘微》的风格特点，主要体现在鲜明的主观倾向性和深透的议论风格两个方面。

1. 鲜明的主观倾向性

卢仝是位儒者，有着深切的入世思想和明敏的理性批判意识，所以《春秋摘微》体现出非常鲜明的"以己意说经"的主观倾向性，正如《月蚀诗》结尾所云："或问玉川子：'孔子修《春秋》。二百四十年，故月蚀不见收。今子咄咄词，颇合孔意不？'玉川子笑答：'或请听逗留。孔子父母鲁，讳鲁不讳周。书外书大恶，故月蚀不见收。'"《春秋》中收"日蚀"而不收"月蚀"，《月蚀诗》却大书特书之，是因为卢仝认为孔子以"日蚀"象"大恶"，以"月蚀"象"小恶"。这种以己意说经也绝非全无依据，《公羊传》"隐公十年六月"谓："《春秋》录内而略外，于外大恶书，小恶不书，于内大恶讳，小恶书。"① 何休注曰："于内大恶讳、于外大恶书者，明王者起，当先自正，内无大恶，然后乃可治诸夏大恶。……内小恶书、外小恶不书者，内有小恶，适可治诸夏大恶，未可治诸夏小恶，明当先自正然后正人。"② 孔子因为鲁避讳不为周避讳，故《春秋》书日蚀以方周德之衰；卢仝因为唐之子民，自然"于内大恶讳，小恶书"，故记"月蚀"。把《春秋》的书"日蚀"变通为书"月蚀"，还要使人相信没有违背"孔意"，显示出卢仝以己意改造经意的强烈主观倾向性。

2. 深透的议论风格

卢仝秉承孔子"微言大义"的"春秋"笔法，议论时用字极省简而能发人深思。他往往忽略对现象的描述，只对本质作形而上的点评。他通常采取纵向思维的方式即避开事件表面现象而直探事情发生的本源或影响，向事件的纵深处深究，倾向于务"虚"。这充分显示出《春秋摘微》是为"摘取"《春秋》"微旨"即孔子作《春秋》之本心而作治经目的。所谓《春秋》之"微旨"，便是不曾被人所看出、道出的"圣人之意"，这在陆淳为《春秋微旨》所作的序文中得到了比较明确的表达：

> 传曰："唯天为大，唯尧则之。《韶》尽美矣，又尽善也。《武》尽美矣，未尽善也。"又曰："禹吾无间然矣。"推此而言，宣尼之心，尧舜之心也；宣尼之道，三王之道也。故《春秋》之文通于《礼经》者，谓凡郊庙、朝聘、谔社、婚姻之类是也，斯皆宪章周典可得而知矣。其有事或反经而志协乎道：纪侯失其国之类是也；迹虽近义而意实蕴奸：楚子虔诱蔡侯般之类是也；或本正而末邪：

---

① 《春秋公羊传注疏》，63页。
② 《春秋公羊传注疏》，63页。

楚杀征舒、楚子入陈之类是也；或始非而终是：晋人纳捷菑、不克纳之类是也。贤智莫能辨，彝训莫能及，则表之圣心，酌乎皇极，是生人以来未有臻斯理也！岂但拨乱反正，使乱臣贼子知惧而已乎？今故发其微旨，总为三卷。……其有与我同志，思见唐虞之风者，宜乎齐心极虑，于此得端本源流之意；而后周流乎二百四十二年褒贬之义，使其道贯于灵府，其理决于事物；则知比屋可封，重译而至，其犹指诸掌尔。宣尼曰："如有用我者，期月而已可也。"岂虚言哉！岂虚言哉！①

陆淳非常明确地道出何者为《春秋》之"微旨"。在他看来，孔子作《春秋》，不仅仅是《公羊传·哀公十四年》说的："拨乱世，反诸正"。孔子之心，是上追"尧舜之心"；孔子之道，是上追"三王之道"，所以《春秋》"宪章周典"尊礼、强调人事。故其记事是为透过现象看本质，从而为人事提供可资借鉴的经验教训：如"反经而志协乎道""迹虽近义而意实蕴奸""本正而末邪""始非而终是"之类。这类事的本质，长期以来，"贤智莫能辨，彝训莫能及"，孔子始在《春秋》中发露之，通过对事"端本源流"力求再现"唐虞之风"，这才是"圣心"所在，"圣心"即《春秋》之"微旨"。

陆淳，生活年代与卢仝大致相当，是唐代中叶"春秋学派"的集大成者。《旧唐书·儒学传》谓："陆质，吴郡人，本名淳，避宪宗讳改之。质有经学，尤深于《春秋》，少师事赵匡，匡师啖助，助、匡皆为异儒，颇传其学，由是知名。"② 啖助、赵匡等认为"三传"均未得《春秋》真意，"圣人"之旨，故自出机杼，"自名其学"③，于是被视为"异儒"。卢仝治"春秋"，正是陆淳一派，即以探得"圣人之意"为题旨、以己意说经的治学路子。这种治学目的，使得《春秋摘微》越过"三传"胶着于事的烦琐和穿凿

---

① [唐]陆淳：《春秋微旨》，古经解汇函本，上海：蜚英馆光绪十四年（1888）石印本。
② 《旧唐书》卷一八九，第15册，4977页。
③ 《新唐书》卷二〇〇，第18册，5707页。

而偏重形而上的义、理的议论,形成一种简明深透的议论风格,故宋人许颉《彦周诗话》评之曰:"词简意远,得圣人之意为多。"

综而论之,《春秋摘微》成书伊始,曾为韩愈、刘叉等辈深所叹服,其学力与识见自可想见。岁月如流,不断如系,所幸尚有六十二事存世,卢仝经学思想、政治倾向、为文之风等,于中"明灭或可睹",这对于卢仝的全面研究,将不无裨益。

结　语

　　胡应麟《诗薮》谓："初唐体质浓厚，格调整齐，时有近拙近板处。盛唐气象浑成，神韵轩举，时有太实太繁处。中唐淘洗清空，写送清亮……而体格渐卑，气运日薄，变态毕露矣。"① 所谓"气运"，即诗人所处时代的大环境，它是由政治局势、经济状况、文化思想、外交态势等多种综合要素所形成的国家综合气象。初盛唐时的国家状态是朝气蓬勃的，故初唐多杨炯"宁为百夫长，胜作一书生"（《出塞》，《全唐诗》卷五〇）类的豪言，盛唐多李白"谁能书阁下，白首太玄经"（《侠客行》，卷二）类的壮语。这种国家状态下士人很容易激发进取有为、建功立业的热情与信念，反映在诗歌创作上，则多表现为恢宏壮阔和奔放超迈的美学风格。

　　中晚唐则完全不同，安史之乱彻底颠覆了唐王朝的盛世繁华，经济基础与上层建筑走向双崩溃的边缘。此时的时运即国家状态是"从噩梦中醒来却又陷落在空虚的现实里，因而令人不能不忧伤的时代"②。衰乱之世在某种意义上会玉成文学，因为没有了盛世时代主导精神有意无意的影响和制约，文学创作会如"风里落花谁为主"一样，各有各飘零的轨迹和方向。虽说少了份向心力指引的方向感而不免迷茫和悲哀，但却有了许多花样别出的个性和风采。赵翼《瓯北诗话》卷四"白香山诗"云："中唐诗以韩、孟、元、白为最。韩、孟尚奇警，务言人所不敢言；元、白尚坦易，务言人所共欲

---

　　① ［明］胡应麟《诗薮》内编卷五，上海：上海古籍出版社，1958年，92页。
　　② 参见《唐诗鉴赏大辞典》前言，上海：上海辞书出版社，1983年。

言。试平心论之，诗本性情，当以性情为主。奇警者，犹第在词句间争难斗险，使人荡心骇目，不敢逼视，而意味或少焉。坦易者，多触景生情，因事起意，眼前景，口头语，自能沁人心脾，耐人咀嚼。此元、白较胜于韩、孟。"①坦易也好，险怪也罢，其实都是追求个性的结果和产物。

就韩孟诗派的追奇求怪而言，则主要是追求惊人视听。韩愈曾在《醉赠张秘书》中赞孟郊诗："东野动惊俗，天葩吐芬芳。"韩愈推崇孟郊，着眼点便是其诗能"惊俗"骇众。皇甫湜在《顾况诗集序》中指出顾况诗能"惊人"正在于"非寻常"："吴中山泉气状，英淑怪丽，太湖异石，洞庭朱实，华亭清唳，与虎丘、天竺诸佛寺，钩绵秀绝。君出其中间，翕清轻以为性，结泠汰以为质，煦鲜荣以为词。偏于逸歌长句，骏发踔厉，往往若穿天心，出月胁，意外惊人语，非寻常所能及，最为快也。"②

卢仝，作为韩孟诗派重要成员之一，他诗歌的"怪"无异具有韩孟诗派的一些共性，集中表现在以下几个方面。

一、以"丑"入诗——惊人视听

韩孟诗派诸人，喜以"丑"入诗，以前多不被人注意、不能唤起人审美愉悦之物象都成了他们入诗的材料。这应该是和时代紧密相关的，安史之乱的暴发，使唐王朝从盛世的巅峰状态跌落，也使世人从升平的喧嚣中开始清醒。开始进行理性地思考叛乱与衰落何以会发生。玄宗沉溺于杨妃之色是世人所认为的一个重要原因，如白居易的《长恨歌》开头两句很有深意："汉皇重色思倾国，御宇多年求不得"，玄宗未得"倾国"色时，励精图治，使国家走向了"开天盛世"。一旦求得倾国色——杨妃，便开始"春宵苦短日高起，从此君王不早朝"，荒芜朝政，最终导致"渔阳鼙鼓动地来，惊破霓裳羽衣曲"的"安史之乱"。陈鸿的《长恨歌传》明确指出写作缘由是"惩尤物，窒乱阶，垂于将来也。"③"尤物"便指的是杨妃。元稹《莺莺传》写

---

① 见《清诗话续编》，上册，1173 页。
② [唐] 皇甫湜：《皇甫持正文集》卷二，四部丛刊本，上海：商务印书馆，1919 年。
③ 《唐人小说》上卷，141 页。

张生抛弃莺莺的理由，竟是因为莺莺太美："大凡天之所命尤物也，不妖其身，必妖于人。……昔殷之辛，周之幽，据百万之国，其势甚厚。然而一女子败之。溃其众，屠其身，至今为天下僇笑。予之德不足以胜妖孽，是用忍情。"① 直接把美丽的莺莺称为"妖孽"了。韩愈在《杂说》中云："昔之圣者，其首有若牛者，其形有若蛇者，其喙有若鸟者，其貌有若蒙倛者：彼皆貌似而心不同焉，可谓之非人邪？即有平胁曼肤，颜如渥丹，美而狠者，貌则人，其心则禽兽，又恶可谓之人耶？"② 有非人之状而有圣德，貌美而"心则禽兽者"，这种对比中可见韩愈的"审丑"倾向，乃感情指向所趋。卢仝在《月蚀诗》中也说："吾恐天似人，好色即丧明。"所以说，以"丑"入诗，从深层的理性价值来讲是一种渴望对道德世风进行反拨的心理外化，是对儒家追求好德甚于好色的一种诠释；从审美追求上来讲则是用此类非同寻常的"丑语"入诗，以其陌生感、新鲜感，抑甚或以心理上的排斥感而对人的视觉、感觉造成一种强烈的冲击，从而被引起重视而具有"惊人"的艺术力量。因为"丑语"入诗，"它不只吸引我们的心灵，同时还拒绝和排斥它，这两种心灵感觉不断地快速交替，就产生了特殊的消极性的愉快。"③

二、异思怪想——以反常之思惊人

韩孟诗派善于在诗思上独僻幽径，惯于用一种近乎变态的思维模式展现其独特不群的精神风貌。如韩愈《苦寒》诗中如是描写天寒："啾啾窗间雀，不知已微纤，举头仰天鸣，所愿晷刻淹。不如弹射死，却得亲炰燖。"（卷二）赵翼《瓯北诗话》（卷三）云："谓雀受冻难堪，翻愿就炰炙之热也。"在《郑群赠簟》写夏日得凉席的快心爽意为："侧身甘寝百疾愈，却愿天日恒炎曦"（卷四），都是令人视听为之一惊的反常之语。朱弁《风月堂诗话》卷下谓此句与老杜、乐天仁人君子心胸不同，曰："《茅屋为秋风所破歌》云：'安得广厦千万间，大庇天下寒士俱欢颜……'白乐天《新制布裘诗》

---

① 《唐人小说》上卷，167页。
② 《唐宋八大家文钞校注集评·昌黎文钞》，530页。
③ 曹俊峰：《康德美学引论》，天津：天津教育出版社，2001年，256页。

云：'安得万里裘，温暖被四垠。'亦其例也。然韩退之作《谢郑群赠》诗则曰：'侧身甘寝百疾愈，却愿天日恒炎曦。'其意与子美、乐天绝不相似，然退之岂是无意于斯人者？但于援毫之际偶输二老一着耳。'客大笑曰：'退之文章不喜蹈袭前人，其用意岂出于此耶？抑为人木强，于吟咏犹然，果如欧、梅所论也。"① 孟郊诗如《寒地百姓吟》："无火炙地眠，半夜皆立号。冷箭何从来，棘针风骚骚。霜吹破四壁，苦痛不可逃。高堂捶钟饮，到晓闻烹炮。寒者愿为蛾，烧死彼华膏。华膏隔仙罗，虚绕千万遭。到头落地死，踏地为游遨。游遨者是谁？君子为郁陶。"（卷二）在诗中，为表达"苦痛"之深，"寒地百姓"竟愿意变成一只扑火的飞蛾，在"华膏"中烧死而不愿被冻死，因为"华膏"尚有光和热！可这个悲惨的愿望也不可得，灯火有灯罩隔着——欲死不得！只能在"落地死"后，再为"遨游者"所"践踏"——弱小者死的尊严也被残酷地剥夺！读至此时，我们能不为挣扎于社会底层的被侮辱被损害者的处境而心惊魄动？能不为诗人敲骨取髓般深透怪异之想象而耳目一新？再如《夜感自遣》："夜学晓未休，苦吟神鬼愁。如何不自闲，心与身为仇。死辱片时痛，生辱长年羞。清桂无直枝，碧江思旧游。"（卷三）好生恶死，是人之本性，而孟郊此诗，却非常明确地表明死要比生好，这当然是对现实绝望透顶时的愤激之语！贾岛诗如《客喜》写自己穷苦："客喜非实喜，客悲非实悲。百回信到家，未当身一归。……常恐泪滴多，自损两目辉。鬓边虽有丝，不堪织寒衣。"（卷一）阮阅引欧阳修《六一诗话》谓："孟郊、贾岛皆以诗穷至死，而平生犹自喜为穷苦之句。孟有《移居》诗云：'借车载家具，家具少于车。'乃是都无一物耳。又《谢人惠炭》云：'暖得曲身成直身。'人谓非其身备尝之，不能道此句。贾云：'鬓边虽有丝，不堪织寒衣。'就令织得，能得几何？《朝饥》又云：'坐闻西床琴，冻折两三弦。'人谓其不止忍饥而已，其寒亦何可忍也！"② 卢仝《苦雪寄退之》写诗人一家在大雪封门时衣食无着，赖以取暖和充食之物，唯有

---

① ［宋］朱弁：《风月堂诗话》卷下，见《宋诗话全编三·朱弁诗话》，2958页、2959页。

② ［宋］阮阅：《诗话总龟》卷七，见《宋诗话全编二·阮阅诗话》，1502页。

"冷絮""冷齑"而已。眼见"病妻烟眼泪滴滴",耳闻"饥婴哭乳声呶呶",诗人在"冻欲死"时竟说:"我死未肯兴叹嗟。但恨口中无酒气,刘伶见我相揄揶。"这真是出乎常人所见所闻之语!人在濒临绝境之时,往往会想到死,于是悲哀凄凉便自然而然地产生。而诗人竟会自己调侃自己如果冻饿而死,唯有一件事可羞,即临死没有酒喝。但也正是此出乎常人意料之语,显示出卢仝不戚戚于贫贱的骨气,当然也有一种自我解嘲的意味在内,正如林语堂《论解嘲》所说:"人生有时颇感寂寞,或遇到危难之境,人之心灵,却能发生妙用,一笑置之,于是轻松下来。"① 这种反常之语,以有违于常人常情而令人为之一惊,有着发人深省的意味。

三、直言真语——以真率惊人

韩孟诗派另一显著特点,即敢于示人以真我,将平日隐藏于内心深处的自我本性显现于诗中。但也正因此,韩孟诗派之诗又多了种惊人之语,韩愈表现得尤其明显,如《示儿》诗所示儿者,皆利禄事。《符读书城南》亦以两家生子,孩提无甚差等,及长由学与不学之故而一为龙,一为猪。龙者为公相,势位赫奕;猪者为马卒,日受鞭笞,此亦徒以利禄诱子,而遭后人之讥。孟郊诗如《叹命》中直言:"本望文字达,今因文字穷。"(卷三)贾岛诗如《酬姚校书》一诗,直接地吐露了欲得"丐脂润"②的心境:"因贫行远道,得见旧交游。美酒易倾尽,好诗难卒酬。公堂朝共到,私第夜相留。不觉入关晚,别来林木秋。"(卷六)刘叉《狂夫》更是直接写对"狂夫"庸俗生活的艳羡:"大妻唱舜歌,小妻鼓湘瑟。狂夫冶游归,端坐仍作色。不读关雎篇,安知后妃德。"(《全唐诗》卷三九五)皇甫湜《出世篇》直接宣称人生当尽耳目声色口腹之欲:"骑龙披青云,泛滥游八区。……群仙来迎塞天衢。凤凰鸾鸟烂金舆,音声嘈嘈满太虚。旨饮食兮照庖厨,食之不饫饫不尽,使人不陋复不愚。旦旦狎玉皇,夜夜御天姝。当御者几人?百千为

---

① 刘学志:《林语堂散文》,石家庄:河北人民出版社,1991年,第3册,42页。
② [明]胡震亨:《唐音癸签》卷二六:"唐士子应举,多遍谒藩镇州郡丐脂润,至受厌薄,不辞。"上海:上海古籍出版社,1981年,277页。

番，宛宛舒舒……"(《全唐诗》卷三六九）卢仝在南行扬州所作《冬行三首》中，直接写其计较俗利曰："通运隔南溟，债利拄北斗。扬州屋舍贱，还债堪了不？"在《白鹭鹚》中直接写自己渴求用世的急切不得："刻成片玉白鹭鹚，欲捉纤鳞心自急。翘足沙头不得时，傍人不知谓闲立。"这种真言直语，毫无做作的矫饰，将人生最本能的好恶喜憎坦率地写出，有点类似于鲁迅先生说的"藏在皮袍下的小"，这使人不能不惊叹于他们的勇气：他们不但敢于直面人生种种之"丑"，也敢于正面肯定欣赏自我的本真，这才是他们真正的个性所在。

上述追奇求怪之手段，是韩孟诗派诸人彰显的个性所在，反映在诗歌创作上，就形成一种奇崛险怪的审美风格。

附 录

附录一 卢仝诗集版本研究

关于卢仝诗集，今人万曼先生《唐集叙录》曾对其版本初步加以梳理论列。然而就版本角度看，囿于时代条件，万先生对存世之众多版本未曾寓目，对明清诸本亦多语焉不详。欲研究卢仝诗之成就，文本研究是其基础所在。后学尝赴北京、上海、天津等地图书馆，广搜众本，遍览书目，基本查清了卢仝诗集存世各本的版本情况。现欲不揣浅陋，拟就卢仝诗集结集刊刻之经过和存世各版本之面目，作一简略考述。

1. 宋代卢仝诗的流传与结集

卢仝集，北宋时已结集流传并上版刊行。最早著录卢仝集的是《崇文总目》，稍后《新唐书·艺文志》曰："《玉川子诗》一卷。"晁公武《郡斋读书志》亦云卢仝诗一卷。庆历八年（1048），有韩盈者作《玉川子诗外集序》曰："唐玉川先生卢仝，履道守正之节，见于昌黎退之之文。……但歌诗百篇，镂板已行于世，……常爱其诗，恨不得多见其篇，近友人李生于道士崔怀玉处又得集外一十五首，余甚喜之，以编附旧本。……庆历八年仲冬望日昌黎韩盈谦甫序。"[①] 韩盈所称仝"歌诗百篇，镂板已行于世"，已和现存仝

[①]《玉川子诗集》，四部丛刊本，上海：商务印书馆，1919年。

诗数目接近，当为仝诗别集。今上海图书馆藏有民国卢永祥翻刻《玉川子诗集注》，此本卷后有孙峻《玉川子诗集跋》曰："余曾藏有北宋本，为皇祐元年己丑（1049）四月所雕。题曰：'卢仝诗集二卷，外集一卷，庆历八年（1048）韩谦甫盈为之序。'宋刻宋印，字体绝精。"① 是知，卢仝诗集皇祐元年已有三卷刻本行于世，其外集一卷，当为韩盈于庆历八年所编的附集。另，王安石曾编《唐百家诗选》，其中收卢仝诗十四首。《王荆公唐百家诗选序》称其编选唐诗之由为："余与宋次道同为三司判官，时次道出其家藏唐诗百余编，诿余择其精者，次道因名曰《百家诗选》。废日力于此，良可悔也。虽然，欲知唐诗者观此足矣。"② 宋次道即宋敏求。王安石为三司判官在宋仁宗嘉祐五年（1060），王氏因宋次道家藏而编选是书，可见宋次道家藏有卢仝集，可能就是这种三卷本。惜乎这些本子今皆不存。万曼先生《唐集叙录》云："（卢仝诗）北宋时已有百篇镂板行世，但并此庆历本，皆无宋椠流传。各藏书家著录，率为影宋抄本。"③

迨南宋，陈振孙《直斋书录解题》卷十九作《卢仝集》三卷："其第三卷号集外诗，凡十首。庆历中有韩盈者为之序，川本止前二卷。"④ 陈振孙生活于南宋后期，平生以继承刘向和晁公武叙录图书之精神为己任，所编《直斋书录解题》收书五万一千多卷，与当时国家藏书目录《中兴馆阁书目》及其《续目》之总和相差无几。从其所著录的关于卢仝诗集版本情况看，在南宋至少可见两个本子：一曰二卷本，即川本；一曰三卷本，含集外诗一卷。

从以上宋代各家著录情况看，卢仝诗集在宋代刊刻流传的本子有三种：一卷本、二卷本和三卷本。今就所见材料，分别考述如下：

一卷本。此本为《新唐书·艺文志四》率先著录，云："《玉川子诗》一卷。"但此一卷本源于何处，不得而知。《直斋书录解题》卷一五曾解释王

---

① 《玉川子诗集注》卷五，济阳：1923年卢永祥翻刻蓝印本。
② [宋]王安石：《唐百家诗选·原序》，四库全书本，上海：上海古籍出版社，1987年。
③ 万曼：《玉川子诗集》，见所著《唐集叙录》，北京：中华书局，1980年，223页。
④ [宋]陈振孙：《直斋书录解题》，上海：上海古籍出版社，1987年，566页。

安石《唐百家诗选》不收李、杜、韩三家诗的原因时说：王氏不选三家诗，并无深意，只不过以宋次道家所藏的唐人诗集编选而已；故《唐百家诗选》非特不及此三家，唐名人如王右丞、韦苏州、元、白、刘、柳、孟东野、张文昌之伦，皆不在选。荆公所选，特世所罕见，其显然共知者，固不待选。是知宋次道家当时独有此一百五集，据而择之，他不复及耶。陈振孙之言道出了一个事实，即卢仝诗集在王安石编选《唐百家诗选》时，已属罕见。韩盈《玉川子诗外集序》称"恨不得多见其篇"，韩序作于庆历八年（1048），《新唐书》始撰于庆历四年（1044），可知欧阳修等著录卢仝诗集时，觅收亦颇不易，或收而不全而成一卷。此后一卷本之著录不绝如缕，如晁公武《郡斋读书志》、马端临《文献通考》及辛文房《唐才子传》著录之卢仝集均为一卷。明胡震亨《唐音统签》卷三百六十四《丁签》七十八所收之卢仝集卷首曰："（卢仝）诗一卷宗志同亦云二卷，今编为三卷。"① 胡氏是把集外诗补上后而成三卷，故卢仝诗集一卷、二卷之分似只是分法不同。上海图书馆藏康熙间刻本《卢仝诗》一卷本，收诗与《全唐诗》同，亦收《逢病军人》《山中》《除夜》二首。上述所称一卷本，限于史料缺失而难考其间渊源。

二卷本。此本有庆历本、蜀刻本。

庆历本。庆历八年（1048）刻《玉川子诗集》二卷本。韩盈《玉川子诗外集序》称仝诗"歌诗百篇，镂板已行于世，"可知北宋庆历八年时，二卷本卢仝诗集已有刊本流传，收诗已达百篇。这已和现存卢仝诗数目比较接近，故知此庆历本所收卢仝诗，当较齐备，惜乎不存。

蜀刻本。南宋时蜀中刻《玉川子诗集》二卷，即陈振孙《直斋书录解题》所称之"川本"。

三卷本。此本有南宋嘉熙丁酉（1237）刊本和书棚本。

丁酉本。南宋嘉熙丁酉（1237）刊《玉川集》本。庐陵胡如埙伯和嘉定庚午（1210）序云："余尝绅绎其诗，爱其殖《风》《雅》之根，换《离骚》之骨，因铢核而寸量之……余犹病其贯穿之不易穷，而句读之猝难理，暇日

---
① 《唐音统签》卷三六四。

因考订之，以玉川本集及《文粹》为主，不得已则以韩集所附，及观澜文所录，参定之间，益以己意，正其所未然者。三复以还，仅得其十之七八。因编以授之童孙且序其说。"① 嘉熙丁酉（1237）孙彪题云："读胡伯和所注玉川子《月蚀诗》，一句一字，必详其所自出，杜子美所谓更觉'良工心独苦'，岂伯和之谓耶！……余窃以为伯和，可谓于至文为孝子，于玉川子为忠臣。嘉定癸酉腊，临川李氏书于长沙帅治之广咨轩。先大父冰壶先生耄书不停披，多所训释，《月蚀诗》盖晚年所注也，家君在义郴，尝广其传矣，尚恨家无刊本，敬锓梓以寿其后。嘉熙丁酉冬至后五日，孙乡贡进士彪题。"② 此种丁酉本，《永乐大典》九〇六《诸家诗目》曾提及此本，此后不见著录，当亦失传。

书棚本。南宋中叶，临安府（今浙江杭州市）人陈起，设书肆于棚北大街睦亲坊，陈起号"陈道人"，其所刻书称书棚本。陈氏所刻以唐宋人诗词居多，其行款据所见均为半页十行，行十八字。陈宅书籍铺曾刻印《卢仝集》三卷，清代江标编《唐人五十家小集》中收《卢仝集》二卷、集外诗一卷，即据陈道人本影刊。每半页十行，行十八字；左右双边，黑单鱼尾。收卢仝诗107首，71题，包括《含曦酬》《马异答卢仝结交诗》和《招玉川子咏新文》三首，无《逢病军人》《山中》《除夜二首》，实收卢仝诗103首。该本在《月蚀诗》中"架构何可当"之"架"字下缺"构"字，有注曰"御名"二字，乃避宋高宗赵构之讳。

要之，卢仝诗在宋代，最初被著录为一卷，但惜乎难详其源；其后以二卷本行世，收诗有百首；后韩盈友人李生于道士崔怀玉处得卢仝集外诗十五首，韩盈以之编附卢仝集后，使卢仝诗在二卷之外，又多出一卷集外诗，此为三卷本之缘起。三卷本因收卢仝诗最多，故在后世影响最广。

2. 明代卢仝集的刊刻与流传

明人刊刻唐人诗文别集，正德年间和嘉靖以后，风气颇为盛行。如正德

---

① 《永乐大典》，第1册，384页。
② 《永乐大典》，第1册，384页。

十四年（1519），吴门陆氏刊本《唐五家诗》等。仅刘成德一人，于正德十年（1515）至十三年（1518）前后这一段时间内，就曾刊刻过杜审言、宋之问、沈佺期、李颀、李嘉佑、皇甫冉、韩君平、郎士元、耿湋、王建、张籍、白居易等十多家唐人诗集；嘉靖十九年朱警辑刻《唐百家诗》，徐献忠在嘉靖间刊刻有唐诗百余家别集等。在这一大的时代文化背景下，卢仝集也一再被翻刻，翻刻的本子有以下几种：

正德本。明正德间翻刻宋《卢仝诗集》二卷，集外集一卷本。孙峻《玉川子诗集跋》："又见明覆宋本，有无名氏一跋，题云：'玉川子诗，主于奇怪而语句浑成，与唐之诸家不类，其《茶歌》《月蚀》二篇，尤为世所传诵，昔之评诗者，谓天地间不可无此，则玉川诗之可爱者，正以其怪耳。予家藏宋刻本，最为完善，因寿诸梓，与骚坛之好奇者共。'又见明刊本，题曰《卢仝诗集》二卷、外集一卷，为明时吴郡陆焴以家藏宋本翻雕，盖别一本也。其集外诗则韩盈所掇拾，有韩序陆跋。"① 孙峻（1869—1936），字极于，号康侯，浙江仁和县人。幼年即好簿录之学，及长，佐丁丙编《武林掌故丛编》及《善本书室藏书志》。后以旧藏千卷，悉数捐入浙江图书馆。其中包括《晴川八识》诸书。《藏园群书经眼录》著录："《唐玉川子诗集》二卷、外集一卷，旧写本，十二行二十四字。后有徐献忠跋四行，云以家藏宋本寿梓。似是明钞本。"② 可知孙峻所谓无名氏，乃为徐献忠（1469—1545），字伯臣，明代华亭人。曾以家藏善本翻刻卢仝集，当在明正德年间。瞿镛《铁琴铜剑楼藏书目录》十九著录："《卢仝诗集》二卷，外集一卷，明刊本。唐卢仝撰，晁氏《读书志》作一卷，是本乃明时吴郡陆浯以家藏宋刻翻雕，盖别一本也，其集外诗则韩盈所掇拾，有韩序及陆跋。"③ 陆心源《皕宋楼藏书志》七十："卢仝诗集二卷，集外诗一卷，旧抄本，陆焴跋。"④ 万曼先生《唐集叙录》曰："《北京图书馆善本书目》有《卢仝诗集》二卷，

---

① 《玉川子诗集注》卷五，1923 年卢永祥翻刻蓝印本。
② 傅增湘：《藏园群书经眼录》，卷十二，北京：中华书局，1983 年，1091 页。
③ ［清］瞿镛：《铁琴铜剑楼藏书目录》，北京：中华书局，1990 年，286 页。
④ ［清］陆心源：《皕宋楼藏书志》，北京：中华书局，1990 年，下册，791 页。

集外诗一卷，唐卢仝撰，明陆涓刻本，则当为陆涓矣。"①

故正德间翻宋刻本有二，一为徐献忠覆宋本，简称徐刻本；一为孙峻云"吴郡陆煃以家藏宋本翻雕"本，简称陆刻本。分别考述如下：

徐刻本。莫友芝《邵亭知见传本书目》卷十二云："四库存目卢仝诗，明正德中有刻本二卷，旧抄本卷末有跋云：'取家藏宋本寿之梓，然则有刻本矣。'时代名氏，自是元明间人也。陆氏《藏书志》亦载抄本正同，而未言有韩集序，但云陆煃跋，则余本之跋，当即其人而去其名也。"②万曼先生谓："是莫氏乃误以徐献忠跋为陆煃，又不知陆煃当为陆涓也。"③徐刻本为二卷，当不收卢仝集外诗，故无韩盈集外诗序而有徐跋。徐献忠对卢仝诗颇有研究，《唐音统签》卷三百六十四《丁签》七十八所收之卢仝集前小传曰："徐献忠云老仝山林怪士，诞放不经，意迂词曲，盘薄难解。仅可备一家，要非宗匠也。"④此二卷本，今不可见，其据徐献忠氏家藏宋本翻刻，当承宋二卷本来。《四库全书总目提要》集部别集类存目一著录："《卢仝诗》……明正德中刊本作二卷，盖无外集。"⑤当指此本。

陆刻本。陆涓，明正德间吴县包山人，亦曾刻印过《李颀诗集》一卷。以家藏宋本翻刻《卢仝诗集》二卷、集外诗一卷。国家图书馆藏明陆涓刻本《卢仝诗集》二卷、集外诗一卷，在诗外集序下有"绮瑞楼"和"铁琴铜剑楼藏"印，在徐跋后有字曰："吴郡陆涓识"。黑单鱼尾，每半页十行，行十八字，版心有"卢仝"二字，不收《逢病军人》《山中》《除夜》。该本分《萧二十三赴歙州婚期二首》为二题："淮上客情殊冷落，蛮方春早复何如。相思莫道无来使，回雁峰前好寄书"一首，题为《萧二十三赴歙州婚期》；"南方山水生时兴，教有新诗得寄余。路带长安迢递急，多应不逐使君书"一首，题为《无题》。

---

① 《唐集叙录》，224 页。
② [清]莫友芝：《邵亭知见传本书目》，上海：扫叶山房，1923 年石印本。
③ 《唐集叙录》，224 页。
④ 《唐音统签》卷三六四。
⑤ [清]纪昀等：《四库全书总目提要》，石家庄：河北人民出版社，2000 年，4562 页。

嘉靖本。嘉靖时翻宋书棚本《卢仝集》三卷。今上海图书馆藏1918年石印本《景宋卢仝集》，此本后有庄炎跋："适行箧中携有唐卢仝集三卷，已涂狼藉。而款式尚精雅可喜……此本宋讳均缺末笔，且行款与士礼居丛书鱼元机集相同，当为明嘉靖时翻刻宋临安书棚本无疑。"1918年的石印《景宋卢仝集》本，即是据庄炎姬人洪娟影钞嘉靖翻宋本付印的，卷前有卢仝小传，版心有"卢仝"二字，黑单鱼尾，每半页十行，行十八字。该本在《月蚀诗》中"架构何可当"之"架"字下缺"构"字，有注曰"御名"二字，乃避宋高宗赵构之讳。此本收诗71题，103首，无《逢病军人》《山中》《除夜》。卷后有孙傲仁批曰："按，《全唐诗》此后（指《逢病军人》《山中》《除夜二首》）语气全不似玉川，殆他人之作篡入也。"

百家诗本。明朱警辑《唐百家诗》本《卢仝诗集》二卷、集外诗一卷。该本前有韩盈《卢仝集外诗序》，卷后有徐献忠跋。黑单鱼尾，每半页十行，行十八字，版心有"卢仝"二字。该本包括《含曦酬》《马异答卢仝结交诗》和《招玉川子咏新文》三首，不收《逢病军人》《山中》《除夜二首》等诗，实收诗103首。

明抄甲本。明无名氏抄《卢仝诗集》二卷、集外诗一卷本。黑双鱼尾，每半页十行，行二十字。版心有"卢仝"二字，所收诗篇同于唐百家诗本，有韩盈集外诗序和徐氏之跋。包括《含曦酬》《马异答卢仝结交诗》和《招玉川子咏新文》三首，不收《逢病军人》《山中》《除夜二首》，实收卢仝诗103首。

明翻宋本。明翻刻《宋本卢仝诗集》，三册（上、中、下）。封皮有"常熟翁氏藏书""宋本，黄荛圃旧藏"字样。黑单鱼尾，每半页十行，行十八字。版心有"卢仝"二字。收诗71题、107首，包括《含曦酬》《马异答卢仝结交诗》和《招玉川子咏新文》三首。无《逢病军人》《山中》《除夜二首》等四诗，实收卢仝诗103首。该本在《月蚀诗》中"架构何可当"之"架"字下缺"构"字，有注曰"御名"二字，乃避宋高宗赵构之讳。在《卢仝集外诗序》下钤有"翁斌孙印"，翁斌孙，字弢夫，江苏常熟人，翁同龢之嗣孙。生卒年不详。斌孙雅好藏书，翁同龢"归田时，京师典籍、碑帖匆遽间未克携行，旋由斌孙居其宅，谨守其藏书。"① 斌孙最终将其书捐入北京图书馆。

抄宋乙本。明抄《玉川子集》二卷、外集一卷本。此本曾藏上海涵芬楼，《四部丛刊》本《卢仝集》即据此本影印。黑单鱼尾，每半页十行，行十八字，版心有"卢仝"二字。收诗71题，107首，包括《含曦酬》《马异答卢仝结交诗》和《招玉川子咏新文》三首。无《逢病军人》《山中》《除夜二首》等，实收卢仝诗103首。该本在《月蚀诗》中"架构何可当"之"架"字下缺"构"字，有注曰"御名"二字，为避宋高宗赵构之讳。

统签本。《唐音统签》卷三百六十四《丁签》七十八所收之卢仝集，每半页十行，行十九字。卷首有卢仝小传及诗评。凡三卷，依诗体编次，依次为五言古诗、七言古诗、长短句、五言律诗、五言绝句、七言绝句等，此共收诗100首。其中《送王储詹事西游献兵书》作三首；因分体编排，《感古四首》前三首作《感古三首》编在"五言古诗"类，第四首编在"长短句"类；《村醉》为二首，其二在他本中作《解闷》；无《掩关铭》。统签本卢仝集，在卷首云："宋庆历中本又有集外诗十五首，附集后，另为卷，乃昌黎韩盈得之道士崔怀玉补者。今合为一卷，编注补字，题下存旧。"故胡氏当必有所用底本。

另，高儒《百川书志》卷十四云："《卢仝诗》二卷，别集一卷。洛阳人，号玉川子，诗总一百四首。"② 董其昌《玄赏斋书目》卷七著录《卢仝诗集》，不称卷数。《近古堂书目》在"晚唐四十二家"别集中著录有"卢仝"，但不称书名、卷数。以上三种并未著录系何版本。

据上述可知，卢仝诗集的刊刻流传在明代最盛，以三卷本为多，且大都不收《逢病军人》《山中》《除夜二首》等伪卢仝诗。明代众本多承宋本而来，故据其可窥宋本之概貌，加之宋代刊刻之卢仝诗集今皆不可见，故明本

---

① 郑逸梅：《郑逸梅文稿·常熟翁氏捐献书目册跋》，见郑伟章著《文献家通考》，北京：中华书局，1999年，下册，1284页。
② [明] 高儒：《百川书志》卷十四，见冯惠民、李万健等著《明代书目题跋丛刊》，北京：书目文献出版社，1994年，下册，1313页。

卢仝集犹显弥足珍贵。

3. 清代卢仝集的刊刻与传抄

清代翻刻和传抄的卢仝集，主要有以下几种：

全唐诗本。康熙敕修《全唐诗》所收《卢仝诗》三卷。康熙御制《全唐诗·序》云："朕兹发内府所有《全唐诗》，命诸词臣，合《唐音统签》诸编，参互校勘，搜补缺遗。略去初、盛、中、晚之名，一依时代分置次第。"①《序》中所云《全唐诗》，即今国家图书馆所藏季振宜辑本《全唐诗》。扬州诗局编臣以之为底本，参以《唐音统签》等，编成《全唐诗》。季振宜稿本分卢仝诗为三卷，第一卷50首，第二卷40首，第三卷14首，共104首诗。收有含曦酬卢仝的《含曦酬》和徐希仁的《招玉川子咏新文》二首，故实收仝诗102首。《全唐诗》在诗的排序上参照季稿，但每卷收诗数目不同：第一卷50首，第二卷38首，第三卷19首，共107首。亦收有《逢病军人》《山中》《除夜二首》，故实收仝诗103首。

顾抄本。顾夏珍抄本，有集外诗一卷，今藏南开大学图书馆。此本卷前有婴暗居士志其源流曰："《玉川子诗集》二卷，集外诗一卷。有庆历八年仲冬望日昌黎韩盈谦甫集外诗序，盈有跋云'取家藏宋本寿之梓'，无年月姓名。莫氏邵亭《知见传本书目》云'时代名氏，自是元明间人'。陆氏《藏书志》载钞本正同，而未言有韩序，但云'陆烜跋，则余本之跋，当即其人而去其名也。'又眉批云收旧抄本二卷、集外诗一卷，有昌黎韩盈序集外诗，首与《书录解题》合。眉批出自邵亭犹子楚生棠之手。……此本有楚生印记，盖即指此而言。溯其渊源，实出宋椠。韩盈一序，陆本先之，尤足贵后人。卷末有名云者手跋二则，不详何人。"②婴暗居士，即秦更年，字曼青，婴暗为其号，又号东轩，江苏扬州人，生卒年不详。该本在第一页钤有"婴暗秦氏藏书""东轩"印，每半页十行，行二十字。《月蚀诗》"架构何可当"之"架"字下亦缺"构"字，有注曰"御名"。包括《含曦酬》《马异

---

① [清] 玄烨：《御制全唐诗序》，见《全唐诗》，第1册，3页。
② [清] 顾夏珍抄：《玉川子诗集》，康熙间抄本。

答卢仝结交诗》和《招玉川子咏新文》三首，无《逢病军人》《山中》《除夜二首》，实收卢仝诗103首。有韩盈集外诗序和徐氏之跋。此本卷末有无名氏跋文二则，其一曰："向于唐诗选本得见玉川先生《月蚀》《茶歌》《示男抱孙》诸诗，奇爽天阔，境趣不凡，渴望一见全集，五十年已来，终不可得。壬辰冬日于夏珍甥处见之，因从假归，不惮手录一册，以备观览。"

清抄本。清初抄《百家唐诗》本《卢仝诗》一卷，集外诗一卷。此本每半页九行，行二十二字。《送王储詹事西游献兵书》作三首，有《逢病军人》和《山中》，但不收《除夜二首》。在《逢病军人》后收《庭竹》诗，即在他本中作《题褚遂良庭竹》。收《含曦酬》《马异答卢仝结交诗》和《招玉川子咏新文》三首。

卢抄本。卢文弨校抄《卢仝诗集》二卷，集外诗一卷本。卢文弨（1717—1795）字绍弓，一作召弓，号矶渔，又号檠斋，晚更号弓父，人称抱经先生，浙江余姚人。生于康熙五十六年六月三日，卒于乾隆六十年十一月二十八日。卢氏为乾隆间校勘古书大家。钱大昕称卢氏："凡所校定，必参稽善本，证以他书，即朋友后进之片言，亦择善而从之。"① 故卢氏校抄之《卢仝诗集》二卷，集外诗一卷，当为善本。该本卷第一下有印章一方，钤有"王勇"字样。每半页十一行，行二十一字。在"卢仝诗集卷第一"后有跋曰："乾隆丙午四月二十一日杭洞里人卢文弨校阅"。此本收《含曦酬》《马异答卢仝结交诗》和《招玉川子咏新文》三首。在《逢病军人》《山中》《除夜二首》等四首前注曰："以下四首见《全唐诗》""殊不似玉川"。

康熙刻本。康熙间刻《卢仝诗》一卷本。每半页十一行，行二十一字，黑双鱼尾，版心有"全唐诗卢仝"字样。此本卷前有佚名氏题诗曰："散仙逸圣野狐禅，若身能忝老玉川。我若修行三十载，一时烂结祖师缘。"第一页下批曰："余年二十五六，未得《全唐诗》，时曾自林吉人抄得卢仝一本"。收诗与《全唐诗》本同。

---

① ［清］钱大昕：《潜研堂文集·卢氏群书拾补序》，见郑伟章著《文献家通考》，北京：中华书局，1999年，上册，277页。

江标本。江标刻《唐人五十家小集·卢仝集》二卷、集外诗一卷本。江标（1860—1899），一字建霞，一号萱圃，江苏元和县人。生于同治十年，卒于光绪二十五年十月。此本乃据宋书棚本影刻，卷前有"南宋刻唐人集"字样可证。每半页十行，行十八字，四周黑边双框，黑单鱼尾。收卢仝诗71题，107首，包括《含曦酬》《马异答卢仝结交诗》和《招玉川子咏新文》三首，无《逢病军人》《山中》《除夜二首》等四首，实收卢仝诗103首。该本在《月蚀诗》中"架构何可当"之"架"字下缺"构"字，有注曰"御名"二字，为避宋高宗赵构之讳。

孙注本。孙之䮄《玉川子诗集注》五卷本。此本比《全唐诗》本多了《月诗》《栉铭》二首。该本后收入《晴川八识》本，共四册。另，民国十二年（1923）济阳卢永祥翻刻蓝印本，共五册。卢永祥本卷首《玉川子诗集序》曰："玉川子诗注五卷，为康熙间仁和孙晴川先生所纂。阅岁二百有余，传本较稀。永祥治兵浙中，遂为重刻。夫范阳之卢，在唐为盛，永祥虽托远宗，未敢附于华胄。重刻之旨，欲使故籍名篇出于蠹烬之余，继此以往得有传本而已。杭县孙康侯舍人峻既为校刊，成校勘记一卷，附于卷后，为力甚勤，用并志之。癸亥二月济阳卢永祥记。"卷后附有"玉川子诗注勘伪表"，表后有孙峻记曰："先晴川公秉铎庆原注玉川子诗集，唯时僻处山城，良工难选，故伪字极多。兹重梓。"

此外尚有朝鲜古刊本。《藏园群书经眼录》卷十二记曰："《玉川先生诗集》不分卷，朝鲜古刊本，十行十七字。全集凡七十六题。卷尾有刻书人衔名，如左氏：'大德五年辛丑三月□日东京官开板，别色前权知户长郑天吕，校正丽泽斋生朴英工，监：副留守兼劝农使管局学事朝显大夫版图总郎金祐。日本内藤虎博士藏书，己巳十月二十八日阅'"。

综上所述，卢仝作品在宋初已流入民间，曾多为传刻。后被整理结集，但不详系何人所为。北宋卢仝集最初有一卷本和二卷本流传，后韩盈友人李生于道士崔怀玉处又得集外诗十五首，韩盈以之为集外诗，编于二卷本后，是为三卷。自此，卢仝诗集绵延不绝，世代相传，但惜乎宋本并皆不存。卢仝诗集在宋代所分三个独立系统，即一卷本系统、二卷本系统和三卷本系统。一卷本今已无可考；二卷本在明代正德年间仍有刊刻流传，即徐刻本；三卷本流传最广，由宋书棚本衍生出明正德徐刻本、嘉靖翻宋刻本、《唐百家诗》本、《宋本卢仝诗集》本、《唐四十四家诗》本等数种，此数本皆称精善。有清一代，朴学大兴，卢仝诗集得以流布四方，如顾夏珍本、卢文弨校本、《唐人五十家小集》本等数种。迨1923年济阳卢永祥刻清康熙间孙之騄注本《玉川子诗注》，杭县孙峻为之校刊，成校勘记一卷，附于卷后"玉川子诗卷五终"后，成"玉川子诗注勘伪表"，卢永祥本成为整个卢仝诗集版本系统中最为完备之本。然论及文字之精善，收文之真确，则非存世之明翻宋本莫属。

附录二　历代有关卢仝之总体评论

1. 唐五代有关卢仝之评论

含曦《酬卢仝见访》："长寿寺石壁卢公一首诗，渴读即不渴，饥读即不饥。鲸吞海水尽，露出珊瑚枝。海神知贵不知价，留向人间光照夜。"

孟郊《答卢仝》诗云："楚屈入水死，诗孟踏雪僵。直气苟有存，死亦何所妨。日劈高查牙，清稜含冰浆。前古后古冰，与山气势强。闪怪千石形，异状安可量。有时春镜破，百道声飞扬。潜仙不足言，朗客无隐肠。为君倾海宇，日夕多文章。天下岂无缘，此山雪昂藏。烦君前致词，哀我老更狂。狂歌不及狂，歌声缘凤皇。风兮何当来，消我孤直疮。君文真凤声，宣隘满铿锵。洛友零落尽，逮兹悲重伤。独自奋异骨，将骑白角翔。再三劝莫行，寒气有刀枪。仰惭君子多，慎勿作芬芳。"

马异《答卢仝结交诗》："有鸟自南翔，口衔一书札。达我山之维，开缄金玉焕陆离，乃是卢仝结交诗。此诗峭绝天边格，力与文星色相射。长河拔作数条诗，太华磨成一拳石。莫嗟独秀无往还，月中芳桂难追攀。况值乱邦不平年，回陵倒谷如等闲。与君俯首大艰阻，喙长三尺不得语，因君今日形章句。羡弥猴兮著衣裳，悲蚯蚓兮安翅羽。上天不识察，仰我为辽天失所。

将吾剑兮切淤泥，使良骥兮捕老鼠。昨日脱身卑贱笼，卯星借与老人峰。抱锄剹地芸芝术，偃盖参天旧有松，术与松兮保身世。卧居居兮起于于，漱潺潺兮聆嘈嘈，道在其中可终岁。不教辜负尧为帝，烧我荷衣摧我身，回看天地如坻平。钢刀剉骨不辞去，卑躬君子今明明。俯首辞山心惨恻，白云虽好恋不得。看云且拟直须臾，疾风又卷西飞翼。为报覃怀心结交，死生富贵存后凋。我心不畏朱公叔，君意须防刘孝标。以胶投漆苦不早，就中相去万里道。河水悠悠山之间，无由把袂摅怀抱。忆仝吟能文洽臭成兰薰，不知何处清风夕，拟使张华见陆云。"

张为《诗人主客图》"广大教化主"："升堂三人"卢仝、顾况、沈亚之。

2. 宋代有关卢仝之评论

吕南公《灌园集》卷一七《书卢仝集后》："唐三百年，文儒为盛，然莫盛于元和以来。韩退之其名教宗主欤？而肯推道柳宗元、皇甫湜、李翱、李观、张籍、孟郊、侯喜、欧阳詹、卢仝辈，逊服卑卑如不足者，退之岂真宜坐其下哉？斯以见韩之大贤者也。数君皆能自至于有闻，然各有终身之弊，又当时于韩又各有轻侻处，不闻韩以为间，盖见韩之贤也已。数人中，卢仝迹独不著，然考之，仝于交中为劣者，盖仝荒纵怪傲人也。仝之文章，今有在者，四十余篇；歌诗铭序杂焉。自其文章以观，其所存有所照已，其无足可道也。顾无退之，则仝何有？呜呼！交友之难，时会之难，道学又难，徒使吾重叹于今日也。古人吾不得与矣，安得仝交者而见之哉！"

谢逸《溪堂集》卷一《游西塔寺分韵得异字》："天刑不可解，何以补我舋？同访老比丘，步至城南寺，脱冠饭其腹，咀嚼风雨驶，四壁吼怒雷，稍稍众客睡。而余与汪侯，敬咨第一义，山僧笑不答，饮水自知味，岂无一樽酒，把盏得竟醉。不知虚静中，自有无穷意，赋诗非不工，聊以助游戏，莫学玉川子，弄笔嘲同异。"

许顗《彦周诗话》："《春秋》三传束高阁，独抱遗经究终始。"此诗退之称卢玉川也。玉川子《春秋传》，仆家旧有之，今亡矣。词简而远，得圣人之意为多，后世有深于经而见卢《传》者，当知退之不妄许人也。

阮阅《诗话总龟前集》卷四一:"吾观杜默豪气,正是京东学究饮私酒,食瘴死牛肉,醉饱后而发之者也。作诗之狂至于卢仝马异极矣。若更求奇,便作杜默也。"

阮阅《诗话总龟后集》卷三一:"刘叉诗酷似玉川子,而传于世者二十七篇而已。《冰柱》《雪车》二诗虽作语奇怪,然议论亦皆出于正也。《冰柱》诗云:'不为四时雨,徒于道路成泥渣;不为九江浪,徒能汩没天之涯。'《雪车》诗谓:'官家不知民馁寒,尽驱牛车盈道载屑玉。载载欲何之,秘藏深宫,以御炎酷。'如此等句,亦有补于时,与玉川《月蚀诗》稍相类。"

胡仔《苕溪渔隐丛话》前集卷二:"《雪浪斋日记》云:'读谢灵运诗,知其览尽山川秀气。读退之《南山诗》,颇觉似《上林》《子虚赋》,才力小者不能到。李长吉、玉川子诗,皆出于《离骚》,未可以立谈判也。皇甫持正云:'吟诗未有刘长卿一字'唐人必甚重长卿,今诗十卷,亦清丽。'"

胡仔《苕溪渔隐丛话》前集卷十九:"《雪浪斋日记》云:'玉川子诗,读者易解,识者当自知之,《萧才子宅问答》诗,如《庄子》寓言,高僧对禅机。唯《有所思》一篇,语似不类,疑他人所作,然飘逸可喜。'"

胡仔《苕溪渔隐丛话》后集卷十一:"古今诗人,以诗名世者,或只一句,或只一联,或只一篇,虽其余别有好诗,不专在此,然播传于后世,脍炙于人口者,终不出此矣,岂在多哉?如……并白乐天《琵琶行》、卢仝《月蚀诗》、杜牧之《华清宫诗》、石曼卿《筹笔驿诗》、郭功甫《尽山行》,皆篇长不录。凡此皆以一篇名世者,余今姑叙其梗概如此。"

胡仔《苕溪渔隐丛话》后集卷十一:"卢仝《山中绝句》云:阳坡草软厚如织,因与鹿麝相伴眠。王介甫止用五字,道尽此两句,诗云:眠分黄犊草。岂不简而妙乎?"

员兴宗《九华集》卷四《七言绝句·乾兴十首》之七:"手弄茶月玉川子,肠入诗兴贾浪仙。寒吟苦饮息万动,两公等是区中贤。"

吴沆《环溪诗话》卷一:"某方年幼也,情性虚静,无事营为,则慕渊明。及其少长,志气稍动,务为飘逸,则慕太白。辞色一纵,非大快无已也，则慕卢仝。觉其狂甚，稍归纯正，则慕乐天。自是出此入彼，罔知攸济。又念以四子之才，不能无累，如渊明得之清而失之澹，太白得之豪而失之放，卢仝得之狂而失之怪，乐天得之和而失之易，且不雅，所谓诗者止于此乎？又有大于此也。"翌日复见，右丞相云："夜来略观盛制，大抵近渊明、太白处多佳，亦是公之天性，想不缘慕效而得。至卢仝、乐天，乃不足为法。"

陈善《扪虱新话》上卷"作诗狂怪似豁达李老"："东坡尝言，作诗狂怪，至卢仝、马异极矣。若更求奇，便作杜默。默之歌诗，坡以为山东学究饮村酒、食瘴死牛肉，醉饱后所发者也，尚足言诗乎？"

孙奕《示儿篇·风雅不继》："六一居士云：'卢仝韩愈不在世，弹压百怪无雄文。'"

朱熹《朱子语类》卷一四〇："如唐人玉川子辈，句法虽险怪，意思亦自有浑成气象。"

严羽《沧浪诗话·诗体》："以人而论，则有苏李体、曹刘体、陶体、谢体、徐庾体、沈宋体、陈拾遗体、王杨卢骆体、张曲江体、少陵体、太白体、高达夫体、孟浩然体、岑嘉州体、王右丞体、韦苏州体、韩昌黎体、柳子厚体、韦柳体、李长吉体、李商隐体、卢仝体、白乐天体、元白体、杜牧之体、张籍王建体、贾浪仙体、孟东野体、杜荀鹤体、东坡体、山谷体、后山体、王荆公体、邵康节体、陈简斋体、杨诚斋体。"

严羽《沧浪诗话·诗评》："玉川之怪，长吉之瑰诡，天地间自欠此体不得。"

郑起《三山郑菊山先生清隽集·招魂酹翁宾阳》："君之在世帝敕下，君之谢世帝敕回。魂之为变性原返，气之为物情本开。于戏，龙兮凤兮神气盛；噫嘻，鬼兮归兮大块埃。身可朽，名不可朽；骨可灰，神不可灰。采石捉月，李白非醉；耒阳避水，子美非灾。王孙长吉命不夭，玉川老子诗不俳。新成罗隐大奇特，钱塘潘阆终崔嵬。阴兮魄兮曷往？阳兮魂兮曷来？君其归来，故交寥落更散漫；君其归来，帝城绚烂可徘徊。君其归来，东西南北不可去；君其归来，春秋霜落令人哀。花之明，吾无与笑；叶之陨，吾寔若摧。晓猿啸,吾闻泪堕;宵鹤立,吾见心猜。玉泉其清可鉴,西湖其甘可杯。孤山暖梅香可嗅,花翁葬荐菊之隈。君其归来,可伴逋仙之梅去,此又奚之哉!"

魏庆之《诗人玉屑》卷十五:"玉川子诗,读者易解,识者当自知之。《萧才子宅问答诗》如《庄子》寓言,高僧对禅机;惟《有所思》一篇,语似不类,疑他人所作,然飘逸可喜。"

刘克庄《后村先生大全集》卷一七八:"卢仝、刘义以怪名家。仝集中有舍仪上人一首云:'长寿寺石壁院,卢公一首诗,渴读即不渴,饥读即不饥。鲸吞海水尽,露出珊瑚枝。海神知贵不知价,留向人间光照夜。'义集中有《范宗韩喜刘先生诗》云:'玉尺沈埋久,得之铭篆深。揩磨露正色,扣击吐哀音。'二首殆仝、义对垒。"

刘克庄《后村先生大全集》卷一八三:"卢仝《寄男抱孙》五言云:'别来三得书,书道违离久。书处甚粗杀,且喜见汝手。殷十七又报:汝文颇新有。''当是汝母贤,日夕加训诱。''竹林吾最惜,新笋好看守。''箨龙正称冤,莫杀入汝口。叮咛嘱托汝,汝活箨龙否。''两手莫破拳,一吻莫饮酒。''莫恼添丁郎,泪子作面垢。莫引添丁郎,赫赤日里走。''他日吾归来,家人若弹纠。一百放一下,打汝九十九。'此篇用尽俗字而不害其为奇崛,何尝似近世诗人学炼字哉!《守岁》云:'老来经节腊,乐事甚悠悠。不及儿童日,都卢不解愁。'《新蝉》云:'泉溜潜幽咽,琴鸣乍往还。长风剪不断,还在树枝间。'《村醉》云:'村醉黄昏归,健倒三四五。摩挲青莓苔,嗔我惊尔不。'《井请客》云:'我愿投黄泉,轻举随君去。'《客谢井》云:'改邑不改井,此是井卦辞。井公莫怪惊,说我成憨痴。我纵有神力,争敢将公归。扬州恶百姓,疑我卷地皮。'《掩关铭》云:'蛇毒毒有形,药毒毒有名,人毒毒在心。对面如弟兄,美言不可听,深于千丈坑。不如掩关坐,幽鸟时一声。'《叹昨日》云:'昨日之日不可追,今日之日须臾期。如此如此复如此,壮心死尽生鬓丝。秋风落叶客肠断,不办斗酒开愁眉。贤名圣行甚辛苦,周公孔子徒自欺。'卢、马结交诗,退之必见之,无一语及,岂不见耶?《新年》云:'太岁只游桃李径,春风肯管岁寒枝。'《与沈山人》云:

'不复服药求神仙，神仙意智或偶然。自古圣贤放入土，淮南鸡犬驱上天。白日上升应不恶，药成且啜一丸药。''暂时掩上山门路，钓竿插在枯桑树。当时只有鸟窥觑，更亦无人得知处。家僮若失钓鱼竿，定是猿猴把将去。'玉川诗有古朴而奇怪者，有质俚而高深者，有僻涩而条畅者。元和、大历间诗人多出韩门，韩于诸人多称其名，唯玉川常加先生二字。退之强项，非苟下人者。今人但诵其《月蚀》及《茶》诗，而他作往往容易看了。此公虽与世殊嗜好，然以诗求之，于养生概有所闻。其序闺情酒兴，缠绵悲壮，唐以来诗客酒徒不能道也。其间理到之言，他人所弃者，今存于篇。又《常州孟谏议座上闻韩员外职方贬国子博士有感五首》云：'忽见除书到，韩君又学官。死生纵有命，人事始知难。烈火先烧玉，庭芜不养兰。山夫与刺史，相对两巉岏。'又云：'干禄无便佞，宜知黜此身。员郎犹小小，国学大频频。孤宦心肝直，天王苦死嗔。朝廷无谏议，谁是雪韩人。'又曰：'谁怜野田子，海内一韩侯。左道官虽乐，刚肠得健无。功名生地狱，礼教死天囚。莫言耕种好，须选蒺藜秋。'此三诗出于山人之口，岂非公议在草茅耶？"

刘克庄《后村先生大全集》卷九九《程垍诗卷》："昔杜牧罪某人不合称处士，其说以为下有处士乃上之耻，处士之名自尊也，谤国也。徽士程君自号处士，将无为牧辈嘲侮乎？然孔子记古逸民仅得七人，如沮溺、荷蓧之流，皆存其言论。于诸弟子中，说漆雕开与曾点，曷尝以隐居为非乎？然则君虽称逸士可也。余得君诗七卷读之，窃知群喜姚合所编《极玄集》，而自方贾岛。余谓姚、贾缚律，俱窘边幅。君所作稍抑扬开阖，穷变态，现光怪，绝不似姚、贾。未知与任华、卢仝何如耳？华与李、杜游，仝客于昌黎文公之门，故有奇崛气骨。意君诗实本任、卢而阳讳之，否则殆兵家所谓暗合孙吴者。异日见君，当请问之。"

刘克庄《后村先生大全集》卷九九《赵戣诗卷》："歙郡赵君寄余诗五卷，五、七言亦宗晚唐，然稍超脱，不为句律所缚；歌行中悲愤慷慨苦硬老辣者乃似卢仝、刘叉。"

3. 金、元有关卢仝之评论

元好问《遗山先生文集》卷一一《论诗三十首》其三："万古文章有坦

途,纵横谁似玉川卢?真书不入今人眼,儿辈从教画鬼符。"

王构《修辞鉴衡》卷一:"诗以意义为主,文词次之。或意深义高,虽文词平易,自是奇作。世人见古人语句平易,仿效之而不得其意义,便入鄙俚可笑。卢仝有云'不喞溜钝汉',非其篇前后意义可取,自可掩口矣,宁可效之耶?"

吾丘衍《闲居录》:"韩昌黎文与《语》《孟》出入,而喜玉川、刘义、东野等诗,至于自作亦效其语,何诗文不相同也。"

吴师道《礼部集》卷十六《题樊绍述绛守园池记》:"樊绍述作《绛守居园池记》,文体奇涩,读者不能句。前代为注解者数家,赵仁举出近时宜益详且精,余视之尤疏陋,因是为正十数条,并补其阙遗者著于左方。按:绍述文甚多,鲜有传。是篇独为好事者蓄,示诡异折僫浅以资笑。甚矣,人情之好奇也。当有唐元和、长庆间,昌黎公以文雄一世。从之游者,若李翱之纯,皇甫湜之健,张籍之丽,郊、岛之寒苦,巨细无不有。而号称险怪奇涩者,诗则卢仝,文则绍述,唯韩子兼之。故《月蚀诗》效卢,铭樊墓用其体。若将纳其横鹜,属其残断,而矫其甚者。夫韩公之奇,奇之正者也。二子之奇,奇之偏者也。文章贵不用意溢于正,而奇出焉。盖非能奇之为奇,而不能不奇之为奇也。是作也,其出于自然耶?其有意为之耶?识者其知之矣。"

吴礼部《吴礼部诗话》:"卢仝奇怪,贾岛寒涩,自成一家。张祜乐府,时有美丽,赵嘏多警句,能为律诗,盖小才也。朱庆馀,张籍门人,传其诗法,然独以《闺怨》一篇,知名于时。此集乃不录于鹄、曹唐,仅如侯虫之自鸣者耳。"

4. 明有关卢仝之评论

宋濂《宋学士全集》卷二八《答张秀才论诗书》:"韩、柳起于元和之间,韩初效建安,晚自成家,势若掀雷抉电,撑决于天地之垠。柳斟酌陶、谢之中,而措辞窈渺清妍,应物而下,亦一人而已。元、白近于轻俗,王、张过于浮丽,要皆同师于古乐府。贾浪仙独变入僻,以矫艳于元、白。刘梦得步骤少陵,而气韵不足。杜牧之沉涵灵运,而句意尚奇。孟东野阴祖沈、谢,而流于蹇涩。卢仝则又自出新意,而涉于怪诡。"

王袆《王忠文公集》卷二:"然自大历、元和以降,王建、张籍、贾阆仙、孟东野、李长吉、温飞卿、卢仝、李商隐、段成式,虽各自成家,而或沦于怪,或迫于险,或窘于寒苦,或流于靡曼,视开元远不逮。"

高棅《唐诗品汇·总序》:"下暨元和之际,则有柳愚溪之超然复古、韩昌黎之博大其词、张王乐府得其故实、元白序事务在分明,与夫李贺、卢仝之鬼怪、孟郊贾岛之饥寒:此晚唐之变也。"

高棅《唐诗品汇·七言古诗叙目·余响》:"元和以后,述贞元之余韵者,权德舆、刘禹锡而已。其次能者,各开户牖,若卢仝之险怪、孟之寒苦、白之庸俗、温之美丽,虽卓然成家,无足多矣!……为余响。"

朱权《西江诗话》"诗体源流":"以人而论之,有……郊岛卢刘体(孟东野、贾岛、卢仝、刘叉)。"

胡应麟《诗薮》内编卷三:"太白幻语,为长吉之滥觞;少陵拙句,实玉川之前导;集长去短,学者当先明此。"

胡应麟《诗薮》外编卷四:"唐诗之拙怪者,咸以卢玉川、马河南,开元间任华已先之矣。唐文之轧苦者,咸以皇甫湜、樊宗师,天宝间元结已先之矣。"又曰:"东野之古,浪仙之律,长吉乐府,玉川歌行,其才具工力故皆过人,如危峰绝壑,深涧流泉,并自成趣,不相沿袭。"又曰:"飞卿北里名娼,义山狭斜浪子,紫薇绿林伧楚,用晦村学小儿,李贺鬼仙,卢仝乡老,郊、岛寒衲。"又曰:"卢仝、马异、孟郊、贾岛并出一时,其诗体酷类,已为奇绝,其名皆天生的对,尤为奇也。"

胡应麟《诗薮》杂编卷五:"卢仝奇怪,贾岛寒涩,自成一家。"

胡应麟《诗薮》续编卷四二:"歌行自青莲、工部以至高、岑、王、李、玉川、长吉;近献吉、仲默,诸体毕备。每效一体,宛如其人,时或过之。"

周叙《诗学梯行》"辨格":"凡诗格不同,措辞亦异。……以人名者,若……韩愈、高适、孟东野、贾浪仙、孟浩然、杜荀鹤、卢仝、刘叉、温飞卿……"

周叙《诗学梯行》"品藻":"孟郊如凝冰积雪,凛尔生寒。贾岛如木落山空,淡然自瘦。严维如柳塘春水。郑谷如菊径秋香。罗隐如蚓响蛩悲,清吟入梦。许浑如江光山色,空翠逼人。张籍如子弟擅场风流举止。王建如优工作戏,绝倒诙谐。卢仝如木客恁身,滔滔怪语。"

明黄溥《诗学权舆》卷二"杂体可略者":"因人名体:卢仝,玉川子。"

黄溥《诗学权舆》卷八"诗病":"贾浪仙独变八僻以矫纤艳;元结、刘梦得步骤杜少陵而气韵不足。杜牧之沈涵灵运而句意尚奇;孟东野阴袒沈、谢而流于寒涩。卢仝、刘叉自出新意而涉于怪诡。"

叶盛《叶文庄公全集》卷二六《录诸子论诗序文》:"律诗出后,至于大盛,参以仝、贺、郊、岛、元、白之谲怪寒瘦,鄙俚之风兴,沿流门靡,劲晚唐之论,此何也?盖诸子才气豪放,穷思远索,务求人所未道,以快其高,不知繇其豪放穷思远索穿凿之私,遂与古法平易遐矣。"

李东阳《麓堂诗话》:"李长吉诗有奇句,卢仝诗有怪句,好处自别。若刘义《冰柱》《雪车》诗,殆不成语,不足言奇怪也。如韩退之效玉川子之作,斫去疵颣,摘其精华,亦何尝不奇不怪。而无一字一句不佳者,乃为难耳。"

朱承爵《存馀堂诗话》:"诗家评卢仝诗,造语命意险怪百出,几不能解。余尝读其《示男抱孙诗》,中有常语,如:'任汝恼弟妹,任汝恼姨舅。姨舅非吾亲,弟妹多老丑。'殊类古乐府语。至如《直钩吟》云:'文王已没不复生,直钩之道何时行?'亦自平直,殊不为怪。如《喜逢郑三》云:'他日期君何处好,寒流石上一株松。'亦自恬澹,殊不为险。"

黄省曾《〈严沧浪诗体〉·总论》:"玉川子诡怪,他有所托意耳,人却不识。"

徐献忠《唐诗品》"玉川子卢仝":"老仝,山林怪士,诞放不经,意纤词曲,盘薄难解。此可备一家,要非宗匠也。夫钟鼎之器,登于太上,要之目可别识,不至骇心。至于蛟螭罔象,出没寄诡,其取疑招谴,情理亦定。仝之垂老,一宿权家,遽沾甘露之祸,岂其气候足以自致耶?"

焦竑《焦氏笔乘》卷二:"晚唐诗人,予最喜玉川子及司空表圣二人,人品甚高，不为势利所汩没。故其诗能不涉世俗蹊径，此非具只眼者，安能别之。"

周履靖《骚坛秘语》卷中："卢仝外险怪，内主理。"

郝敬《艺圃伧谈》卷三："杜甫诗多感时忧国。卓有仁人义士之风，非独才致兼人也。李白一味风流豪放。杜壮而悲；李雄而宕。宕不如悲。他如白乐天、元稹之疏快，孟郊之孤峭，李贺之雕刻，卢仝之奇怪，李商隐、温庭筠之纤丽。皆一时才士，而皆千古诗障。"

许学夷《诗源辨体》卷二十四："柳宗元、韩愈、孟郊、贾岛、姚合、周贺、李贺、卢仝、刘叉、马异、张籍、王建、白居易、元稹、刘禹锡、张祜、施肩吾，中自韩愈至元稹十三子为元和体。"

许学夷《诗源辨体》卷二十四："大历以后，五、七言古律之诗流于委靡。元和间，韩愈、孟郊、贾岛、李贺、卢仝、刘义、张籍、王建、白居易、元稹诸公群起而力振之，恶同喜异，其派各出，而唐人古律之诗至此为大变矣。亦犹异端曲学，必起于衰世也。"

许学夷《诗源辨体》卷二十六："卢仝，号玉川子。刘义，杂言极其变怪，虽仿于任华，而意多归于正。刘较卢才实不及，故佳处亦少。马异篇什不多，亦与卢、刘相类，今亦略附一篇。"

许学夷《诗源辨体》卷二十六："卢仝杂言《有所思》一篇，《雪浪斋日记》以为语有不类，疑他人作。《楼上女儿曲》犹近于正，今亦录冠于前。《叹昨日》第二篇。以下，始多变怪。《月蚀诗》近一千七百言，极其变怪，如'玉川子，涕泗下……天公行道何由行''又孔子师老子云，……一一自作孽''玉川子又涕泗下……扬天光''玉川子词讫，……照万古'……皆极其变怪者也。又仝与马异结交，诗尤怪僻不可解。"

明许学夷《诗源辨体》卷二十八："元和间五七言古，退之奇险，东野琢削，长吉诡幻，卢仝、刘义变怪，唯乐天用语流便，似若欲矫时弊，然快心露骨，终成变体。"

胡震亨《唐音癸签》卷九："唐七言歌行，垂拱四子词极藻艳，然未脱梁、陈也。张、李、沈、宋，稍汰浮华，渐趋平实，唐体肇矣，然而未畅也。高、岑、王、李，音节鲜明，情致委折，秾纤修短，得衷合度，畅矣，然而未大也。太白、少陵，化而大矣，能事毕矣。降而钱、刘，神情未远，气骨顿衰。元相、白傅，起而振之，敷演有余，步骤不足。昌黎而下，门户竞开：张籍、王建之真澹，李贺之幽奇，变风犹未失古；卢仝之拙朴，马异之庸猥，刘叉之狂谲，旁蹊更伤大雅。下至庭筠之流，绮绘渐入诗余；贯休之辈，俚鄙几同俗谚：古意于焉尽矣。"又曰："卢仝、马异之浑成；……读唐诸家至杜，辄令人自失。"

冯复京《说诗补遗》卷五："诗至盛唐，泰极否兆。又唐一世盛衰之大界也。何者？卢仝之狂纵，太白之乐府为之也。昌黎之怪拙，子美之古诗为之也。"

冯复京《说诗补遗》卷六："《梦游天姥吟》恍惚变怪，导玉川先路。"

冯复京《说诗补遗》卷八："卢玉川'月蚀赠马异'之属，正昌黎密契。《楼上女儿曲》云：'我有娇靥待君笑，我有娇娥待君扫。'微有点染，然只是中晚，不近初唐。"

王会昌《诗话类编》卷二十二："欧阳公自言《庐山高》《明妃曲》，李杜所不能作。余谓此非公言也，果尔。公是一夜郎王耳。《庐山高》仅玉川之浅近者，无论其他。只'半壁见海日，空中闻天鸡'，太白率尔语，公能道否耶？二歌警句如'红颜胜人多薄命，莫怨春风当自嗟'，寻常闺阁不足形容明妃也。'耳目所及尚如此，万里安能制夷狄'，二句警策。"

费经虞《雅伦》卷十四："近世论唐诗，恒言初、盛、中、晚。以典丽温润者谓之初、博大雄浑者谓之盛；清婉修洁者谓之中；刻画细弱者谓之晚。而其中之不同，未之详也。有王、杨、卢、骆之初；张曲江之初；刘希夷之初；沈、宋之初；陈伯玉之初，初不一也。李太白之盛；杜少陵之盛；王、孟之盛；高、岑之盛；常建、储光羲之盛；元次山之盛；王昌龄之盛，盛不一样。钱、刘之中；韩愈之中；张、王之中；卢纶之中；韦、柳之中；元、白之中；李频、许浑之中；韩翃、李益之中；贾岛、孟郊之中，中不一也。杜牧、马戴之晚；李贺、卢仝之晚；温、李之晚；皮、陆之晚，晚不一也。经虞常谓，诗至唐，传自六朝，更新机杼。初者如春，其气方来，温然而迟，故多幽秀而隐。至盛则夏，草木畅茂，故多博大而昌。中其秋乎！风凉木落，故多清肃峻洁。冬则类晚，阳削阴用。昌盛之气、伟博之辞、雍容之度，半已磨灭。边幅窘小，大局如此。而其实夏中亦未尝无凄风苦雨之时，冬亦非尽绝和风暖日。故初、盛、中、晚，虽不相同，而亦未可强为一定，固执以论也。论盛唐独以李、杜光焰当之，此宋人之论，嘉隆以来之尚。非古人通旨也。又大都尊唐而卑宋、元。殊不晓晚唐亦有如许不佳处，宋、元亦有如许合作处。宋粗、元俗，约略之辞。高篇妙什，非尽绝也。但当持择耳。所谓不佳，字陋句鄙，俚索铺陈，言无余味，声无余韵。读之不能爽人神思，是也。所谓合作，秀润温厚，蕴籍高洁，闲雅不涉议论，使人悠然自适是也。"

陶望龄《歇庵集》卷三《徐文长三集序》："文长老于庠，扼于狱，一著名于幕府，其为诗若文，往往深于法而略于貌，文类宋唐，诗杂入于唐中晚，自负甚高，于世所称主文炳者，不能俯出游其间。而时方高谈秦汉盛唐，其体格弗合也；居又僻在越，以故知之者少。然其文实有矩尺，诗尤深奥，古之穷士如卢仝、孟郊、梅尧臣、陈师道之徒所为，或未能远过也。"

李日华《恬致堂诗话》卷一："元贯云石号酸斋，风流跌宕，人知其工小词乐府而不知其歌行奇诡激烈，即卢玉川、李商隐不是过。"

徐渭《徐渭集·徐文长三集》卷十六《与季友》："韩愈、孟郊、卢仝、李贺诗，近颇阅之。乃知李杜之外，复有如此奇种，眼界始稍宽阔。不知近日学王孟人，何故伎俩如此狭小？在他面前说李杜不得，何况此四家耶，殊可怪叹。菽粟虽常嗜，不信有却龙肝凤髓，都不理耶？"

5. 清有关卢仝之评论

钱谦益《牧斋初学集》卷三十《曾房仲诗·序》："自唐以降，诗家之途辙，总萃于杜氏。大历后以诗名家者，靡不由杜而出。韩之南山，白之讽谕，非杜乎？若郊若岛，若二李卢仝马异之流，盘空排奡，横纵谲诡，非得杜之一枝者乎？然求其所以为杜者无有也。以佛乘譬之：杜则果位也，诸则分身也。逆流顺流，随缘应化，各不相师，亦靡不相合。"

方世举《李长吉诗集批注·总批》："徐文长有论诗札云：'世惟法王孟

高岑,固是布帛菽粟。卢仝、孟郊、韩愈、李贺,却是龙肝凤髓,不得而舍。'此论足以益人心智。余尝拟六朝钟嵘,戏为评骘:韩愈如出土古鼎,土花剥落,骨出青红。孟郊如海外奇楠,外槁中腴,香成绿结。卢仝如灵璧怪石,脱沙而出,秀润自然。李贺如铁网珊瑚,初离碧海,映日澄鲜。此其形体也。以音韵言之,韩是古瑟,孟是洞箫,卢是浮磬,李是拨阮。虽不及李杜之钟镛壮朗,高岑王孟之丝竹清和,却是广寒宫与武夷幔亭仙乐,一入人耳,洗尽常调。"

方世举《兰丛诗话》:"凡唐诗误句、误字、误先后次第者,余辨之批于各集甚多,老而倦勤,不能一一拈出。……又批有人从不置喙者,如太白《上云乐》、微之《竞渡》诗,玉川《与马异结交诗》,皆非游谈无根。已载之《家塾恒言》,不重出。"

朱彝尊《曝书亭集》卷三十七《王学士西征草序》:"学诗者以唐人为径,此遵道而得周行者也。唐之有杜甫,其犹九逵之达乎!外之而高、岑、王、孟,若李,若韦,若元、白、刘、柳,则如崇期剧骖,可以交复而歧出。至若孟郊之硬也,李贺之诡也,卢仝、刘叉、马异之怪也,斯绠绝而登险者也。正者极于杜,奇者极于韩。此跻夫三峰者也。宋之作者不过学唐人而变之尔,亦能轶出唐人之上。"

冯班《钝吟杂录》卷五"严氏纠谬":"东坡云:'诗至杜子美一变。'按大历之时,李、杜诗格未行,至元和长庆始变,此亦文字一大关也。然当时以和韵长篇为元和体。若以时代言,则韩、孟、刘、柳、韦左司、李长吉、卢玉川,皆诗人之赫赫者也。云'元白诸公'亦偏枯大略。沧浪胸中不了了,每言诸公,不指名何人,为宗师参学之功少也。"

全祖望《鲒埼亭集·外编》卷二十六:"昔东坡之论诗,谓李、杜以海涵地负之量,凌跨百代,古今诗人尽废。然而魏晋以来,高风绝尘,亦自此衰。盖李、杜之诗不可几,其神明魄力足以尽诗之变,而不善学者袭之,亦足以失诗之真。自是而还,昌黎、东野、玉川、阆仙、昌谷,以暨宋之东坡、山谷、诚斋、东夫、放翁,其造诣之深浅,成家之大小不一,要皆李杜之别子也。然而流弊所及,丛篇长语,或为粗砺嗥杀之音,或为率易曼衍之调，吊诡险诞，无所不至。"

贺裳《载酒园诗话》卷一："从来文章必有所自能者，技成而善化辙迹耳。故细心以观，虽韩、柳之文，李、杜之诗，未尝无所本。而曰'唐人妙处正在无法'，岂其然哉？拙者字比句拟，剽窃成风，几乎万口一响，若此诚陋。然曰'信腕信口，皆成律度'，亦终无是理也。即如石公所称：古有以平而传者，如'睫在眼前人不见'之类是也；以俚而传者，如'一百饶一下，打汝九十九'之类是也；以俳而传者，如'迫窘诘曲几穷哉'之类是也。虽传正传其丑耳，如西施与嫫姆并传，遂谓嫫姆与西施并美耶？"

贺裳《载酒园诗话》又编"卢仝"："王弇州曰：'玉川《月蚀》诗，是病热人呓语。前则任华，后则卢仝，皆乞儿唱长短歌博酒食者。'余甚快之。然此诗以指元和之党，犹可说也。至赠马异篇，不曰一之为甚乎？其他可笑者，更不胜指。但读至'相思一夜梅花发，忽到窗前疑是君'，不得不以胜流目之。黄白山评：'此语全与玉川平时手不类，胡元瑞《诗薮》作刘瑗诗。'"（富寿逊校点曰："按此是卢仝《有所思》诗，见《玉川子诗集》《唐百家诗选》《唐诗品汇》及《全唐诗》等，《诗薮》所云非是。'"）

田雯《古欢堂集杂著》卷一："自苏、李以来，古之诗人各有匹耦。然李、杜并称，其境大异。王、孟则同矣，皮、陆又同矣，韦、柳又同矣，刘、许又同矣。此外颜不及鲍，阴不及何，沈不及宋，元不及白，岛不及郊。而匹耦之最奇者，卢仝、马异也。"

庞垲《诗义固说》（下）："中庸外无奇，作诗者指事陈词，能将日用眼前、人情天理说得出，便是奇特。李长吉、卢仝辈故为险僻，欺世取名，所谓索隐行怪，后世有述者，有识之士不为也。"

田同之《西圃诗说》："李长吉诗有奇句，卢仝诗有怪句，好处自别。若刘叉《冰柱》《雪车》诗，殆不成语，不足言奇怪也。"

鲁九皋《诗学源流考》："唐承六代之余，崇尚诗学，特命词臣定律诗体式，制科以此取士。贞观之际，王、杨、卢、骆号称四杰，其诗多沿旧习。陈、杜、沈、宋继之，格律渐高。而陈拾遗尤为复古之冠，其五言古诗，原本阮公，直追建安作者。自后曲江继起，浸浸称盛。开元、天宝之际，笃生李、杜二公，集数百年之大成。太白天才绝世，而古风乐府，循循守古人规矩；子美学穷奥窍，而感时触事、忧伤念乱之作，极力独开生面。盖太白得力于《国风》，而子美得力于《大》《小雅》，要自子建、渊明而后，二家特为不祧之祖。其辅二家而起者，有王维、孟浩然、高适、岑参、李颀、王昌龄、刘眘虚、裴迪、储光羲、常建、崔颢诸人。而元结又有《箧中集》一选，集沈千运、王季友、于逖、孟云卿、张彪、赵微明、元融七人之作，都为一卷，其诗直接汉人。故论诗者至开、宝之世；莫不推为千载之盛也。大历而后，风格渐降，独韦应物以古诗称于世。其诗专师陶公，兼取谢氏，前人所谓'发纤秾于简古，寄至味于淡泊'，气象近道，盖卓乎不为时域者也。其扬王、孟之余波者，刘长卿犹不失雅正，而钱起次之。钱起与耿沣、卢纶、韩翃、李端、司空曙、吉中孚、苗发、崔峒、夏侯审并称"十才子"。然十子之中，不无利钝，而足与钱、刘相羽翼者，唯郎士元、李嘉祐、皇甫冉兄弟。贞元、元和之际，韩文公崛起，以天纵逸才，为起衰巨手，诗继李、杜之盛。而柳子厚独传《骚》学，亦宗陶公，五言幽淡绵邈，足继苏州，故世并称曰'韦柳'。辅韩文公而起衰者，孟郊东野也；与柳州称契者，有刘禹锡焉。其他元白张王之乐府；卢仝、李贺、刘叉之诡怪，姚合、贾岛之艰僻，非不瑰奇伟丽，卓然成家，然于此道中别辟一境，遂为旁门小宗矣。"

翁方纲《石州诗话》卷一："渔洋云：韩、苏七言诗，学《急就篇》句法如'鸦鸱鹰雕矢鸟鹄鹞''雕驴骆骊骝骒'等句。近又得五言数语，韩诗'蚌螺鱼鳖虫'，卢仝'鳗鳣鲇鳢鳞'云云。然此种句法，间作七言可耳；五言即非所宜，解人当自知之。盖渔洋先生所谓五古者，专指《唐贤三昧》一种淡远之体而言；此体悠闲贞静，何以杂以急管繁弦？他日先生又谓'东坡效韦苏州之作，是《生查子》词者，即此旨也。至于五言诗，则初不限以一例。先生又尝云：'感兴宜阮、陈，山水闲适宜王、韦，铺张叙述宜老杜。'若是则格由意生，自当句由格生也。如太白云：'天上白玉京，十二楼五城。'若以'十二楼五城'之句入韦苏州诗中，岂不可怪哉？不必至昌黎、玉川方为尽变也。"

翁方纲《石州诗话》卷二："韩门诸君子，除张文昌另是一种，自当别论。皇甫持正、李习之、崔斯立皆不以诗名。唯孟东野、李长吉、贾阆仙、卢玉川四家，倚仗笔力，自树旗帜。盖自中唐诸公渐趋平易，势不可无诸贤之撑起。然诗以温柔敦厚为教，必不可直以粗硬为之。此内唯长吉锦心绣口，上薄《风》《骚》，不专以笔力支架为能。其余者若玉川《月蚀》一篇，故自奇作；阆仙五律，亦多胜概。此外则如东野、玉川诸制，皆酸寒幽涩，令人不耐卒读。刘叉《冰柱》《雪车》二诗，尤为粗直伧俚。而韩公独谓孟东野'以其诗鸣'，则使人惑滋甚矣！"

翁方纲《石州诗话》卷四："蒋士龙七言，以南渡俚弱之质，而效卢玉川纵横排突之体，岂复更有风雅？而吴钞乃称之。"

翁方纲《石州诗话》卷七："此妙于借拈李诗以论杜诗，可作李、杜二家筦钥，与义山'李杜操持'一首正相发叶。与前章斥元微之意同。其不以鬼怪目玉川，意亦如此。"

李调元《雨村诗话》卷下："《诗》三百篇有正有变，后人学焉而各得其性之所近。《楚骚》之幽怨，少陵之忧愁，太白之飘艳，昌谷、玉川之奇诡，东野、阆仙之寒俭，从乎变者也。"

余成教《石园诗话》卷二："宋韩盈序玉川子卢仝诗曰：'其体峭拔严放，脱略拘维，特立群品之外。'其说诚然。《寄男抱孙》云：'寻义低作声，便可养年寿。莫学村学生，粗气强叫吼。'又云：'小时无大伤，习性防已后。顽发苦恼人，汝母必不受。'峭拔可喜。末云：'他日吾归来，家人若弹纠。一百放一下。打汝九十九。'其脱略读之令人失笑。"

延君寿《老生常谈》："七古，高、岑、王、李是一种，李、杜各一种，李长吉一种，张、王乐府一种，韩一种，元、白又一种，后人几不能变化矣。东坡虽是学前人，其横说竖说，喜笑怒骂，跌宕自豪，又自成一种此下更无变化。山谷、遗山皆好到极处，然不能变前人也。六一、介甫学韩。张文潜、晁无咎辈是学韩、欧、东坡。陆放翁、虞伯生此体亦佳。杨铁崖、谢翱、张玉笥是学张、王乐府，杨、谢奇僻处，尤能上追长吉。若任华、卢仝，则又不当去学。前明当推何、李。本朝此体，人各有能处，无专门名家也。"

王寿昌《小清华园诗谈》卷上："何谓性情？曰：诗以道性情，未有性情不正而能吐劝惩之辞者。《三百篇》中，其性情亦甚不一，而总归于无邪，故虽里巷之歌谣，皆可为万世之典训。自时厥后，以代而衰，遂至流为放辟邪奢而不可止。间有贤者崛起其间，各树骚坛之帜，而往往不能偏倚驳杂之弊。略而言之，……又如王、杨、卢、骆之偏于浮薄，李太白之偏于豪纵，刘梦得之偏于褊狭，孟东野之偏于孤峭，玉川子之偏于险怪，李长吉之偏于奇幻，白香山之偏于坦率，元微之之偏于柔媚，李义山之偏于瑰异，温飞卿之偏于婉弱。其余诸贤，亦各有弊。"

潘德舆《养一斋诗话》卷六："刘青田《二鬼》诗，或云拟昌黎《二鸟》而作，或云在卢仝、马异间，或云直破刘叉之胆。然吾不责其好作奇语为不经，而恨其多参俚语为不雅也。如云：'急诏飞天神王，捉此两鬼拘囚之。飞天神王得天帝诏，立召五百夜叉，带金绳，将铁网，寻踪逐迹，莫放两鬼走逸入险巇。五百夜叉个个口吐火，搜天刮地走不疲。搜到九万九千九百九十九仞幽谷底，捉住两鬼眼睛光活如琉璃。'语意太俚率任情，卢仝、马异、刘叉尚不肯出此，况昌黎哉！一概褒许，诗不儿戏，即成恶道。"

潘德舆《养一斋诗话》卷十："徐仲车，'潋潋滟滟天尽头，只见孤帆不见舟。斜阳欲落未落处，尽是人间今古愁。'风神何限。东坡谓其诗文怪放如玉川子，亦不尽尔。"

潘德舆《养一斋李杜诗话》卷二："李贺之奇，卢仝之僻，将为正宗，而温柔敦厚之教晦矣。"

袁枚《随园诗话》卷五："诗人家数甚多，不可跫跫然域一先生之言，自以为是，而妄薄前人。须知王、孟清幽，岂可施诸边塞？杜、韩排奡，未便播之管弦。沈、宋庄重，到山野则俗。卢仝险怪，登庙堂则野。韦、柳隽逸，不宜长篇。"又曰："古人门户虽各自标新，亦各有所祖述。如《玉台新咏》，温、李、西昆，得力于《风》者也。李杜排奡，得力于《雅》者也。韩、孟奇崛，得力于《颂》者也。李贺、卢仝之险怪，得力于《离骚》《天问》《大招》者也。"

袁枚《再与沈大宗伯书》："至于卢仝、李贺险怪一流，似亦不必摈弃。两家所祖，从《大招》《天问》来，与《易》之龙战，《诗》之天妹，同波异澜，非意撰也。"

陈廷焯《白雨斋词话》卷八："若香山之老妪可解，卢仝、长吉之牛鬼蛇神，贾岛之寒瘦，山谷之桀骜，虽各有一境，不学无害也。"

王闿运《湘绮楼说诗》卷一"论唐诗诸家源流答陈完夫问"："三唐风尚，人工篇什，各思自见，故不复摹古。陈、隋靡习，太宗已以清丽振之矣。陈子昂、张九龄以公干之体，自抒怀抱，李白所宗也。元结、苏涣加以排宕，斯五言之善者乎？刘希夷学梁简文，超艳绝伦，居然青出，王维继之以烟霞，唐诗之逸，遂成芳秀。张若虚《春江花月》，用《西洲》格调，孤篇横绝，竟为大家。李贺、商隐挹其鲜润，宋词、元诗盖其支流，宫体之巨澜也。杜甫歌行自称鲍、庾，加以时事，大作波澜，咫尺万里，非虚夸矣。五言唯《北征》学蔡女，足称雄杰。他盖平平，无异时贤。韩愈并推李、杜，而实专于杜，但袭粗迹，故成枯犷。卢仝、刘叉得汉谣之恢奇，孟郊瘦刻，赵壹、程晓之支派。白居易歌行纯似弹词，《焦仲卿妻诗》所滥觞也。五言纯用白描，近于高彪、应璩，多令人厌，无文故也。储光曦学陶，屈侠气于田间，后人妄以柳、韦配之，殊非其类。应物《郡斋忆山中》诗淡远浅妙，亦从陶出。他不称是，非名家也。读唐诗宜博，以充其气，唯五言不须用功，泛览而已。歌行律体是其擅长，虽各有本原，当观其变化尔。"

王闿运《湘绮楼说诗》卷三"论唐诗诸家源流答陈完夫问"："古之诗，今之会典奏议之类。今之诗歌，古之乐也。四言如琴，五言如笙箫，歌行七言如羌笛、琵琶，繁弦杂管，故太白以为靡。然人不能无哀乐，哀乐不能无偏激感宕。故自五言兴，而即有七言。而乐府琴曲希以赠答。至唐而大盛，凡四言五言所施，皆有以七言代之者，而体制殊焉，初唐犹沿六朝，多宫观闺情之作，未久而用以赠答送别，分题或拈一物一事为兴，篇末乃致其意。高、岑、王维诸篇，其式也。李白始为叙情长篇，杜甫亟称之，而更扩之，然犹不入议论。韩愈入议论矣，苦无才思，不足运动，又往往凑韵，取妍钓奇。其品益卑，骎骎乎苏、黄矣。元、白歌行全是弹词，微之颇能开合，乐天不如也。今有一壮夫，击缶喧呼，口言忠孝。有一盲女，调弦曼声，搬演传奇。人将喜喧叫而屏弦索耶？抑姑退壮夫而进盲女也？韩、白之分，亦犹此矣。张籍、王建因元、白讽谏之意，而述民风。卢仝、李贺去韩之粗犷，而加恢诡。郑嵎、陆龟蒙等为之，而木呐纤俗。李商隐之流又嫌晦涩，其中如叙事抒情诸篇，不免辞费，犹不及元、白自然也。李东川诗歌十数篇，实兼诸家之长，而无其短。参之以高、岑、王、李之泽，运之以杜、元之意，则几之矣。元次山又自一派，亦小而雅。"

王闿运《湘绮楼说诗》卷四："韩门诸子，郊、岛、仝、贺各极才思，尽诗之变，然罕能兼之。"又"论唐诗诸家源流答唐凤廷问"曰："今之诗歌，六义之兴也，与风、雅、颂异体，论者动言法《三百篇》，亦可法荀、宋赋乎？上古之诗，即《喜起》《麦秀》之篇。具有章法，唯见枚、苏，皆在汉武之世。则学古必学汉也。汉初有诗，即分两派：枚、苏宽和，李陵清劲。自后五言莫能外之。李太白五言不如四言，七言又其靡也。此言非是。太白贵四言，何以反独工七言？四言诗韦、孟不及嵇康，嵇诗复不可学。盖四言诗者，兴家之偶寄，初无多法，不足用功。五七言诗乃有门径，唐人初不能为五言。杜子美无论矣，所称陈子昂、张子寿、李太白，才刘公幹之一体耳，何足尽言五言之妙？故曰唐无五言。学五言者，汉、魏、晋、宋尽之。齐、梁至隋，别创律诗一派，即杜所云'庾、鲍、阴、何，清逸苦心'者也。杜五言律克尽其变，而华秀未若王维，则五律亦分两派矣。七言开合动荡，无所不有。始扩于鲍照、王筠诸人，直通元、白、卢仝、刘叉、温、李、皮、陆，而李东川兼有其妙。"

王闿运《湘绮楼说诗》卷六："诗即乐也，有五言以持其志，即有七言以畅其气。七言之兴，在汉则乐府，在后为歌行。乐府亦可以文法行之，亦可以弹词代之。如卢仝、顾况，是骚赋之流；居易、仲初，则焦仲卿妻冯羽林郎之体。"

王闿运《湘绮楼说诗》卷七："陈、张复起，融合苏、李，以为五言。李、杜继之，与王、孟竞爽。有唐名家乃有储、高、岑、韦、孟郊，诸作皆不失古法。宋之问、刘希夷导其法门，王维、王昌龄、高、岑开其堂奥，李颀兼乎众妙，李、杜极其变态。阎朝隐、顾况、卢仝、刘叉排荡排阖，韩愈之所羡也。"

郎廷槐、王士祯、张杜庆、张实居《师友诗传录》："世无印板诗格，前与后原不必其尽相袭也。历下之诗，五言全仿《选》体，不肯规摹唐人；七古则专学初唐，不涉工部。所以有唐无五言古诗之说也。究竟唐人五言古皆各成一家，正以不依傍古人为妙，亦何尝无五言古诗也？初唐七古转韵流丽，动合《风》《雅》，固正体也。工部以下，一气奔放，宏肆绝尘，乃变体也。至如昌谷、温、李、卢仝、马异，则纯乎鬼魅世界矣。"又曰："诗有正味焉。太羹元酒，陶匏茧栗，诗《三百篇》是也？加边折俎，九献终筵，汉、魏是也；庖丁鼓刀，易牙烹敖，燀薪扬芳，朵颐尽美，六朝诸人是也；再进而盐蒸盐虎，前有横吹，后有侑币，宾主道餍，大礼以成，初、盛唐人是也；更进则施舌瑶柱，龙鲊牛鱼，熊掌豹胎，猩唇驼峰，杂然并进，膠牙鳖吻，毒口鳖肠，如'中''晚'、玉川、昌谷、玉溪诸君是也。"

薛雪《一瓢诗话》："卢仝、刘叉教外别传；曹尧宾声调最响，《病马》诸作，极有意旨，才人不遇，应共徘徊。"

黄子云《野鸿诗的》："玉山好怪，作《月蚀诗》以嚇鸢雏，宁不见苍鹰见之而一击乎？至'七碗吃不得也'句，又令人流汗发呕。"

费锡璜《汉诗总说》："诗句之奇，至颜延之、谢灵运、李白、杜甫、韩愈、李贺、卢仝至矣。"

洪亮吉《北江诗话》卷五："诗奇而入理，乃谓之奇。若奇而不入理，非奇也。卢玉川、李昌谷之诗，可云奇而不入理者矣。诗之奇而入理者，其惟岑嘉州乎？"

洪亮吉《北江诗话》卷六："杜工部、卢玉川诸人工诗而不工文。皇甫持正、孙可之诸人工文而不工诗。"

陈衍《石遗室诗话续编》卷二："今读胡展堂汉民《读王荆文集》六十绝句，乃叹其浸淫日久，能见人所未见。爰录其有自注诸首，以饷世之读荆公诗者：'……宁肯低头东野秀，不闻抗手玉川奇。敛情约性非容易，力挽唐风入宋诗。'荆公兼学韩孟，其倾倒广陵，无异退之之于东野。唯广陵时有近玉川子者，荆公无之，岂不为耶？"

陈衍《石遗室诗话续编》卷三："前清诗学，道光以来，一大关捩，略分两派：一派为清苍幽峭，自《古诗十九首》，苏、李、陶、谢、王、孟、韦、柳以下逮贾岛、姚合，宋之陈师道、陈与义、陈傅良、赵师秀、徐照、徐玑、翁卷、严羽，元之范梈、偈傒斯，明之钟惺、谭元春之伦，洗炼而熔铸之，体会渊薮，出以精思健笔。……此一派近日以郑海藏为魁，其源合也。而五言佐以东野，七言佐以宛陵、荆公、遗山，斯其异矣。后来之秀，效海藏者，直效海藏，未必效海藏之所自出也。其一派生涩奥衍，自《急就篇》《鼓吹词》《铙歌十八曲》以下逮韩愈、孟郊、樊宗师、卢仝、李贺、黄庭坚、薛季宣、谢翱、杨维桢、倪元璐、黄道周之伦，皆所取法，语必惊人，字忌习见。郑子尹珍之《巢经巢诗钞》，为其弁冕，莫子偲足羽翼之。近日沈乙庵、陈散原，实其流派。而散原奇字，乙庵益以僻典，又少异焉，其余诗亦不尽然也。"

黄节《诗学》"唐至五代诗学"："盖昌黎本好奇崛，而东野亦硬语盘空，以是并称韩孟。一时若卢仝、贾岛，皆闻韩孟而起者，而风又一变。奇崛之失，至于涩僻，如卢仝、贾岛，或至不可卒读。于是元稹、白居易兴焉。"又曰："昌黎亦能四言诗，如《元和圣德诗》及《琴操》诸篇，内多四言者，然不得谓之为工也。是故昌黎推尊李杜，振起中唐。然在当时，白居易《与元稹书》，论次诗人，至舍昌黎不道，可见其时自张籍、孟郊、卢仝、贾岛诸人外，其从昌黎一派者，仍属寥寥。"

黄节《诗学》"金元学"："元代以诗鸣者首推刘因，静修论诗曰：'魏、晋而降，诗学日盛。曹、刘、陶、谢，其至焉者也。隋、唐而降，诗学日变，变而得正，李、杜、韩，其至者也。周宋而降，诗学日弱，弱而后强，欧、苏、黄，其至者也。故作诗者，不能《三百篇》，则曹刘陶谢，不能曹刘陶谢，则李杜韩；不能李杜韩，则欧苏黄。乃效晚唐之萎苶，学温李之清新，拟卢仝之怪诞，非所以为诗也。'"又曰："铁崖独以乐府著，盖在元之季年，为乐府者多效温庭筠体，柔媚旖旎，全类小词。唯铁崖极力矫之，根柢于青莲、昌谷，纵横排奡，自僻町畦。其高者或突过古人，其下者亦多入魔趣。至其所为琴操、宫词、冶春、游仙、香奁等作，门人章琬编为《复古诗集》，其间清词丽句，亦有可诵者。然在当时，王彝尝诋铁崖为文妖，谓其'剪红刻翠，以为涂饰；拗牙棘口，以为古奥。'观《复古诗集》所载多艳冶之词，所谓'剪红刻翠'者也。其乐府出入于卢仝、李贺之间，奇奇怪怪，溢为牛鬼蛇神，所谓'拗牙棘口'者也。"

钱振锽《谪星说诗》卷一：（沧浪）又云："李杜诗如金鸦擘，香象渡河。"此二语已属肤庸无谓。又云："下视郊岛，真虫吟草间。"夫天下岂可有凤鸾之类，便可无鹭鸶鸂鶒哉？羽既以玉川、昌谷谓天地间自欠此体不得，亦知东野、阆仙天地间亦欠此体不得耶？

汪国垣《光宣诗坛点将录》："附章士钊论近代诗家绝句：卢仝马异一流人，祇益冬郎绮语新。国运教随诗运去，江南逢处我伤神。"

沈其光《瓶粟斋诗话》初编卷十："古之和诗，莫善于江淹。江之言曰：'蛾眉讵同貌，而俱动于魄；芳草宁共气，而皆悦于魂。'论诗而至于动魄悦魂，精矣，微矣。《宋之建唱和集序》。唐之李杜，光芒万丈，放而为昌黎，达而为乐天，丽而为义山，谲而为长吉，穷而为照谏，诡诙欻兀而为卢仝、刘叉，莫不有物焉。槎枒于肺腑，击撞于胸臆，故其言之也，流传至于历劫而不朽。"

沈其光《瓶粟斋诗话》续编卷四："余往读古人诗，择其所好，辄手钞之。于魏晋钞子建、渊明，于六朝钞三谢，于唐钞杜、韩、王、孟、义山、玉川，于北宋钞宛陵、荆公、山谷，南宋诚斋、石湖、放翁，宋以后则无所钞矣。"

钱仲联《梦苕盦诗话》："金丈松岑有七古一长篇云……闽侯林肖蛇次韵和之云：'桂花载酒年时事，老去吴霜动边思。江南风月几生修？塞上烟尘等闲视。陵历斗蚀天之过，占侯前知未来世。蔽亏未用慨胡尘，变灭还如看海市。我曹忧患天人集，才愧纵横玉川子。'"

刘衍文《雕虫诗话》卷一："大地一梨园也。曰生、曰旦、曰末、曰丑、曰净，古今六词客也。壤父而下，不施粉墨，举如末；陈王作净丑面，然与六朝、初唐人俱是贴旦；浣花叟要是外，李青莲其生乎？任华、卢仝诸家，半净半丑，而乐天、东坡，教化广大，色色皆演；王维、张籍，韩子苍所谓'按乐多诙气'，率歌工也。"

6. 其他有关卢仝之评论

[韩] 申景濬《旅菴诗则》："平淡，奇工，豪壮，沉深，雄浑，切至，苍古，清寒，丽艳，险绝，此十者虽由于习尚之异，而盖亦气禀之所使，非强可到矣。世之论诗者，主平淡者，谓奇工非天然。主奇工者，谓平淡为无味。盖平淡之失，易至于无味。奇工之失，易至于非天然。然苟到其极，固何优劣于彼此哉？今夫大羹玄酒，无盐梅之调，无芬苾之气，而荐诸郊庙，犹足以感神明，招崇嘏，固非豹胎熊掌、凤炙龙炰之所可比也。其将以是为无味而弃之乎？故平淡自有平淡之味，奇工自有奇工之味。今夫天地之间，造化之迹，山川之形胜，云烟之状态，鸟兽花卉之斑斓，形形色色，极工至妙。虽令般倕偃狄之徒，揭精殚巧，不能仿佛其万一也。其将以是为非天然而贱之乎？故不期奇工而奇工者，则是天然。期平淡而平淡者，亦非天然。若以己尚相胜焉，其拘于私，酷矣！且世之人看醉酒高歌拔剑击柱等文字，辄以为豪壮；看寒山落木冷月凄风等文字，辄以为清寒；不知疏拙文字中自有豪壮意思，繁华文字中自有清寒意思。殊不知李贺外顺内坚，卢仝外艰内顺，是知其语而未知其心，论其形而未论其神？故知诗固难，论诗亦未易也。"

[韩] 李圭景《诗家点灯》"孟郊刻苦诗生寒"："古人论诗人李、杜数公，如金鸥劈海，香象渡河，下视郊、岛辈，真虫吟草间。然玉川之怪，长吉之诡，元轻白俗，岛瘦郊寒，宇宙间自欠此体不得。"

主要参考文献

《毛诗正义》,李学勤主编《十三经注疏》本,北京:北京大学出版社,1999年。

《周易正义》,李学勤主编《十三经注疏》本,北京:北京大学出版社,1999年。

《尚书正义》,李学勤主编《十三经注疏》本,北京:北京大学出版社,1999年。

《春秋左传正义》,李学勤主编《十三经注疏》本,北京:北京大学出版社,1999年。

《春秋公羊传注疏》,李学勤主编《十三经注疏》本,北京:北京大学出版社,1999年。

《春秋谷梁传注疏》,李学勤主编《十三经注疏》本,北京:北京大学出版社,1999年。

《春秋微旨》,[唐]陆淳撰,古经解汇函本,上海:蜚英馆,光绪十四年(1888)石印本。

《春秋摘微》,[唐]卢仝撰,国家图书馆藏一卷本。

《春秋摘微》,[唐]卢仝撰,南菁书院丛书,江阴:南菁书院,光绪十四年(1888)刻本。

《礼记正义》,李学勤主编《十三经注疏》本,北京:北京大学出版社,1999年。

《论语注疏》,李学勤主编《十三经注疏》本,北京:北京大学出版社,

1999年。

《孟子注疏》，李学勤主编《十三经注疏》本，北京：北京大学出版社，1999年。

《孝经注疏》，李学勤主编《十三经注疏》本，北京：北京大学出版社，1999年。

《礼记训纂》，[清] 朱彬撰、饶钦农点校，北京：中华书局，1996年。

《尔雅义疏》，[清] 郝懿行撰，北京：中国书店，1982年。

《山海经校译》，袁珂校译，北京：中华书局，1973年。

《水经注》，[北魏] 郦道元撰，丛书集成初编本，北京：中华书局，1991年。

《茶经》，[唐] 陆羽撰，丛书集成初编本，北京：中华书局，1991年。

《国语正义》，[清] 董增龄撰，成都：巴蜀书社，1985年。

《吕氏春秋》，[秦] 吕不韦撰，丛书集成初编本，北京：中华书局，1991年。

《史记》，[汉] 司马迁撰，北京：中华书局，1959年。

《汉书》，[汉] 班固撰，北京：中华书局，1962年。

《后汉书》，[汉] 范晔撰，北京：中华书局，1965年。

《吴越春秋》，[汉] 赵晔撰，丛书集成初编本，北京：中华书局，1985年。

《两汉纪》，[汉] 荀悦撰，北京：中华书局，2002年。

《三国志》，[魏] 陈寿撰，北京：中华书局，1959年。

《南齐书》，[梁] 肖子显撰，北京：中华书局，1985年。

《宋书》，[梁] 沈约撰，北京：中华书局，1974年。

《魏书》，[北齐] 魏收撰，北京：中华书局，1974年。

《晋书》，[唐] 房玄龄撰，北京：中华书局，1974年。

《梁书》，[唐] 姚思廉撰，北京：中华书局，1973年。

《北齐书》，[唐] 李延寿撰，北京：中华书局，1972年。

《南史》，[唐] 李延寿撰，北京：中华书局，1975年。

《旧唐书》，[后晋] 刘昫等撰，北京：中华书局，1975 年。

《隋书》，[唐] 魏征撰，北京：中华书局，1973 年。

《新唐书》，[宋] 欧阳修、宋祁等撰，北京：中华书局，1975 年。

《资治通鉴》，[宋] 司马光撰，北京：中华书局，1956 年。

《宋史》，[元] 脱脱等撰，北京：中华书局，1983 年。

《唐六典》，[唐] 李林甫等撰，北京：中华书局，1992 年。

《通典》，[唐] 杜佑撰，北京：中华书局，1984 年。

《通志》，[宋] 郑樵撰，北京：中华书局，1987 年。

《唐会要》，[宋] 王溥撰，上海：上海古籍出版社，1991 年。

《孔子家语》，[魏] 王肃注，四部丛刊初编本，上海：上海书店印行，1981 年。

《说苑疏证》，[汉] 刘向撰、赵善诒疏证，上海：华东师范大学出版社，1985 年。

《白虎通》，[汉] 班固撰，丛书集成初编本，北京：中华书局，1985 年。

《汉官仪》，[汉] 应劭撰，丛书集成初编本，北京：中华书局，1991 年。

《荆楚岁时记》，[梁] 宗懔撰，丛书集成初编本，北京：中华书局，1991 年。

《古今注》，(晋) 崔豹撰，四部备要本，北京：中华书局，1936 年。

《说文解字》，[汉] 许慎撰，北京：中华书局，1963 年。

《释名》，[汉] 刘熙撰、[清] 王先谦集，丛书集成初编本，北京：中华书局，1985 年。

《广韵》，[宋] 陈彭年等重修，四部丛刊初编本，上海：商务印书馆，1936 年。

《集韵》，[宋] 丁度撰，北京：中国书店，1983 年。

《埤雅》，[宋] 陆佃撰，丛书集成初编本，北京：中华书局，1985 年。

《广雅疏证》，[清] 王念孙撰，上海：上海古籍出版社，1983 年。

《说文通训定声》，[清] 朱骏声撰，北京：中华书局，1984 年。

《敦煌变文字义通释》，蒋礼鸿撰，上海：上海古籍出版社，1997 年。

《诗词曲语辞汇释》，张相撰，北京：中华书局，1977年。

《诗词曲语辞例释》，王锳撰，北京：语文出版社，1991年。

《老子》，[晋] 王弼注、[唐] 陆德明释文，光绪元年（1662）浙江书局据华亭张氏本校刻。

《列子》，[晋] 张湛注、[唐] 殷敬顺释文，光绪三年（1664）浙江书局据明世德堂本校刻。

《荀子》，[周] 荀况撰、[汉] 郑玄笺，四部备要本，北京：中华书局，1936年。

《管子》，[战国] 管仲撰、梁运华校点，沈阳：辽宁教育出版社，1997年。

《金光明经疏》，[隋] 天台智者大师说、门人灌顶录，南京：金陵刻经处，1929年刻本。

《成唯识论校释》，[唐] 玄奘译、韩延杰校释，北京：中华书局，1998年。

《法苑珠林校注》，[唐] 释道宣撰，周叔迦、苏晋仁校注，北京：中华书局，2003年。

《宋高僧传》，[宋] 赞宁撰、范祥雍点校，北京：中华书局，1987年。

《翻译名义集》，[宋] 普润大师法云撰，四部丛刊本，上海：商务印书馆，1919年。

《高士传》，[晋] 皇甫谧撰、丛书集成初编本，北京：中华书局，1985年。

《神仙传》，[晋] 葛洪撰、丛书集成初编本，北京：中华书局，1991年。

《抱朴子》，[晋] 葛洪撰，四部丛刊本，上海：商务印书馆，1919年。

《西京杂记》，[汉] 刘歆撰，四部丛刊本，上海：商务印书馆，1919年。

《列仙传》，[汉] 刘向撰、邱鹤亭注译，北京：中国社会科学出版社，2004年。

《洞冥记》，[汉] 郭宪撰，上海：上海古籍出版社，1987年。

《搜神记》，[晋] 干宝撰、汪绍楹校注，北京：中华书局，1979年。

《博物志》，[晋] 张华撰，丛书集成初编本，北京：中华书局，1985年。

《述异记》，[齐] 任昉撰，四库全书本，上海：上海古籍出版社，1987年。

《云笈七签》，[宋]张君房编、李永晟点校，北京：中华书局，2003年。

《楚辞补注》，[战国]屈原撰、[宋]洪兴祖补注、白化文点校，北京：中华书局，1985年。

《楚辞直解》，[战国]屈原撰，陈子展撰述，范祥雍、杜月春校阅，南京：江苏古籍出版社，1988年。

《文选》，[梁]萧统编，北京：中华书局，1979年影印本。

《玉台新咏笺注》，[陈]徐陵编、[清]吴兆宜注、穆克宏点校，北京：中华书局，1985年。

《艺文类聚》，[唐]欧阳询编、汪绍楹校，上海：上海古籍出版社，1982年。

《初学记》，[唐]徐坚等编，北京：中华书局，1962年。

《册府元龟》，[宋]王钦若编，北京：中华书局，1960年。

《太平御览》，[宋]李昉等编，北京：中华书局，1960年。

《文苑英华》，[宋]李昉等编，北京：中华书局，1966年。

《太平广记》，[宋]李昉等编，北京：中华书局，1961年。

《万首唐人绝句》，[宋]洪迈编，北京：文学古籍刊行社，1955年。

《唐文粹》，[宋]姚铉编，四部丛刊本，上海：商务印书馆，1919年影印本。

《记纂渊海》，[宋]潘自牧编，四库全书本，上海：上海古籍出版社，1987年。

《古今事文类聚》，[宋]祝穆编，四库全书本，上海：上海古籍出版社，1987年。

《类说》，[宋]曾慥编，四库全书本，上海：上海古籍出版社，1987年。

《玉海》，[宋]王应麟编，扬州：江苏广陵古籍刻印社，1985年影印本。

《乐府诗集》，[宋]郭茂倩编，北京：中华书局，1979年。

《唐百家诗选》，[宋]王安石编，台北：世界书局，1980年。

《宝刻丛编》，[宋]陈思编，见严耕望编《石刻史料丛书》第49函，湖南：艺文印书馆印行。

《古今岁时杂咏》，[宋] 蒲积中编，四库全书本，上海：上海古籍出版社，1987 年。

《中州集》，[金] 元好问编，北京：中华书局，1959 年。

《唐音》，[元] 杨士弘编，四库全书本，上海：上海古籍出版社，1987 年。

《诗渊》，[明] 无名氏编，北京：书目文献出版社，1993 年。

《唐音统签》，[明] 胡震亨编，故宫珍本丛书，海口：海南出版社，2000 年。

《唐诗品汇》，[明] 高棅编，上海：上海古籍出版社，1982 年影印本。

《永乐大典》，[明] 解缙等编，北京：中华书局，1986 年。

《本草纲目》，[明] 李时珍撰，吴毓昌校订，上海：鸿宝斋石印本，1911 年。

《唐诗解》，[明] 唐汝询选释、王振汉点校，保定：河北大学出版社，2001 年。

《唐诗类苑》，[明] 张之象编、[日] 中岛敏夫整理，上海：上海古籍出版社，2006 年。

《列朝诗集小传》，[清] 钱谦益撰，上海：上海古籍出版社，1959 年。

《唐宋诗醇》，[清] 弘历编，苏州：紫阳书院，乾隆二十五年（1781）重刊本。

《全唐诗》，[清] 彭定求等编，北京：中华书局，1960 年。

《全唐文》，[清] 董诰等编，北京：中华书局，1982 年。

《古诗源》，[清] 沈德潜编，北京：中华书局，1963 年。

《唐诗别裁集》，[清] 沈德潜编，北京：中华书局，1975 年影印本。

《王闿运手批唐诗选》，[清] 王闿运编，上海：上海古籍出版社，1989 年。

《唐人小说》，汪辟疆校录，上海：上海古籍出版社，1978 年。

《敦煌变文集》，王重民等编，北京：人民文学出版社，1984 年。

《唐诗纪事校笺》，王仲镛撰，成都，巴蜀书社，1989年。
《全宋诗》，北京大学古籍研究所编，北京：北京大学出版社，1991年。
《全唐诗补编》，陈尚君，北京：中华书局，1992年。
《唐诗汇评》，陈伯海编，杭州：浙江教育出版社，1995年。
《唐宋八大家文钞校注集评》，高海夫主编，西安：三秦出版社，1998年。
《唐诗选》，马茂元编，上海：上海古籍出版社，1999年。
《全宋词》，唐圭璋编撰、王仲闻参订、孔凡礼补辑，北京：中华书局，1999年。
《全辽金诗》，阎凤梧、康金声主编，太原：山西古籍出版社，1999年。
《宋代传奇集》，李剑国辑校，北京：中华书局，2001年。
《增订注释全唐诗》，王启兴编，武汉：湖北人民出版社，2001年。
《唐五代笔记小说大观》，丁如明、李宗为等校点，上海：上海古籍出版社，2003年。
《陶渊明集校笺》，[晋]陶渊明撰、龚斌校点，上海：上海古籍出版社，1996年。
《谢宣城诗集》，[齐]谢朓撰，丛书集成初编本，北京：中华书局，1985年。
《江文通集》，[梁]江淹撰，四部备要本，北京：中华书局，1936年。
《玉川子诗集》，[唐]卢仝撰，四部丛刊本，上海：商务印书馆，1919年。
《玉川子诗集注》，[唐]卢仝撰、孙之騄注，浙江图书馆藏清初刻晴川八识本。
《卢仝诗》，[唐]卢仝撰，[清]佚名批校，清康熙间刻本。
《景宋卢仝集》，[唐]卢仝撰、陶北溟跋、孙傲仁批，1918年石印本。
《张司业集》，[唐]张籍撰，四部丛刊本，上海：商务印书馆，1919年。
《李贺诗歌集注》，[唐]李贺撰、[清]王琦注，上海：上海古籍出版社，1978年。

《柳宗元集》，[唐]柳宗元撰，北京：中华书局，1979年。

《杜诗详注》，[唐]杜甫撰、[清]仇兆鳌注，北京：中华书局，1979年。

《白居易集》，[唐]白居易撰、顾学颉点校，北京：中华书局，1979年。

《卢照邻集》，[唐]卢照邻撰、徐明霞点校，北京：中华书局，1980年。

《元稹集》，[唐]元稹撰、冀勤点校，北京：中华书局，1982年。

《长江集新校》，[唐]贾岛撰、李嘉言校点，上海：上海古籍出版社，1983年。

《韩昌黎诗系年集释》，[唐]韩愈撰、钱仲联集释，上海：上海古籍出版社，1984年。

《王无功集》，[唐]王绩撰，丛书集成初编本，北京：中华书局，1985年。

《韦苏州集》，[唐]韦应物撰，四库全书本，上海：上海古籍出版社，1987年。

《白居易集笺校》，[唐]白居易撰、朱金城笺校，上海：上海古籍出版社，1988年。

《李太白集注》，[唐]李白撰，[清]王琦注，上海：上海古籍出版社，1992年。

《孟东野诗集校注》，[唐]孟郊撰、华忱之、喻学才校注，北京：人民文学出版社，1995年。

《李商隐诗歌集解》，[唐]李商隐撰，刘学锴、余恕诚集解，北京：中华书局，1996年。

《孟浩然诗集笺注》，[唐]孟浩然撰、佟培基笺注，上海：上海古籍出版社，2000年。

《贾岛集校注》，[唐]贾岛撰、齐文榜校注，北京：人民文学出版社，2001年。

《皇甫持正文集》，[唐]皇甫湜撰，中华再造善本，北京：北京图书馆出版社，2003年。

《孙可之文集》，[唐] 孙樵撰，中华再造善本，北京：北京图书馆出版社，2003年。

《欧阳修全集》，[宋] 欧阳修撰，北京：中华书局，2001年。

《梅尧臣集编年校注》，[宋] 梅尧臣撰、朱东润编年校注，上海：上海古籍出版社，1980年。

《王令集》，[宋] 王令撰、沈文倬校点，上海：上海古籍出版社，1980年。

《苏轼诗集》，[宋] 苏轼撰、王文诰注，北京：中华书局，1982年。

《后村先生大全集》，[宋] 刘克庄撰，四部丛刊本，上海：商务印书馆，1919年。

《须溪集》，[宋] 刘辰翁撰，四库全书本，上海：上海古籍出版社，1987年。

《会稽三赋》，[宋] 王十朋撰，丛书集成初编本，北京：中华书局，1991年。

《苏轼诗集合注》，[宋] 苏轼撰，[清] 冯应榴辑注，黄任轲、朱怀春校点，上海：上海古籍出版社，2001年。

《淮海集笺注》，[宋] 秦观撰、徐培均笺注，上海：上海古籍出版社，1994年。

《元遗山诗集笺注》，[金] 元好问撰，施国祁注、麦朝枢校，北京：人民文学出版社，1958年。

《闲闲老人滏水文集》，[金] 赵秉文撰，上海：上海书店，1989年。

《静修先生文集》，[元] 刘因撰，丛书集成初编本，上海：商务印书馆，1936年，

《秋涧集》，[元] 王恽撰，四库全书本，上海：上海古籍出版社，1987年。

《陵川集》，[元] 郝经撰，四库全书本，上海：上海古籍出版社，1987年。

《高青丘集》，[明] 高启撰，[清] 金檀辑注，徐澄宇、沈北宗校点，

上海：上海古籍出版社，1985年。

《青藤书屋文集》，[明]徐渭撰，丛书集成初编本，北京：中华书局，1985年。

《牧斋初学集》，[清]钱谦益撰，上海：上海古籍出版社，1985年。

《曝书亭集》，[清]朱彝尊撰，四部丛刊本，上海：商务印书馆，1919年。

《小仓山房诗文集》，[清]袁枚撰、周本淳校，上海：上海古籍出版社，1988年。

《湘绮楼诗文集》，[清]王闿运撰，马积高主编，长沙：岳麓书社，1997年。

《崇文总目》，[宋]王尧臣编，钱东垣辑释，台北：商务印书馆，1967年。

《遂初堂书目》，[宋]尤袤撰，丛书集成初编本，北京：中华书局，1985年。

《直斋书录解题》，[宋]陈振孙撰，徐小蛮、顾美华点校，上海：上海古籍出版社，1987年。

《郡斋读书志校证》，[宋]晁公武撰，孙猛校证，上海：上海古籍出版社，1990年。

《韩愈年谱》，[宋]吕大防撰，徐敏霞校辑，北京：中华书局，1991年。

《文献通考》，[元]马端临撰，北京：中华书局，1986年版

《四库全书总目》，[清]永瑢等撰，北京：中华书局，1966年。

《登科记考》，[清]徐松撰，赵守俨点校，北京：中华书局，1984年。

《唐两京城坊考》，[清]徐松撰，张穆校补，北京：中华书局，1985年。

《铁琴铜剑楼藏书目录》，[清]瞿镛撰，北京：中华书局，1990年。

《皕宋楼藏书志》，[清]陆心源撰，北京：中华书局，1990年。

《四库全书总目提要》，[清]纪昀等撰，石家庄：河北人民出版社，2000年。

《宋史艺文志广编》，杨家骆主编，台北：世界书局，1976年。

《唐集叙录》，万曼撰，北京：中华书局，1980年。

《唐代诗人丛考》，傅璇琮撰，北京：中华书局，1980年。

《藏园群书经眼录》，傅增湘撰，北京：中华书局，1983年。

《唐刺史考》，郁贤皓撰，南京：江苏古籍出版社，1987年。

《唐五代志怪传奇叙录》，李剑国撰，天津：南开大学出版社，1993年。

《唐五代人交往诗索引》，吴汝煜主编，上海：上海古籍出版社，1993年。

《明代书目题跋丛刊》，冯惠民、李万健撰，北京：书目文献出版社，1994年。

《全唐诗人名考证》，陶敏撰，西安，陕西人民教育出版社，1996年。

《全唐诗重出误收考》，佟培基撰，西安：陕西人民出版社，1996年。

《唐诗书录》，陈伯海、朱易安撰，济南：齐鲁书社，1998年。

《文献家通考》，郑伟章撰，北京：中华书局，1999年。

《唐才子传校笺》，傅璇琮主编，北京：中华书局，2000年。

《嵩岳文献丛刊》，郑州市图书馆文献编辑委员会编，郑州：中州古籍出版社，2003年。

《唐五代佛寺辑考》，李芳民撰，北京：商务印书馆，2006年。

《元和郡县图志》，[唐]李吉甫撰、贺次君点校，北京：中华书局，1983年。

《元丰九域志》，[宋]王存撰，王文楚、魏嵩山点校，北京：中华书局，1984年。

《河南总志》，[明]胡谧等撰，1932年河南通志馆据北京藏明成化二十二年（1486）刊本影抄之影印本。

《怀庆府志》，[清]彭清典、萧家芝撰，据顺治十七年（1660）刻本复印。

《济源县志》，[清]萧应植、沈榪春撰，乾隆二十六年（1767）刊本。

《重修扬州府志》，[清]张世浣、姚文田撰，清嘉庆十五年（1801）

刊本。

《怀庆府志》，[清] 唐侍陛、杜琮撰，乾隆五十四年（1813）刻本。

《河南通志》，[清] 田文镜等撰，雍正十三年（1735）刊、道光六年（1826）、同治八年（1869）、1914年历次补修本。

《续河南通志》，[清] 阿思哈等撰，乾隆三十二年（1763）刻，光绪二十八年（1903）补刊本。

《重修扬州府志》，[清] 张世浣修、[清] 姚文田等撰，嘉庆十五年（1811）刊本。

《续纂扬州府志》，[清] 英杰修、[清] 钱振伦等撰，同治十三年（1874）刊本。

《洛阳县志》，[清] 龚崧林撰，1924年石印本。

《大清一统志》，[清] 张琴等撰，四部丛刊本，上海：上海书店据商务印书馆1934年版重印，1984年。

《读史方舆纪要》，[清] 顾祖禹撰，贺次君、施和金点校，北京：中华书局，2005年。

《扬州丛刻》，陈恒和辑，1934年扬州陈氏刻本。

《济源市志》，济源市地方史志编纂委员会编，郑州：河南人民出版社，1993年。

《文心雕龙注》，[梁] 刘勰撰、范文澜注，北京：人民文学出版社，1958年。

《世说新语》，[南朝] 刘义庆撰，上海：上海古籍出版社，1982年。

《唐语林》，[唐] 王谠撰，上海：上海古籍出版社，1978年。

《国史补》，[唐] 李肇撰，上海：上海古籍出版社，1979年。

《龙筋凤髓判》，[唐] 张鷟撰，丛书集成初编本，北京：中华书局，1985年。

《朝野佥载》，[唐] 张鷟撰，丛书集成初编本，北京：中华书局，1985年。

《岭表录异》，[唐] 刘恂撰，丛书集成初编本，北京：中华书局，1985年。

《酉阳杂俎》，[唐] 段成式撰，北京：中华书局，1981年。

《唐摭言》，[五代] 王定保撰，北京：古典文学出版社，1957年。

《开元天宝遗事十种》，[五代] 王仁裕等撰、丁如明辑校，上海：上海古籍出版社，1985年。

《云麓漫钞》，[宋] 赵彦卫撰，北京：古典文学出版社，1957年。

《南部新书》，[宋] 钱易著、黄寿成点校，北京：中华书局，1961年。

《能改斋漫录》，[宋] 吴曾撰，上海：上海古籍出版社，1960年。

《苕溪渔隐丛话》，[宋] 胡仔撰，北京：人民文学出版社，1962年版

《唐诗纪事》，[宋] 计有功撰，北京：中华书局，1965年。

《诗人玉屑》，[宋] 魏庆之撰，上海：上海古籍出版社，1978年。

《沧浪诗话校释》，[宋] 严羽撰、郭绍虞校释，北京：人民文学出版社，1961年。

《容斋随笔》，[宋] 洪迈撰，上海：上海古籍出版社，1978年。

《诗林广记》，[宋] 蔡正孙撰，北京：中华书局，1982年。

《后村诗话》，[宋] 刘克庄撰、王秀梅点校，北京：中华书局，1983年。

《韵语阳秋》，[宋] 葛立方撰，上海：上海古籍出版社，1984年。

《彦周诗话》，[宋] 许顗撰，丛书集成初编本，北京：中华书局，1985年。

《对床夜语》，[宋] 范晞文撰，丛书集成初编本，北京：中华书局，1985年。

《诗律武库》，[宋] 吕祖谦撰，丛书集成初编本，北京：中华书局，1985年。

《瓮牖闲评》，[宋] 袁文撰、李伟国校点，上海：上海古籍出版社，1985年。

《诗话总龟》，[宋] 阮阅编、周本淳校点，北京：人民文学出版社，1987年。

《诚斋诗话》，[宋] 杨万里撰，四库全书本，上海：上海古籍出版社，1987年。

《墨客挥犀》，［宋］彭乘撰，丛书集成初编本，北京：中华书局，1991年。

《竹庄诗话》，［宋］何汶撰，丛书集成初编本，北京：中华书局，1991年。

《玉壶清话》，［宋］释文莹撰，丛书集成初编本，北京：中华书局，1991年。

《演繁露》，［宋］程大昌撰，丛书集成初编本，北京：中华书局，1991年。

《类林杂说》，［金］王朋寿撰，北京：文物出版社，1982年。

《唐才子传校正》，［元］辛文房撰、周本淳校正，南京：江苏古籍出版社，1987年。

《吴礼部诗话》，［元］吴礼部撰，丛书集成初编本，中华书局，1985年。

《唐诗谈丛》，［明］胡震亨撰，见清曹溶《学海类编》本，道光十一年（1831）年六安晁氏活字本。

《恬致堂诗话》，［明］李日华撰，见清曹溶《学海类编》本，道光十一年（1831）年六安晁氏活字本。

《诗薮》，［明］胡应麟撰，上海：上海古籍出版社，1958年。

《四溟诗话》，［明］谢榛撰，北京：人民文学出版社，1961年。

《唐音癸签》，［明］胡震亨撰，上海：上海古籍出版社，1981年。

《戒庵老人漫笔》，［明］李诩撰，北京：中华书局，1982年。

《杜臆》，［明］王嗣奭撰，上海：上海古籍出版社，1983年。

《诗源辩体》，［明］许学夷撰、杜维沫校点，北京：人民文学出版社，1987年。

《昭昧詹言》，［清］方东树撰，北京：人民文学出版社，1961年。

《艺概》，［清］刘熙载撰，上海：上海古籍出版社，1978年。

《原诗》，［清］叶燮撰，北京：人民文学出版社，1979年。

《一瓢诗话》，［清］薛雪撰，北京：人民文学出版社，1979年。

《说诗晬语》，[清]沈德潜撰，北京：人民文学出版社，1979年。
《瓯北诗话》，[清]赵翼撰，北京：人民文学出版社，1981年。
《诗比兴笺》，[清]陈沆撰，上海：上海古籍出版社，1981年。
《清诗话》，[清]王夫之编，上海：上海古籍出版社，1999年。
《薑斋诗话笺注》，[清]王夫之撰、戴鸿森笺注，北京：人民文学出版社，1981年。
《历代诗话》，[清]何文焕辑，北京：中华书局，1981年。
《两般秋雨庵随笔》，[清]梁绍壬撰，上海：上海古籍出版社，1982年。
《北江诗话》，[清]洪亮吉撰，北京：人民文学出版社，1983年。
《历代诗话续编》，[清]丁福保辑，北京：中华书局，1983年。
《钝吟杂录》，[清]冯班撰，丛书集成初编本，北京：中华书局，1985年。
《围炉诗话》，[清]吴乔撰，丛书集成初编本，北京：中华书局，1985年。
《坚瓠集》，[清]褚人获撰，杭州：浙江人民出版社，1986年。
《随园诗话》，[清]袁枚撰、王英志校点，南京：凤凰出版社，2000年。
《宋诗话辑佚》，郭绍虞编，北京：中华书局，1980年。
《清稗类钞》，徐珂编，北京：中华书局，1984年。
《清诗话续编》，郭绍虞编选、富寿逊校点，上海：上海古籍出版社，1985年。
《李贺研究资料》，陈治国编，北京：北京师范大学出版社，1983年。
《全宋笔记》，上海师范大学古籍整理所编，郑州：大象出版社，2003年。
《辽金元诗话全编》，吴文治主编，南京：凤凰出版社，2006年。
《全明诗话》，周维德集校，济南：齐鲁书社，2005年。
《民国诗话丛编》，张寅彭主编，上海：上海书店，2002年。
《插图本中国文学史》，郑振铎撰，北京：人民文学出版社，1957年。
《元白诗笺证稿》，陈寅恪撰，上海：上海古籍出版社，1978年。
《中国文学批评史》，郭绍虞撰，上海：上海古籍出版社，1979年。
《唐代佛教》，范文澜撰，北京：人民文学出版社，1979年。

《敦煌文学》，张锡厚撰，上海：上海古籍出版社，1980年。
《中国文学史》，孟瑶撰，台北：大中国图书公司出版，1980年。
《美的历程》，李泽厚撰，北京：文物出版社，1981年版。
《古典诗词艺术探幽》，艾治平撰，长沙：湖南人民出版社，1981年。
《唐人绝句精华》，刘永济选释，北京：人民文学出版社，1981年。
《中国诗史》，陆侃如、冯沅君撰，北京：人民文学出版社，1983年。
《韩诗论稿》，阎琦撰，西安：陕西人民出版社，1984年。
《汉魏六朝乐府文学史》，萧涤非撰，北京：人民文学出版社，1984年。
《中国诗歌论稿》，邝健行撰，香港：新亚研究所出版，1984年。
《韩诗论稿》，阎琦撰，西安：陕西人民出版社，1984年。
《唐诗概论》，苏雪林撰，上海：上海书店出版社，1992年。
《闻一多全集》，闻一多撰，武汉：湖北人民出版社，1993年。
《中国古代文学史长编》（隋唐五代卷），郭预衡撰，北京：北京师范学院出版社，1993年。
《唐代文学史》，吴庚舜、董乃斌撰，北京：人民文学出版社，1995年。
《唐人轶事汇编》，周勋初主编，上海：上海古籍出版社，1995年。
《中国俗文学史》，郑振铎撰，北京：东方出版社，1996年。
《中国文学史》，章培恒、骆玉明撰，上海：复旦大学出版社，1996年。
《中国纯文学史编》，刘经庵撰，北京：东方出版社，1996年。
《汉魏六朝小说史》，王枝忠撰，杭州：浙江古籍出版社，1997年。
《李白诗集导读》，安旗、阎琦撰，成都：巴蜀书社出版社，1998年。
《唐诗杂论》，闻一多撰，上海：上海古籍出版社，1998年。
《传奇小说史》，薛洪勣撰，杭州：浙江古籍出版社，1998年。
《敦煌语言文学研究》，中国敦煌吐鲁番学会语言文学分会编撰，北京：北京大学出版社，1998年。
《隋唐五代文学思想史》，罗宗强撰，北京：中华书局，1999年。
《中国文学》，王红、周啸天撰，成都：四川人民出版社，1999年。
《中国文学发展史》，刘大杰撰，天津：百花文艺出版社，1999年。

《韩孟诗派研究》，肖占鹏撰，天津：南开大学出版社，1999 年。

《中唐政治与文学——以永贞革新为研究中心》，胡可先撰，合肥：安徽大学出版社，2000 年。

《敦煌文学源流》，张锡厚撰，北京：作家出版社，2000 年。

《唐学与唐诗》，查屏球撰，北京：商务印书馆，2000 年。

《唐诗演进论》，罗时进撰，南京：江苏古籍出版社，2001 年。

《中国文学美学》，吴功正撰，南京：江苏教育出版社，2001 年。

《唐传奇新探》，卞孝萱撰，南京：江苏教育出版社，2001 年。

《古典文学佛教溯源十论》，陈允吉撰，上海：复旦大学出版社，2002 年。

《文言小说审美发展史》，陈文新撰，武昌：武汉大学出版社，2002 年。

《审美的游离——论唐代怪奇诗派》，姜剑云撰，北京：东方出版社，2002 年。

《敦煌俗文学研究》，张鸿勋撰，兰州：甘肃教育出版社，2002 年。

《宋代文化与文学研究》，张海鸥撰，北京：中国社会科学出版社，2002 年。

《楚辞要论》，褚斌杰撰，北京：北京大学出版社，2003 年。

《文学大纲》，郑振铎编，桂林，广西师大出版社，2003 年。

《韩愈大传》，张清华撰，郑州：中州古籍出版社，2003 年。

《中国古代审美文化考论》，杜道明撰，北京：学苑出版社，2003 年。

《唐代文学散论》，张安祖撰，北京：三联书店，2004 年。

《诗与唐人小说》，崔际银撰，天津：天津古籍出版社，2004 年。

《济源历史文化精编》，济源市政协编，北京：中国文史出版社，2005 年。

《唐代诗歌演变》，邓中龙撰，长沙：岳麓书社出版社，2005 年。

《中国古代文学通论》（隋唐五代卷），蒋寅撰，沈阳：辽宁人民出版社，2005 年。

《中唐诗歌之开拓与新变》，孟二冬撰，北京：北京大学出版社，

2006年。

《唐代歌行论》，薛天纬撰，北京：人民文学出版社，2006年。

《唐诗论集》，马承五撰，上海：上海古籍出版社，2006年。

《孟郊论稿》，戴建业撰，上海：上海古籍出版社，2006年。

《中晚唐赋分体研究》，赵俊波撰，北京：中国社会科学出版社，2006年。

《贾岛研究》，齐文榜撰，北京：人民文学出版社，2007年。

《文镜秘府论汇校汇考》，[日]遍照金刚撰，卢盛江校考，北京：中华书局，2006年。

《美学》，[德]黑格尔撰、朱光潜译，北京：商务印书馆，1979年。

《艺术问题》，[美]苏珊·朗格撰，滕守尧、朱疆源译，北京：中国社会科学出版社，1983年。

《韩国诗话中论中国诗资料选粹》，邝健行、陈永明、吴淑钿选编，北京：中华书局，2002年。

《中国"中世纪"的终结》，[美]宇文所安著，陈引驰、陈磊译，田晓菲校，北京：三联书店，2006年。

陈贻焮：《从元白和韩孟两大诗派略论中晚唐诗歌的发展》，载《唐诗论丛》，长沙：湖南人民出版社，1980年。

阎琦：《卢仝生年质疑》，载《辞书研究》，1981年第2期。

陈振鹏：《卢仝生年解疑》，载《辞书研究》，1981年第2期。

刘曾遂：《卢仝不死于"甘露之变"辨》，载《杭州大学学报》，1983年第3期。

姜光斗、顾启：《卢仝"罹甘露之祸"说不可信》，载《学林漫录》第七辑，北京：中华书局，1983年。

董乃斌：《天地间自欠此体不得——论卢仝、马异、刘叉的诗》，载《中国古典文学论丛》第一辑，北京：人民文学出版社，1984年。

邝健行：《卢仝事迹考述》，见邝健行著《中国诗歌论稿》，香港：新亚研究所出版，1984年。

邝健行：《卢仝诗风分析》，见邝健行著《中国诗歌论稿》，香港：新亚研究所出版，1984年。

刘曾遂：《卢仝事迹杂考》，载《浙江师院学报》，1985年第2期。

郭在贻：《唐诗与俗语词》，载《文史》第二十五辑，中华书局，1985年。

王锳：《试论古代白话词汇研究的意义与作用》，载《文史》第二十五辑，中华书局，1985年。

黄永年：《〈纂异记〉和卢仝的生卒年》，载《中国古典文学丛考》第二辑，上海：复旦大学出版社，1987年。

张晶：《从李纯甫的诗学倾向看金代后期诗坛论争的性质》，载《文学遗产》，1990年第2期。

孔庆茂、温秀雯：《卢仝行年考》，载《南京师院学报》，1990年第4期。

陈允吉：《"牛鬼蛇神"与中唐韩孟卢李诗的荒诞意象》，载《复旦学报》，1996年第3期。

余才林：《卢仝南行时间考》，载《书品》2001年第2期。

卢嗣同：《卢仝之死疑案探真》，载《河北学刊》2002年第1期。

项楚：《卢仝诗论》，见项楚著《柱马屋存稿》，北京：商务印书馆，2003年。

胡可先：《甘露之变与中晚唐文学关系研究》，载《汉唐文学与文化研究》，上海：学林出版社，2004年。

余才林：《〈纂异记〉和卢仝死因》，载《文学遗产》，2004年第1期。

跋

　　本书前身是我的博士学位论文的一部分。

　　2007年11月26日，由陈允吉教授为主席和董乃斌教授、陈晓芬教授、赵山林教授和萧华荣教授为委员组成的答辩委员会，在华东师范大学中山路校区文科大楼为我和海滨师兄主持了长达四个小时的答辩。五位先生耐心细致的态度、慈祥关切的话语、严谨认真的提问、精到独具的评论至今仍历历在目！先生们对论文的肯定激发了我把本选题的研究进行下去的勇气和决心；先生们对论文提出的建设性批评意见指导着我，使得答辩后论文的修改能够有条不紊地进行；先生们不辞辛苦传道授业解惑的精神鞭策着我，使我不敢在博士学位论文答辩后松懈下来！

　　本书题目的选定，首先要感谢我的导师薛天纬教授的悉心指导。我于2004年9月考入华东师范大学。攻读博士学位的第一个学期，薛老师就开始与我探讨博士学位论文的选题，在2004年11月就确定以卢仝为研究对象。在资料搜集和整理的过程中，薛老师更是时时指点，开拓了我的眼界与思路。对于阶段性的论文成果，薛老师更是严加把关，连标点符号运用之得当否都要亲为批阅。薛老师为我修改论文时字字句句、每个段落层次都有明确要求和修改痕迹，还在最后提出总体修改意见，这一切都在电脑上用不同颜色进行显示。师恩重如山，怎一"谢谢"所能了得！还要感谢陈晓芬教授和赵山林教授，二位先生在我做开题报告时，提出了很多指导性的宝贵意见，对于我论文的写作，有很大的帮助。还有陈晓芬老师在一些具体事务上为我们耗费的心力，在此一并致谢。

还要感谢河南大学文学院的领导和老师们。文学院的领导为给我撰写博士学位论文提供时间保证，多方协调关系，尽量少安排、不安排教学任务；还多次赴上海进行慰问；节假日更是通过多种渠道、方式表示关心。本书能够出版，还得到河南大学文学院学术著作出版基金的大力资助。文学院的老师佟培基教授是我硕士研究生期间的导师，一直对我的学业非常关心，还时时进行具体指导；齐文榜教授在繁重的工作之余，对《卢仝诗集版本研究》初稿细致审阅，提出许多宝贵的意见；吴河清教授时时在学业、生活上关切询问；白金、焦体检二位师弟也在本论文写作过程中提供很多帮助；资料室的谢玉娥老师、张玉萍老师等为我查找资料提供便利；等等。本书能够完成，与他们的关心和帮助是分不开的。

还有华东师大的师兄海滨和师妹滕云、学友成玮等，对我多所关照，常让我感动不已。另外好友刘晓珍在北京师范大学读博期间、在南开大学博士后流动站工作期间，常帮我搜集查找本书相关资料，使我受益良多。

本书能够完成，还要感恩我的家人。感谢年迈的父母亲帮我照料女儿和家务；感谢我爱人张润泳先生替我分担压力，时时鼓励；感谢小女冲儿幼小的心能够理解妈妈为何不能在星期天带她去公园……他们的爱，就是我能感觉到的那双隐形的翅膀，带我飞，飞过人生的孤独与绝望……

郑慧霞
记于河南大学文学院工作室

后 记

生命中那只"山蜂"正在飞来

　　写《卢仝诗歌研究》"后记",竟然会想起那只"山蜂"——那只不经意间闯进我生命里的那只"山蜂":2019 年 7 月 20 日上午一家三口在山上坐缆车。为了又通风又为了安全,缆车两侧安装了蜂窝网状的玻璃——蜂窝网上的眼不算大,最多也就像大头针眼儿那么大,但可"巧"就真的有一只热情的野山蜂在一家三口儿都不注意的时候不知怎么强从网眼儿挤了进来——嗡嗡地围绕着一家三口舞蹈歌唱。爸爸怕孩儿害怕,就拿着手中的缆车票以待蜂儿静下来的时候好扑它。而蜂儿好像知道爸爸在想什么,怎么都不肯停下——爸爸凝神静气观察着蜂儿,蜂儿好像根本没有停下来的意思。爸爸对孩儿和我说:"是不是山蜂知道我想扑它就不停呢?"孩儿强忍着笑说:"爸爸好天真!它怎么可能知道呀?您太搞笑了!但我不敢笑出声来,怕山蜂听见它会飞过来呀。"这一对儿童心无敌超级可爱的父女!当蜂儿终于静下来停在一侧蜂窝门上的时候,爸爸马上准备出击,可说时迟那时快,只见那只蜂儿竟以迅雷不及掩耳之势从那么小的大头针鼻眼孔里用缩骨大法钻了出去,又迅疾轻松展翅高飞了——一家三口叹为观止!蜂儿飞出去啦——警报解除那一刻孩儿格格格笑得那么轻松那么开心。忽然笑得更厉害了,我好奇地问:"不至于这样笑吧?"孩儿边笑边说:"我想起了我小时候给爸爸说'我妈妈要抹脖子'的话头儿呢。"孩儿记忆力真好——孩儿两三岁的时候妈妈正准备考博的时候，脖子曾被蜜蜂蜇了一下，小小的孩儿立马找爸爸要护肤膏。爸爸很惊讶地问："宝宝为啥要护肤膏膏？"小小的孩儿着急得满头大汗挥舞着两只肥白的小手儿大声说："妈妈要抹脖子呀！""妈妈要抹脖子"——这句话现在就在海拔1000多米的只有三口之家的小世界直接被这只山蜂激活了！两个时空就这样被那只"山蜂"连接起来——不经意间的某个时空，曾经的某个场景会被"山蜂"唤醒、激活或者勾连起来。被"山蜂"唤醒的刹那间——人生中的某个场景，会在脑海眼前浮现。这只"山蜂"和那只"山蜂"之间，间隔着流逝的岁月——但流逝并不意味着消失，会在曼妙的人生时光里不知道哪个瞬间会被生命中正在飞来的哪一只"山蜂"嗡嗡地唤醒。

卢仝，正是我生命里一直嗡嗡飞来的那只鲜活的"山蜂"，它会串联起2004年至2007年这短暂时光里的点点滴滴。丽娃河畔，有我的爱人润泳君送我开学报到的足迹——双抚河畔上："柳阴直，烟里丝丝弄碧"；共看河中央：芙蓉荷叶，红香绿玉；笑赏秋光里：小桥流水，侬言软语……秋林阁里，有和5岁多的孩儿一起吃饭的甜蜜：那年爸爸要到上海开会，不放心把孩儿留在家里——我带孩儿每天坐从金沙江站到江湾站的轻轨，一路上孩儿总要和我玩儿成语接龙的游戏……长风公园，有和三五同学一同散步的足迹，那里的香樟，枝繁叶厚且密，黄昏中的黛色有着说不出的深意……丽娃河的明秀、秋林阁的清香、香樟树的青黛，一直就生长在我的生命里，滋养着我的精神，温润着我的灵魂，芬芳着我的世界。它们每时每刻都会提醒我，走上卢仝研究之路，让我时刻保持一颗感恩之心。

感恩我的博导薛天纬教授！

感恩我博士学位论文答辩委员会的五位专家：答辩委员会主席陈允吉教授！答辩委员会委员董乃斌教授、陈晓芬教授、赵山林教授、萧华荣教授！

感恩论文外审的三位专家：严琦教授、罗时进教授、杨军教授！

感恩为我寄研究资料的邝健行教授！

感恩写信提供研究信息的李芳民教授！

随着年龄的增长，对生命的体悟会逐渐加深；对生活的滋味会品尝渐真；对人生的现象会见得愈多，所以会更能读懂卢仝、读懂卢仝的诗——卢仝把生命演绎成了诗，也用诗演绎着他的生命。生命里有春天，春天里有花开；生命里有秋天，秋天里有叶落。春花开，秋叶落，一年一年就是这样走过，生命就是这样度过。卢仝的诗，有春的明媚；有秋的老劲；有花开的喜；有叶落的悲……或明媚或老劲或喜或悲，都是每个生命应有的风景或心绪或境遇，关键是卢仝用自己的诗，记录下这一切，记录下那个有他生活的时代最真实的气息。这就是卢仝生命的价值，是卢仝诗的意义——有着鲜明时代烙印的卢仝诗；有着挺出个性的卢仝诗，是那个时代的一面镜子，可以照出那个时代最真实的影像——那段放下一切、掩关读研卢仝的岁月，这么快就成了静好的过去——孩儿正渐渐成长起来，在渐渐学着自己飞翔；我和爱人在一起慢慢变老；曾经一起散步的三五同学也都在天涯海角——但丽娃河、秋林阁、香樟树，则成了我生命里最值得珍重的美好——"此情可待成追忆，只是当时已惘然"。

　　此刻，我分明看到——生命中那只"山蜂"正在飞来……

郑慧霞
记于工作室